소통의 상상력

소통의 상상력

초판 1쇄인쇄 2023년 9월 20일
초판 1쇄발행 2023년 9월 27일

저   자 장두영
발행인 박지연
발행처 도서출판 도화
등   록 2013년 11월 19일 제2013－000124호
주   소 서울시 송파구 중대로 34길 9-3
전   화 02) 3012－1030
팩   스 02) 3012－1031
전자우편 dohwa1030@daum.net
인   쇄 유진보라

ISBN ｜ 979－11－92828－27－5 *03810
정가 15,000원

도화道化, fool는
고정적인 질서에 대한 익살맞은 비판자,
고정화된 사고의 틀을 해체한다는 뜻입니다.

소통의 상상력

장두영 평론집

도화

문득 대학 시절 수업 시간이 떠오른다. 전영애 교수님의 〈독일명작의 이해〉 시간이었다. 매번 지정된 작가의 작품을 미리 읽고, 강의실에서는 여러 작품을 토론하는 수업이었다.

그날의 수업 주제는 '카프카.' 나는 카프카의 단편소설 작품 중 한 편에 관한 내 생각을 한창 말했다. 그러다 다른 학생 하나가 나의 실수를 지적했다. 나는 작품 제목 '법 앞에서'를 '문 앞에서'로 착각하고 읽었던 것이다. 제목부터 엉뚱하게 파악했으니 내용 해석도 엉뚱할 수밖에. 아마 그 학생에게 내 말이 이상하게 들렸으리라 싶다.

그런데 전영애 교수님께서는 내 의견이 흥미롭다고 코멘트하셨다. 내가 토론에서 망신당할까 봐 걱정하셔서 말씀하시는 건 아닌 듯했다. 쓰고 계신 안경 너머로 교수님의 눈빛이 반짝이는 것을 내가 보았기 때문이다. 카프카의 작품에 법 대신 문을 집어넣어 해석하면 어떤 의미가 될까, 짧지만 진지한 평론가의 눈빛이었다. 문학에는 정답이 없다는 말씀으로 나는 해석했다.

지금까지 평론을 쓰면서 전영애 교수님께 많은 빚을 졌다. 문학 작품에 관해 무언가를 말하려고 할 때, 수많은 주저함과 망설임의 순간이 있었다. 나의 해석이 잘못된 것은 아닐까, 내가 엉뚱한 소리를 하는 건 아닐까. 그럴 때마다 문학에는 정답이 없다는 말씀은 언제나 큰 용기가 되었다.

이 책에 실린 여러 편의 글은 제법 오랫동안 썼던 주저함과 망설임의 결과물이다. 그때를 떠올리며 용기를 내어서 계속 엉뚱한 생각을 해나가야겠다.

2023년 가을
다산관에서

장두영

차 례

책머리에

1부

2부

3부

1부

불가능에 대하여 이야기하기

– 김훈의 역사소설

1. 특이성에서 종별성으로

2000년대 문학사를 단정 짓기는 어렵겠지만, 문학사가가 김훈과 그의 작품을 쉽게 건너뛸 수 없으리라는 점만은 분명해 보인다. ≪칼의 노래≫(2001)를 들고나온 노숙한 신인에 대한 문단의 반응은 새로움에 대한 경이로 모아졌다. '벼락' 같다는 수식이 동반된 김훈의 출현을 두고 평자들은 문체, 시점, 주제상의 이채로움을 관심의 대상으로 삼았다. 그러나 그러한 요건들은 작가의 등단작 ≪빗살무늬토기의 추억≫(1995)에서도 산견되고 있다. 거칠게 말해 주목받지 못한 등단작과 본격적으로 문성을 떨친 출세작 사이의 뚜렷한 경계선은 역사소설의 여부라고 할 수 있다. ≪칼의 노래≫부터 주목되기 시작한 김훈의 낯설음은 무엇보다도 기존의 역사소설이 지닌 익숙함과의 대비를 통해 윤곽이 뚜렷해질 것이다.

우선 ≪칼의 노래≫를 놓고 볼 때, 이 작품은 형식과 내용 모두에서 새로움을 선사하고 있다. 형식상의 새로움은 전체 서술이 화자이자 주인공인 이순신에 전적으로 의존하고 있다는 데서 기인한다. 정호웅은 역사소설이되 역사성이 휘발되고 순수 허구에 근접하는 형식상의 특징을 지적하면서 이를 '새로운 역사소설 형식의 창출'로 규정한다. 허구적인 내면독백 형식은 내용상의 새로움과도 연결되는데 그 결과 대표적인 영웅의 표상인 충무공을 한없이 나약한 인간 이순신으로 바꾸어놓는다. 영웅에서 인간으로 그려진 새로운 이순신의 형상을 접한 독자는 낯설게 하기를 거침으로써 역사에 대한 반성적 사고에 이를 수도 있을 것이다. 이처럼 ≪칼의 노래≫에 쏟아진 경이는 주로 역사소설의 서사적 관습에 대한 신선함과 독자의 관성적 역사관에 대한 문제 제기가 던지는 낯섦에서 비롯하고 있다.

그런데 새로움으로 주목된 김훈의 역사소설은 '벼락'보다 '돌연변이'로 표현하는 것이 타당할 듯싶다. '벼락'은 새로움이 몰고 온 우발성을 적절히 드러내지만, 지속적으로 유지되는 필연성이 결여된 일회적 현상에 가깝다. 반면 돌연변이는 생식을 통해 유사 개체가 연쇄적으로 출현하는 단계를 거치면서 종래의 규칙을 위반하는 이탈자인 '변종'에서 새로운 규칙을 생성하는 '신종'으로 발전한다. 특이성 singularité으로 응집된 ≪칼의 노래≫라는 돌연변이의 출현은 일회적인 현상이 아니라 ≪현의 노래≫(2004)와 ≪남한산성≫(2007)로 이어지면서 새로운 종이 출현하는 진화의 단계에 진입했다. 연쇄적인 '새로움'들이 군집을 형성하고 나아가 신종으로 진화할 때 새로움의 유일무이성에 관한 관심은 마땅히 종별성種別性, spécificité에 대한 관심으로 전환되어야 하며 이를 통해 김훈과 그의 작품에 대한 문학사적 자리매김이 가능할 것이다. 이것이 새로움에 대한 경이의 시선을 잠시 유보하고, ≪칼의 노래≫, ≪현의 노래≫, ≪남한산성≫ 세 편의 메커니즘과 연쇄적인 변이과정을 살피는 이유이다.

2. 아포리아 I : 나의 적은 누구인가?

역사소설에서는 역사의 실재성이 서사의 거멀못 역할을 한다. 역사의 영역에서 임진왜란은 16세기 후반에 벌어졌던 일본과의 전쟁이다. 누구나 아는 상식이지만, 전투를 수행하는 자에게는 실존적인 물음을 통해서만 가까스로 도달할 수 있는 존재론적 깨달음이 된다. '나를 죽이려는 자가 적이고 왜군이 나를 죽이려 하므로 왜군은 나의 적이다.' ≪칼의 노래≫의 주인공은 죽음을 매개로 한 삼단논법을 통과해야만 비로소 자신의 적을 찾을 수 있다. 이러한 삼단논법은 "나는 내 적의 적이었다"(78쪽)라는 명제로 압축되어 서사 곳곳에서 반복된다. 그러나 죽음에 관한 에피그램은 추상적인 의미로 해석되기 쉽다. 이 작품을 허무 의식의 과잉으로 해석하거나 남성적 문체가 자아내는 비장한 분위기에만 주목하는 것은 죽음이라는 단어의 일반적 의미에 함몰된 결과이다. 역사적 실재성과 전투수행자의 실존성은 결코 추상적인 영역일 수 없다. 죽음은 선명하고 확실한 실체로 제시되어야 한다.

'나'를 죽음으로 몰아가는 적의 존재에 확실성을 부여하는 것은 나를 향해 겨누어진 칼이다. '나'는 노획한 칼을 들여다보면서 칼날에서 뿜어져 나오는 적의와 살기에 전율하지 않을 수 없다. 죽음의 아우라가 칼끝을 향해 달려가고 그 소실점에 자신의 목숨이 놓여 있음을 알았기 때문이다. 칼이 전달해 주는 죽음의 확실성은 모든 전투에서 매번 확인된다. 이처럼 죽음은 반드시 칼의 매개를 거쳐 확실성을 부여받도록 배치되어 있다. 칼과 죽음이라는 이중의 매개를 거친 삼단논법은 삶과 죽음에 관한 문제에서 추상성을 최소화하고 서사를 구체성과 확실성의 영역으로 인도한다. 그 결과 전투수행자인 '나'의 존재에 리얼리티를 부여하고, 허구적 이야기를 역사적 사실의 구체성에 정박하게 한다. 칼이야말로 '나'의 코기토이자 ≪칼의 노래≫의 서사적 코기토가 되는 것이다.

　　목측目測으로 가늠할 수 없는 수평선 너머 캄캄한 물마루 쪽 바다로부터 산더미 같은 총포와 창검으로 무장한 적의 함대는 또다시 날개를 펼치고 몰려온다. 나는 적의 적의敵意의 근거를 알 수 없었고 적 또한 내 적의의 떨림과 깊이를 알 수 없을 것이었다. 서로 알지 못하는 적의가 바다 가득히 팽팽했으나 지금 나에게는 적의만이 있고 함대는 없다. (22쪽)

　　성난 파도와도 같은 한없는 적의가 어떻게 적의 마음속에서 솟아나고 작동되는 것인지, 나는 늘 알지 못했다. 적들은 오직 죽기 위하여 밀어닥치는 듯했다. 임진년에 나는 농사를 짓듯이, 고기를 잡듯이, 적을 죽였다. 적들은 밀물 때면 들이닥치는 파도와도 같았다. (76쪽)

'나'는 적의 적의敵意를 알지 못한다. 그럼에도 불구하고 적은 '나'에게 싸움을 걸어온다. '나'에게 칼을 겨누고 달려드는 적들은 마치 자연현상과 같다. 끝을 알 수 없는 바다와 마주한 '나'에게 자연현상은 불가해한 것이고 바다처럼 밀려드는 적의 적의 역시 마찬가지다. '나'는 그 적의를 간파하고 싸움에 임하는 것이 아니라 적의를 품은 적의 칼이 '나'를 겨누기 때문에 싸울 수밖에 없다. 더욱이 '나'는 나의 의지와는 무관하게 바다와 같은 적의 거대함 앞에 던져져 있을 따름이다. "적은 커서 보이지 않았고, 보이지 않았으나 거대했다"(215쪽)라고 탄식하는 자가 할 수 있는 일은 칼로 물을 베는 것밖에 없다. 칼로 물 베는 일은 '충과 의'라는 추상성에서 이탈해 있다. 적의를 알지 못한 자의 칼싸움은 '농사짓듯, 고기 잡듯' 무의미한 행위의 연속에 불과하다.

칼에 근거한 김훈식의 방법적 회의는 ≪칼의 노래≫의 특이성을 구성한다. 신채호나 이광수로부터 근자에 김탁환까지 '충무공 이순신'을 다룬 다른 소설들은 한결같이 "今臣戰船尙有十二"의 휘황함을 소재로 불굴과 불멸의 영웅상을 조형한다. 이들의 작품에서 이순신은 프로메테우스적 인간이다. 독수리에게 간을 뜯기우는 프로메테우스는 그를 슬퍼하는 인간이 있기에 고통은 숭고로 승화된다. 클리셰와 토포스의 벽돌로 쌓아 올린 추모비로서의 역사소설에서는 애도Trauer가 주된 정서이다. 이때 역사소설의 작가는 영웅의 장례 행렬에 동원된 '곡비哭婢'에 불과하다.

반면 김훈의 이순신은 "이 세상에 위로란 본래 없다는 것을 나는 알았다"(23쪽)고 말한다. 애도는 슬픔이라는 대상을 언어나 눈물로 풀어냄으로써 고통의 원인에서 벗어나는 과정이다. 시시포스의 형벌과 닮은 김훈의 이순신이 겪는 고통의 원인은 '보이지 않고, 적의를 알 수 없는 것'이기에 대상화될 수 없으며 애도와 위로 또한 있을 수 없다. '나'는 왜군의 칼에 스러진 아들 '면'이나 연인 '여진'의 죽음을 목도하면서도 눈물을 흘리지 못한다. 그 대신 "몸속 깊은 곳에서 징징징 칼이 운다"(188쪽). 원인이 파악되지 못한 슬픔은 소멸되지 않은 채 무의식으로 침잠한 셈이다. 따라서 ≪칼의 노래≫의 정서는 우울Melancholie이 되고 칼은 살기와 적의로 주체할 수 없는 '나'의 무의식에 잠재한 욕망이자 내면의 풍경을 비추는 거울이 된다.

소설이 실존적 상황과 내면 의식을 보여주기 위해 굳이 역사에 기댈 필요는 없다. 역사적 사실이라는 거멀못은 작가의 상상력을 제한하는 족쇄가 될 가능성이 크기 때문이다. 그러나 김훈은 역사적 사실을 활용하여 상상력을 극대화하는 글쓰기 전략을 택한다. 작가의 상상력은 백의종군이라는 움직일 수 없는 사실에서 출발한다. 기존의 역사소설에서는 이것을 영웅의 '고난—극복'의 반복을 통한 서사 전개의 수단으로 활용한다. 고난의 강도가 강할수록 극복의 위대함은 높아지고 인물의 영웅성은 강화된다. 이순신을 소재로 한 여타의 작품에서 백의종군이 흔히 영웅적 면모를 구현하는 도약대로 기능하는 것은 이 같은 이유에서다. ≪칼의 노래≫는 이 같은 문학사적 관습을 위반하고 백의종군을 실존적 고민의 출발점으로 바꾼다. 정치적 맥락 따위의 전후 사정을 최대한 소거한 결과, 백의종군은 '임금이 나를 죽이려 했다'는 앙상한 뼈대로 남는다.

이순신의 관점에서 파악되는 역사적 사실(임금이 나를 죽이려 했다)은 칼을 매개로 이루어진 이순신의 코기토(나는 나의 적의 적이다)와 결합한다. 그 결과는 '나의 적은 누구인가?'라는 물음은 논리적 전개로는 해결할 수 없는 아포리아(aporia, 根本難題)가 된다. 아포리아는 '나의 적은 나를 죽이려 하는 자이다. 임금은 나를 죽이려 한다. 임금은 나의 적이다'의 논법에서 출발한다. 아포리아에 직면한 '나'의 사유는 '왜군은 나의 적인 임금을 죽이려 하므로 나의 적이 아니다', '나는 임금의 적인 왜군의 적이므로 임금은 나를 죽일 수 없다', '나를 살려준 것은 결국 적이었다'(194쪽) 등 부분적으로는 참일 수도 있지만 양립 불가능한 명제들로 파편화된다. 아포리아는 임금과 적이 모두 '나'의 적이 되고, 동시에 임금과 적이 모두 '나'의 적이 아니게 되는 지점까지 '나'를 몰아간다. 적이 누구인지 알 수 없는 지경에 이를 때 싸움을 계속할 수 없다. '무'나 '무한'과의 싸움은 성립 불가능하기 때문이다.

아포리아에 기인한 상상력은 칼의 확실성과 역사의 실재성을 재료로 한 화학작용에 다름이 아니다. ≪칼의 노래≫는 백의종군부터 사망까지를 다룬다. 곧 이 작품의 서사는 '나의 적은 누구인가?'라는 아포리아가 발생함으로써만 가능하므로 임금과 적이 '나'에게 동시에 고통을 주는 상황이 아니던 백의종군 이전은 다루지 않는다. 백의종군 이전은 칼끝이 지시하는 선명함에 의지하여 농사짓듯 적을 죽이면 되는 서사시의 세계이다. 백의종군에 의해 아포리아가 발생하고 칼이라는 창공의 별이 사라질 때 소설이 시작된다. 뒤에서 언급되는 ≪현의 노래≫나 ≪남한산성≫에서도 아포리아가 발생되는 지점에서 서사가 시작되고 아포리아와의 대결에서 파생된 긴장으로 서사 전체를 지탱하는 구조는 동일하게 유지된다.

아포리아를 발생시킨 임금의 칼은 언어와 정치권력으로 이루어져 있다. 적의 칼 앞에 놓인 "임금은 장수의 용맹이 필요했고 장수의 용맹이 두려웠다"(81쪽). 용맹한 장수는 도참사상의 허깨비인 '길삼봉'으로 몰려 처형되었다. 길삼봉으로 지목된 김덕령은 임금의 칼에 죽었고 곽재우는 임금의 칼을 피해 속세를 떠났다. 강한 신하를 다른 강한 신하로 죽이는 임금의 싸움은 다음 상대로 '나'를 선택했고 '나'는 권율의 기소로 압송되었다. 임금과 신하들은 "헛것을 정밀하게 짜 맞추어 충과 의의 구조물을 만들어 가고 있었"으며 "나는 허깨비를 마주 대하고 있었다"(22쪽). "헛것은 칼을 받지 않"고 "베어지지도 않"(54면)는 것이기에 언어와 정치로 이루어진 헛것인 임금의 칼에 대적할 도리는 없다. 김덕령처럼 죽든가 곽재우처럼 도피하는 것밖에 없다.

남해안에 주둔한 적 함대의 칼과 피난지를 전전하는 임금의 칼은 '보이지 않는 것'이라는 점에서는 매일반이다. '나'가 볼 수 있고 벨 수 있는 것은 칼의 확실성이 지시하는 개별적 전투에서의 적이다. 여기에 豊臣秀吉의 사망 후 강화협상에서 오가는 언어들은 또 하나의 "존재하지 않는 것들을 존재하는 것으로 바꾸어 놓으려는 허깨비"(309쪽)이다. 전선이 교착 상태가 되자 칼로 벨 수 있는 적은 사라지고 주위에는 보이지 않는 헛것들로만 가득 찬다. '나'의 칼끝이 임금을 향하면 왜병이 내 나라를 죽이고, 명군의 진린을 향하면 임금과 명군이 합세하여 '나'를 죽이고, 철수할 왜군을 향하면 임금이 '나'를 죽일 것이다. 이처럼 '나의 적이 누구인가?'의 아포리아는 후반부에 이르러 '누구와 싸워 최후를 맞을 것인가?'로 변형된다.

이순신의 죽음이라는 결말은 역사적 사실에 부합해야 하는 역사소설의 숙명이지만 이 지점에서 작가는 다시 한번 족쇄를 풀고 상상력을 폭발시킨다. 조선의 임금을 비롯한 각국 권력의 최상층부라는 헛것보다는 바로 눈앞에서 칼을 겨누는 적선 위의 왜군에 칼을 겨누는 선택이야말로 칼의 울림(노래)에 가장 충실한 길이 될 것이다. 그 자리에서 '나'는 적탄이라는 확실한 것에 죽는 군인의 '자연사'에 안도한다. 그러나 칼의 선택이 아포리아를 해결하고 모든 것을 초월하는 길은 아니다. 오히려 작품의 마지막 대목이자 '나'의 임종 장면은 아포리아에 패배한 인간의 미련으로 차 있다.

세상의 끝이… 이처럼… 가볍고… 또… 고요할 수 있다는 것이…, 칼로 베어지지 않는 적들을… 이 세상에 남겨놓고… 내가 먼저…, 관음포의 노을이… 적들 쪽으로…. (388쪽)

적선을 추격하러 '관음포'로 가자던 '나'의 외침은 "보살의 포구"(388쪽)에 도달하기 직전 멈추고 '나'를 죽음으로 몰던 헛것은 여전히 세상을 지배한다. 아포리아는 해결되지 않았고 해결될 수도 없다. 아포리아는 인간의 것이 아니라 보살의 것이며 인간이 아포리아를 극복한다면 그 인간은 이미 보살이다. 작가는 관음포 앞바다에서의 전사라는 역사적 사실을 비집고 틈을 내어 그 사이로 보살행의 회구와 좌절을 끼워 넣는다. 아포리아를 넘어설 수 없었기에 죽음은 명백한 실패다. 그러나 그러한 실패는 걸어갈 수밖에 없고, 또 멈출 수밖에 없는 인간의 길이 내포하는 진실을 포착하게 한다는 점에서 소설의 성공이다. 이 같은 실패와 성공으로 인해 ≪칼의 노래≫는 '로만스'가 아닌 '역사소설'로 완성된다.

3. 아포리아 II : 소리는 누구의 것인가?

≪현의 노래≫는 '가야의 소리를 담은 금琴이 귀속될 곳은 가야인가 신라인가'라는 아포리아가 설정되고 그것이 서사를 지탱한다는 점에서 ≪칼의 노래≫와 동격이다. 그런데 전작에서 세계는 '헛것'으로 가득 차 있어 진상을 파악할 수 없는 것으로 제시되었고, 서술은 '나'의 내부에서 비등하는 격렬함에만 온 신경을 모았다. 그 결과 아포리아와 대결하는 인간의 고민은 순도 높은 결정체가 되었지만, 타자와의 관계가 단절되어 외부 세계에 한 치도 발을 내딛지 못하는 고립무원에서 벗어나지 못하였다. 전작의 가능성과 한계를 뚜렷이 참조한 ≪현의 노래≫에서는 그러한 한계를 극복하기 위해 서술기법상의 변화를 시도한다. 일인칭서술자의 독백이 구현하는 폐쇄성을 벗어나기 위해 다중 초점화와 문답 형식의 대화를 통한 대화성을 부여하려는 것이 그러하다.

≪현의 노래≫는 가야의 왕과 신라 이사부, 악기 만드는 우륵과 무기 만드는 야로 등을 등장시켜 존재의 소멸을 바라보는 여러 관점을 제공한다. 죽음이 임박한 가야의 왕은 몰락하는 왕국의 소리를 담은

금을 제작할 것을 우륵에게 명한다. 왕에게 인간의 죽음과 왕국의 멸망은 동시에 발생한 비가역의 사건이며 그 앞에서 왕은 아무것도 하지 못하는 나약한 존재이다. 가야금 제작 명령은 인간의 생로병사와 나라의 흥망성쇠에서 가장 애처로운 국면에 다다른 왕의 유지이자 허무와 무의미로 귀결된 소망이다. 우륵이 전 고을을 돌며 왕국의 혼을 담은 악기를 만들어내지만 이미 왕은 죽고 가야는 멸망했다. "소리가 저 무너지는 고을들을 어찌 할 수 있으랴"(86쪽)는 우륵의 탄식은 죽은 왕의 소망이 내포한 무의미와 허무를 확인하는 것에 불과하다.

이에 비해 가야를 멸망시킨 신라의 이사부는 가야의 왕과는 상반되는 인물이다. 상승하는 신라의 선봉장으로 배를 타고 우산국을 정벌하며 병마를 몰아 가야를 복속시키는 그는 병상에서 신음하는 가야의 왕과는 정반대의 강건함을 지니고 있다. 또한 약육강식의 논리를 추종하는 그에게서 약자에 대한 일말의 동정은 찾을 수 없으며 약자의 소망이 담긴 가야금 또한 관심의 대상이 아니다. 대신 가야 군대의 무기를 책임지는 대장장이 야로를 매수하여 가야군을 전멸시킬 수 있는 무기 제작을 의뢰한다. 소리가 아닌 쇠붙이의 힘을 신뢰하는 이사부는 질 좋은 가야의 쇠붙이를 녹여 만든 도끼로 가야 군사의 투구를 짓이기고 가야를 멸망시킨다.

이처럼 가야의 왕과 신라의 이사부는 단순히 교전국의 지휘부로 대응하는 것이 아니라 악기와 무기 제작 명령, 병약함과 강건함 등 여러 상반된 행동과 성격으로 대비된다. '나'의 내면에 집중했던 ≪칼의 노래≫에서 파악되지 않는 대상이었던 권력의 중심부를 가시화하여 시야를 넓혔다는 점은 인정할 수 있지만 그 결과가 지나치게 작위적인 인상마저 드는 소박한 이분법으로 귀결되었다는 점은 아쉬움으로 남을 수밖에 없다. 더욱이 악기와 무기의 대비적인 사물의 속성이 가야와 신라, 약자와 강자에게 단선적으로 대입되고 있다. 각 인물이 처한 상황과 성격에 근거한 인물성격화가 이루어지지 못한 채 약자와 강자의 정형화를 반복하는 점은 이 작품의 최대 약점이기도 하다.

우륵과 야로의 성격화는 작품의 지향점을 보다 선명히 보여주고 있다. 같은 해에 태어난 우륵과 야로는 각각 니문과 야적이라는 제자를 데리고 다니는 가야의 장인이라는 점에서 동일하다. 두 인물은 가야 왕의 신임을 받은 자들이었으며, 가야 패망 후 이사부에게 투항한다는 공통점도 지니고 있다. 짝패를 연상케 하는 두 인물 중에서 야로는 배신과 모략을 서슴지 않는 속악한 인물로 형상화되며 이에 반해 우륵은 지조를 쉽사리 버리지 않는 고결한 인물로 제시된다. 두 인물은 자신들이 만드는 악기와 무기의 속성을 체현하고 있는 셈인데, 무력의 여부는 선악으로 치환되고 다시 긍정과 부정의 이분법으로 환원된다.

즉 서사는 '악기와 무기' 내지 '선과 악' 사이에서 균형을 유지하지 못한 채 전적으로 우륵의 행동과 사고를 긍정하는 쪽으로 기울어진다. 가야의 혼을 담은 가야금이 완성되었지만 가야가 더 이상 존립하지 않을 때 제기될 수밖에 없는 '소리는 누구의 것인가?'라는 아포리아를 감당하는 일은 작품 전체를 통틀어 우륵 한 사람의 몫이 된다. 복수인물의 관점에서 초점화가 이루어져도 우륵의 고민만이 생경하게 서 있고 다른 인물의 목소리는 후경으로 밀려나고 마는 형국이다. 다중초점화의 활용에도 불구하고 우륵이라는 한 인물의 성찰로 채워진 독백적 서술을 크게 벗어나지 못하는 것이다.

스승 우륵과 제자 니문의 문답법 역시 대화적인 상상력을 발휘하지 못한 채 우륵의 독백으로 환원되고 만다. 두 사람의 문답은 얼핏 그리스 철인의 대화나 불가 선승의 화두를 연상케 한다. 답변자의 무지를 지적하거나 사색의 실마리를 마련해 주는 문답의 목적은 가르침을 받는 대상으로 하여금 스스로 깨달음에 이르도록 하기 위함이다. 그러나 우륵과 니문의 문답에서 깨달음에 이르는 것은 우륵 자신이다. "울림에는 주객이 없다"(21쪽), "소리란 본래 빈 것으로 비어 있지만 없는 것이 아니라 확실히 있는 것이다"(199쪽), "악기란 아수라의 것이다"(282쪽)처럼 질문자와 답변자 모두 우륵이다. 이순신의 독백을 벗어나기 위한 노력은 깨달음을 전제로 한 '가르치다—배우다'의 '대화'가 아니라 우륵의 목소리로만 이루어진 '독백'에 머무르고 만다. 이 점에서 ≪현의 노래≫는 형식적 측면에서 전작이 노정한 한계를 극복하지 못했다고 단정할 수 있다.

다중초점화와 문답법이 지닌 대화적 상상력이 실패로 귀결될 때, '소리는 누구의 것인가?'라는 아포리아는 우륵에 의해 수월하게 해소됨으로써 치열한 긴장을 상실한다. 오랜 기간 연구한 우륵이 찾아낸 해답은 울림통이다. 널판의 속을 비워내서 공간을 만들면 그것이 울림통 역할을 해서 새로운 소리를 내게 된다. 우륵은 우발적으로 떠오른 착상을 토대로 가야금을 완성하고, 소리란 빈 공간인 울림통에서 나온 것 즉 본래 주인이 없는 것이라는 결론을 얻고서 신라에 투항하게 된다. 서사 진행 내내 울리던 '소리는 누구의 것인가?'라는 아포리아는 천재적인 악공의 영감으로 일거에 해소된 것이다. 구도자의 득도와도 유사한 이러한 해결 방식은 서사의 긴장을 일시에 와해시키고 아포리아와 대면하는 인간의 고민과 투쟁을 맥 빠진 상태로 만든다. 전작에서 다룰 수 없었던 대상을 서사화하려는 작가의 의도는 아포리아의 밀도를 유지하지 못한 결과 전작에 못 미치는 아류로 전락하고 말았다.

《현의 노래》가 노출한 문제점은 김훈의 역사소설에서 역사의 실재성과 소설의 상상력 사이의 관계와도 연관이 있다. 16세기를 배경으로 한 《칼의 노래》의 경우 《선조실록》을 비롯하여 사료를 망라한 《충무공전서》라는 방대한 사료의 산맥이 버티고 있는 반면, 6세기가 배경인 《현의 노래》에서는 현재 남아있는 사료의 총량과 섬세함은 전자에 턱없이 못 미친다. 우륵을 비롯한 인물들은 사료의 제한에서 자유롭지만 아포리아에 대한 고민과 대결 의식이 이순신에 비해 강렬하지 않다고 할 수밖에 없다. 그렇다면 김훈의 역사소설에서는 역사의 실재성으로 인해 작가의 상상력이 제한되는 것이 아니라 반대의 현상이 나타난다고 할 수 있다. 사료의 장력이 느슨하게 작용하는 가야와 우륵의 이야기에서 상상력의 크기는 커졌으되 밀도는 약해졌다. 역사성의 강도가 약해질 때 서사를 장악하는 아포리아는 증발되고 문체의 강건함만이 남게 된다.

4. 아포리아Ⅲ: 성 밖으로 어떻게 나갈 것인가?

≪남한산성≫은 ≪현의 노래≫를 극복하기 위해 다시 역사의 실재성과 정면 승부를 펼친다. 정사와 야담이 '치욕'의 표상으로 쌓아 올린 병자호란의 성채는 고대사의 희미한 사료와 비교하기 어려운 중압감을 지닌다. 사료의 틈을 비집고 상상력의 극대화를 노리는 것이 약화된 아포리아를 되살리는 유일한 방편이다. 또한 ≪남한산성≫은 ≪칼의 노래≫에서 보이지 않아서 다룰 수 없었던 '헛것'의 심연에 칼을 겨눈다. 주전과 주화의 언설이 뒤엉킨 떼뱀 같은 '말들'을 전경화시키는 작업이 그것인데, 그 떼뱀은 이순신에게 백의종군을 언도했던 '헛것'이기도 하다. 다만 닫힌 성문을 두고 '투항하여 열릴 것인가, 결전을 위해 열릴 것인가, 깨어져 열릴 것인가'라는 아포리아가 제시되고, 아포리아와 싸움을 하는 주체가 '헛것' 자체라는 점은 ≪칼의 노래≫와 차이를 보인다. 이처럼 전작들을 극복하고자 하는 ≪남한산성≫이 김훈식 역사소설의 변증법에서 '합'의 지위를 차지하는가는 아포리아의 밀도에 달려있을 것임은 물론이다.

군마와 창칼의 '실체'를 벼루와 먹의 '헛것'으로 막을 수 없다는 명제를 작중인물 중 누구도 부인하지 못한다. 조정의 중신들도 자신들이 패배한다는 사실을 잘 알고 있다. 그러나 조정은 자신들의 실존적 상황을 철저히 '외면'한다. "아무도 두려움을 말하지 않"고 "그 위에서 언설은 불꽃으로 피어올랐다"(27쪽). 무성한 헛것의 논리는 장병의 추위와 민촌의 배고픔을 해결할 수 없었다. 고담준론의 무리는 추위와 배고픔을 호소하는 자들을 잡아들여 치도곤으로 내려치는 것 외에 아무

것도 하지 못한다. 주전과 주화 양안에 발을 걸친 영의정 겸 체찰사인 김류가 내리는 "모질고 사나운"(83쪽) 군령은 무능함의 절정을 이룬다. 김류는 엄하고 가혹한 신분 질서와 고루하고 편협한 유교 근본주의라는 헛것의 원광에 함몰되어 현실대처 능력을 상실한 자이다. 수많은 '김류들'로 이루어진 조정이 패배하는 것은 필연이고 역사적 실재이다.

일반적인 정사와 야담은 '김류들'의 조정에 주목하여 병자호란을 패배의 기록으로 만들고, 후세사람에게 애도와 반성을 촉구한다. ≪남한산성≫의 작가는 조정을 실패한 헛것의 역사로 전체화하는 관습을 위반하여 최명길과 김상헌의 개체성individuality에 주목한다. 두 인물은 자신의 목숨을 담보로 말을 펼치는 자들이다. 중신들은 입성 직후 주전론이 우세할 때 화친을 주장하는 최명길을 죽이라 상소한다. 피난 행렬에 끼지 못했던 김상헌은 항전을 촉구하기 위해 주둔을 완료한 적의 포위를 뚫고 성에 들어간다. 죽음을 각오한 두 인물의 입에서 나온 말은 김류의 '헛것'이기보다 이순신의 '칼'에 가깝다. 출성이 임박할 때도 두 인물의 말은 생사의 기로에 놓여 있다. 김상헌에게 말은 목숨과 같은 무게를 지닌 것이기에 그는 조정의 강화방침 결정 직후 자살을 시도한다. 최명길은 "만고의 역적"(315쪽)이 되는 두려움에 항복문서 작성 어명을 거역하고 죽음을 택한 세 명의 당하관을 대신하여 붓을 든다. 죽음보다 강한 치욕을 감당하면서 작성한 그의 문장은 죽음보다 깊고 무겁다. 작가는 대의와 명분을 내걸고 당파싸움에 몰두했던 '김류들'의 헛것을 최명길과 김상헌의 실존적 조건으로 대체한다. 최명길과 김상헌의 고민과 투쟁으로 인해 조선은 완전한 허무와 무기력으로 빠져들지 않을 수 있었다.

망월봉에서 산성을 굽어다 본 칸은 조선을 두고 "난해한 나라"(276쪽)라고 탄식한다. 명의 천자마저 무릎 꿇린 자신의 군마 앞에 좀처럼 무너지지 않고 버티는 조선의 조정은 불가해하다. 내버려 두면 성 안의 헛것들끼리 싸워 스스로 허물어지리라 예상했지만 그렇지 않기 때문이었다. '김류들'의 말이 범람할 것이라는 칸의 예상과는 달리 산성 안에서는 최명길과 김상헌의 말이 대결했다. 두 인물의 말은 서로의 꼬리를 물어 자멸하는 헛것의 말과 다르다. 그들의 말은 절대적인 타자로서의 죽음과 그러한 죽음이 실체화된 결과인 성 밖의 적을 상대로 싸운다. 말의 칼날이 외부로 향할 때 말은 '헛것'에서 벗어나 적과 싸우는 '실체'가 된다. '헛것'에서 '실체'가 된 변화를 칸은 이해할 수 없었고, 300년이 지난 오늘날 칸의 후예가 몰락하고 산성의 후예가 살아남은 역사적 결과도 예상할 수 없었을 것이다.

(김상헌) 화친으로 적을 대하는 형식을 삼더라도 지킴으로써 내실을 돋우고 싸움으로써 맞서야만 화친의 길도 열릴 것이며, 싸우고 지키지 않으면 화친의 길은 마침내 없을 것입니다. (141쪽)

(최명길) 안이 피폐하면 내실을 도모할 수 없고, 내실이 없으면 어찌 나아가 싸울 수 있겠사옵니까. 싸울 자리에서 싸우고, 지킬 자리에서 지키고, 물러설 자리에서 물러서는 것이 사리일진대 여기가 대체 어느 자리이겠습니까. (141쪽)

상반되는 두 주장은 '죽음과의 싸움을 계속해야 한다' 즉 "삶의 길"(161쪽)을 가야 한다는 원칙에서 벗어나지 않는다. 말들은 각자의 확실성에서 나온 것이기에 둘 다 진실하지만 둘 중 하나는 기각되어야 한다. 삶의 길을 지향한 말이 기각되는 순간 남는 것은 죽음이라는 절대 허무이다. 이에 최명길과 김상헌은 자신들의 전 생애를 걸고 말한다. 이 점에서 두 인물은 서로에게 통약불가능한 절대적인 타자가 된다. '대화'는 타자 사이의 소통이다. 물건을 팔지 못한 상인의 이윤과 상품의 가치는 '0'이다. 상인은 이를 극복하기 위해 '목숨을 건 도약'을 감행하지 않으면 안 된다. 상인의 대화에 비해 두 인물의 대화가 지닌 치열함은 훨씬 강도 높은 수준이며 진실된 것이다. 소설에 압도적으로 존재하는 아포리아는 두 인물의 치열한 대화를 거치면서 끓어오른다. 강력한 아포리아는 다시 서사의 긴장을 고조시키는 견인력을 발휘한다. 서사의 긴장은 대화의 상황으로 회귀하여 다시금 대화를 끓어오르게 한다. 이것이 ≪남한산성≫에서 작동하는 대화적 상상력의 선순환이다.

≪남한산성≫은 '삼전도의 치욕'으로 기록하는 역사적 사건을 다루는 것으로 마무리한다. 작가는 여전히 빼어난 상상력을 동원하여 실재성을 뒤튼다. 임금의 출성을 다루는 대목에서 패배한 자에 대한 일말의 동정도 엿볼 수 없다. 서술은 임금을 '조선 왕'으로 호명하며, 일체의 심리묘사를 제거한 채 지극히 건조한 문체로 사건의 경과만 간략히 다룬다. 작가는 칸에 절하며 이마를 땅에 닿은 임금이 봄 들판에서 풍겨오는 흙냄새를 맡았을 것이라 상상한다. 그 흙냄새는 물자가 부족한

고립된 성 안에서 날이 갈수록 빈약해 가던 수라상에 오른 취나물국과 냉이국에서 나던 냄새이기도 하다. 임금은 아포리아의 한복판에서 흙냄새 나는 국물을 넘기며 '백성의 삶'을 생각했고, 전쟁고아가 된 계집 아이의 머리에 난 가르마를 보면서 '백성의 길'을 연상했다. ≪남한산성≫은 치욕으로 점철된 역사적 현장의 절정에 흙냄새를 묻힘으로써 임금의 역사를 백성의 것으로 전유한다. 백성의 흙냄새야말로 아포리아의 중력을 해소하고 서사를 마무리하는 작가적 상상력의 결정체인 동시에 역사적 사건을 성공적으로 재해석하는 데 성공한 '역사'소설가의 득의의 산물이다.

아포리아는 잠시 보이지 않게 된 것뿐이지 해결되어 소멸된 것이 아니다. 후일 북벌론의 등장이 이를 증명한다. 그러나 소설 속에서 아포리아에 패배한 김상헌은 미련을 두지 않는다. 임금의 치욕을 애도하는 것이 아니라 강화도에서 전사한 형의 시신을 수습하고 매장하는 것이 살아남은 자의 윤리이다. 삶의 윤리가 새롭게 펼쳐지는 시점에서 김상헌은 "성 안에서 목을 매달았을 때 죽지 않기를 잘했다고 생각"하며 "남은 날들이 아까웠다"(362쪽)고 고백한다. 죽음을 각오하고 삼남에 임금의 격서를 전달했던 대장장이 서날쇠도 임금의 치욕을 슬퍼하지 않는다. 화덕에 다시 불을 지피고, 봄 농사를 시작하고, 전쟁고아를 거둬들이는 방식으로 김상헌과는 또 다른 '삶의 길'을 걸어간다. ≪남한산성≫의 아포리아가 죽음과 싸워 결국 '삶의 길'을 찾는 문제였음을 상기할 때, 김상헌과 서날쇠의 에필로그는 칼로써 산 자의 목숨을 벨 수는 있으되 죽음을 베어 죽은 자를 살리지 못하는 칼의 숙명에 번민하던 ≪칼의 노래≫의 주인공이 그토록 갈구하던 "산 것이 산 것을 부르는 부름의 방식"(≪칼의 노래≫, 263쪽)이 ≪남한산성≫에 이르러서야 제자리를 찾았음을 보여주고 있다.

5. 역사소설의 아포리아

김훈 소설의 주인공들은 아포리아적 상황을 타개하기 위해 역사 속에서 투쟁한다. '삶의 길'이란 그러한 치열성에서 비롯된다. 빈틈을 허용하는 순간 적의 칼끝이 파고들어 죽음으로 몰아가는 실존적 상황의 밀도이기도 하다. 그러나 그들은 비록 짧은 순간이지만 빈틈을 허용하기도 하는데 끝없이 반복하고 순환하는 자연현상을 대면할 때 그러하다. 사건 전개와는 동떨어진 채 빈번히 등장하는 파도와 해수의 운동, 썰물과 밀물의 교차, 강의 결빙과 해빙, 일출과 일몰의 교차는 태고로부터 시작되어 종말을 가늠할 수 없는 절대적인 시간성의 현현이다. 인간의 의지와는 무관하게 지속되는 시간chronos앞에서 인간사는 무상하고 역사는 무의미하다.

바다는 전투의 흔적을 신속히 지웠고 함대와 함대가 부딪히던 물목은 늘 아무 일도 없었다. 빛이 태어나고 스러질 뿐, 바다에는 늘 아무 일도 없었다. (≪칼의 노래≫, 247쪽)
봄은 빠르게 다가왔다. 추위는 온 적이 없다는 듯이 물러나고 있었다. 날들은 지나간 모든 날들과 무관한 듯싶었다. (≪남한산성≫, 287쪽)

인간이 시간성을 초월할 수 없다는 '시간의 아포리아'는 그러한 빈틈에서 얼굴을 내민다. 시간성의 초월은 신만이 가능한 일이다. 신이 아닌 인간은 유한성의 운명에서 한 치도 벗어날 수 없다. "목숨을 벨 수는 있지만 죽음을 벨 수는 없다"(≪칼의 노래≫, 124쪽)는 명제는 압도적인 허무로 인간을 몰아갈 수도 있다. 그럼에도 주인공들은 아무 일도 없었던 것처럼 무의미의 아수라에서 싸움을 계속한다. 시간의 아포리아를 해결하거나 초극할 수 없다 하더라도 무의미와 싸우는 그 찰나의 시간만큼은 '인간의 시간tempus'에 귀속될 수 있기 때문이다. 시간을 초월하는 신은 무의미와 싸우지 않으며 그럴 필요도 없다. 무의미와의 싸움은 오로지 인간의 것이다. 즉 시간의 아포리아가 '삶의 길'을 향한 치열한 싸움으로 잠시 망각되는 미세한 지점에서 그것은 인간의 시간으로 변화될 수 있으며 인간의 시간이 모여 역사를 이룬다.

기실 절대적 시간성의 전개를 지켜보는 시선은 작가의 것이다. 역사 기록은 전투를 담아낼 뿐 전투와 전투 사이는 공백으로 남겨 둔다. 역사 기록은 전투를 마친 이순신이 무엇을 보았고 느꼈는지 말하지 않는다. 공백을 채우는 역할은 순전히 역사소설 작가의 몫이다. 그러므로 인간사의 무의미성을 지켜보는 역사적 인물의 형상에는 시간의 아포리아에 직면한 작가의 고민이 고스란히 담겨 있다. 역사적 사실은 지나간 시간의 영토에 속하므로 현전하는 실체가 아니며, 때로는 영속적인 시간 앞에 초라하고 무의미해질 수밖에 없다. 역사소설은 실재성과 사건의 의미에 기반하고 있는 서사이므로 실체와 의미가 희미해지는 순간, 작가는 역사소설을 쓸 수 없게 된다. 이를 두고 '역사소설의 아포리아'라고 부를 수 있다.

'역사소설의 아포리아와 싸우기' 즉 '역사소설 쓰기'는 소설 속 주인공이 보여 준 투쟁의 방식과 크게 다르지 않다. 아포리아와 전면전을 펼치는 와중에서 서사적 긴장과 주제의 진지함을 창출하는 김훈식 역사소설의 원형을 보여준 ≪칼의 노래≫에서 헛것과 무의미를 베기 위한 칼싸움은 역사적 사실에 균열을 내는 역사소설가의 글쓰기와 겹친다. 소설 속 인물들이 자신을 겨눈 적의 칼과 성 밖의 적이라는 실체에 집중하듯, 역사소설의 작가는 역사의 실재성을 비집고 틈을 만든 자리에서 상상력을 작동시켜야 한다. 사료가 희소한 가야사를 다룬 ≪현의 노래≫가 다른 작품보다 서사적 긴장이 떨어진 이유가 여기에 있다. 외연을 확장하여 ≪칼의 노래≫를 넘어서려던 시도는 아포리아에 맞서 패배하는 것이 아닌 상상적 해소라는 우회로로 전락함으로써 치열성의 약화를 초래했다. 반면 ≪남한산성≫은 실재성의 문제로 회귀함으로써 아포리아의 치열성을 탈환하는 동시에 서사적 긴장을 회복하고 나아가 ≪현의 노래≫에서 완성하지 못했던 대화적 상상력을 발휘함으로써 흙냄새로 암시된 '삶의 길'을 발견한다. 변증법적으로 진행된 세 작품의 변이 양상은 아포리아와의 대결을 통해 역사에서 상상력의 광맥을 발견하는 작가의 작업이 앞으로도 발전적으로 전개될 것임을 예상케 하는 징표일 것이다.

그들은 그것을 알지 못한 채 행하고 있다

- 김영하, <옥수수와 나>

1. 믿음의 객관성

김영하의 <옥수수와 나>는 소설가인 '나'가 '필자 관리'를 당하는 것으로 이야기를 시작한다. '나'는 데뷔작의 영광 이후 열세 편의 책을 낸 인정받는 작가였지만 지금은 '계약금만 받고 원고 안 넘긴 필자들 명단'의 맨 앞에 이름을 올린 신세다. 출판사는 월 스트리트에서 온 신임 사장이 의욕적으로 사업 재정비를 하는 터라 계약 불이행 작가 정리에 나섰고, 이에 '나'는 소송도 불사하겠다는 출판사의 위협에 직면한다. 이로써 반강제적인 소설 집필 작업을 위한 동기부여는 이미 충분히 이루어졌다. 그러나 작가는 '나'가 본격적으로 집필에 나서기까지 작품 전체의 절반에 해당하는 분량을 할애하여 소설을 쓸 것인가 말 것인가 주저하는 제법 긴 우회로를 설계하였다. 그러한 우회로를 거치는 동안 작가는 하나의 트릭을 설정함으로써 상상력의 체계를 작동시키고 있다. 필자 관리를 하러 온 출판사 직원이 하필이면 이혼한 전처라는 설정이 모든 것의 단초이다.

"이상하게 수지를 만나면 나는 그 옛날의 철없던 시절로 돌아가 버리고 만다."라는 말에서도 알 수 있듯이 '나'는 이혼한 전처에 대한 미련을 버리지 못하고 있다. '나'는 전처와의 사이에는 더 이상 부부간의 정조 의무 따위는 남아있지 않음을 잘 알고 있을 뿐더러 전처의 사생활에 참견해서는 안 된다는 사실도 잘 알고 있다. 그럼에도 불구하고 '나'는 혹시 그녀가 다른 남자와 가깝게 지내지는 않나 촉각을 곤두세운다. '모든 걸 궁금해하는 프루스트형 소설가'라는 변명 속에서 '나'는 사소한 그녀의 말 한마디 한마디를 포착하기 위해 애쓴다. '나'는 반복되는 유치한 말꼬투리 잡기와 그에 따른 상대방의 반응을 통해 전처의 사생활에 관한 정황 증거들을 수집하고, 그것을 나름대로 분석하고 해석하기에 여념이 없다. 이러한 행동은 전처인 수지의 표현에 따르자면 '찌질한' 것이고, '나'의 주장에 따르자면 '예리한' 것이다. 여느 수사관을 못지않을 정도의 세심한 관찰과 추리를 통해 전처가 사장과 섹스를 한다는 '믿음'은 점점 굳어가고, 때로는 친구인 '철학'이나 '카페'와의 대화를 통해 섹스 파트너에 대한 연구(?)를 시도하기도 한다.

"내가 영혼을 걸레처럼 쥐어짜서 쓴 소설 덕분에 수지는 회사에서 능력 있는 편집자로 인정을 받겠고 수지와 내연의 관계에 있는 사장은 떼돈을 벌겠지?"
"잠깐! 제수씨하고 사장하고 그런 사이 아니라며?"
"그런 사이 맞아. 확실해."
"정말이야?"

"내 육감은 속일 수가 없어."

(…)

"그런데 만약 안 팔리면 그들은 나를 술자리의 안주 삼아 씹어 대겠지. 이제 그 인간은 작가로서 끝났다. 이혼하기를 정말 잘했다. 도대체 그것도 소설이라고 쓰고 있냐. 그런 진부한 소설로 21세기에 살아남겠냐? 진작에 사라졌어야 할 작가가 정부의 문예 진흥 정책으로 겨우 연명하고 있었다. 어쩌고저쩌고."

전처와 사장의 관계를 의심하면서 증거를 수집하던 '나'는 급기야 그들이 내연관계에 있다고 확신하게 된다. 이러한 확신 끝에 '나'는 작품의 첫머리에서 자신을 강하게 압박하던 집필 독촉이 전처를 차지하기 위해 꾸민 사장의 비겁한 덫이라 믿게 된다. 또한 자신이 어떻게든 소설을 쓸 수밖에 없는 상황에서 "잘 써도 낭패, 못 쓰면 개쪽"이라는 딜레마에 빠졌다고 믿는 것 역시 전처와 사장이 섹스 파트너라는 확고한 믿음에 바탕을 두고 있다. 더욱이 이러한 딜레마를 극복할 수 있는 유일한 방법이 "도저히 제정신으로는 출판할 수 없는 난해하고 어지러운 소설"을 씀으로써 역으로 사장을 딜레마에 빠뜨리는 것이라 믿게 되고, 비로소 소설 집필에 착수할 수 있게 된다. 결국 이 작품에서 제법 긴 우회로가 설정된 것은 '나'의 소설 집필이 전처와 사장이 섹스를 한다는 믿음에서 출발한다는 것을 보여주기 위함이다.

이 작품의 묘미는 작품 초반부의 우회로를 거치면서 형성된 '나'의 확고한 믿음이 작품 후반부에 가서 붕괴되는 지점에 있다. 미국으로 찾아온 사장이 총을 겨누고 자신의 부인과의 관계를 추궁할 때 '나'는 사장 또한 자신의 전처와 섹스를 하지 않았는가라고 되물으면서 "조심스럽게 반격을 해 보았다." 간통 현장을 급습당하고 목숨마저 위태로운 상황에서 '당신이나 나나 마찬가지로 오쟁이 진 것, 피장파장이라는 것'이라 논리를 펼치는 것은 결국 사장 부인과의 섹스가 결국 전처와 사장에 대한 질투 때문이라는 것을 간접적으로 입증하는 것이기도 하다. '서로의 것'을 빼앗고 뺏겼으니 없던 걸로 치자는 대담한 제안은 전처 수지가 만나던 남자는 사장이 아니라 자신의 친구 '철학'이었다는 실제의 사실 앞에서 힘없이 무너지고 만다. 자신의 예민한 관찰력을 총동원하여 합리적으로 구성한 끝에 도달한 믿음이 실제로는 어이없는 착각에 불과하다고 판명되는 순간 그토록 신봉하던 믿음의 근거들은 일시에 붕괴되고 만다. 더욱이 '나'는 소설가란 관념을 다루는 존재가 아니라 구체성을 추구하는 '문학계의 육체노동자'라며 자신의 인식 근거가 실체에 기반하고 있음을 자랑하였던 터라 충격의 강도는 더욱 높다.

여기에 이르면 작품의 첫머리에 등장했던 '옥수수와 닭 이야기'가 일정한 의미를 부여받게 된다. (작품 내에서도 주석을 통해 언급되고 있는) 지젝은 자신을 옥수수라 생각했던 멍청이 일화를 소개하면서 "믿음은 순수하게 정신적이고 '내밀한' 상태가 아니라 항상 우리의 실제 사회활동 속에 구체화되어 있다는 점"에 주목해야 한다고 주문한 바 있다. '나'는 어디까지나 자신이 관찰하여 포착한 감각의 파편들을 기반으로 믿음의 체계를 구축한 인간의 전형이다. 자신이 본 것이 옳다고 믿었지만 실제로는 자신이 보고 싶은 것을 보았을 뿐이다. 그러나 실제의 현실 속에 펼쳐진 사실은 근본적으로 주체 외부에 존재하는 객관적 성질의 것이다. 자신을 옥수수라 생각하는 인간은 자신의 믿음에만 눈을 돌리고 있을 뿐 외부에 엄존하는 사실에는 눈을 감고 있다. 그렇기에 거대한 닭 두 마리에 둘러싸인 옥수수 한 알은 객관적인 실제 사실을 외면한 채 자신이 본 것이 진실이라 여긴 자가 처하게 되는 모습으로 해석될 수 있다.

이렇게 어긋나는 일에는 익숙해져 있었지만 사장과의 대화는 유독 많이 엇갈렸다. 내 책의 여백에 자기 나름의 대안적 스토리를 자꾸 적어 넣다 보니 마치 그것이 원래 스토리였던 것처럼 착각하고 있는 것 같았다. 아니면 내가 잘못 기억하고 있을 것일 수도 있다. 이제 나는 그런 일에 별로 개의치 않는다. 독자가 어떻게 기억하고 있든 그게 나와 무슨 상관이란 말인가.

사태의 진실을 파악하지 못하는 착각의 과정은 '나'와 사장의 첫 만남에서 이미 예견되어 있었던 바이다. '나'의 소설을 전부 초판으로 수집하고 있을 정도로 '광팬'임을 자처한 사장은 독자로서 자신이 생각한 대안적 스토리를 소설의 여백에 기입해 넣었다. 그러나 그러한 주관적 감상이 기입된 결과 원래의 스토리와 자신의 머릿속에서 나온 스토리가 혼재되어 버리고 결국 원래의 것과 구분하지 못하게 되는 현상이 발생한다. 이 대목에서 '나'의 말처럼 소설의 스토리를 착각하는 일 따위는 그다지 신경 쓸 만한 것이 못 된다는 점은 분명하다. '나'가 믿는 스토리와 사장이 믿는 스토리가 다르다고 해서 무슨 심각한 사건이 발생하는 것은 아니기 때문이다. 그러나 무심코 넘어갔던 사장과의 생각(믿음)의 차이는 미국에서 이루어지는 '나'와 사장의 두 번째 만남에서는 자신의 목숨을 좌우할 만큼 중요한 의미를 가지고 작품의 전면으로 부상한다. 열흘 동안의 영적인 엑스터시 속에서 써낸 '나'의 작품이 쓰레기냐 걸작이냐 판정되는 것은 오로지 권총을 든 사장이라는 주체 외부의 판단(믿음)에 달려있기 때문이다.

2. 갇힌 회로

외부의 실제 사실과 절연된 채, 자신이 본 것만을 믿고, 이제 자신이 모든 것을 안다고 여기던 존재는 '나'뿐만이 아니다. 섹스 파트너에 대해 이야기를 들려주던 친구인 '철학'과 '카페' 역시 '나'와 비슷한 인물들이다. 그들은 '섹스 파트너를 마련하는 일'(바람피우는 일)을 누구보다 잘 알고 있노라 자신한다. '철학'은 섹스 파트너라는 이름의 상자를 공유할 뿐 결코 그 뚜껑을 열지 않기 때문에 안전할 수 있다고 말하고, '카페'는 서로 들러붙지 않게 하도록 프라이팬에 기름을 둘러야 한다고 충고해준다. 그러나 그들은 자신과 자신의 섹스 파트너 사이의 관계나 그 속에 작동하는 욕망의 원리에 대해 잘 안다고 믿고 있지만, 정작 '카페'는 자기 아내가 자기 아닌 다른 남자와 섹스를 하고 있다는 것을 '모르고' 있으며, '카페의 아내'와 '철학' 역시 '카페'가 여군 장교와 섹스를 하고 있는 것을 '모른다'. 물론 여기에는 그들이 모르는 비밀을 혼자만 알고 있다고 믿던 '나' 역시 자신의 전처가 '철학'의 섹스 파트너라는 사실이 드러나는 순간 모르는 것이나 다름없어지고 만다는 아이러니가 반짝이고 있다.

그렇다고 그들 세 사람이 아무것도 모른다는 의미는 아니다. 오히려 어떤 문제에 대해서는 '그들은 자기가 하고 있는 것을 잘 알지만, 여전히 그렇게 행한다.' 세 사람은 작가라는 공통점이 있다. 그들은 문학이 자본가에게 이용당할 위험을 잘 알고 있다. "넌 그러니까 순진하게 자본가에게 이용당하는 거야."라는 '나'의 조롱에 강하게 반발하는 '철학'의 모습에서, 그들이 자본주의 체제 내에서 작가가 처한 위험을 공식적으로 드러내고 토론할 정도로 충분히 잘 알고 있음을 알 수 있다. 그러나 그들은 자본의 위력을 잘 알고 있으면서도 실제로 행함에 있어서는 마치 그것을 몰랐다는 듯이 행동한다. "글이 안 써져. 안 써지는 걸 어떡해? 글을 써야 돈을 벌고, 돈을 벌어야 줄 거 아냐?"라는 '나'의 말은 "얼른 소설을 써. 그 길밖에 없어. 당신이 돈 버는 재주는 그것밖에 없잖아"라는 편집자의 말을 이미 승인하고서 이루어지는 발언에 불과하다. 작가를 사랑하는 사람으로서 돈은 중요하지 않으니 좋은 소설 하나만 써달라며 침까지 튀기며 흥분하는 사장의 속이 빤히 보이는 거짓말을 들은 '나'는 "사장의 흥분에 나도 모르게 감염되어 나도 모르게 덜컥 그러마고 대답을 하고 말았다."라고 솔직히 고백한다. '나도 모르게' 감염되고, '나도 모르게' 승인하게 되는 방식으로 자본의 위력에 말려드는 과정은 그러한 위험성을 충분히 인지하고 있으면서도 현실적으로는 '그것 외에는 별도리가 없잖아'라면서 수용하는 '냉소주의자'의 형상을 보여주고 있다.

한편 미국에서 집필의 무아지경을 경험하고 나서 문학은 밥벌이 도구가 아니라 신성한 무언가라고 여길 때도 '나'가 자본가에게 이용당하기는 매일반이다. 불륜 현장을 급습한 사장은 제대로 집필하고 있었는지 확인하려 들고, 이에 '나'는 권총을 겨누고 있는 사장을 상대로 적극적인 해명에 나선다. 처음에 계획했던 일제시대 곡마단 이야기가 아니지 않느냐는 사장의 질문에 자신의 작품은 ≪율리시즈≫와 비슷한 부류의 작품이라 변명하면서, 문학 입문에 근접한 설명을 시도한다. 이때 거듭하는 변명과 설명은 자기 작품이 '쓰레기'가 아니라 예술성이 담보된 걸작임을 강조하는 데 초점을 맞추고 있다. 실제로 그 작품을 쓰면서 "이제야 비로소 진짜 작가가 됐다는 강한 확신이 들었"으므로 '나'의 말은 적어도 거짓은 아니다. 그러나 작품의 예술성에 관한 판단은 작품에서 자본가를 대표하는 사장에게 전적으로 일임되어 있다. 월 스트리트 출신답게 작가는 채권, 계약금만 받고 원고를 넘기지 않은 작가는 악성 채권이라 여기는 사장은 처음부터 악성 채권 회수와 채무 상환 문제에만 관심이 쏠려 있었다. 예술성 있는 작품이라면 이윤이 발생할 것이고, '쓰레기'라면 출판도 해 보지 못할 것이니 이윤은 0이거나 마이너스다. '나'의 발화 의도와는 무관하게 사장의 귀에 '나'의 변명은 '당신은 이 작품으로 이익을 볼 수 있을 것입니다'로 번역되어서 들릴 수밖에 없다. '나'가 지고한 예술혼을 강조할수록 사장에게는 '돈이 될 만하니 구입하는 것이 어떤가요?'라고 호객행위를 하는 것이 되어버리고, 결과적으로는 자본가에게 이용당하고 말게 된다.

1,000페이지가 넘는 요령부득의 소설로 사장을 난처하게 만들겠다

는 발상은 또 어떠한가? 다음을 보면 사장은 전혀 난처해하지 않고 있으며, 심지어 그 소설로 벌어들일 수 있는 돈을 계산하는 모습에서 사장을 '엿 먹이려던' 애초의 의도는 완전한 실패로 귀결되었음을 확인할 수 있다. 자본가에게 이용당하는 작가가 되어서는 안 된다는 '나'의 믿음 또는 지식과는 상관없이 '나'가 쓴 소설은 사장의 배를 불리게 될 것이 분명해 보인다.

　　작가 박만수의 마지막 작품. 미완성 유고 소설이라고 선전하면 계약금은 회수할 수 있겠지. 뭐, 운이 좋다면 꽤 많이 팔릴 수도 있겠어. 아, 뉴욕에서 총 맞아 죽기 전까지 쓰던 소설이라고 언론에서 떠들면 좀 더 나가려나? 이미 원고지 1,000매가 넘는 것 같던데. 그럼 신국판으로 300페이지는 나올 거고, 오히려 어설픈 후반부가 없으니 독자들은 마음대로 상상하겠지. 아, 완결됐다면 걸작이 되었을지도 모르는데, 하면서 아쉬워도 하겠고. 아무리 봐도 이게 최선이야. 박 작가는 이쯤에서 요절해 주는 게 그간 써 온 작품들의 운명을 위해서도 좋을 거야.

어떠한 논리를 펼치더라도 결국 자본가에게 이용당하고 만다는 아이러니가 '나'와 사장 사이의 권력 관계를 상징적으로 보여주고 있다. 여기서 '옥수수와 닭 이야기'의 두 번째 의미가 도출될 수 있다. 사실적 현실의 차원에서는 옥수수이거나 사람이거나의 양자택일의 문제로 환원될 뿐이지만, 정체성은 결국 상징계의 질서에 귀속된다는 것이다. 즉 자본주의사회에서의 주체는 상징적 질서가 부여한 정체성(상징적 정체성)을 받아들이게 되는 자, 대타자가 말하는 바가 되고 만다. 이 작품에서 '나'가 자기 작품을 두고 "모든 창작자들이 애타게 찾아 헤맨다는 에피파니의 순간" "뮤즈가 강림한 것"의 결과로 만들어진 것이라 아무리 주장해도, 여전히 닭으로 표상된 자본주의의 질서가 그 작품을 판매 부수와 손익분기점으로 물화시켜버린다면 결국에 자본가에게 이용당하고 말게 되는 구조에 갇히게 된다. 옥수수가 된 자의 두려움은 탈출이 불가능해 보이는 갇힌 회로의 폐쇄성에서 비롯되는 것이다.

3. 퍼즐과 환상의 가능성

이제 유서까지 있으니 그야말로 완벽해졌다. 나는 고개를 들어 사장을 바라보았다. 그제야 그가 달리 보였다. 그는 분노에 사로잡힌 오쟁이 진 남편이 아니었다. 그의 계획은 빈틈없고 완벽했다. 단 하나의 아귀도 어긋남이 없이 딱딱 맞아 들어간다. 그러고 보면 영어의 플롯은 음모로도, 그리고 구성으로도 번역된다. 범죄자와 작가는 비슷한 구석이 있다. 은밀히 계획을 세우고 그것을 실행에 옮긴다. 계획이 뻔하면 덜미를 잡힌다는 점에서도 그렇다. 때로는 자기 꾀에 자기가 속는다는 점도 그렇지. 이 아파트에서 내가 쓰고 있던 소설은 정해진 플롯이라고는 없는 중구난방의 이야기라고 할 수 있었다. 반면 사장의 음모는 아주 짜임새 있는, 그러나 바로 그렇기에 저급한 추리소설의 냄새를 풍긴다. 그런데도 승자는 사장이라니. 이것은 혹시 잘 짜인 플롯이 결국 중구난방 요령부득의 서사를 이긴다는 것을 의미하는 것일까? 너무 비약인가?

영어로 플롯은 범죄자의 음모로도, 작가의 구성으로 번역될 수 있다는 것. 전처와 사장이 섹스를 하였으므로 나도 사장의 부인과 섹스를 하는 것은 피장파장 아니냐는 '자기 꾀'에 속고 말았다는 것. 더욱이 그것은 '나' 스스로의 눈으로 파악하여 축조한 믿음이 실상은 착각에 불과했다는 것. 사장의 플롯을 완성시키기 위한 유서를 작성한 직후 '나'는 자신의 패배를 깨끗이 인정한다. 승부는 플롯의 치밀함 정도에 달려 있다. 그러나 여기에는 실제 작가의 계략이 감추어져 있다. 작품 속에서 요령부득의 음란하고 난해한 소설을 쓴 소설 속 인물로서의 '나'와 구별되는 실제 작가 말이다. 〈옥수수와 나〉의 실제 작가는 허구적 이야기 속 작가가 패배에 이르는 플롯을 구현함으로써 자신의 플롯을 완성시키고자 하고 있으며, 그 관건은 '아주 짜임새 있는' 플롯을 구성하는 데 달려 있다.

아주 짜임새 있는 것은 퍼즐 게임이 대표적이다. 실제 작가의 플롯을 따르는 〈옥수수와 나〉에는 퍼즐 맞추기와 같은 작업이 은근슬쩍 삽입되어 있다. '나'가 전처 수지와 만나는 장면에서 "수지는 먼저 와서 스도쿠를 하고 있었다. 그녀는 스도쿠나 십자말풀이처럼 빈칸에 뭘 채워 넣는 퍼즐 게임을 좋아했다." 그뿐만 아니라 '나'는 자신의 목숨이 위태롭게 된 순간을 "이 범죄 치정극의 마지막 퍼즐"이라 부르고 있다. 뉴욕의 아파트에서 쓰던 소설의 모델은 《율리시즈》였고, 《율리시즈》의 작가는 자기 작품 속에 많은 수수께끼와 퀴즈를 감추어 두었다고 공언하지 않았던가. 그런데 퍼즐 같은 플롯으로 이루어졌다는 것은 곧 독자와의 대화적 가능성을 활짝 열어두고 있음을 의미한다. 무릇 퍼즐은 그것을 푸는 사람에게 힌트를 주는 것을 기본으로 한다. 아예 힌트가 없으면 푸는 사람의 흥미가 생기지 않고 퍼즐 풀이라는 대화적 관계는 성립할 수 없다. 이에 이르면 이 작품의 독자는 실제의 작가가 마련한 퍼즐 게임의 힌트를 하나씩 짚어가면서 복기해야 할 의무를 지닌 존재가 된다.

첫 번째의 복기 사항은 인물 간의 대화이다. 의심하는 '나'가 던진 유도심문, 그리고 그것에 대한 수지의 답변. 수지의 답변은 시종일관 '나'의 '찌질함'을 탓한다. 처음부터 말도 안 되는 소리를 한다는 것이다. 전처와 사장의 관계에 대한 '나'의 의심과 이어진 확고한 믿음은 전처의 일관된 대답만을 주의 깊게 살펴보면 처음부터 착각이었음이 바로 드러난다. 작가는 독자를 속이고 있던 것이다. 이러한 작가의 속임수는 '나'와 '철학'의 대화에서도 여지없이 발휘된다. '철학'은 '나'에게 "너의 그 확신이 나는 불길해." "정말이야?" "제수씨가 그렇게나 대단한 여자야?"라고 끊임없이 반문하고 있지 않았던가. 독자들은 일인칭 화자의 서술이 신뢰할 만한 것이라는 일반적 독서 관습을 '믿고' 따라갔으며, 그 결과 착각을 진실인 양 믿고 있던 '나'와 한치도 다를 바 없는 존재가 되어버린다.

두 번째의 복기 사항은 작가의 '영업 비밀' 누설이다. 이것은 작가로 설정된 '나'의 발언을 독자가 거부감 없이 진실이라 받아들이게 만드는 역할을 한다. "모든 작가는 편집자에게 이렇게 거짓말을 한다.", "구상을 편집자에게 말할 때는 마술적 리얼리즘이나 초현실주의를 슬쩍 언급해 주는 게 좋다. 그러면 편집자는 자기 마음대로 스토리를 상상하기 시작하고 곧 그것을 마음에 들어 한다." "작가라고 자기가 쓴 책의 내용을 전부 기억하는 것은 아니다" 등등. 작가의 '영업 비밀'은 독자들이 평소 접하기 힘들었던 진실에 가까이 다가가고 있다는 착각을 불러일으키기에 안성맞춤이다. 처음 만난 사장이 '나'로부터 신뢰를 얻고 집필 수락을 얻어내기 위한 한 가지 방법이 월 스트리트의 '영업 비밀' 누설이었다는 것을 떠올린다면 쉽게 이해될 수 있을 것이다. 은밀한 비밀을 공유한다는 의식의 환기야말로 독자를 인물에 근접하게 만드는 유력한 방법 중 하나이며, 실제 작가는 지속적으로 착각하고 있는 '나'의 믿음이 마치 사실인 것처럼 독자를 유인하고 있다.

> 나는 천천히 눈을 뜬다. 방이 조금 커졌다는 느낌이 든다. (…) 마치 감옥에 있는 것 같다. 저기 보이는 줄무늬, 저것은 철창인가, 아니면 벽지의 문양인가? 나는 고개를 돌려 사장이 있던 쪽을 본다. 사장의 모습이 이상하다. 서서히 변해 가고 있는 것 같다. 정수리에서 붉은 볏이 자라 나오기 시작하더니 입도 점점 튀어나와 짧고 날카로운 부리가 된다. (…) 나는 오금이 저려 점점 더 작아지고 방은 더욱 커진다. (…) 두렵다. 너무도 두렵다.
> 마침내 아득한 의식의 안개를 뚫고 하나의 문장이 서서히 형체를 드러낸다. 나는 그 문장을 소리 내어 읽는다.
> 나는 옥수수가 아니다.
> 나는 옥수수가 아니다.
> 나는 옥수수가…
> 그러나 그것만으로는 충분하지 않다는 생각이 자꾸만 든다.

독자를 '나'의 착각으로 유인하는 작가의 속임수는 작품의 대미를 장식하는 환상을 제시하기 위해 예비된 것이다. 옥수수와 닭의 이야기가 작품의 첫대목에서 소개되었을 때 그것은 단지 현실을 구분하지 못하는 미치광이에 관한 '농담'일 뿐이었다. 작가는 퍼즐 게임의 구성을 이용해서 독자를 '나'에 근접시켰고, 마지막에 와서 맨 앞에 있던 농담을 재소환한다. 그러나 이제는 그것이 더 이상 웃음을 유발하지 않을 뿐더러 기이함과 서글픔마저 불러일으킨다. 소설 문장 종결의 기본인 과거형으로 이어지는 서술은 이 대목에 이르러 현재형으로 전환되고, 자신이 믿고 있는 것이 진실이라 확신에 차 있고 다분히 냉소적인 측면을 지니고 있던 '나'의 어조는 지극히 제한된 시야만을 가까스로 포착할 수 있는 약소한 존재의 어조로 추락해 버렸다. 독자들이 듣게 되는 것은 한없이 나약한 옥수수 한 알을 압박해 오는 거대한 닭의 구르륵거리는 소리이다. 농담은 기이하고 서글픈 환상으로 화학적 변화를 이룬 것이다.

'나'의 두려움은 의미론적 층위를 벗어난 공허에서 비롯한다. 그러한 두려움이 자본주의 체제가 개인을 강박할 때 발생하는 것이라고 설명할 수도 있다. 그러나 이러한 해석은 문학에서 "환상은 현실을 도려내고 거기에 부재하는 것, '큰타자', 말해질 수도 없고 보일 수도 없었던 것을 드러내"는 역할을 한다는 주장을 떠올릴 때, 다소 한정된 측면만을 보고 있다고 할 수 있다. 비록 착각이었지만, 자신의 관찰을 통해 진실에 도달할 수 있다는 자신감에 넘치던 작가인 '나'는 순진하게 자본가에게 이용당하지 말아야 한다는 것을 '이미' 알고 있는 인물이었다. 또한 '나'는 그러한 상징계의 강박을 잘 알면서도 '그럼에도 불구하고' 그 상징계의 질서를 수용하던 인물이기도 했다. 특히 사장의 총구 앞에서도 '나' 특유의 시야와 어조는 '완벽하게 오쟁이 진 사내'치고는 여전히 유머러스하고 냉소적이었다.

따라서 '나'의 시야는 점점 축소되고, 어조는 점점 자신감을 잃어가는 환상의 장면은 서술의 측면에서 급진적인 변화의 결과이다. 이 장면은 인간으로서의 육체적 통일성도 갖고 있지 못하며, 이전의 "자기 자신과 일치하지 않는다는 것에 두려움을 느낀다."라는 그레고르 잠자의 환상적 변화를 떠올리게 만든다. 환상의 급격한 서술적 변화에 수반하여 현실은 해체되고 고요와 두려움이 부유하고 있을 따름이다. 그리고 독자의 입장에서 할 수 있는 일은 과제는 한 알의 옥수수로 변해가는 변신의 과정을 숨죽여 바라보는 것뿐이다. 때로는 자신이 믿음의 지닌 허약함을 절감하고, 때로는 갇힌 회로에서 탈출할 수 없던 '나'의 존재론적 한계에 대한 인식은 '나'의 의식이 점차 사그라지는 환상의 장면 속에서 "그들은 자신들이 행동하면서 환영을 쫓고 있다는 것을 알고 있지만 여전히 그것을 행한다."라는 명제의 여운과 함께 오롯이 독자의 몫으로 돌려지고 있다.

불안과의 대화

— 편혜영, <몬순>

1.

편혜영은 읽는 이의 마음을 끊임없이 불편하게 만드는 작가다. 무엇보다도 시체가 부패하면서 풍기는 악취가 코끝을 자극하고, 정체를 알 수 없는 괴이한 소리가 배경음악처럼 재생되는 듯한 착각을 불러일으키는 첫 번째 소설집 ≪아오이가든≫이 그러하였다. 산 자의 무기력과 죽은 자의 활기참이 선명한 대조를 이루는 '죽음의 무도(danse macabre)'를 목격하면서 우리가 도달하게 되는 명제는 '살아가는 것이 곧 죽어 가는 것', 즉 삶의 유한성을 받아들이라는 메멘토 모리 memento mori였다. 일상적인 삶을 살아가는 동안 잊고 지내는 진실을 상기시키는 데서 불편함이 유래한 것이다.

아무리 발버둥 쳐도 죽음의 승리를 벗어날 수 없다는 주제는 한결같이 삶의 실패로 귀결되는 이야기를 담은 두 번째 소설집 ≪사육장 쪽으로≫로 변주되었다. 실패하는 '담장 쌓기'에 관한 이야기인 <밤의 공

사)는 작품의 결말에 이르러 메멘토 모리의 기호인 '습기와 개구리와 쥐'에 의해 일상적 삶을 점령당한다. 현실적 일상이 환상적 상상력과 접합되는 장면은 읽는 이로 하여금 자신의 주변을 흘끔거리지 않을 수 없게 만든다. 평온하게 살아가고 있는 일상의 이면에 축축하고 차가운 '아오이가든'이 자리하고 있다는 섬뜩한 사실, 그리고 두 세계 사이의 경계가 너무나 흐릿하고 모호하여 언제든 우리의 일상이 점령당할 수도 있다는 사실의 상기가 불편함을 자아낸다.

암울하게 채색된 세계에서 인간적 삶은 실패라는 결말이 예정된 채 끝없이 반복되는 '헤맴'에 불과하다. 세 번째 소설집 ≪저녁의 구애≫와 장편 ≪서쪽 숲에 갔다≫는 '반복'과 '헤맴'이 참주제다. 매일매일 같은 시간, 같은 장소에서 같은 메뉴의 점심을 먹는 〈동일한 점심〉의 주인공을 위시하여, 반복되는 일상을 영위하는 여러 인물은 인간의 개별성이 무화되어 버리는 현대 문명의 우울한 그림자에 관한 설득력 있는 알레고리다. 폐쇄된 동일성의 회로에서 결코 빠져나올 수 없음을 인정하는 순간 정체 모를 습기와 냄새가 감지될 것 같은 불편함이 시작된다. 목표를 향해 나아가지만 결국 거대한 숲속에 갇혀 영원한 헤맴을 반복하게 되는 ≪서쪽 숲에 갔다≫ 역시 같은 종류의 불편함을 선사한다.

불가해성이 우발적인 순간에 우리의 삶을 점령할지도 모른다는 것은 결국 '불안'의 문제로 환원된다. 편혜영의 소설에서 불안은 이전 작품의 경우 대개 인간의 유한성에 바탕을 둔 존재론적 차원에 발을 딛고 있었고, 최근에는 더욱 일상적 세계의 형상화에 근접하는 경향을 보인다. 이는 환상적인 소재나 발상이 현저히 약화된 네 번째 소설집 ≪밤이 지나간다≫의 작품을 통해서 구체적으로 확인할 수 있다. 가령 불행이 "항시 깔려 있는 이부자리처럼 가까운 곳에서 늘 불길한 냄새를 풍기며 자리 잡고 있다"라는 불안감의 표출(〈비밀의 호의〉), 고속도로 갓길에서 시설물을 점검하는 직업을 가진 인물에게 언제든 사고가 닥칠 수 있다는 식의 만성화된 불안감(〈서쪽으로 4센티미터〉) 등에 관한 언급을 볼 때 작가는 겉으로 견고해 보이는 일상이 사실은 균열과 붕괴의 가능성 위에 위태롭게 서 있음을 보여주려는 듯하다.

〈몬순〉의 서사 곳곳에 있는 불안과 관련된 소재나 장면 역시 그동안 지속되어 온 작가의 관심과 연결된 것으로 이해할 수 있다. 특히 〈몬순〉에 나타난 불안은 실제적인 일상의 국면에서 구체성을 확인할 수 있다는 점에서 ≪밤이 지나간다≫에 수록된 여러 작품을 통해 보여준 불안과 연속선상에 있다고 보인다. '바람의 방향은 언제 바뀌는가?'라는 〈몬순〉의 질문은 "예기치 않은 우연, 제어할 수 없는 신체적 욕구, 우발적인 충동과 불확실성 같은 것은 어디에 웅크리고 있다가 정체를 드러내는 걸까?"(〈밤의 마침〉)라는 질문과 겹치고 있음을 보더라도 그러하다.

2.

〈몬순〉에서 남편 태오와 아내 유진의 관계는 매우 불안정한 상태에 놓여 있다. 법적으로는 여전히 부부라는 끈으로 묶여 있으나 언제든 갈라서서 남이 될 수 있는 상태, 마치 이혼 서류에 도장을 찍기 직전 마지막 결심만을 남겨놓은 사람들 같다. 그들 역시 세상의 모든 신혼부부가 그러하듯 한때는 화목한 가정의 주인공이었다. 지금 살고 있는 아파트로 이사 올 때, 두 사람은 "드물고도 벅찬 기쁨에 사로잡혀 있었다"라는 것을 기억한다. 그리고 그 기억은 베이지색 커튼을 통과하여 물결처럼 반짝이던 따스한 빛으로 기억된다. 문제는 현재 위태로운 두 사람의 집에는 과거와 같은 빛이 없다는 것이다. 커튼을 젖히면 마루 깊숙이 들어오던 햇살은 사라졌을 뿐만 아니라, 이제 곧 '단전'이 된다고 한다. 이에 정전으로 인해 캄캄한 어둠만이 남게 될 것이 예고된 상황은 곧 태오와 유진 부부가 처한 불안의 상황에 대한 명백한 비유일 수밖에 없다.

얼마 전까지는 그렇지 않았다. 유진과 태오는 말을 돌려하지 않고 서로를 향해 고함을 질렀다. 일부러 상처 줄 말을 골랐다. 이제 태오는 그러지 않았다. 유진도 마찬가지였다. 그럴 만한 시기가 지났다. 기민하고 명랑하고 낙천적이던 대화가 완전히 사라져버렸지만 서로를 향해 화를 내지는 않았다. 그런데도 종종 혐오감이 태오를 휘감았다. 평화로이 주고받는 짧은 말에 더러 무기력해졌다.

두 사람 사이의 관계가 어느 정도 위태로운 상태인지는 그들 사이에 오고 가는 대화가 사라졌다는 데서 익히 짐작된다. 일부러 상처 줄 말을 골라서 고함을 질렀다는 것은 썩 바람직하지는 않겠지만 그래도 타인에게 자신의 불평과 불만을 전달하려는 최소한의 의지가 남아있음을 의미하는 것이 아니겠는가. 그러나 최소한의 의지마저 사라진 지금, 유진은 방에 틀어박혀 문을 닫고 있다. "닫힌 문은 명백한 금지", 즉 '혼자 있고 싶다'가 아니라 '너와 대화하고 싶지 않으니 들어오지 마라.'이며 서늘한 침묵만이 그들의 아파트를 감돌고 있다. 베이지색 커튼을 통과한 따스한 빛이 스며들던 시절의 "기민하고 명랑하고 낙천적이던 대화"를 복원하는 것은 무리라고 하겠으나, 이제 서로를 향해 원망하고 비난하던 최소한의 소통 방식마저 포기되어 가고 있는 상황에서 얼마 지나지 않아 완전한 침묵의 상태로 넘어가게 될 것이 분명해 보인다. 마치 단전이 되어 모든 조명기기가 빛을 상실하고, 냉장고나 보일러의 모터 회전이 정지하듯 절대적인 침묵의 상황이 두 사람 사이에 들이닥치고 말 것이 뻔히 예견되어 있다.

　태오의 이직으로 인한 경제적인 불안은 허물어져 가는 두 사람 사이의 관계에 쐐기를 밖는 무언가가 될 수 있다. 번듯한 전자 회사 직원 신분이던 그가 직장에 사표를 내고 창고관리인으로 이직한 순간 이미 금전상의 불안은 시작되었다. 퇴직금을 받은 목돈은 얼마 안 가서 바닥날 것이고, 그러면 아내 유진도 금전적으로 곤란을 겪는 가정 대부분이 그러하듯 '언젠가는' 자신에게 불만과 적의를 가지게 될 것이라고 태오는 예상한다. 그는 "하지만 그건 나중의 일이다. 지금은 아니었다. 유진은 무능한 남편과 살아야 하는 침울한 상황을 아직 겪지 않았다."라며 스스로 위안하기도 한다. 그러나 이러한 애처로운 위안에는 '언젠가' 그러한 순간이 닥칠 것이라는 엄연한 사실에 대한 불안한 예감이 전제되어 있다. 그렇기에 태오의 위안은 그저 일시적인 유보에 불과하다. 일시적으로 복구를 했어도 또다시 태풍이 오면 정전 사태가 재발하는 아파트의 전기 설비처럼 두 사람의 파국은 잠시 유보되었을 뿐이다. 아무것도 해결되지 않은 상태에서 경제적 곤란으로 인한 지속적인 충격이 계속된다면 두 사람의 불안정한 관계는 비록 '지금'은 아니고 '당분간'은 아니지만 '얼마 안 가' 바닥이 나는 통장 잔고처럼 허물어져 버릴 것이다.

"아내분은 휴가가 끝나셨어요? 요새 통 안 보이시네요."

엘리베이터 안에서 여자가 물었다. 육아 휴직은 끝났다. 유진은 과학관으로 돌아가지 못했다. 진단서를 제출했고 좀더 휴가를 받았다. 태오는 제 말차례가 되자 긴장했다. 사람들이 모두 태오를 쳐다봤다. 주민들이 아무렇게나 던지고 슬쩍 떠보는 말이 태오는 말할 수 없이 불편했다. 아닐 수도 있었다. 사람들의 흥미로, 호기심으로, 악의로 자신을 대한다고 여기는 것은 태오의 착각이었다.

정전으로 인해 그 자체로 거대한 어둠이 되어버린 아파트는 불안을 가시화한다. 태오는 단전 소식을 처음 들었을 때 유진과 집 밖에서 시간을 보내거나, 이웃들이 모두 빠져나가 조용한 아파트에 남아서 유진과 얘기를 나눌 수도 있으리라 기대했었다. 어둠이 관계 회복을 위한 무대 장치가 될 수 있을 것이라는 작은 희망. 반면 아파트 주민들은 정전 때문에 일시적으로 아파트의 치안이 불안정한 상태에 놓이게 될 것을 걱정한다. 지난번 정전 때 누군가 정전을 틈타 남의 집 베란다 창에 돌을 던졌고, 그 범인으로 태오가 의심받는다. 의사와 멱살을 잡고 싸웠다는 소문이나 유진이 아이에게 끔찍한 짓을 했다는 흉흉한 소문이 떠도는 아파트는 공간화된 불안이다. 게다가 정전되어 불까지 꺼졌으니 소문은 더욱 위력을 발휘할 것이 분명하다.

평소 안전하게 유지되던 일상이 정전으로 인해 위태로운 상태에 노출되는 것이 아닌가 하는 두려움에 주민들은 태오를 향해 노골적인 혐오의 시선을 보낸다. 그것은 태오의 착각일 수도 있다. 그러나 그보다 중요한 것은 태오가 소문에 둘러싸이는 순간 그의 심리상태 역시 긴장, 불편, 불쾌 등 불안정함으로 가득 차게 된다는 점이다. 정전으로 인해 불안해하는 아파트 주민의 심리가 태오에게도 전이되고 나아가 태오의 마음을 좌우하게 된다. 이처럼 태오의 불안은 어쩌면 노골적인 시선을 보내는 아파트 주민들이라는 외부로부터 불어온 것일 수 있다. 다음 대목을 보면 이러한 의구심은 좀 더 분명해진다.

아마도 우연한 일이기 때문이리라. 인과가 분명치 않은 일은 늘 꺼림칙한 이야기를 만들어내니까. 가장 나쁜 건 유진의 고의를 의심받는 것이었다. 사람들은 우연이 가져온 희박한 가능성을 잘 믿지 않았다. 유진을 탓하는 것은 부당했다. 유진 역시 아이를 잃었고 심지어는 죄책감에 시달렸다. 그러나 태오 역시 점차 그렇게 생각했다. 그게 진실이 아닌 줄 알았지만 되풀이해 생각하다보니 끝내 그 생각을 믿게 되었다. 실제의 사실보다 믿음직스럽고 흥미로웠다. 스스로를 탓하는 것보다 정당하고 안정적이었다.

소문은 불 꺼진 아파트를 유령처럼 떠돌고 있다. 정전으로 인해 암흑천지가 된 불안의 공간에서 태오와 유진 부부를 둘러싼 '꺼림칙한 이야기'는 소문의 먹잇감이 되기 십상이다. 엘리베이터 안의 모든 사람이 자신을 노려보고 있다고 여길 때 느끼던 긴장감과 불쾌감은 한편으로는 태오 자신도 아내 유진을 의심하고 있음을 어렴풋이 암시한다. 자기 아내가 결백하다고 확신에 차 있다면 헛소문을 퍼트리는 아파트 주민을 향해 분노하거나, 아내를 위해 변호하기 위해 애써야 자연스럽지 않을까. 그러나 헛소문이라도 되풀이해서 생각하면 끝내 그 생각을 믿게 된다는 묘한 상황을 태오는 솔직히 털어놓고 있다.

약간이라도 헛소문을 믿는 순간, 자기 아내를 의심하게 되고, 이에 따라 떠도는 불길한 소문이 혹여 사실이 아닐까 불안하게 되는 것이 태오가 빠져든 불안의 악순환이다. 여기에 이를 때 앞서 언급한 흔들리는 가정 내부의 불안이라든가 경제적 곤궁으로 인한 불안은 다분히 부차적인 현상에 불과하다. 그러한 것들은 아내에 대한 근본적인 신뢰가 상실되었기에 파생된 결과물로 볼 수 있다. 그러므로 아내에 대한 막연한 '의심'이 모든 불안을 초래했다는 결론이 나온다.

나아가 악순환의 고리에 빠져든 순간 '진실'은 흐릿해진다. 진짜보다 더 그럴 법한 가짜의 유혹이 손짓한다. 아내에 대한 신뢰는 물론이고 자신을 둘러싼 모든 일상적 삶을 통째로 부숴 버릴지도 모를 가짜의 유혹 앞에서 무엇이 진실인지를 파악하는 것을 포기하게 되는 것이 〈몬순〉이 보여주는 불안의 위력이다. 이러한 불안은 존재론적 차원에 맞닿아 있는 것이기에 어찌 보면 '아오이가든'에 창궐했던 역병보다 더 큰 위력을 지닌 것인지도 모른다.

3.

〈몬순〉에 나타난 불안은 일상적 삶에 발생한 균열의 일종이라는 점에서 기존의 작품과 연결되지만, 불안을 '의심'의 형태로 표현하여 서사 전개로 이어 나간다는 점은 차이를 보인다. ≪사육장 쪽으로≫에서는 일상 속의 불안을 환상과 연계시키고, ≪저녁의 구애≫에서는 환상까지는 아니더라도 몽환적인 미궁에 빠뜨리는 결말을 취함으로써 일상의 불안정함을 지적하는 데 치중하였다. 그러던 것이 〈몬순〉에 와서는 서사를 통해 주인공 태오가 아내 유진을 의심하고 아내의 비밀을 파헤치는 과정을 거치게 함으로써, 자신을 둘러싼 불안의 실체와 직접 대면하게 만드는 단계로 나아가고 있다. 곧 불안, 의심, 비밀, 폭로 등에 소설적 육체를 입힌 것이 이 작품이다. 모호한 불안의 분위기를 그려내고 예감하는 단계에서 불안과 대면하는 단계로의 변화가 얼마나 지속성을 지닐지, 어느 정도 일정한 방향성을 지닌 것인지는 좀 더 두고 보면서 따져야 할 문제지만 내용과 형식의 새로운 접합 시도라는 점에서 주목할 필요가 있다.

의심에서 촉발되는 〈몬순〉의 서사적 얼개는 비교적 단순하다. 두 시간 정전이 된 동안 주인공이 집을 나와 근처 술집에 간다. 거기서 아내의 직장 상사인 과학관 관장을 만나 대화를 나누고 아내와 관련된 의혹을 확인한다. 술집을 나와 집에 도착하였을 때, 아직도 아파트에 불이 켜졌다 꺼졌다 하는 것을 지켜보는 것으로 작품은 끝이 난다.

여기서 한 가지 흥미로운 것은 태오의 입장에서 볼 때 관장과의 대화는 새로운 사실을 알게 되는 과정이라기보다 이미 알고 있던 사실을 좀 더 구체적으로 재확인하는 것에 불과하다는 점이다. 태오의 회상을 통해 볼 때, 아이가 사망하던 '그날' 아내 유진의 행적은 이미 알고 있는 내용이다. 유진은 아이를 방치한 채 잠시 외출했었고 하필 그 시간 동안 아이는 사망했다. 더욱이 태오 자신도 아이를 방치한 채 유진을 뒤쫓아 집을 비웠고, 그전까지 아이가 숨을 쉬고 있었다는 사실을 뒤늦게 폭로하는 순간 유진을 둘러싼 의심은 처음부터 불필요한 것이었음이 드러난다. 그럼에도 불구하고 독자의 관점에서 태오와 유진 부부에 관한 은밀한 비밀 이야기는 지속적인 불안감을 유지한 채 극적 긴장을 늦추지 않고 있다. 이와 같은 긴장의 확보는 이 작품이 서사적인 기본 얼개는 단순하지만, 세부적인 서술 전략에 있어서는 상당히 복잡하고 치밀하게 계산된 방식을 취하고 있다는 점과 무관하지 않다.

〈몬순〉에서는 관장과의 대화가 이루어지는 대목에 이르기 전까지 독자에게 제시되는 정보 대부분은 분산되고 파편화되어 있다. 무엇보다도 아이의 사망에 대해서는 최대한 정보 공개를 늦추고 있으며, '그날 밤'에 있었던 일이 태오가 아내를 의심하고 불안해하는 근본적인 원인임을 숨기고 있다. 그 결과 태오와 유진 사이의 불안한 관계는 물론 아이가 사망하던 '그날의 일'을 파악하기 위해서는 작품 내 여러 곳에 잘게 쪼개진 정보들을 부지런히 조합해야만 한다. 예를 들어 '보험료'라는 사소하고도 가볍게 언급된 정보를 보자. 이직하고 나서 아직까지는 목돈이 있고 당분간 그 돈으로 생활할 수 있으리라 계산하는 대목이다. 이 대목까지 아이가 사망했다는 사실은 아직 언급되지 않았고, 태오가 의사와 멱살 잡고 소동이 있었다는 대목에 가서야 비로소 아이가 죽었다는 사실이 알려진다. 아이의 사망으로 인해 부모가 수령하게 된 보험금의 구체적 의미 파악은 이처럼 지연되고 유보된다.

그들 부부에 관한 아파트 주민들의 의심이나 소문 역시 분산되고 파편화되어 있다. 작품의 시작 부분에서, 태풍으로 인한 정전 사태를 언급하다가 슬쩍 유리창 파손 사건이 언급된다. 정전과 그 틈을 타서 일어난 유리창 파손은 그다지 중요하지 않은 정보처럼 처리되어 한동안 언급이 없다. 그러던 것이 제법 분량이 넘어가고 나서 옆집 여자가 태오를 노골적으로 쳐다보는 것에서 약간의 힌트가 주어진다. 태오가 유리창에 돌을 던진 범인이라는 것을 밝히는 과정은 사망 보험금의 의미가 뒤늦게 밝혀지는 과정과 닮았다. 유진이 아이의 사망과 연관되어 있을 것이라는 아파트 주민들 사이의 의심과 추측 역시 최대한 정보 공개를 지연하는 과정을 거친다. 유진의 우울증, 아이를 바라보던 무성의한 표정과 같은 의심의 단서들도 서사가 전개되는 중간중간에 가볍게 언급되고 넘어간다. 제법 이야기가 전개되고 나서 뒤늦게 그 의미가 무엇인지 정확히 파악될 수 있도록 배치되어 있다. 불안이 지속적으로 유지되고 그로 인한 소설의 극적 긴장이 이어지는 효과도 정보전달을 위한 설명을 극도로 제한한 결과 얻게 된 것으로 볼 수도 있다.

지연되고 유보된 모든 정보는 관장과의 대화 이전까지 최대한 꼭꼭 숨겨진다. 태오가 관장과 대화를 나누는 대목에 이르러 그 이전까지의 서술들이 흡사 퍼즐 맞추기처럼 이루어져 있음을 깨닫고서는 무심코 넘겼던 책장을 뒤적여야 한다. 평범하고 작아 보이던 정보들이 실제로는 사건의 실체와 깊숙이 연관된 것이었음을 뒤늦게 깨닫게 될 때 느끼는 당혹감은 한층 강화된다. 이렇게 본다면 〈몬순〉은 비밀의 숨김과 폭로를 기본으로 한 플롯을 충실히 따르고 있는 작품으로 파악된다. 또한 작품 전체를 휘감았던 불안의 긴장감이란 그러한 숨김과 폭로의 과정에서 파생된 심리적 효과에 해당한다.

퍼즐 맞추기처럼 배치된 정보는 대부분 태오의 눈과 귀를 통해서 제공되는 방식을 취하고 있어 긴장의 효과는 강화된다. 이 작품의 서술은 표면상 삼인칭 전지적 시점으로 설정되어 있으나, 초점화의 측면에서 보면 대부분의 서술이 초점자인 태오에게 의존하고 있다. 그 결과 상당수의 문장에서 고유명사 '태오'를 일인칭 서술자 '나'로 대체하여도 의미의 전달에 있어서는 큰 변화가 없다. 덧붙여 태오가 느끼는 감정이 서술에서 빈번하게 다루어지고 있어서 일인칭 서술과 같은 느낌은 더욱 강화되고, 아내 유진을 관찰하고 의심하는 관음증적 시선의 확보도 가능하게 된다.

퍼즐 맞추기의 긴장감을 높이는 또 하나의 방법은 접속사의 사용을 최대한 억제하는 것이다. 건조하고 냉랭한 단문 위주의 문장은 그동안 작가의 즐겨 활용한 것이기도 하지만 여타의 작품에 비해 〈몬순〉에서는 그 정도가 심화하여 있다. 접속사가 생략된 짧은 문장들은 속도감 있는 문체로 이어지고, 문장과 문장 사이의 제법 사이가 먼 건너뜀으로 인해 의미의 파악은 부분적으로 제한을 받는다. 간혹 접속사를 활용하고 부연하는 문장을 사용하기도 하지만 '의심'을 강화하고 '비밀'을 폭로하는 작업과 관련된 내용에 한해서는 철저하게 제한을 가하고 있음이 특징이다. 문장과 문장 사이에서 발생한 사소한 긴장이 비교적 단순한 플롯의 이야기에 디테일한 리듬을 부여하고 있다. 부족한 설명으로 인해 불안한 분위기가 강화되는 구조다.

4.

누적된 긴장은 '댄스'라는 술집에서 나눈 태오와 관장의 대화 장면에서 절정에 달한다. 긴장이 절정에 달하는 순간 그동안 앞서 유보되고 회피되어 왔던 '그날'의 진실 혹은 비밀이 폭로되도록 짜인 단순하면서도 효과적인 플롯이다. 두 사람의 대화는 술집에서 나누는 평범한 대화라기보다는 의심에서 출발한 태오의 일방적인 질문과 선승의 화두 같은 관장의 대답이 맞부딪히는 형국이다. 대답하는 스승은 모든 것을 이미 알고 있고 애가 타서 질문하는 애처로운 제자가 그 자리에 있다. 그것은 흡사 자신의 결백을 호소하는 피고인과 유무죄를 결정짓는 판사의 관계와도 닮았다. 실제로 작품 속에서는 관장을 일컬어 '재판장'이라 부르고 있다. 또한 태오는 관장과의 대화 과정에서 그동안 느끼던 불안의 근원을 모두 쏟아내고 있기에 태오의 입장에서 관장과의 대화는 불안의 심연과 나누는 대화 그 자체로 볼 수도 있다. 이처럼 〈몬순〉은 마치 카프카의 작품 속 인물들이 나눌 법한 대화에 근접한다.

태오와 관장 사이의 대화에서 태오는 관장이 아내의 직장 상사임을 반복적으로 의식한다. 휴직 상태에 있는 아내가 복직할 때 결정권을 쥐고 있는 사람이니 괜스레 감정을 건드려서는 안 되겠다는 의식은 이직으로 인해 불안정해진 현재의 가계 상황과도 무관하지 않다. 그러나 차츰 대화가 진행되는 과정에서 태오의 의심은 가중된다. 태오는 "술을 안 좋아한다고 했는데…" 같은 관장의 말을 의심한다. 아내 유진이 관장에게 알려주었을 것 같은 말이다. 관장이 유진에 관해 우호적인 평가를 할 때 품고 있던 의심은 확신으로 비약한다. "유진에 대한 평가가 엄청난 의미를 갖는 것으로 생각되어 스스로도 놀랄 지경이었다. 추측에서 비롯된 의심과 그로 인한 절망의 강도가 높아졌다."

이때 태오의 관심은 유진과 관장이 불륜을 저지르고 있던 것은 아닐까 하는 데 집중된다. 아내의 불륜 상대가 관장일 것이라는 의심을 가지고 집요하게 관장에게 매달리는 것은 아이가 사망했던 '그날 밤'의 진실과는 거리가 멀다. 반면 "인생이라는 건 과학보다 훨씬 더 복잡하잖아요. 아마 그럴 거라는 생각이 들어요. 인생은 과학 이상이니까요. 단정하고 확신하고 이해할 수 있는 게 많지 않을 거예요."라는 관장의 말은 어떠한가. 얼핏 태오가 자신을 불륜 상대로 지목한 것을 두고 그렇게 단정 짓지 말라는 것처럼 들리기도 하지만, 그런 말 속에는 '그날 밤'의 비밀 또는 진실에 대한 단정을 거부하라는 의미가 담겨 있다. '그날 밤'을 둘러싼 의심과 비밀을 중심으로 펼쳐지는 플롯 구성을 떠올리더라도 관장의 말은 아내의 불륜 여부를 확인하고자 하는 태오의 질문에 비해 '그날 밤'의 진실에 관해 정곡을 꿰뚫고 있다.

관장의 말에 따르면, 전시에서 형상화가 불가능한 것은 거짓으로 치부하는 것이 과학이라고 한다. 관장은 그러한 과학적 입장을 관철한 과학관의 전시물을 자세히 보면 "상상과 추측인 경우가 많"다는 말을 덧붙인다. 곧 관장은 과학이 강조하는 논리나 진실이 사실은 빈틈이 많다는 것, 따라서 '단정', '확신', '이해'라는 것은 위험한 것이라 강조하고 있다. 재판장의 선고 같은 관장의 발언은 결과적으로 아파트 주민들 사이에 떠도는 유진에 관한 불길한 소문, 그리고 그 소문을 반복적으로 듣다 보니 그것을 진실로 믿어버리게 된 태오의 의심을 직접적으로 겨냥한다. 떠도는 소문에 휩쓸린 태오는 "이를테면 산 사람은 살아야지 하면서 태오에게 식사를 권하던 모습, 멍한 얼굴의 태오를 보면서 언제까지 그럴래 하는 표정을 짓는 일, 아이 때문에 생긴 돈을 찾기 위해 보험증권을 내미는 걸 보고는 확신을 갖기도 했다." 태오는 '단정'했고, '확신'했고, '이해'했다고 자만했기에 불안에 빠진 것이다. 되풀이해서 상상하고 추측한 결과 "실제의 사실보다 믿음직스럽고 흥미로웠"으며, 특히 "스스로를 탓하는 것보다 정당하고 안정적이었다"라고 고백한 태오의 변명을 상기하자. 불안의 근거는 아내의 불륜 상대자로 의심되는 관장이 아니라 거짓임을 알면서도 스스로 믿고 있는 것이 진실이라 오인한 태오의 '머리'에 있다.

시간이 지나면 나아지리라는 것이 유일한 위안이었다. 하지만 시간이 결코 할 수 없는 게 있었다. 팔로 감싸 안으면 가슴에 꼭 맞게 들어차던 느낌. 아이를 안고 있지 않은데도 아기를 재울 시간이면 팔이 저릿하고 가슴이 뜨거워졌다. 몸의 기억은 시간도 감당하지 못했다. 아이를 잃은 것은 아이를 떠올릴 때마다 누워서 자는 모습이 떠올라서가 아닐까 생각하기도 했다. 유진의 품에 안겨 잠들었거나 베개에 얼굴을

파묻고 잠든 아기. 편안히 감긴 두 눈. 그것이 태오가 기억하는 모습이
었다.

머리의 기억은 모든 사태를 단정하고 확신하고 이해한다. 그러나
그러한 머리의 기억은 사실 온갖 추측과 상상에 불과할지도 모른다.
머리는 과학이라는 이름으로 풍향을 예측하려고 시도한다. 그러나 태
풍의 진로를 정확하게 예측하는 것은 힘들고, 풍향이 언제 바뀔 것인
지를 아는 것은 불가능에 가깝다. "바람은 부는 방향이 바뀐 후에야 정
확한 풍향을 알 수 있다."라는 것이 관장의 입을 통해 전달되는 기후학
전공자 유진의 발언이다. 아내와의 대화가 단절된 상황에서 아내의 불
륜 상대로 의심되던 관장을 통해 아내와 대화하게 되는 아이러니가 펼
쳐지고 있다. 태오는 그 말에 적지 않는 공감을 보낸 듯하다. 이미 머
리의 기억 대신 몸의 기억을 더듬고 있으니까 말이다.
　몸의 기억 속에서 아기는 데이터와 논리 또는 추측과 상상으로 설
명될 수 없는 실체적인 삶의 한 부분이다. 이 순간 태오는 가슴에 전해
지던 몸피와 체온, 팔에 전해지던 무게감과 약간의 저릿함이 진실임을
받아들이고 있다. 또한 유진에 대한 기억 역시 아이를 냉정한 시선으
로 바라보거나 보험증서를 들고 있던 의심스럽고 몰인정한 여자가 아
니라 자신과 마찬가지로 아이를 품에 안고 편안하게 잠재우던 엄마의
모습으로 바뀌어버렸다. 아이의 돌연한 죽음은 남동풍에서 북서풍으
로의 변화와 똑같다는 것, '그날 밤'의 사건은 불가해한 삶 속에서 일어
난 하나의 풍향 전환에 가깝다는 것을 받아들일 때, 책임을 모면하기
위한 상대를 향한 비난이나 의심 따위는 더 이상 소용없게 된다. 태오

가 몸의 기억을 더듬는다는 것은 아이의 사망이 아파트 주민들의 상상이나 추측과는 다르다는 것의 승인, 정작 태오 자신에게 더 큰 책임이 있음을 인정하고서 그 책임의 무게를 짊어지려는 의지의 표명으로 읽힐 수 있다. 이제 끊임없는 불안을 야기한 의심의 시간은 끝나고 '그날 밤'의 진실과 대면해야 할 시점이다.

　　아파트는 여전히 어두웠다. 이렇게 거대한 어둠은 처음이었다. 태오는 상가에서 내뿜는 불빛 아래에서 검은 아파트를 올려다봤다. 자신은 빛 아래 있고 유진은 어둠 속에 홀로 있는 게 기이하게 느껴졌다. 광량의 차이를 태오는 애써 의식했다. 그 간격은 영 좁혀질 것 같지 않았다. 그래도 아직 어두웠으니 그리로 가보기로 마음먹었다. 어둠 덕분이었다. 마주 보는 가운데 오가는 침묵을 견디지 않아도 되고 유진의 눈에 떠오를 당혹감이나 의구심을 확인하지 않을 수 있을 것이다. 태오가 걸음을 옮기려는데 반짝하며 불이 켜졌다. 시간차를 두고 아파트 세 동이 전부 밝아지니 상가 쪽 불빛은 시시한 것이 되고 말았다. 밝은 빛 속에서는 아무 말도 할 수 없을 것이다. 유진이 자신의 말을 다 듣고 어떤 표정을 지을지 두려웠다. 태오의 말은 유진의 분노를 살 게 분명했다. 유진이 모든 걸 알고 있다면 태오가 참을 수 없을지도 모른다. 불빛이 태오의 무익하고 돌이킬 수 없는 실수를 막아주었다.
　　태오가 조금 더 시간을 끌어볼 작정으로 물러서는데 아파트가 다시 어두워졌다. 잠시 바라보고 있자니 주저하듯 불이 켜졌다. 다시 불이 꺼지고, 켜졌다. 예고된 시간이 지난 후에도 몇 번인가 그런 일이 더 일어났다.

　　〈몬순〉의 불안은 상당 부분 침묵의 책임이 크다. 태오의 침묵은 유진을 실망시켰고, 그 때문에 유진은 방에 틀어박혀 문을 닫고 그와의 대화를 거부했다. 불 꺼진 틈을 타 자신의 고통과 죄책감을 털어놓는 다면 '어쩌면' 침묵의 견고한 덩어리를 부술 수 있지 않을까 잠시 생각할 법도 하다. 그러나 그것은 '그날'의 일을 단순화시키는 위험성을 지닌 것이기에 '무익하고 돌이킬 수 없는 실수'가 되고 말 것이다. 침묵 앞에서 눈을 감는다고 해서, 상대방의 당혹감이나 의구심을 외면한다고 해서 그것이 침묵을 극복하는 방법이 아님을 잠시 놓칠 뻔했다. 상대방의 책망과 실망과 탄식을 생생히 목격할 수 있는 환한 빛 속에서 말을 건네야 견고한 침묵은 깨어질 수 있으리라. 더구나 '그날'의 고통은 상대방에게 호소하고 죄책감을 털어놓는다고 해서 해결될 성질의 것이 아니다. 〈몬순〉의 작가는 자신의 다른 작품에서 고통에 관해 이렇게 말하였다. "누구도 완전히 이해할 수 없고 누구에게도 정확히 말해질 수 없었다."(〈해물 1킬로그램〉) 단정하고 확신하고 이해했다고 자만하는 '머리'에서 나온 말로는 유일무이한 고통의 실체에 관해 대화를 나눌 수 없다.

거대한 불안과 대면하는 과정을 다룬 〈몬순〉의 선택은 삶의 의미를 규정하는 것이 아니라 그저 그 삶을 '살아가야' 한다는 것이다. 불가해한 삶에 관해 '단정하고, 확신하고, 이해했다고 자만'하는 것은 진실에 눈을 감고 가짜를 진짜라 오인하는 것에 불과하다고 할 때, 남은 선택은 삶의 의미를 규정짓지 않은 채 그저 '살아가는' 것이다. 앞으로도 계속해서 불은 켜졌다 꺼졌다를 반복할 것이고, 남동풍과 북서풍은 교차할 것이다. 중요한 것은 불이 켜지고 꺼지는 것이나 바람의 방향이 변화하는 것을 단정하고 설명하는 것이 아니라 그 속에서 살아가는 것 자체다. 이것은 머리의 과학이 아니라 몸의 윤리다. 이와 같은 선택은 죽음에 관한 독특한 미학적 시도를 펼치며, 일상의 이면에 죽음의 왜 상처럼 고개를 내밀고 있는 섬뜩함에 주목하였던 작가의 종전 스타일 과는 사뭇 달라 보인다. 분명 낯선 시도이고 어쩌면 중요한 변화의 지 점일 수 있다. 그러나 죽음에 관한 성찰이 곧 삶에 관한 성찰과 동의어 임을 상기할 때, 삶, 불안, 불가해성 등의 키워드를 전면에 내걸고 있는 〈몬순〉의 작가는 반복되는 생활 속에 함몰되어 놓쳐 버리고 말았던 진 실의 무수한 파편들을 앞으로도 계속해서 우리에게 보여줄 듯하다. 〈몬순〉 이후에 변화의 가능성과 작가 세계의 진전이 동시에 기대되는 것도 이 때문이다.

뿌리를 보는 시간

– 김숨, <뿌리 이야기>

1. 뿌리의 표정

나무뿌리를 오브제로 선택한 미술가의 작업은 소설 <뿌리 이야기>의 아날로지다. 뿌리의 형태와 질감을 어루만지면서 거기에 내재한 의미를 이끌어 내는 미술가의 작업이란 종군위안부, 입양아, 철거민 같은 뿌리 뽑힌 자들의 고통과 슬픔을 따라가는 소설의 서사적 구도와 기능상 일치하기 때문이다. 미술가는 "저 뿌리를 봐" "복숭아나무 뿌리가 그리는 표정을 보라니까."라고 말한다. 뿌리 뽑힌 자들의 생생한 표정이 보여주는 것이 자신의 작업이며 또한 그것이 소설의 주제라고 선언하는 셈이다.

그런데 미술가는 치명적인 난제 하나를 안고 있다. 그것은 뿌리라는 오브제가 지닌 '익숙함'이다. "나무뿌리는 그것이 갖는 상징성이 뻔했다. 나무뿌리는 전혀 새롭지 않을뿐더러, 상상력을 자극하지 않았다." 물론 뿌리 뽑힌 자의 고통과 슬픔이 중요하지 않다거나 의미 없다는 뜻은 아니다. 그러나 예술의 독창성이라는 측면에서는 기존의 익숙함을 벗어나 새로운 상상력의 여지를 '어떻게' 확보할 것인가가 무엇보다 중요하다. 그것을 해결하지 못하면 아무리 매력적인 소재라 할지라도 예술성의 확보에는 실패할 것이다.

소설 속 인물이 맞닥뜨린 난제는 고스란히 소설 〈뿌리 이야기〉가 해결해야 할 과제로 이어진다. 인간을 나무에 비유해 뿌리 뽑힌 자들의 표정을 상징적으로 다루면서도 그간의 문학적 전통에 이어진 주제의 익숙함이라는 한계를 극복해야 한다. 실상 이 소설이 다루는 소재는 만만치 않은 문학적 전통의 무게를 짊어지고 있다. 철거민은 1970년대 이후 리얼리즘 문학의 주요 소재이며, 종군위안부는 일제강점기를 배경으로 한 역사소설이나 역사 인식의 문제를 중점적으로 다룬 소설에서 빈번히 다룬 소재이고, 입양아가 겪는 심리적 고통 역시 정체성의 혼란을 다룬 소설의 단골 소재다.

결론부터 말하면 김숨의 〈뿌리 이야기〉는 뿌리 뽑힌 자들이라는 익숙한 주제를 다루면서도 자유로운 상상력과 새로운 접근법으로 익숙함의 무게를 벗어나는 데 성공한 작품이다. 이 소설은 전통적인 리얼리즘 소설과는 많은 차이를 보인다. 가령 철거촌에 대한 묘사를 보자. 이 소설은 철거민의 삶이 파괴당하는 과정을 묘사하지 않으며, 사회경제적 모순에 대한 분석으로 이어지지도 않는다. 대신 뿌리가 뽑힌 채 철거촌에 남겨진 나무를 보면서 뿌리가 뽑힐 때 나무가 느꼈을 공포감에 초점을 맞춘다. 이성이 아니라 감정을, 인간이 아니라 나무를, 냉철한 분석이 아니라 모호한 감상에 기대는 것이 이 소설의 '어떻게'다.

복숭아나무 뿌리가 그리는 표정을 보라니까.

저 표정을 좀. 뿌리가 사방으로 뻗치고 엉기면서 그리는 형상이 마치 인간의 얼굴이 짓는 표정 같지 않아? 땅속에 파묻혀 있을 때는 저 표정과는 사뭇 다른 표정이었을 거야. 흙이 켜켜로 쌓여 잉어 비늘만 한 빛 한 점 떠돌지 않는 땅속에 파묻혀 있을 때는…. 다른 표정을 짓고 있었을 거야.

지구상에 존재하는 것들 중 가장 풍부하고 절묘한 표정을 짓는 것은 인간의 얼굴이 아니라 나무뿌리가 아닐까.

저 복숭아나무 뿌리가 땅속에서 수분을 빨아올리기 위해 안간힘을 쓸 때 지었을 표정을 상상해 봐, 줄기와 가지들이 휘청 흔들릴 때 지었을 표정을, 진분홍 꽃이 다투듯 피어날 때 뿌리가 지었을 표정을. 원뿌리가 곁뿌리를 칠 때마다, 곁뿌리에서 실뿌리가 한 가닥 한 가닥 돋을 때마다 미묘하게 달려졌을 뿌리의 표정을 상상해 봐.

뿌리의 표정을 보기 위해서는 역설적으로 '시각'을 포기해야 한다. 눈을 감고 '상상'해야 뿌리에 묻어 있는 고통을 감지할 수 있다. 더구나 살아 있는 뿌리는 사람들이 발을 딛고 있는 땅 아래에 감추어져 있기에 눈으로 볼 수 없다. 뿌리를 보려면 투시력을 발휘하여 땅 속을 꿰뚫어보아야 한다. 아니, 엄밀히 따지자면 그것은 투시력이 아니라 땅 밑에 뿌리가 얼기설기 펼쳐져 있다고 상상하는 능력이다.

또한 "뿌리마다 특유의 냄새"가 있어 그 냄새를 잘 맡아야 한다. 냄새를 잘 맡기 위해서는 불을 끄고 커튼을 치고 문을 닫아 단 한 점의 빛도 들어오지 않게 해야 한다. "질게 간 먹물 같은 암흑이 냄새에 집중하게 한다." 암흑 속에서 시간은 더디게 흐르고 뿌리가 거쳐 온 수십 또는 수백 년의 시간이 순식간에 펼쳐진다. 때로는 실뿌리가 이마와 귓바퀴를 간질이고, 잔뿌리 끝이 목을 찔러오는 촉감에 의존할 수도 있다. 서서히 다가오는 손에 관한 외설스러운 상상과 성스러운 상상이 뒤섞이는 암흑의 공간에서 비로소 뿌리의 표정을 볼 수 있다. 반(反)리얼리즘적 상상력이다.

눈을 감은 상태에서 보려고 하는 뿌리의 표정은 "33퍼센트의 공포와 19퍼센트의 슬픔"이다. 모나리자의 미소가 신비로운 것은 표정의 83퍼센트를 차지하는 행복감이 아니라 나머지 혐오감 9퍼센트, 두려움 6퍼센트, 분노 2퍼센트 때문이라고 한다. 양적인 문제가 아니라 질적인 문제다. 뿌리의 표정이 풍부하고 절묘한 것은 겉으로 드러난 외관의 형태나 색감이 아니다. 껍데기 속에 숨겨진 본래의 의미를 끄집어내야 한다. 구체적으로는 뿌리가 뽑힐 당시의 '공포', 원치 않은 이주로 인한 '슬픔'이며, 이러한 감정은 뿌리가 겪은 고통의 역사로 환원된다. 눈을 감고, 이성적 분석과 판단을 잠시 중단한 채 상상력의 자유로운 발산을 통해 '뿌리 뽑힌 자들' 바라보려는 새로운 문학적 시도다.

2. 점묘의 시간

뿌리의 분화 형태는 감정의 펼쳐짐과 닮았다. 원뿌리에서 여러 가닥의 곁뿌리가 갈라져 나온다. 슬픔이라는 하나의 감정에서 여러 결의 미미하지만 섬세한 감정이 갈라져 나온다. 각각의 갈라져 나온 미묘한 슬픔의 산물들을 한꺼번에 모으면 분화되기 이전의 슬픔이 어떤 의미를 지니는지 알 수 있을지도 모른다. 슬픔이라는 원뿌리를 온전히 이해하기 위해서는 여러 가닥의 곁뿌리와 미세하게 뻗어나간 잔뿌리들을 일일이 어루만져야 한다는 것이다. 그는 파라핀을 쓰라는 주위의 권유를 무시한 채 점묘화를 그리듯 촛농을 한 방울씩 떨어뜨려 촛농 막을 뿌리에 입히는 단조롭고도 지루한 작업을 반복한다. 곁뿌리와 잔뿌리 하나하나와 대화를 나눔으로써 개별적으로 존재하는 슬픔이나 고통의 조각을 수집하려는 집요한 시도로 읽을 수 있지 않을까 싶다.

그리고 뿌리의 분화 형태는 암세포의 확산 구조와도 닮았다. 김숨의 소설에서는 암 환자가 빈번하게 등장한다. 간이나 쓸개(〈간과 쓸개〉 외 다수), 심지어 혀에 암이 생긴 경우(〈국수〉)도 있고, 대개 말기 암 판정을 받은 상태다. 〈뿌리 이야기〉에서도 간암에 걸린 사내가 배경처럼 잠깐 등장했다가 퇴장하는데, 스쳐 지나가는 듯한 짧은 분량의 언급에도 불구하고 '서늘히 날 선 날카로움'을 각인시키기에 충분하다. 암세포가 퍼지듯 슬픔의 곁뿌리와 잔뿌리들이 존재를 잠식한다. 말기 암처럼 머지않아 존재를 죽음으로 이끌게 될 치명적인 슬픔이다. 이러한 슬픔이란 작가의 다른 단편 〈육(肉)의 시간〉에서 표현된 바대로 "이 세상 어딘가에서 엄연히 벌어지고 있는 일이면서도 비현실적일 만큼 처참하고 속수무책인 일들"에 가깝다. 속수무책의 한복판에서 존재는 더욱 왜소해진다.

또한 뿌리의 분화 형태는 손금의 형태를 닮았다. 그가 양파 뿌리를 '나'의 손바닥 위에 얹어 놓았을 때, "손바닥 위의 양파 뿌리가 새로 생겨난 손금만 같아서 나는 슬그머니 손가락들을 오므려 그 뿌리를 덮었다." 뿌리의 표정에 남겨져 있다는 슬픔의 흔적은 고통스러운 운명의 산물이다. 악다구니 치듯 뒤엉킨 뿌리는 거센 세파 속에서 굴곡이 심한 인생을 살아온 사람의 주름살을 떠올리게 한다. 종군위안부로 끌려간 소녀, 부모로부터 버림받은 아이, 뿌리가 뽑혀 1,200킬로미터 떨어진 곳에 이식된 메타세쿼이아의 손금과 뿌리에는 고통의 운명이 선연하게 아로새겨져 있을 것 같다. 지극히 비관적인 운명론이다.

무엇보다도 매우 느리게 이루어지는 그의 뿌리 작업 자체가 라르고(largo)의 생명력으로 뻗어간 뿌리의 분화 과정과 닮았다. 뿌리를 건조하게 하려고 많은 시간을 할애하고, 썩지 않게 하려고 잔뿌리 하나하나에 방부액과 오공본드를 바르는 작업은 '누비 손바느질'을 연상케 한다. 한 땀 한 땀 정성을 들이는 장인처럼 그는 작업을 '아주 느리게' 진행한다. 심지어 그의 작업은 "마치 병들어 죽어가는 여인의 육체에 몰약을 바르는 듯 에로틱하고 불온한 분위기마저 흘렀다"라고 묘사된다. 네크로필리아의 야릇하고 섬뜩한 분위기를 풍길 정도로 느리게 탐닉하는 작업을 진행하면서, 그는 뿌리의 표정을 상상한다. 수많은 뿌리에서 각기 다른 표정을 상상한다. 그의 작업은 나무의 전 생애를 재현하는 성스럽고 에로틱한 의식이다.

한 자루의 초에서 몇 방울의 촛농을 얻을 수 있는지 문득 궁금하다.

그 시간을, 그 더딘 시간을, 그 더디고 긴장된 시간을… 이르자면 점묘의 시간을 가학처럼 즐기기 위해 그가 촛농을 고집하는 것이 아닌지.

점묘의 시간이 혹 뿌리의 시간일지 모르겠다고 중얼거려 본다. 한

점 한 점 찍어 선을 만들듯, 미미하지만 부단하고 가열하게 뻗어 나가는 뿌리의 시간일지 모르겠다고.

점묘의 작업이 죽은 뿌리의 슬픔을 재구성하는 것이라고 할 때, 그의 작업은 죽은 자의 고통을 떠올리며 애도하는 일이 된다. 그는 "죽은 자를 관속에 안치시키듯, 죽은 뿌리를 패널에 고이 안치시키는 의식"을 치르고 있다. 그러나 일반적인 의미에서 애도 작업은 사랑하는 대상이 더 이상 존재하지 않는다는 현실을 인정한 끝에, 그 대상에 부과하였던 모든 리비도를 철회함으로써 고통스러운 상황에서 빠져나오는 것을 의미한다. 이와 달리 에로틱한 분위기를 풍기는 그의 작업은 지속적으로 리비도를 부과하는 결과는 낳는다. 지속적으로 슬픔의 심연에 깊이 몸을 담근다. 적당한 선에서 애도를 종료함으로써 현실로 돌아와야 한다는 권유를 의식적으로 거부하는 형국이다.

그가 뿌리의 표정에 깃든 슬픔에 몰두하는 것은 어쩌면 그것이 자신의 슬픔과 대면하는 길이기 때문인지도 모른다. 그의 뿌리 작업은 자신을 낳은 친부모로부터 버림받았다는 사실을 알게 된 후 시작되었다. "갤러리와의 전속계약은 물론, 15년 동안 묵묵히 해온 작업을 하루아침에 중단하면서까지" 뿌리 작업에 매달렸다는 것은 그만큼 그가 겪은 슬픔이 거대했음을 알려준다. 그가 나무뿌리의 슬픔에 집착하는 것은 결국 슬픔의 근원을 이해하려는 무모하면서도 애처로운 몸부림이다. 또한 그것은 뿌리 들린 자신의 존재를 어떤 식으로든 '고정'하려는 안간힘이다.

점묘의 시간을 서사의 중심 내용으로 삼은 〈뿌리 이야기〉는 슬픔을 상상하고 재연하는 과정을 다룬 소설이 된다. 뿌리가 뻗어나가듯 천천히 이루어지는 그의 뿌리 작업을 옆에서 지켜보는 '나'의 시선을 통해 독자들은 슬픔의 곁뿌리와 잔뿌리들을 하나씩 바라볼 수 있게 된다. '나'가 눈을 감고 뿌리의 냄새를 맡을 때 함께 그 냄새를 상상하면서, '나'의 배꼽 근처를 찔러오는 한 가닥 뿌리의 감촉을 함께 상상하면서, 메타세쿼이아와 입양아의 슬픔을, 나아가 세상의 모든 뿌리 뽑힌 자들의 슬픔을 상상하게 된다. 이 점에서 이 소설은 상상에의 동참을 유도하는 이야기다.

3. 실은 아주 오래된 질문

도시에 태풍 경보가 내리고, 광풍이 불어 가지가 사납게 흔들릴 때, 정작 나무는 무슨 생각을 할까, 혹시 나무도 불안감을 느끼지 않을까? 나무가 감정을 느끼다니, 황당하기 그지없는 질문이다. 그러나 어이없어 코웃음을 치다가도 가만히 따져보면 제법 그럴싸하게 들리기도 한다. "이식할 때 나무가 엄청난 공포감에 사로잡힐 수도 있다는 생각을 인간이 전혀 못 하는 것 같아." "뿌리가 들릴 때 나무가 감당해야 하는 공포에 대해서는 어째서 생각 못 하는 걸까." 같은 상상들. 뿌리의 표정을 보기 위해서 눈을 감고, 냄새와 촉감에 의존하여, 자유로운 상상력을 발휘해야 한다는 것을 상기하자. 애초에 〈뿌리 이야기〉는 이와 같은 발산적인 상상력에서 출발하여 창작되었고, 소설은 그러한 상상력의 여지를 허용하는 독자에게만 더욱 풍성한 뿌리의 표정을 보여준다. 그런 끝에 소설은 독자에게 다음과 같은 질문을 던지기도 한다.

혹시 스스로에게 그런 질문을 던진 적 있어? 내가 왜 여기에 있는
지, 내가 왜 없는 게 아니라 있는 것인지. 그런 질문을 스스로에게 한
적 없어? 내가 왜 여기에 있는지 말이야.
내가 왜 없지 않고 있는 것일까….

"내가 왜 여기 있는지, 내가 왜 없는 게 아니라 있는 것인지."라는
질문은 복합적인 의미를 산출한다. 첫째, 부모로부터 버림받은 입양아
의 입장에서 이 질문은 공포와 슬픔으로 이어진다. 아이를 낳자마자
버릴 만한 상황이었다면 혹시 뱃속에 든 아이를 지우려고 하지 않았을
까, 만약 그랬다면 나는 이 세상에 없었을 것인데, 어째서 지금 없지 않
고 있는 것일까? 자신의 존재가 말살될 수도 있었으리라는 사실에서
공포는 시작되고, 자신을 낳은 부모로부터 환영받지 못한 존재였다는
사실의 확인으로 인해 슬픔은 가중된다.

둘째, 뿌리가 들린 나무의 입장에서 이 질문은 외부의 폭력에 의해
뒤틀리고 꺾인 자신의 운명에 대한 깊은 공포로 이어진다. 대부분의
평범한 나무는 태어난 자리에서 꽃을 피우고, 열매를 맺고, 늙고, 병들
고, 조용히 죽음을 맞이하는 운명을 타고나기 마련이다. 그러나 간혹
뿌리가 들리는 나무는 굴삭기의 폭력에 의해 운명이 뒤틀리고 꺾인다.
1,200킬로미터 떨어진 곳에 이식되고 나서도 뿌리가 들릴 때의 공포는
잊을 수 없다. '내가 왜 여기 있는가?'라는 질문은 어떠한 폭력적인 운
명의 뒤틀림으로 인해 뿌리가 들려 이 낯선 곳에 오게 되었을까 하는

탄식의 한숨으로 이어진다.

셋째, 종군위안부였던 고모할머니의 입장에서는 공포와 슬픔, 나아가 폭력에 짓밟힌 운명에 대한 처절한 한 맺힘으로 이어진다. 여기에 주위 사람들의 수군거림과 경멸, 심지어 가족들마저 그녀를 외면하는 상황에서 '내가 왜 없지 않고 있는 것일까'라는 질문은 너무도 가슴 아픈 상처로 돌아온다. "고모할머니가 죽은 뒤에도 가족들은 그녀가 위안부였다는 사실을 쉬쉬하는 듯했다." 엄연히 실재했던 공포와 슬픔을 아예 없었던 것인 양 덮어버리려는 은폐 시도 속에서 '내가 왜 여기 있는 거지?'라는 질문은 참담하고 참혹하기만 하다.

> 신기하지 않아? 수백 수천 번을 해도 모자란 그 질문을, 수만 번을 해도 모자란 그 질문을, 대부분의 사람들이 사는 동안 자기 자신에게 하지 않는다는 게 말이야. 심지어 죽음을 앞두고서도 말이야. (…) 여기 있는 게… 없지 않고 있는 게… 그냥 당연한 것인가? 어떻게 그게 당연하게 생각될 수 있지?

대부분이 사람들은 '내가 왜 여기 있는 거지?'라는 질문을 까맣게 잊고 살아간다. 존재의 이유에 관한 질문이란 모든 존재가 품지 않을 수 없는 근원적이고 실존적인 질문이지만, 정작 사람들은 그토록 중요한 질문을 망각한 채 살아간다. 자신이 유한한 존재라는 자명한 원리 역시 망각하고 살기는 마찬가지, 사람들은 자신이 언젠가는 죽는다는 사실에 신경 쓰지 않고 살아간다. 존재 이유에 관한 성찰과 그로 인한 반성이 이루어질 여지는 조금도 없다. 남은 것은 생활의 '관성'이다. 아무 진전없는 연인 관계를 청산하기로 오래전부터 마음먹었으나 오늘도 여전히 '나'를 그의 작업실로 이끈 것이 관성의 끈질긴 위력이다.

　　탕 속 물이 하수구 구멍으로 소용돌이치면서 삼켜지는 것을 지켜보면서 나는 중얼거렸다. '내가 왜 여기 있는 거지?' 탕이 텅 비었을 때 나는 그 질문이 실은 아주 오래된 질문이라는 걸 깨달아야만 했다. 태어나고 자란 동네를 떠나서 살았던 적이 없는 내 안에서, 녹슬고 부식된 목욕탕 간판만큼이나 오래되었다는 걸.

　'나'는 여태껏 태어나고 자란 동네를 떠나서 살았던 적이 없는 존재다. 한 곳에 뿌리를 내리고 꽃을 피우고, 열매 맺고, 그곳에서 죽음을 맞이하는 대다수 평범한 나무처럼 살아왔다. 굴삭기의 폭력에 뿌리가 들려 1,200킬로미터 떨어진 곳에 이식된 메타세쿼이아와는 대비되는 삶이다. 오로지 관성으로 추동되는 삶. 그동안의 '나'가 존재의 이유 따위에 관심을 가지지 않았던 것은 한 번도 뿌리 들림을 겪지 않았기 때문이다. 존재에 관한 질문이 없고, 자기반성도 없고, 상상마저 없어, 뿌리 들린 자들을 향한 연민이나 공감과는 거리가 먼 삶이다.

　그런 '나'에게 이제 '내가 왜 여기 있는 거지?'라는 질문이 찾아온다. 8년간 다니던 여행사가 문을 닫아 실직 상태가 된 시점에 제기된 질문이다. 실직이란 아마도 '나'의 생애 최초의 '뿌리 들림'일 듯하다. 의도하지 않은 계기로 인해 관성으로 이루어진 생활의 궤도에서 잠시 이탈하는 수준의 '뿌리 들림'이다. 이런 정도는 부모에게 버림받는 일이나, 1,200킬로미터 떨어진 곳에 이식되는 일이나, 종군위안부로 끌려가는 일과는 비교할 수 없을 정도로 미약한 것이다. 그러나 자신의 존재에 대한 성찰과 반성을 촉발하기에는 충분하다. 더욱이 그러한 질문이 실상 아주 오래전부터 지속적으로 제기되었지만 그동안 미처 깨닫지 못하고 있을 뿐이었음을 알게 된다.

존재의 이유에 관한 오래된 질문을 통해 '나'는 자신의 삶을 되돌아보는 동시에 타인의 고통과 슬픔에 대해 공감하는 능력을 갖추게 된다. 어린 시절 고모할머니의 손이 이불을 들추고 파고들어 와 손등을 덮고 깍지를 껴 왔을 때, 어린 '나'는 뿌리가 악착같이 감겨오는 것 같은 착각 속에서 소름 끼치게 놀라곤 했다. 그러나 '내가 왜 여기 있는 거지?'라는 질문을 거친 후 '나'는 고모할머니가 이불 속을 더듬어 찾던 것은 "태어나고 자란 자리에서 파헤쳐져 내팽개쳐진 뿌리와도 같은 자신의 존재⋯ 잎 한 장, 꽃 한 송이, 열매 한 알 맺지 못하고 철사처럼 메말라 가던 자신의 존재를 받아줄 흙이었다"라는 사실을 이해한다. 상상에서 시작된 뜬금없는 질문은 꼬리에 꼬리를 물어 이윽고 타인의 고통에 대한 이해로 이끈다. 미처 알아차리지 못했던 것을 뒤늦게 깨달음으로써 생기는 깊은 후회와 함께⋯.

4. 뿌리골무의 생장점

뿌리는 뿌리의 확산 방향에 따라 천근성과 심근성으로 구분된다. 천근성은 말 그대로 뿌리 뻗음이 얕아 땅 표면에 달라붙어 뿌리가 수평으로 확장하는 유형이고, 반대로 심근성은 뿌리를 깊이, 단순하게 수직으로 내리는 유형이다. 고모할머니의 손을 연상케 하는 포도나무나 1,200킬로미터 떨어진 곳에 이식된 메타세쿼이아가 대표적인 천근성 식물이고, 어린 시절 부모로부터 버림받은 입양아인 그 역시 천근성의 존재다. 이런 식의 분류를 따를 때 태어난 동네에서 줄곧 살고 있는 '나'는 호두나무 같은 심근성의 부류에 넣을 수 있다.

중요한 것은 천근성과 심근성의 공존 가능성이다. "수평을 지향하는 천근성 식물과 수직을 지향하는 심근성 식물을 밀식하면 뿌리의 모양과 성장 특성이 달라 공존이 가능하다." 〈뿌리 이야기〉에 나오는 인물로 치자면, 천근성 인물인 고모할머니와 그가 심근성 인물인 '나'와 함께 뿌리내릴 수 있다는 것이다. 공포와 슬픔으로 가득한 인물이 조용하고 평온하게 살아온 인물과 어울려 서로에게 의지하며 살아갈 수 있다는 것은 뿌리 들린 자들의 고통을 어루만질 수 있다는 희망의 가능성이며, 동시에 반드시 그래야만 한다는 당위의 천명이다.

뿌리 들린 자들의 고통을 어루만지기 위해서는 우선 천근성 존재가 내뻗는 손을 내치지 말아야 한다. 천근성의 뿌리는 얕게 뿌리를 내리는 속성상 그악스러울 정도로 옆으로, 옆으로 뿌리를 확장한다. 탈피하는 뱀들처럼 몸서리치는 잔뿌리들은 집착하듯 서로 더 엉겨든다. 예를 들어 보도블록 공사로 인해 파헤쳐진 사철나무의 곁뿌리는 하수구 철망 구멍을 향해 그악스러움을 발산한다. "하수구 바닥 썩은 오물이라도 움켜잡고서, 내장이 터져서 죽은 쥐를 움켜잡고서라도" 버티려고 애쓰고 있다. 뿌리 들림의 공포 속에서 어떻게든 태어난 자리를 떠나지 않으려는 안간힘이다. 이불 속에서 파고드는 고모할머니의 손이 그악스럽게 느껴졌던 것도 자신의 존재를 받아줄 '한 줌의 흙'에 대한 간절한 소망 때문이었다. 천근성 특유의 그악스러움이란 삶을 유지하려는 간절함의 서툰 표현일진대 그들이 내미는 손을 내쳐서는 안 된다.

또한 뿌리 뜯린 자들의 고통을 어루만지기 위해서는 같은 하늘 아래 고통을 당하는 사람이 엄연히 존재하고 있음을 인식하고, 그들의 슬픔의 잊지 않기 위해 노력해야 한다. 다들 고모할머니가 위안부였다는 사실을 숨기기에만 급급했다. "친척들은 아무도 그녀를 애써 기억해 내려 하지 않았"으며, "알 만한 사람은 다 아는 비밀을 끝까지 비밀로 덮고 살았던 것이다." 진실의 은폐와 슬픔의 망각을 넘어서기 위해서는 '남귀덕'이라는 고모할머니의 이름 석 자를 천천히 불러주어야 한다. 그 이름을 불러줌으로써 그녀의 존재를 온전히 되살리고, 진정으로 그녀를 애도할 수 있다.

'나'는 서른아홉 살의 어느 날 거울 속 무표정한 자기 얼굴 위에서 고모할머니의 얼굴이 겹쳐 떠오른 것을 발견한다. 그녀의 몸속에 흐르는 피가 '나'의 몸속에도 흐르고 있을 것이기에, 간혹 아이가 고모나 삼촌을 닮는 경우가 있기에 충분히 있을 수 있는 일이라며 받아들인다. 한 걸음 더 나아가 그녀도 자신과 꼭 닮은 조카의 딸을 보면서 자신의 어린 날을 떠올렸을지도 모른다는 상상을 펼치기도 한다. 어릴 때는 그녀가 소름 끼치기조차 했지만, 시간이 흐른 후 그녀와 자신 사이에 탯줄처럼 연결된 운명의 끈을 발견하게 되는 장면은 두 존재 사이의 공감과 소통의 가능성을 보여준다.

죽는 순간에 고모할머니가 손에 꼭 그러잡고 있던 게 뭐였는지 알
아? 가제손수건도, 보청기도 아니었어. 내 손… 내 손이었어. 내가 그
렇게 고백할 때마다 어머니는 질색을 하면서 내가 잘못 기억하고 있는
것이라고 나무라지만, 내 손이 기억하고 있는 걸… 고모할머니가 돌아
가신 게 우리 집을 떠난 지 이태도 더 지나서였지만, 그녀가 돌아가신
곳이 양로원이었지만, 내 손이 분명히 그렇게 기억하고 있는 걸. 일흔
두 살의 나이로 숨을 거두던 날 밤, 그녀의 손이 이불을 들추고 더듬어
오는 걸 다 느끼고 있었어. 잠든 척 시치미를 뚝 뗀 채 다 느끼고 있었
어. 그녀의 손이 내 손을 찾아 더듬더듬… 더듬어 오는 것을.

고모할머니의 손과 '나'의 손이 그러잡고 있는 소설의 결말은 천근
성과 심근성의 공존 가능성을 다시 한번 강조한다. 두 인물이 서로 손
을 맞잡았다는 것은 논리적으로는 설명할 수 없는 비현실적인 환상이
지만, 건네 오는 손을 내치지 않고, 이름을 온전히 불러준 끝에 이끌어
낸 환상이라는 점에서 강한 설득력을 지닌다. 나아가 이러한 환상은
타인의 고통을 직시하고 상대방에게 온기를 건네야 한다는 당위적 메
시지를 현실 세계를 향해 보내고 있어 '현실에 틈입하기 위한 환상'이
라 부를 만큼 독특한 면모를 보인다.

두 인물이 손을 잡은 것은 뿌리의 얽힘이다. 각각 수평과 수직으로
향한 원뿌리의 얽힘이 아니라 원뿌리에서 뻗어 나온 곁뿌리들이 얽힌
결과다. 곁뿌리의 끝에는 생김새가 골무를 닮은 세포 덩어리인 뿌리골
무 조직이 있다. 뿌리골무는 흙을 뚫고 땅속에 길을 내는 뿌리를 보호
하는 역할을 하고, 중력을 감지해 뿌리가 뻗어갈 방향을 일러주는 역
할을 한다. 무엇보다도 뿌리골무 안에는 생장점이 존재한다는 점에서

뿌리골무는 그 자체로 생명력의 원천이라 볼 수 있다. 두 손의 맞잡음은 곁뿌리의 얽힘이자 뿌리골무 생장점의 교차가 된다.

결국 뿌리 뽑힌 자의 공포와 슬픔, 고통을 보듬어주는 치유의 상상력은 느리지만 끊임없이 생명력을 생성하는 뿌리골무의 생장점에서 솟아난다. 눈에 보이지는 않지만, 눈을 감은 채 냄새를 맡고 감촉을 느끼면서 상상하면 생장점에서 흘러나오는 생명력이 보일지도 모른다. 이러한 희망적인 결말은 차갑고 삭막한 기운만이 감돌던 작가의 이전 작품에서는 쉽게 찾을 수 없던 새로운 요소다. 물론 이러한 결말이 섣부른 위안으로 비약하는 것은 아니다. 섣부른 거짓의 위안은 현실을 망각하게 만드는 위험한 수단일 수 있으므로 마땅히 경계해야 한다. 그보다는 뿌리골무의 생장점처럼 눈에 잘 보이지는 않지만 실재하는 가능성을 믿으며 계속해서 타인의 고통을 상상하고, 그러한 상상에 이어진 자기반성을 통해 결국은 현실을 직시해야 한다는 당위를 강조하는 효과를 발휘한다.

이에 작가의 소설적 생장점이 앞으로 어떻게 전개될지 궁금하다. 뿌리골무의 생장점처럼 끊임없이 생명력이 발휘되기를 바라 마지않는다.

어디서 오셨습니까, 어디로 가십니까?

– 구효서, <풍경소리>

1. 없어야 있다

중편 <풍경소리>는 청명한 가을 하늘 아래 어느 한적한 시골 산사로 우리를 데려간다. 온갖 세속의 번잡스러움을 벗어난 그곳에서 우리는 주인공과 함께 소박하지만 아름다운 것들을 보고, 듣고, 맛본다. 한참을 맑고 깨끗한 것들에 둘러싸여 있다 보면 어느새 마음이 정화되는 느낌이 솟아난다. 주인공이 마음의 상처에서 벗어나는 모습을 지켜보고 있노라면 흐뭇한 미소도 짓게 된다. 그런데 겉으로 드러난 따뜻함을 한 꺼풀 벗기고 나면, 이내 뭔가 허전하고 텅 빈 것 같은 느낌이 밀려온다. 이런 적막하고 쓸쓸한 분위기는 과연 어디에서 유래하는가?

소설 속 산사 생활은 항상 무언가의 결여를 필요조건으로 한다. 이를테면 소설의 첫 장면을 채우고 있는 '슥삭슥삭' 연필 소리가 그러하다. "잘 구워진 밀전병 같은, 그런 종이 위를 달리는 연필 소리"를 들으려면 주변이 무척 조용해야 한다. 밤 깊은 산사의 객실이 그러하다. 한

84

낮의 시끄러운 쓰르라미 소리가 없어진 시간, 인적이 드물어 때로는 적막감마저 감도는 곳이라야 아주 작은 톱으로 내는 소리 같은 '슥삭슥삭' 소리를 들을 수 있다. 즉, '슥삭슥삭'은 소리가 없어야 비로소 들을 수 있는 소리다. 정겨운 소리이되 고독 속의 정겨움이다.

주인공 미와가 성불사에 온 것은 풍경소리를 듣기 위해서다. "달라지고 싶으면 성불사에 가서 풍경소리를 들으라고 서경이가 말했다." 풍경소리 또한 주변에 소리가 없어야 들리는 소리다. 한낮의 성불사에는 여러 소리로 가득하다. '스와와와', 팽나무 이파리 흔들리는 소리, '쓰쓰쓰쓰', 시끄럽게 쓰르라미 우는 소리, '탁탁탁탁', 공양간 도마 소리, '똑똑똑똑', '뜨뜨뜨뜨' 스님의 목탁 소리. 저절로 작은 미소를 짓게 만드는 의성어들의 향연은 모두 도시의 소음이 사라진 자리에서 들리는 소리들이다. 그런데 그러한 소리마저 완전히 숨죽였을 때, 그제야 풍경소리는 잔잔한 제 목소리를 낸다. 소리가 없어야 소리가 있게 되고, 그 소리마저 없을 때 풍경소리가 있게 된다.

성불사의 묘미는 대개 없음과 있음이 교차하는 지점에서 생성된다. 공양간에서는 일체 다른 양념을 쓰지 않고 오직 된장으로만 맛을 낸다. 같은 된장으로 맛을 낸 것이지만 음식마다 다 다른 맛이고 그토록 맛있을 수가 없다. 다른 양념이 없으니, 평소 된장 속에 감추어졌던 여러 가지 맛이 뒤늦게 느껴졌을 터. 감탄을 자아내는 된장 맛은 새롭게 나타난 것이 아니라 본래부터 거기 있었다. 다만 다른 양념들에 가려져 있었기에 미처 알아보지 못했을 따름이다. 양념이 없어야 양념의 고유한 맛이 살아난다는 것, '없어야 있다'는 발상이 동일하게 적용된다.

성불사의 아름다움에는 청각, 미각뿐만 아니라 시각적인 것도 포함되며, 이 역시 없어야 있게 되기는 마찬가지다. 미와가 머무는 객실 창살문에 비치는 풍경그림자는 방안에 켜둔 형광등이 없어야 볼 수 있다. 환한 형광등 불빛이 없어야 부드러운 달빛이 창살문에 그림자를 걸어준다. '푸르디푸른 가을 하늘'과 '붉은 기운이 뚝뚝 흐르는 맨드라미'는 또 어떠한가? 서울의 하늘도 같은 하늘이고, 서울의 화단에도 같은 꽃이 심겨 있건만, 미와는 바쁜 일상에 쫓긴 나머지 그러한 소중하고 어여쁜 것들을 놓치고 있었을 뿐이다. 본체를 가리는 번잡한 것이 사라졌을 때 그것은 아름다움의 형상으로 고개를 내민다.

'없어야 있다'는 원칙은 소설 전체를 관통하는 기본적인 상상력이다. 미와는 산사에 들어올 때 짐에서 노트북컴퓨터를 뺐고, 휴대폰 전원을 꺼두었다. 그녀는 서울에서의 일상을 대표하는 물건들을 잠시나마 없애고 나서야 산사의 아름다움에 들어갈 수 있었다. 산사 생활을 다룬 현재의 이야기와 병렬적으로 전개되는 기억 속 과거의 이야기에서도 결여의 상상력은 그대로 이어진다. 아버지가 없어 미혼모 엄마와 미혼모의 딸인 미와 자신이 있다. 엄마가 출장 가고 없을 때 미와에게는 레고가 있었다. 미와가 레고와 함께 집을 떠나자 엄마 곁에는 고양이 상철이가 있게 되었고, 엄마가 돌아가시자 상철이의 울음소리가 시작되었다는 식이다. 소설의 곳곳에서 '없음'과 '있음'은 지속적으로 교차한다.

여기에 이를 때, 이 소설은 '없음'에 관한 소설적 실험으로 간주할 수 있다. 소설 속 모든 소재와 상황들은 무언가가 없어야 있게 되는 것들로 가득하다. 얼핏 겉에서 볼 때는 따뜻하지만 자꾸 허전함을 느끼게 되는 것은 이런 이유 때문이 아닐까? 물론 이 소설에서 '없어야 있다'라는 발상법은 단순히 산사 체험의 즐거움이나 가족사와 관련된 과거의 정신적 상처를 그려내는 데만 그치는 것은 아니다. 소설 전반에 묻어 있는 불교적 색채를 고려할 때, 무엇보다 소설의 공간적 배경이 되는 성불사를 고려할 때, '없어야 있다'라는 모순 형용은 불교적 진리와 연결된다.

2. 상처와 치유

엄마의 죽음이야말로 이 소설에서 가장 두드러지게 강조되는 '없음'이다. 엄마의 죽음을 알리는 전화를 받았을 때 고양이 울음소리가 시작되었고, 시도 때도 없이 들리는 고양이 울음소리를 피하기 위해 이곳 성불사에 오게 되었다. 엄마의 죽음이야말로 이 소설의 기원인 셈이다.

엄마는 무심하고 무감한 사람으로 기억된다. 미혼모인 엄마는 아버지의 존재를 궁금해 하는 어린 딸을 보듬어주지 않았다. 젊은 여자가 생계를 꾸려야 했으니 어린 딸을 두고 집을 비우는 일이 다반사, 혼자 남겨진 딸은 레고를 쌓으며 빈집을 지켰다. 여기서 레고 쌓기는 외로움의 양을 측정하는 유용한 소설적 장치다. 전국 레고 블록 쌓기 대회 최연소 우승자가 되고, 나노 블록 회사에 특채로 취직한 것은 딸이 혼자 감당해야 했던 외로움의 크기를 잘 보여준다. 그만큼 엄마를 향한 반발심도 커졌을 것은 당연하다.

엄마의 죽음을 알리는 소식을 들었을 때, 미와의 반응은 무척 특이하다. 그녀는 슬퍼하지 않는다. 마치 자신이 겪었던 외로움에 대해 복수라도 하듯이 엄마의 죽음 앞에 애써 태연한 척 한다. 그러나 그녀는 곧 심각한 무기력과 혼란의 상태에 빠진다. 부고 전화 너머로 들었던 고양이 울음소리가 이후에도 시도 때도 없이 들려왔고, 환청으로 인해 일상은 엉망이 되고 말았다. 겉으로는 엄마의 죽음을 슬퍼하지 않지만, 속으로는 심각한 정신적 타격을 입은 것은 분명하다.

프로이트의 설명에 따를 때, 미와는 현재 멜랑콜리 상태에 있으며, 그녀가 멜랑콜리에 빠지게 된 것은 엄마의 죽음에 대한 애도 작업이 제대로 수행되지 않았기 때문이다. 사랑하는 사람이 죽었을 때, 남아 있는 사람은 극심한 정신적 고통에 놓인다. 이때 적절한 애도 작업이 이루어져야 사별의 상처를 잊고 다시 일상으로 복귀할 수 있다는 것이 정신분석의 요지다. 극심한 무기력과 고통스러운 환청은 의식적으로는 엄마를 거부하지만 실제로는 엄마를 그리워하고 사랑하기 때문에 생긴 이상 반응이다. 무조건 회피한다고 회피할 수 있는 것이 아니라 애도를 완수해야 벗어날 수 있는 성질의 증상이다.

풍경소리를 들으며 노트에 글을 쓰는 일은 사실상 애도의 작업에 가깝다. 미와의 노트에는 '쓰쓰쓰쓰', '스와와와', '오이오이' 같은 예쁘장한 의성어들로만 가득할 것 같지만, 실상은 그렇지 않다. 그녀의 노트를 훔쳐본 주승은 그녀를 소설 쓰는 사람이라 오해하고, 사람을 죽이지 않은 소설은 없느냐는 엉뚱한 질문을 한다. 주승의 어이없는 질문으로 인해, 미와 자신은 숨기고 있지만 그녀가 엄마의 죽음에 관해 많은 생각을 하고, 그 생각을 글로 옮겼다는 사실을 간접적으로 드러난다. 겉으로는 슬퍼하지 않는다고 말하지만, 속으로는 그리워하는 그녀의 심리와 똑같이 닮았다. 소설로 오인하게 할 만큼의 서사 중심의 글, 아마 생전의 엄마에 관한 미움과 그리움이 노트에 오롯이 담겨 있을 것이다. 미와는 눈물 대신 '스삭스삭' 글쓰기로 엄마의 죽음을 애도하고 있다. 이것은 내면을 성찰하고 글로 옮기는 '서사의 힘'이 정신적 상처의 치유에 있어 매우 긴요함을 보여준다.

누군가에게 이야기를 들려주는 것도 애도의 작업이 된다. 미와가 공양간에서 좌자에게 엄마 이야기를 하는 대목이 그런 경우다. 좌자가 엄마와 같은 임진생 용띠라고 그랬을 수도 있고, 좌자가 엄마와는 정반대로 워낙 곰살스러운 사람이라 반작용으로 엄마 생각이 나서 그랬을 수도 있다. 미와는 마치 남의 얘기인 듯, '했대요'라고 표현하지만, 좌자는 그것이 미와 자신의 이야기임을 잘 안다. 그래서 미와는 상처에 대해 말하지만, 좌자는 거기서 그리움을 읽어낸다. 또 미와가 진정으로 슬퍼하고 있음을 알아준다. 넉넉한 마음씨의 좌자를 통해 미와의 상처는 보듬어질 수 있었다.

"왠지 배가 막 고파지는 얘기." 미와의 이야기를 들은 좌자는 그녀를 위해 음식을 내온다. 그러자 미와는 걸신들린 듯 허겁지겁 먹어 치운다. 마음속에 쌓여 있던 쓸쓸함과 정신적 허기는 이와 같은 사소한 디테일을 통해 생생히 포착된다. 더욱 감탄을 자아내는 것은 그다음 장면. 미와는 음식을 먹다가 갑자기 사레가 들리고, 기도에 걸린 음식물을 토해내려 한다. 그러나 정작 음식물은 튀어나오지 않고 "눈물만 펑펑 나왔다." 애써 슬픔을 외면하려는 미와가 마음의 문을 열고 울음을 터트리게 만든 것은 소박한 음식과 따뜻한 경청이다.

성불사의 식구들은 미와를 위로하고 격려한다. 그들은 그것을 말로 표현하지는 않는다. 그저 느긋하고 평화로운 성불사의 일상에 미와가 잠시 동참하여 편안히 구경하도록 허락하는 정도다. 그러나 성불사 식구들은 어떠한 화려한 언변과 과장된 몸짓보다 더 따뜻하게 미와를 껴안아 준다. 이 소설의 첫 문장을 눈여겨보자. "라고 적으니 어딘지 머쓱."이다. 연달아 '객수'를 느낀다고 적어놓았다. 두 번째 '라고 적으니' 문장에서도 "여전히 머쓱" 상태, 객수 상태다. 그러던 것이 성불사 환영식 이후 달라진다. 시루떡 조각과 나물무침 몇 접시가 고작이지만, 마음의 허기를 채우기에는 충분했다. 그러니 "라고 적어도 이젠 그다지 머쓱하지 않네."라고 적는 것이 어색하지 않다. 음식을 같이 나누어 먹는 사람들이 곧 식구 아닌가. 성불사 식구들과 같이 밥을 먹고, 그들과 대화하면서 미와의 정신적 상처도 서서히 치유되고 있었다. 이 소설을 읽고 마음의 평화를 느낀다면 바로 이러한 치유의 상상력 덕분이다.

이러한 치유의 과정에도 불교적 색채는 발견된다. 조용히 내면을 들여다보고 그것을 글로 표현하는 것은 수행자의 참선에 가깝다. 낯선 사람들과 어울려 그들과 대화하는 것은 어쩌면 그들이 오래된 인연의 끈으로 연결되어 있기 때문일지도 모른다. 이 소설은 단지 엄마의 죽음을 슬퍼하는 이야기가 아니다. 육친의 정을 훌쩍 넘어서는 더 먼 곳에 관한 이야기로 도약할 준비가 되어 있다.

3. 왜?라는 질문이 없는 곳

성불사는 "왜?"라는 질문이 없는 곳이다. 궁금해도 '왜?'라고 질문해서는 안 된다. 그저 '그렇군', '그런 게지'라고 받아넘겨야 한다. 그것이 성불사의 생활의 제1수칙이다. 아마 스스로 생각해보라는 뜻이 아닐까, 남에게 질문을 하고 답을 구하려 하지 말고, 그것을 화두로 삼아 스스로 생각하라는 깊은 뜻이 담겨있지 않을까 짐작해본다.

'왜?'라는 질문이 생략되어서인지, 이 소설에는 의도적으로 개연성의 법칙, 곧 플롯을 약화시키려는 흔적들이 나타난다. 엄마가 육십이 넘어 연하의 미국인과 결혼한 사실은 눈에 띄게 강조되어 있지만 엄마가 왜 그런 선택을 했는지에 관해서는 너무도 허술하게 방치되어 있다. 죽자 살자 매달리는 남친이 있어 168통의 부재중 전화와 54개의 문자 메시지 폭탄을 남겼지만, 그 남친이 왜 그런 행동을 하는지에 대해서는 도통 관심이 없다. 궁금증을 느낀 독자들이 '왜?'라고 물어봐야 소설은 아무런 답을 해주지 않는다. 이때 궁금해하는 독자는 왜라는 질문을 거부당한 주인공 미와와 동일한 상태에 처한다. 독자들이 책장을 넘기다 잠시 궁금증을 가진 순간 어느 가을날 성불사 경내로 순간 이동하게 만드는 재미있는 수법이다.

플롯의 약화 대신 이 소설은 시점과 어투로 과감한 실험을 감행한다. 소설은 삼인칭 시점과 일인칭 시점을 교차시킨다. 삼인칭의 어조는 평온하고, 담담하다. 실제 작가를 연상해서인지 성인 남성의 어투를 닮은 듯하다. 일인칭은 가볍고, 밝다. 연필로 글을 쓰면서도 이모티콘 'ㅋㅋ'를 사용하고, 자신이 쓴 문장을 두고 '오글거린다'고 첨언하고, '완전' '싱크로율 백퍼센트' 같은 소녀 또는 젊은 여성의 어투를 따른다. 물론 이러한 가볍고 밝은 분위기는 엄마의 죽음으로 인한 슬픔을 애써 감추려는 몸부림에 지나지 않는다는 사실이 드러나면서 애처로움을 자아낸다.

그런데 일인칭의 어조는 소설의 전개되면서 변화한다. 애써 밝게 꾸민 표현이 사라지고, 점차 말투는 차분해진다. 달라지고 싶으면 성불사에 가서 풍경소리를 들으라 했는데, 정말 성불사에서 지내다 보니 달라지기라도 한 것일까? 어조가 달라진 한편에서는 고양이 울음소리가 어느새 사라졌다. 급기야 소설의 후반부에 가서 일인칭의 어조는 삼인칭의 어조와 겹쳐 서로 구분되지 않는다. 어쩌면 처음부터 삼인칭의 목소리와 미와를 통한 일인칭의 목소리는 하나였는지도 모른다. 노트에 끼적이던 것을 모아 한 편의 소설을 엮어낸 것이 아닐까 하는 상상도 해 본다. 어찌 되었든 어조의 변화를 통해, 무엇인가가 달라졌다는 점은 충분히 전달된다.

특히 소설 후반부에 이르러, 일인칭 내에서 목소리의 주체를 변화시킨 시도는 무척 참신하다. 미와의 목소리로 이루어지던 일인칭 시점에 추가하여, '모든 소리의 연원', '소리의 부처'인 '소리'가 자신을 '나'로 지칭하며 존재를 드러내는 부분이다. 이로써 소설에서 운용된 시점이 세 개가 되었으니, 다소 혼란스러워 보이는 면도 있긴 하다. 그러나 소설의 첫 장면부터 등장했던 '풍경소리'가 오랜 침묵을 깨고 뒤늦게 설핏 모습을 드러낼 때, 그동안 쭉 인간사를 지켜보고 있었을 절대자를 향한 경외감이 소설적으로 적절히 표현되었다는 감탄이 터져 나온다. 두 개의 일인칭이 서로 대화를 주고받는 소설의 마지막 장면에서는 경외감을 넘어 절대자의 자애로움마저 느낄 수 있다는 점에서 신선함은 한층 더 한다.

공간의 변화 역시 흥미롭다. 소설의 첫 장면은 풍경소리가 들리는 성불사 객실이었다. 한 밤중이라 혼자 있을 수밖에 없는 곳이다. 소설이 전개되면서 미와는 공양간으로 나가기도 하고, 성불사 마당으로 나가기도 한다. 타인과 대화를 나누게 되는 곳이다. 소설의 중반에 이르러 비로소 비로자나불을 모시는 대적광전으로 간다. 부처님의 말씀이 들려오는 곳으로 이제 나갔다. 그 다음은 산사 인근 마을로 나가고, 소설의 마지막 부분에서는 서울로 올라갈 것이 예고된다. 혼자 있다가, 누군가와 대화하고, 부처의 말씀을 접한 후, 인간 세상으로, 다시 더 큰 인간 세상으로 나아가는 경로의 전개다. 협소한 곳에서 벗어나 점차 넓은 세상으로 진입하는 과정이기도 하다.

이러한 공간적 변화는 '심우도尋牛圖'의 이야기와 대응한다. 심우도는 선종의 수행단계를 소와 초동에 비유하여 도해한 그림으로 소설 속에서는 대적광전 벽면에 그려진 것으로 나온다. 간략히 줄이면, 수행 공부를 하다가 공(空)의 의미를 깨달은 후 세상으로 나아가 대중을 구제한다는 이야기다. 성불사에 온 미와는 그곳에서 생활하다 무언가 달라진 자기를 발견하였다. '허공', '대적', '영', '공', '빵' 등으로 지칭된 무언가에 대해 어렴풋한 깨달음을 얻었다. 그리고 소설의 결말에서 그녀는 다시 서울로 돌아간다. 미와가 풍경소리를 듣고 이제 달라졌듯이 서울에서의 삶도 이제 달라질 것이다. 바랑을 짊어지고 길을 떠나는 초동이 서울로 길을 떠나는 미와에 고스란히 겹친다.

이제 이 소설은 불교적 가르침을 더 공부해야 제대로 읽을 수 있는 작품이 된 셈이다. 엄마에 대한 그리움은 인간의 죽음 이후의 세계에 관한 관심으로 확장되었다. 인간적 상처에서 종교적 질문으로 급격히 도약하였다. 이에 이 소설은 없음과 있음은 하나라는 색즉시공 공즉시색의 사상을 소설적으로 그려낸 작품이 된다.

4. 보살의 길, 인간의 길

함씨와 영차보살이 안마을로 난 길로 들어섰다. 고구마를 캐야 하는 데 나는 나란히 걷는 그들의 뒷모습을 오랫동안 바라보았다. 좌자와 수봉스님은 나에게 뭐라 하지 않았다. 그들이 멀어질수록 그들 위의 하늘이 높아졌다. 들판은 더 넓어졌고 햇빛은 더 눈부셔졌다.

무언가 하염없이 여영차 끌어올리는 모습이 절로 연상된다고 해서 지은 법명이라나. 영차. 영차보살. 그녀가 걷는 저 길은 큰 노를 젓듯 여영차 건며 지나가는 생이라는 생각을 하자 참을 수 없는 죄책감이 몰려들었다. 정체도, 어디에서 몰려든 것인지도 알 수 없는 죄책감. 그리고 말할 수 없이 달콤했던 휘핑크림이 사무쳐왔다.

영차보살 내외는 세속의 부귀영화와는 거리가 먼 시골 산골의 필부 필부다. 그들은 생이라는 거센 파도를 묵묵히 감내하며 견디는 지극히 인간적인 존재들이다. 거대한 세상 앞에 한없이 미약한 존재이면서, 동시에 막중한 생의 무게를 묵묵히 버티어내는 위대한 존재가 바로 인간이라는 인식이다. 이에 미와가 느낀 정체를 알 수 없는 죄책감이란 '인간의 길'에 대한 존경심의 다른 표현이다.

한편 그들이 걸어가는 그 길은 돌아가신 엄마가 걸어갔던 길이기도 하다. 된장의 달인 영차보살과 휘핑크림 전문가였던 엄마는 세상에 없던 맛있는 음식을 만들어낸다는 공통점이 있다. 평생 엄마가 감당해야 했을 쓸쓸함과 신산함을 두고 미와는 한때 외면하고 미워하려 했지만 달콤했던 휘핑크림의 추억으로 모든 것이 녹아내린다. 영차보살을 존경하듯, 거친 생의 파도를 묵묵히 견뎌냈던 엄마를 인정하고 그리워하고, 나아가 존경하겠다고 생각하는 순간 지연되었던 애도는 완수된다.

소설의 결말에서 '모든 소리의 연원'이자 '소리의 부처'는 길을 떠나는 미와에게 이렇게 묻는다. "어디로, 가십니까?" 미와는 그 소리에 답할 수 없다. 대신 "길을 걸으며 두고두고 나에게 물어야 할 질문이라고 생각"한다. 미와는 이제 '깨달음을 구하는 자=보살의 길'에 들어선 것이다. 그리고 그 길은 영차보살과 엄마가 견디며 지나갔던 '인간의 길'과 크게 다르지 않을 것이다.

지극히 불교적이면서도, 또한 지극히 인간적인 길에 관한 소설적 결말이다.

역사적 상상력이 머무는 곳

– 2000년대 소설의 '역사'

1. 역사적 사실과 허구적 상상력

2000년대에 들어 역사가 문화콘텐츠로 소비되는 현상이 두드러졌다. 댄 브라운의 ≪다빈치코드≫가 번역·출판된 것을 전후로 해서 국내에도 팩션 열풍이 불었고, 소프트한 역사 관련 서적이 출간되어 서점의 인문 교양 코너를 장악했다. 대중의 반응에 민감한 영화·드라마 분야에서도 역사는 흥행의 열쇠로 간주되어 역사물의 양적 증대로 이어졌다. 한국소설 분야에서도 역사라는 키워드는 뜨거운 화두였다. 출판 시장의 침체에도 불구하고 김훈의 ≪칼의 노래≫와 김별아의 ≪미실≫이 각각 2004년과 2005년 베스트셀러에 올랐으며, 역사소설과는 거리를 두고 있던 여러 작가가 역사를 소재로 한 작품을 발표하여 대열에 동참했다.

이런 현상은 1990년 무렵부터 시작된 포스트모던적인 역사 관념의 연장선상에 있다. 대체역사소설을 시도한 복거일의 ≪비명을 찾아서

≫(1987)나 움베르토 에코의 ≪장미의 이름≫을 패러디하면서 추리소설적 기법을 결합한 이인화의 ≪영원한 제국≫(1993)은 미메시스적 전통에서 탈피하고자 하는 움직임을 잘 보여준다. 역사적 전망의 제시를 위한 '현재의 전사로서의 역사'를 형상화하고자 하는 리얼리즘적 관점에서 역사적 사실과 허구적 상상력은 주종 관계를 형성했던 것에 반해 포스트모던 역사 관념에서는 양자의 위계가 근본적으로 의문시된다. 대중역사소설에서도 왕조 중심의 권력 투쟁기나 궁중 비화에서 벗어나 한 개인의 생애를 다룬 ≪소설 동의보감≫(1990), ≪소설 토정비결≫(1992) 등이 인기를 얻었던 현상도 '역사 속 전형적 인간'이 아닌 '개인의 이야기'를 구현하고자 한 시도로 파악된다.

미메시스 전통에서 벗어나려는 움직임은 2000년대 소설이 역사를 다루는 기본적인 태도이다. 사실성보다는 개연성을 우위에 놓음으로써 허구적 상상력이 발휘될 여지가 넓어졌다. 역사적 사실에 추리소설 기법을 접목시키는 방식은 김탁환의 ≪방각본 살인 사건≫(2003), ≪열녀문의 비밀≫(2005), ≪열하광인≫(2007) 등 소위 '백탑파 시리즈'로 계보가 이어졌으며 영화화됨으로써 팩션의 확산에 기여하였다. 김영하의 ≪아랑은 왜≫(2001) 역시 추리소설적 기법을 가미한 팩션의 부류에 속하는데, 이 작품은 ≪장미의 이름≫을 명시적으로 패러디하기도 하고 메타소설적인 색채를 가미함으로써 원본성, 상호텍스트성, 사실과 허구에 대한 문제 제기가 전면화 되어 있다.

그럼에도 불구하고 2000년대 역사를 다룬 여러 소설에는 역사적 사실을 향한 의지가 강조되어 있음을 간과할 수 없다. 작가 후기나 창작

노트에는 작가 자신이 자료 확보와 해석을 위해 얼마나 고심했는지 기록되어 있다. 역사적 사실을 따르는 노력은 역사 관련 서적 못지않게 자세한 주석과 참고문헌을 통해서도 쉽게 확인된다. 역사적 사실에 충실하고자 노력하는 모습은 역사의 해석적 무게를 의식적으로 탈피하려고 했던 1990년대의 실험적 시도와 차이를 보이는 것이며, 허구적 상상력이 극대화된 나머지 사실성에 개의치 않는 팩션 사극과도 거리가 먼 것이다. 역사적 사실과 허구적 상상력의 긴장 관계가 1990년대 소설과 현재 영상 분야에서는 상상력의 우위로 점철되었다면, 2000년대 소설에서는 다시금 팽팽한 긴장 속에서 역사를 다루고, 소설을 창작한다는 말이다.

이 글이 살피려 하는 것은 역사적 사실과 허구적 상상력 사이의 긴장 관계이다. 2000년대 역사를 다룬 일련의 작품을 대상으로 역사와 허구가 결합하는 상이한 방식들을 찾아보고, 그것이 어떠한 효과를 발휘하는지 검토하고자 한다. 이것은 역사소설의 장르적 본질의 규명이나 섬세한 소설 지형도를 그리는 작업이 아니라 2000년대 소설이 역사라는 키워드를 대하는 몇 가지 방식에 대한 간략한 스케치다. 몇 개의 특징적인 국면에서 작품의 유사성과 상이성을 개괄적으로 살펴보는 데 만족한다.

2. 역사가 기록하지 않은 목소리

소설은 대문자역사(History)에서 소문자역사(history)로의 전환에 대해 어떤 태도를 취할 것인가? 공식 역사에서는 존재와 역할을 명확히 밝히기 어려운 것은 물론 남성 중심 역사의 주변에 남겨져 흔적마저 희미한 한 여성 인물을 주인공으로 삼은 김별아의 ≪미실≫(2005), 김탁환의 ≪리심, 파리의 조선 궁녀≫(2006), 신경숙의 ≪리진≫(2007)은 소문자 역사의 가능성을 타진하고 있다. 이들 소설에서는 현재 확보된 자료가 부족하다는 한계가 전제되어 있다. 이에 대한 대처는 크게 두 가지로 압축된다. 자료 중심으로 갈 것인가, 상상력 중심으로 갈 것인가. 이 점에서 이들 세 작품은 사실과 허구의 긴장을 살펴보는 시금석으로의 의미를 지닌다.

김별아의 ≪미실≫은 과거의 완벽한 창안으로 나아갔다. 여성의 지위 향상에 관한 논의가 활발하게 된 시기와 맞물려 여성 인물의 활약상을 다룬 ≪미실≫은 전통적 가부장제에 저항한 작품으로 평가되었다. 6세기 후반 신라의 전성기를 배경으로 한 이 작품에서 미실은 여느 남성인물보다 우월한 혜안을 가진 인물로 왕후이자 후궁이자 색공의 신하로 남성들을 굴복시키며 한 시대를 좌지우지한 것으로 그려진다. 성에 대한 자유분방한 인식을 가진 여인, 남성을 복종시켜 권력을 휘두른 여인은 고대의 모계 중심 사회에 관한 상상력과 결합되고, 생명의 근원인 모성은 남성 중심의 사회를 전복시킬 수 있는 잠재력으로 제시된다.

"난 누구와도 같지 않아. 나는 나야. 나는 세상에 단 하나뿐인 미실이야!" 오늘날의 관점에서뿐만 아니라 오랜 역사 시대 내내 비판과 금지의 대상이었던 '간음과 통정, 음란'을 거침없이 행하는 미실은 '나는 미실이다'라는 단 하나의 선언으로 맞선다. 소설 속에서 미실은 역사적 배경을 초월하여 이미 근대적 개인이다. 또한 미실은 관습과 도덕이 인간의 본성을 억압하고 있다는 것을 일찍부터 깨달은 포스트모던 철학자다. 근대적 개인이자 포스트모던 철학자인 미실은 자신이 행한 모든 일에 대해 면죄부를 부여받을 수 있고, 이러한 논법을 거쳐 그녀는 가부장제의 억압에 맞서 싸우는 여성 영웅이 된다. 근대적 관념으로 조형된 고대 여성 영웅은 역사적 고증과 해석을 넘어선 창안의 결과물이다.

과연 미실이 근대적인 여성주의를 대변하는가 하면 그렇지만도 않다. "미실은 한편으로 소녀 같은 청순함과 수줍음을, 다른 한편으로는 음녀의 요염함과 잔인한 열망을 모두 갖춘 여인이었다." 이것은 남성이 여성을 대상화할 때 갖게 되는 성적 판타지와 조금도 다르지 않다. 순정함과 추악함을 동시에 가진 아름다움이란 미실과 동침하는 여러 남성의 욕망이 투사된 결과이다. 이처럼 자유분방한 성모랄에는 남성 중심적인 시선이 강하게 투여되어 있으며, 미실은 자신이 가진 성적 무기를 활용, 즉 자신을 대상화시킴으로써 권력을 획득하고 있다. 왕을 포함하여 한 나라의 주요 직책에 있는 남성 인물들을 움직이는 적극적인 여성상으로서의 미실은 역설적으로 남성의 성적 환상에 포섭됨으로써만 존재한다.

역사학계에서는 위서로 판정한 《화랑세기》에 근거하여 파격적인 성모랄, 적극적인 여성상을 거침없이 상상하고 있지만 그 결과는 궁중비화와 권력의 암투를 다룬 대중역사소설과 크게 다르지 않다. 방중술과 관련된 내용을 괄호로 묶는다면 당대 풍속이나 사회상에 대한 조망이 부족한 것도 권력 부침의 과정에만 치중한 서사적 특성으로 해석될 수 있다. 가령 화랑이나 원화 제도의 유래나 운영에 대한 내용 할애가 상당하지만 그것이 미실의 권력 암투로 환원되고 만다. 성 풍속, 권력 대결, 흥망을 거듭하는 권력이야말로 대중소설의 키워드다. 이에 창안에 가까운 허구적 상상력을 발휘하는 ≪미실≫은 대중적 역사소설의 답습인 동시에 팩션 사극의 훌륭한 원천이 된다.

김탁환의 ≪파리의 조선 궁녀 리심≫은 역사 복원에 충실한 작품이다. 과거의 복원과 해석에 대한 관심이 서술의 곳곳에서 강조되어 있다. 이 작품은 주인공의 유년 시절부터 사망에 이르기까지 시간의 순차적 흐름에 따라 진행된다. '1884년 10월 열다섯 살 리심은 ~'과 같은 표현은 인물의 생애와 역사적 연대기가 대응하는 양상을 예시한다. 1884년 10월이라는 연대기적 지표로 인해 열다섯 살 소녀가 2개월 후 갑신정변의 회오리에 휘말리게 됨이 예고된다. 인물의 일대기에 역사 연대기가 따라붙는 방식은 소설 속 인물을 역사 속의 인물로 만들기 위한 시도다. 간혹 공식적인 역사 기록에 의해 그녀의 운명을 확인하게 되는 행운도 발생한다. "초대 프랑스 공사 빅토르 콜랭이 제물포에 내린 1888년 6월 3일에도 리심은 몰랐다. 자신의 춤을 평생 흠모할 인연이 그날 제물포에 닿았음을." 이것은 공식적으로 남겨진 기록을 치밀하게 검토할 때만 성립할 수 있는 문장이다. 리심은 아직 자신의 운명을 모르지만, 역사 연대기를 통해 역사를 사후적으로 조망할 수 있는 우리 독자는 그녀의 운명을 충분히 짐작할 수 있다.

작가가 소설의 말미에 덧붙인 〈리심의 흔적을 찾아서〉를 보면 역사 복원의 노력이 어느 정도였는지 쉽게 확인된다. 남아있는 몇 안 되는 흔적을 찾기 위해 리심의 남편이었던 빅토르 콜랭의 행적을 면밀하게 따라가는 작가는 콜랭이 사인한 영수증 하나도 놓치지 않는다. 작가는 콜랭의 고향을 답사하면서 플랑시 가문의 사연을 탐문하는 것은 물론 관청에서 출생증명서를 떼어보는 치밀함을 보인다. "팩션을 쓰기 위해서는 많은 사람들을 탐문하는 것은 기본이고 그 대답을 뒷받침할 자료까지 뒤져야 한다."라고 강조하고 있다. 작가는 자신의 표현대로 '취재형'의 작가다. 면밀한 취재가 노리는 바는 리심의 행적을 추적하여 복원하는 것이며, 취재의 결과물인 소설은 자연스럽게 그녀가 무슨 일을 겪게 되는지에 집중한다. 리심을 중심으로 한 일인칭 서술의 틈새에 들어있는 "낯선 도시에선 또 무슨 일이 벌어질까. 그곳에서 조선 여인 리심은 행복할 수 있을까."라는 작가의 목소리는 리심의 행적을 복원하는 일이 중요한 임무임을 알려준다.

《파리의 조선 궁녀 리심》은 탄탄한 취재의 결과물 위에 허구적 상상력을 세운 작품이다. 작가는 수집한 자료를 해석한 끝에 가장 타당한 논리적 결론을 유추하는 탐정이자 재판관이다. 주인공 리심의 운명에서 가장 결정적인 사건이라면 콜랭이 외교관 자격으로 배석한 연회에서 리심이 춤을 추게 되는 일이다. 연회의 시기나 분위기에 대한 자료만으로는 해결되지 않는 운명의 순간을 그려내기 위해 작가는 리심의 친구 '영은'과 '지월'의 관점을 보여준다. 영악한 술수를 써서 연회의 선무가 되었고 콜랭을 의도적으로 유혹하였다는 해석을 내리는 '영은의 목소리'와 순수한 소녀에게 일어난 낭만적인 운명의 사건으로 해석하는 '지월의 목소리'가 대립함으로써 해석의 긴장을 노출한다. "확고한 진실은 알기 어렵다. 해석으로 구성될 따름이다. 다만 이때의 해석은 치밀한 자료의 수집과 검증을 통한 것이어야 한다."라고 재차 강조한다.

신경숙의 ≪리진≫은 ≪미실≫이나 ≪파리의 조선 궁녀 리심≫과는 또 다른 접근법을 보여준다. ≪리진≫은 개화기라는 소설의 배경을 괄호에 넣는다면 역사와는 무관하게 한 여인의 내면을 다룬 작품으로 읽을 수도 있다. 모성의 부재와 대리 만족에 관한 이야기, 이루어지지 못한 사랑의 이야기, 근대적 주체로서의 자각을 다룬 이야기, 한 여성 인물의 성장과 좌절에 이야기로 읽을 수 있다. 작가 스스로도 "나는 이 소설을 역사소설이라고 생각하지 않는다."라고 말하는 것도 이런 사정에서 기인한다. 작가는 풍속과 일상을 재현하되 가능한 옛 문법을 따르지 않은 것은 현대소설로 읽히기를 바라는 마음에서 비롯한 것이 밝힌다. 물론 이처럼 소설의 시공간적 배경을 괄호에 넣는 독법은 실제로 불가능하다. 리진이 여성으로 성장하는 과정, 근대적 개인의 자각 과정은 제국의 식민주의적 시각에 대한 비판과 결부되어 있으며, 멸망하는 왕조에 대한 공식적 역사에 대한 관념이 어머니와 딸 사이의 그리움이라는 사적 영역의 관념과 얽혀 있기 때문이다.

≪리진≫이 택한 방법은 소설 속 인물의 내면을 상상하는 일이다. 프랑스에 도착한 리진이 근대 문물을 접하는 과정에서 다루어진 파리의 풍경은 역사학의 성과에 기댄 것임을 작가는 '참고문헌'에서 밝힌

다. 모파상의 낭독회에 참석하여 ≪여자의 일생≫을 낭독하는 장면이나 인종 전시에 관한 내용은 서적과 논문에 힘입었을 것이다. 생생하고 풍부한 소설적 육체만으로도 이 작품은 가치가 있다. 그러나 그러한 풍성함은 주인공 리진의 내적 변화를 위한 장치로 활용된다. 파리 살롱에서 선망의 대상이 되었다가 식민주의적 시각의 피해자가 되기까지 그녀의 내면에서 일어나는 갈등과 긴장이 결국 그녀를 죽음으로 몰아가기 때문이다. 파리 풍경 묘사의 풍성함은 근대성의 광휘에 이끌렸다가 그 위력에 압도되어 파괴되는 한 여인의 내적 갈등을 조형하는 목적에 종속된다.

≪리진≫에서 인물의 내면 상상이 모든 서사를 장악하고 있을 때 역사적 해석이라든가 사실과 허구의 관계에 대한 의문은 부차적인 것이 된다. 그러나 허구적 상상력으로 구성된 리심의 내면이 완성될 때, 역사적 사실에 대한 본격적인 문제 제기가 시작되고 있는 현상 또한 쉽게 지나칠 수 없다. 리진이 겪는 내면의 갈등과 운명의 굴곡은 고스란히 개화기 조선을 둘러싼 알레고리가 된다. 왕비를 향한 양가적 감정 상태는 일차적으로 어머니와 딸이라는 사적 관계를 연상하게 하지만 명성황후에 관한 공식적인 역사 해석이 다루지 못한 여분의 의미를 발생시키고 있다. 근대 문물에 이끌렸다가 파괴되는 리진의 운명 역시 문명개화를 둘러싼 수많은 역사적 해석이 다 다루지 못한 양가적인 국면의 소설적 포착이다. 이것은 단일한 해석이나 입장으로 귀결되지 않는 재현의 스펙트럼을 펼쳐놓는 것이기에 역사학의 임무와는 구별되는 문학의 고유한 역할이다. 연대기의 작성과 자료의 검증을 벗어나

소설 속 인물이자 역사 속 인물에 가까이 다가가 내면을 들여다보고 때로는 그 인물의 시선으로 세상을 바라보는 방식이 ≪리진≫이 역사를 다루는 방식인 것이다.

3. 과거로의 항해

김영하의 ≪검은 꽃≫(2003)과 김경욱의 ≪천년의 왕국≫(2007)은 공통으로 동양과 서양의 만남을 서사적 긴장의 원천으로 활용한다. 이러한 긴장감의 조성을 위해 전자는 동양에서 서양으로, 후자는 서양에서 동양으로 '항해'하도록 한다. 항해의 끝에 도달한 낯선 땅에서 소설 속 인물들은 당혹감을 느낀다. 미지의 영역에 있는 상대방은 절대적인 권력을 행사하며 긴 항해 끝에 도달한 주인공들을 둘러싸고, 주인공은 자신의 운명이 어떻게 전개될지 예상할 수 없는 존재론적인 막막함 속에서 어떤 식으로든 삶을 영위하기 위한 치열한 투쟁을 벌일 수밖에 없다.

이때 이들의 위태로운 운명을 지켜보는 현대 독자들의 입장은 어떠한가? 현재의 독자가 과거의 풍경과 시대를 바라본다는 것은 낯선 이방인과 조우한 소설 속 항해자들의 입장과 일치한다. 소설 속 인물들이 문명의 타자를 바라보면서 당혹감을 느끼듯 현재와는 판이한 인식적 패러다임에 속한 과거 인물들의 사고와 행동에 대해 우리는 종종 당혹감을 느낄 수밖에 없다. 소설을 통해 과거를 들여다보는 일, 우리 안의 낯선 과거를 들여다보는 일이 유발하는 감정은 소설 속 인물이 느끼는 감정과 완전하게 일치하는 것은 아니지만 낯선 타자를 대면할 때 발생하는 당혹감이라는 점에서 묘한 공감대가 발생할 여지는 있다. 더욱이 공식적인 역사에 기록되지 않은 사람들을 중심으로 낯선 시대의 풍경이 그려지는 경우 '당혹감의 공감대'는 소설적 흥미를 발생시키면서 인물의 삶 속으로 독자를 인도할 수 있다.

김경욱의 《천년의 왕국》은 서양인이 작성한 조선 관찰기의 외양을 갖추고 있다. 난파된 배의 선장이 중세 조선에 당도하여 느끼는 당혹감은 소설 전편에 걸쳐 일관되게 유지된다. 주인공 벨테브레는 이교도 병사와 그들의 지휘관이 포탄의 폭발음을 듣고 혼비백산하여 달아나는 우스꽝스러운 모습을 보면서 미소 지었을지 모른다. 아마 현대의 우리가 타임머신을 타고 중세 조선에 간다면 흡사한 상황이 연출될 듯하다. 이 점에서 조선의 풍속을 관찰하는 서양인 벨테브레는 《천년의 왕국》을 우리 독자와 시선을 공유한다. 한편 더 후대에 살고 있고, 조선의 역사와 문화에 대해서 더 많은 것을 알고 있는 우리는 고관대작이 예의상 "차린 게 별로 없어서 민망하다"라고 말할 때 당혹감을 감추지 못하는 서양인을 우스꽝스럽게 지켜볼 수도 있다. 시선의 공유는 때로는 이중으로 엮어질 수 있는 것이다. 그런데도 서양인 벨테브레는 여전히 중세 조선인보다는 현대의 독자에 더 가까이 서 있다. 그가 바라본 조선의 풍습과 사고방식은 '불가해함'으로 표현된다. 우리가 바라본 소설 속 조선의 풍경 역시 오늘날과는 사뭇 다른 낯선 우리의 과거다.

《천년의 왕국》를 읽고 나서 드는 한 가지 궁금증은 왜 하필 하멜이 아니라 벨테브레에 관한 이야기냐라는 것이다. ≪하멜표류기≫라는 풍부한 자료가 있는 하멜을 다루지 않고 상대적으로 자료가 부족한 벨테브레를 다루었다는 점에서 역사적 사실과 허구적 상상력의 관계에 관한 암시를 얻을 수 있다. ≪하멜표류기≫는 하멜이 네덜란드로 돌아가 동인도회사에 그동안 밀린 임금을 청구하기 위해 작성한 보고서의 목적을 지닌다. 뚜렷한 목적하에 자신의 주관적 입장을 피력하기 위해 쓰인 자료는 소설 창작에 있어 자칫 독이 된다. 과거 복원의 자료로는 활용될 수 있지만 소설 창작에 있어서는 인물의 형상화에 지나치게 간섭함으로써 허구적 상상력을 위축시키기 때문이다. ≪하멜표류기≫는 소설의 말미에 있는 '도움을 받은 책들'에 같이 기재되어 있는 바실 홀의 ≪10일간의 조선항해기≫나 A.H. 랜도어의 ≪고요한 아침의 나라 조선≫처럼 참고 자료일 뿐 허구적 이야기 창조에 방해가 되어서는 안 된다.

벨테브레는 작가의 표현에 따르면 '역사가 기록하지 않은 이방인'이다. '작가의 말'은 다음과 같이 적고 있다. "역사가 그들을 상세히 기억했다면 이 소설은 태어나지 못했을 것이다. 한 줌의 사실 위에 허구의 성채를 건축하려는 자에게 역사의 불친절은 차라리 축복이다." 역사적 사실의 빈틈이 많은 자리에서 허구적 상상력이 자유로움을 확보할 수 있다는 이 발언은 "복원할 수 없다면 창조해야 했다."라는 발언으로 이어진다. 이 발언은 사실성보다는 개연성의 우위에 놓겠다는 뜻으로 읽힌다.

그러나 개연성을 근거로 허구적 상상력을 발휘하는 목적이 다시금

'복원'에 가까운 창조에 있다는 점 또한 가볍게 넘겨볼 수는 없다. '도움을 받은 책들'에 언급된 여러 자료로 인해 벨테브레가 보았을 법한 불가해한 중세 조선의 풍경이 생생하게 재현될 수 있었으니 말이다. 작가는 하멜, 랜도어, 길모어 등이 기록한 자료를 토대로 서양인의 눈으로 본 근대 이전의 조선을 복원할 수 있었으며, 여기서 창조된 벨테브레는 우리에게 관광가이드 임무를 수행한다. 역사관광가이드는 우리에게 복원된 중세 조선의 풍속과 풍경을 보여주려 노력하는 자이다. 요컨대 사실을 보충하기 위해 허구가 필요하고, 허구의 완성을 위해 사실이 요구된다는 것이 ≪천년의 왕국≫이 재확인한 역사적 사실과 허구적 상상력의 기본 관계이다.

　　김영하의 ≪검은 꽃≫에 나오는 여러 인물 또한 역사가 기록하지 않은 인물이다. 얼핏 소설의 의도가 이들 개화기 해외 이민자의 수난을 복원하는 데 있다고 여겨질 만큼 과거의 복원이 생생하다. 1905년 제물포에서 출발하여 멕시코 땅에 도착한 후 1,033명의 조선인은 유카탄반도 전역의 스물두 개 농장으로 흩어진다. 자신이 가는 곳이 어디인지도 모른 채 많은 돈을 벌 수 있다는 광고에 현혹된 그들을 맞이한 것은 4년간의 계약 관계로 얽매는 채무노예 신세. 가시에 긁혀 피가 나고 무수한 생채기가 생기면서도 새벽부터 밤까지 에네켄을 수확하는 조선인 이민자들의 고난이 생생하게 그려지고 있다. 또한 조선인 이민자들을 활용하여 부를 축적해야 하는 신대륙의 사회경제적 상황에 대한 역사적 설명이 첨부되어 있어 이민자들의 고통은 시대적인 상황과 긴밀히 결부된 것으로 설정된다. 개화기 조선의 이민사와 아메리카 식민지 플랜테이션의 역사를 엮어 공식 역사에서 누락된 사람들의 삶을 복원해낸 작가의 노력에 감탄하다 보면 어느새 인물의 수난은 민족의 수난이 되고, 소설은 문명개화의 소용돌이에서 무너져간 조선에 대한 송가처럼 읽힐 여지가 생기게 된다.

그러나 ≪검은 꽃≫은 그러한 민족주의적 감성을 의식적으로 거부한다. 이것이 개화기를 배경으로 한 기존의 역사소설과 크게 나뉘는 지점이기도 하다. 이민자들이 농장에서 학대받는 내용의 앞과 뒤에는 그에 못지않은 분량의 또 다른 이야기가 놓여 있음을 놓쳐서는 안 된다. 그 앞에는 일포드호를 타고 멕시코로 항해하는 과정에 관한 이야기, 그 뒤에는 4년 계약이 끝난 다음 조선으로 돌아오지 못한 채 아메리카 대륙을 떠돌거나 그곳에 정착하는 이야기가 있다. 전체 이야기는 고통의 예고, 고통의 전개, 고통의 이후로 구성되는 셈이며, 고통의 예고와 고통의 이후에 관심을 기울인다면 민족주의적 감수성을 거부하고 있음이 좀 더 분명하게 드러난다.

이민자들이 탑승한 일포드호는 새로운 문명을 향하는 하나의 알레고리다. 근대문명을 향한 당혹감은 일포드호에서부터 시작된다. 갑오개혁 이후에서 남아있던 신분제의 잔재들이 이국의 화물선에서 뒤집히고 뒤섞이는 진풍경을 연출한다. 몰락한 양반, 전직 군인, 떠돌이, 도둑, 신부, 무당, 내시에 이르기까지 다양한 인적 구성을 보이는 이민자들은 뱃멀미에 구토하고, 똥과 오줌을 싸고, 병에 걸려 송장이 되고, 아이를 출산한다. 그들은 중세에서 근대로 넘어가는 신고식을 일포드호에서 치르고 있는 것이며, 황족 출신의 양반 여자와 이름도 없는 천민 떠돌이 남자의 만남에서 절정에 이른다. 혼돈이며, 역전이고, 뒤섞이고, 역병까지 치르면서 벌어지는 그들의 항해는 개화기 서구 문명의 당도를 어떠한 역사소설보다 시적으로 포착하는 데 이르고 있다.

노예 계약과 다름없는 4년간의 계약이 만료되고 난 후 뿔뿔이 흩어지고 마는 그들의 행적은 해방 이후의 국가 건설의 움직임과 이상적 국가 건설 실패에 관한 비유다. 이 점은 전직 군인 출신 조장윤의 행보에 대해 서술자가 1960년대 '박정희 소장'을 결부시키는 데서도 확인되는 바이다. 그들이 용병으로 참전하여 '신대한'을 세우고자 하는 대목에 이를 때는 베트남전쟁과 경제개발의 그림자가 드리워지기도 한다. 조장윤과는 다른 길을 걸어가는 이정의 행보 또한 독재와 혁명에 관한 일정한 의미화에 기여한다. 체게바라와 카스트로의 승리가 전제된 남미의 정치적 소용돌이 속에 이정을 세워놓음으로써 혁명의 의미에 대해 탐색할 뿐만 아니라 근본도 없는 떠돌이 고아 소년의 변모 과정을 밟아감으로써 인간적 삶에 대한 열망까지 아우르는 성과를 거두고 있다.

≪검은 꽃≫의 결말에는 이정의 아이를 낳은 이연수에 관한 씁쓸한 후일담과 이정의 아들이자 이연수의 아들 박섭에 관한 이야기를 언급함으로써 인물의 질긴 운명을 암시한다. 소설의 내용만으로는 자료 조사에 의한 것인지 구분이 명확하지 않다. 또 다른 한편에는 마야 유적지에 관한 고고학적 연구와 복원작업이 이루어졌음에도 조선인 용병들이 세웠던 작은 나라의 흔적은 발굴되지 않았다고 언급함으로써 그들의 행적이 허구적 상상력의 결과임을 다시금 환기한다. 여기서 사실

이냐 허구냐의 이분법적 구분은 무용하다. 멕시코로 향하는 일포드호에 탑승한 이후부터 한순간도 먹고, 배설하고, 구토하고, 피 흘리고, 성교하기를 그친 적이 없다는 사실만이 죽음의 허무 위에 남겨진 확고한 진실이다. 이 작품이 역사소설의 통념을 배반하고 있다는 근거는 허무로 점철된 오랜 항해와 지속되는 삶이라는 항해를 소설의 참주제로 설정한다는 데서 찾을 수 있다.

4. 과거의 자신, 현재의 타자

김훈의 ≪칼의 노래≫에서 역사는 지극히 부차적인 장치로 동원될 뿐이다. 이순신의 행적과 임진왜란(정유재란) 당시 조선 역사를 다루고 있지만 그것은 모두 주인공이자 화자인 이순신 목소리와 그의 내면에서 지속적으로 울리는 칼의 노랫소리를 부각하기 위한 최소한의 역할에만 그친다. 전투의 승패라는 사건의 결과 역시 무의미하기는 마찬가지다. 이순신의 존재를 알고 있는 독자라면 누구나 작품 속에서 펼쳐지는 전투의 승패를 환히 알고 있다. 이런 상황에서 성웅 이순신의 행적과 위기 상황에 놓인 조선 역사는 아무런 소설적 긴장을 창출할 수 없다.

≪칼의 노래≫에서는 오직 하나의 질문만이 모든 서사적 긴장을 이끌어간다. '나의 적은 누구인가?' 적의 칼끝에 서린 적의가 향하는 곳은 명징하다. 적으로부터 노획한 칼끝의 소실점에는 자신의 죽음이 놓여 있으니 그보다 명확한 것은 없다. 칼의 단순명쾌함이 알려주는 적

의 존재는 가시적이고, 나는 죽음으로 둘러싸인 실존적 상황에 서 있다. 하지만 나의 적은 진정 누구인가라는 질문 앞에서 그 대답은 쉽게 구할 수 없다. '적의를 품고 나와 대적하고 있는 눈앞의 왜군이 나의 적인가? 아니면 적을 상대하는 나를 적으로 대하는 임금이 나의 적인가?' 나의 적은 나를 죽이려 한다. 임금은 나를 죽이려 한다. 그러므로 임금은 나의 적이다. 임금은 자신의 적인 왜군 때문에 나를 죽이지 않았다. "나를 살려준 것은 결국 적이었다." 내면은 양립 불가능한 대답들로 가득 채워지고, '나의 적은 누구인가'라는 질문은 도저히 해결의 방도를 찾을 수 없는 질문이라는 점에서 곧 일종의 아포리아가 된다.

아포리아가 모든 서사적 갈등을 감당하는 것은 ≪칼의 노래≫에만 국한된 현상이 아니다. ≪현의 노래≫(2004)의 아포리아는 '가야금을 연주할 것인가 하지 말 것인가?'였다. ≪남한산성≫(2007)에서는 '성문을 열고 나갈 것인가, 성문을 닫고 지킬 것인가?'라는 질문이 아포리아로 설정되었다. 아포리아를 둘러싼 대결로 인한 긴장감이 서사를 압도하는 상황에서 임진왜란이나 가야의 멸망, 병자호란과 같은 역사적 사실은 한낱 장식에 불과하다. 소설의 모든 구성 요소가 아포리아와의 대결을 부각하기 위한 기호로 활용되는 마당에 역사적 사실의 의미는 퇴색한다. '나의 적은 누구인가?'라는 질문을 던지는 궁극적인 목적이 제기된 질문에 대한 해답을 찾는 데 있지 않고, 존재론적 아포리아와의 한판 대결을 벌이게 하는 데 있다면 김훈의 역사소설은 역사의 재현에 무관심한 ≪칼의 노래≫에서 한 발짝도 움직이지 않은 셈이다.

김훈의 역사소설에서 서사적 긴장의 효과는 잘 알려진 역사적 상황을 배경으로 할 때만 강력하게 발휘될 수 있다. ≪칼의 노래≫와 ≪남한산성≫이 배경으로 삼은 임진왜란과 병자호란은 독자에게 매우 익숙하다. 이순신은 노량해전에서 최후를 맞이하게 되고, 인조는 삼전도에서 청 태종 앞에서 세 번 절하고 아홉 번 머리를 조아리는 굴욕을 당하게 된다는 결말은 작품의 시작부터 정해져 있다. 앞으로의 사건이 어떻게 전개될 것인지 모두 공개된 채 서사가 전개되는 셈이다. 사건 전개와 결말이 독자에게 이미 공개된 상황에서 서사의 관심은 순전히 아포리아의 대결에만 집중한다. 이에 따라 대결의 치열함은 강화되고 서사적 긴장은 고조될 수 있다.

반면 천 년이 넘는 세월 탓에 흐릿하게 남아있는 우륵의 생애를 다룬 ≪현의 노래≫에서는 아포리아의 강도가 현저히 떨어진다. 소설은 왜 우륵이 아포리아에 직면하게 되었는지를 설명하느라 힘을 분산시키고 말았다. 허구적 상상력을 발휘할 수 있는 여지가 너무 넓어질 때 상상력의 밀도는 약화되는 것이다. ≪흑산≫에서도 비슷한 상황이 벌어진다. ≪흑산≫은 유배지 흑산도에 거주하는 백성의 생활, 천주교인이 당하는 핍박과 수난을 생생히 복원하고 있지만 아포리아의 대결은 제대로 발휘되지 못했다. 더욱이 정약용이 아니라 그의 형 정약전과 조카사위 황사영을 다룬 탓에 인물의 형상화에 적지 않은 노력을 할애해야 했고 그 결과는 서사적 긴장의 현저한 완화로 이어지고 말았다.

김훈의 역사소설 속 주인공들은 아포리아적 상황을 타개하기 위해 역사 속에서 치열한 투쟁을 할 때 비로소 '삶의 길'을 발견할 수 있다. 이순신은 '부처의 포구' 관음포에서 전사하면서 인간적 초월의 길을 엿볼 수 있었고, 황제 앞에 머리를 조아린 인조는 흙냄새를 맡으며 백성의 길을 짐작할 수 있었다. 잘 알려진 역사 소재에는 독자들 저마다 내린 해석의 무게가 얹혀 있다. 적어도 김훈의 소설에서 아포리아를 향해 벌이는 한판 대결은 기존에 내려진 역사 해석의 총량에 비례하여 치열함이 강화된다. 역사를 오랫동안 응시하면서 공식 역사의 이면에 있던 잠재적인 가능태들이 들려주는 목소리에 귀를 기울일 때 역사의 중압을 뒤집을 가능성을 엿볼 수 있는 것이다.

김연수의 ≪꾿빠이, 이상≫(2001)과 ≪밤은 노래한다≫(2008)는 치밀한 자료 조사를 거친 과거의 완벽한 재구성 없이는 성립하기 힘든 작품들이다. 역사를 다룬 2000년대의 소설이 대체로 역사적 사실보다는 허구적 상상력의 우위를 전제로 하고 있음에 반해 김연수의 작품은 사실과 허구가 서로 분리되기 어려울 정도로 밀착되어 있다. 팩션의 형식을 따르고 있는 ≪꾿빠이, 이상≫은 취재형 작가를 표방한 김탁환의 팩션과 유사성이 발견되지만 ≪밤은 노래한다≫에서는 충격적인 역사적 사건의 재현을 위해 허구적 상상력이 종속되는 현상을 발견할 수 있다. 더욱이 ≪밤은 노래한다≫에서 일반 독자에게 잘 알려지지 않은 역사적 사실을 집요하게 추적함으로써 소설적 긴장을 창출하는 방식은 김훈의 역사소설과 정반대의 길을 가고 있다.

≪꾿빠이, 이상≫에 따르면 이상은 한국문학사에서 예수와 같은 존재다. 죽은 지 사흘 만에 부활한 예수처럼 이상은 사망 직후 천재로 인정받아 영생을 얻었다. 데드마스크와 미발굴 원고 찾기는 중세기사의 성배 찾기에 대응한다. 이야기의 결과만을 놓고 보았을 때, 데드마스

크나 미발굴 원고는 물론 그것들을 다룬 ≪꾿빠이, 이상≫이라는 소설 전체가 정교한 위작(패러디)이다. 그러나 "이상과 관련한 모든 것은 논리나 열정의 문제가 아니라 믿음의 문제다."라는 문장에 조금이라도 공감한다면, 한국문학사의 예수 같은 존재라는 견해에 조금이라도 공감한다면, 정교한 위작인 ≪꾿빠이, 이상≫은 난해한 이상 문학의 신비에 이르게 되는 통로가 된다. 이에 이 작품은 가짜를 통해 진짜에 이르는 길을 엿보는 보고자 한 지적 실험이 된다.

≪꾿빠이, 이상≫에서는 데드마스크와 미발굴 원고의 사실 여부가 서사를 추동한다. 어수룩한 가짜를 걸어놓고 독자를 유혹할 수는 없다. 독자들이 깜빡 속을 만큼 진짜 같은 가짜를 만들어야 한다. 작가는 이상의 생애와 작품을 치밀하게 조사하고 완벽하게 복원하지 않으면 안 된다. 진짜와 가짜의 위상에 관한 지적 실험을 위해서는 역설적으로 진짜를 정확히 알아야 한다. 또한 이러한 실험은 오직 이상 문학에만 특수하게 적용될 수 있다. 유품과 유작의 진위를 따지는 실험은 신비에 싸인 천재 시인 이상의 최후에 관련된 것일 때만 감당될 수 있다. 조금이라도 허튼 구석이 있다면 수많은 연구자가 맹비난을 퍼부을 것이 예고된 상황에서 이상을 다룬 소설을 쓰는 작가는 더더욱 이상 문학의 진실에 근접해야만 한다. 정리하자면 ≪꾿빠이, 이상≫은 가짜를 이야기하기 위해 진짜에 철저히 매달려야 하는 아이러니가 만들어낸 작품이다.

≪밤은 노래한다≫에서 허구적 상상력은 제한되어 역사적 사실의 재현이라는 목적에 종속된다. 이 작품은 1930년대 초반 간도의 유격구

에서 발생한 '민생단 사건'을 서사의 정점에 배치한다. 이 사건의 앞뒤에 박도만, 최도식, 안세훈, 박길룡 등 혁명을 꿈꾸었던 네 명의 남자와 이정희라는 한 여자가 반목과 대립의 끝에 서로에게 총구를 겨누었던 뒤틀린 운명이 놓여 있다. ≪꾿빠이, 이상≫에서 이상이 다른 작가로 대체될 수 없듯이 ≪밤은 노래한다≫는 1930년대 북간도라는 시공간을 배경으로 삼을 때만 가능하다. 일차적으로는 '민생단 사건'이라는 전무후무한 역사적 사건이 지닌 특수성 때문이며, 이외에도 오족협화를 표방한 만주국의 역사적 배경, 일제강점기 국적은 일본인으로 민족은 조선인으로 부여받았던 이중적 정체성, 당의 무오류성 신화, 재만 조선인의 아류 식민주의적 욕망 등 다기한 역사적 상황이 복잡하게 얽혀 있기 때문이다.

그러나 이 작품이 역사서술을 지향한다는 의미는 아니며, 허구적 상상력이 역사서술이 담당하는 해석을 넘어선 무언가를 끌어내고 있다. 허구적 상상력의 작동은 초점인물로 설정된 김해연의 역할을 통해 가늠할 수 있다. 민생단 사건과 청년들의 비극적 운명은 민족이나 사상 문제에 무관심하던 조선인 만철 직원 김해연의 시선을 통해 포착된다. 김해연은 애인 이정희의 자살 사건으로 인해 혁명조직에 휩쓸린 것을 계기로 진실의 조각을 하나씩 찾아내는 임무를 부여받는데, 이 과정에서 젊은 혁명가들의 열정과 열망에 공감하기도 하고, 참담한 사건을 경험하고, 외면하고 싶은 진실과 대면하면서 좌절하기도 한다. 독자들은 김해연의 시야에 포착되는 단편적 사실들을 따라가면서 낯선 역사의 진실에 서서히 다가설 수 있다. 김해연이 바라본 1930년대 북간도는 "빛도, 어둠도 아니면서 동시에 빛과 어둠인 세계"다. 이분법으로 재단할 수 없는 세계, 단순히 열정이나 광기로만 단정할 수 없는 복잡성의 세계이므로 판단과 평가에 앞서 허구적 상상력을 통한 간접 체험이 선행되어야 한다. 이 점에서 김해연은 역사적 사실에 대한 독자의 해석과 판단을 위한 매개체인 동시에 역사서술로 전달되기 부족한 그 이상의 것을 체험하게 하는 대리인이다.

역사를 대하는 김훈과 김연수의 태도는 반대의 길을 가면서도 같은 곳을 향해 나아가고 있다. ≪칼의 노래≫와 ≪남한산성≫에서는 허구적 상상력의 영역을 확장한 결과 역사적 사실의 영역은 축소된다. 허구가 사실을 압도하는 지점에서 주인공들은 실존적 아포리아와의 전면적인 대결을 벌이고 그 속에서 '삶의 길'을 모색한다. 이순신, 최명길, 김상헌은 과거에서 찾아낸 우리 자신이다. ≪밤은 노래한다≫에서 허구적 상상력은 역사적 사실의 완벽한 재구성 또는 복원에 종속되고 있어 전통적인 미메시스적 관점에 근접한다. 서사적 긴장은 미처 주의를 기울이지 않았던 역사적 진실을 뒤늦게 알게 될 때 발생하는 충격에서 비롯한다. 이러한 충격이란 서사적 장치의 활용에 의한 효과이며, 역사적 사실의 소설화가 충격을 증폭시킨다는 점에서 허구적 상상력은 의의를 지닌다. 그 결과 민생단 사건에 휘말린 조선인과 혁명을 꿈꾸던 청년들은 낯선 타자들이지만 그들의 열망과 좌절, 광기와 참담함은 현재의 우리를 끊임없이 불편하게 하면서 질문을 던진다. 그들 역시 시대, 사상, 현실을 넘어 진정한 '삶의 길'이란 무엇인가 묻고 있다. 그러므로 과거의 자신과 현재의 타자는 결국 하나다.

2부

상상, 거짓말 그리고 이야기

- 김애란, ≪달려라, 아비≫

1. 정직한 거짓말

김애란의 소설에서 눈길을 사로잡는 키워드는 단연 '가족'이다. 부모와 자식 사이가 기본적인 인물 관계로 설정된 소설이 유난히 많다. 자식이 태어나자마자 집을 나가서 죽을 때까지 돌아오지 않는 아버지, '나는 어떻게 태어났나요?'라는 아들의 발칙한 질문에 의뭉스러운 거짓말을 들려주는 아버지, 25년간 칼로 국수를 썰면서 자식을 키워온 어머니는 독특한 개성으로 조형되어 소설의 곳곳에 배치되어 있다. 대개 편모이거나 편부로 설정된 결손의 가족 관계 속에 놓인 아이는 자신의 부모에 관한 강한 심리적 지향을 내보이고 있기에 김애란의 소설을 '가족 로망스'로 읽는 독법도 충분히 설득력이 있다.

그러나 김애란 소설은 소재적 차원이 아니라 서사적 차원에서는 일반적인 가족 로망스의 틀에서 제법 멀찍이 떨어져 있다. 소설에서 가족은 주인공이 지닌 정신적 상처의 근원도 아닐뿐더러 그러한 상처와 결합한 복수의 서사도 나타나지 않는다. 아버지를 향한 증오보다는 아련한 그리움과 향수가 전면화되고, 때로는 아버지를 향한 그리움은 '꺼이꺼이'라는 우스꽝스러운 의성어를 동반한 서러운 눈물로 이어지기도 한다. 소설은 미래로 이어지는 성장과 발견의 작업이기보다는 과거의 시간을 돌아보며 감정을 길어 올리는 고고학적 탐사 작업에 근접한다. 이에 가족은 다기한 감정의 양상을 서술 속으로 끌어오기 위한 하나의 도구로 볼 수 있다.

소설을 처음 쓰는 신인 작가에게 가족은 매력적인 소재이다. 모든 소설은 결국 자신에 관한 이야기이며, 가족에 관해 이야기하는 것은 곧 자신에 관해 되물어보는 일이다. 실제 작가의 전기적 사실은 차치하고라도, 적어도 소설 속에서 소설을 쓰는 인물이 등장하는 〈종이 물고기〉의 경우 사정은 그러하다. 메타픽션의 범주에 속할 수 있는 이 작품에서는 시골에서 상경한 주인공이 자신이 거처하는 단칸방의 벽면에 포스트잇을 한 장씩 붙여가며 자신의 첫 번째 소설을 쓰고 있다. 글쓰기를 정식으로 배운 적 없는 그가 선택한 소설 창작 방법이란 자신과 자기 가족에 관해 이야기하는 것이며, 이는 가족을 빈번히 다룬 김애란의 발상법에 관한 몇 가지 암시를 준다.

자신에 관한 이야기였으므로 기교나 구성을 필요로 하지 않았다. 다만 정직하면 되었다. 그는 막걸리로 채운 젖을 물고 자란 이야기, 신문지로 된 방에 온종일 있었던 이야기, 졸업식 이야기 등을 썼다. 그중에서도 그는 스테이크에 관한 일화를 애틋하게 생각했다. 그 시골 요리사가 했던 일과 지금 자신이 하려고 하는 일이 비슷하게 느껴졌기 때문이다. 그는 그 일화의 마지막을 다음과 같이 적었다.

　—우리는 그것을 스테이크라고 '믿고' 먹었다. 한편, 요리사와 우리 가족은 서로 얼마나 안도했을까?(〈종이 물고기〉, 210-211면)

〈종이 물고기〉의 소설가 지망생이 지닌 유일한 글쓰기 도구는 '정 직'이다. 표면적으로 정직이라는 도구는 자전적 글쓰기와 연결되는 듯 하다. 그는 스스로도 '창피'하다고 느끼는 어린 시절의 일화들을 더하 거나 뺌 없이 '정직'하게 포스트잇에 옮겨 적는 '필사자'를 자처한다. 구차한 과거의 생활은 한 치의 숨김없이 포스트잇에 고스란히 옮겨져 야 한다. 그런데 정직이라는 글쓰기의 도구가 진정으로 제 역할을 수 행하는 순간은 포스트잇에 적어놓은 일화를 마무리할 때이다. 그는 자 신이 회상하여 적어놓은 일화를 '애틋하게 생각한다.' 그는 그 애틋한 감정을 표현하기 위해 문장을 추가하고, 이를 위해 '정직'하게 '감정'을 되돌아본다. 자칫 수치스러울 수도 있을 감정의 결을 정직하게 쓰다 듬는 순간 그는 과거의 경험을 기계적으로 옮겨 적는 필사자가 아니라 형체가 없는 감정을 허구적 구성물 속에 담아내는 '작가'에 근접한다.

　한편 이때 추가한 문장으로 인해 애틋함이 우스꽝스러움으로 도약 한다. 한 번도 스테이크를 먹어본 적 없는 손님과 스테이크를 만들어 본 적 없는 요리사는 자신들의 촌스러움 혹은 무식함이 탄로될까 봐 서로를 두려워한다. 스테이크라 부르기도 민망한 기괴한 음식을 앞에 두고 그것을 훌륭한 음식이라 '믿고' 먹는 손님이나 제법 그럴싸한 요 리를 만드는 데 성공했다고 '믿고' 안도의 한숨을 쉬는 요리사는 우스 꽝스러운 희극의 한 장면을 연출한다. 애틋하면서도 동시에 우스꽝스러운 감정의 상태를 여과 없이 털어놓는 '정직'이 포스트잇에 소설을 쓰는 주인공이 지닌 유일한 무기이다. 교양이라고는 조금도 찾아볼 수 없는 가족의 사회·경제·문화적 상황이 곧 자신의 과거이고, 스테이크를 만들 줄 몰라 어찌할 바 모르는 요리사의 당혹감이 어둡고 막막하기만 한 자신의 미래라는 사실을 순순히 인정한다면 우스꽝스러움은 다시금 애틋함으로 회귀한다. 이와 같은 정직하게 감정을 담아내는 일련의 작업으로 인해 김애란의 소설은 희극과 비극의 양면을 동시에 지닐 수 있다.

소설은 정직을 무기로 내걸고 있지만 아이러니하게도 소설 속 화자들, 특히 어린 아이로 설정된 화자들은 천연덕스러운 거짓말쟁이들이다. 아이들은 자신의 아버지나 어머니가 부재하는 이유에 대해 거짓말을 하고 있다. "아버지는 달리기를 하러 집을 나갔다."(〈달려라, 아비〉, 15면)라는 진술은 어린아이가 하는 거짓말의 대표적인 예이다. 아이들은 아버지가 달리기를 하러 집을 나갔다고 그렇게 '믿기로 했다'라고 하지만 이때의 '믿음'은 실제로는 그렇지 않을 수도 있다는 불안을 내포한다. 이러한 '믿음'은 엉터리 스테이크를 먹으면서 그것을 스테이크라고 '믿고' 먹는 것과 다르지 않다. 반면 우리 독자들은 그들의 믿음이 거짓임을 잘 알고 있다. 우리는 그것이 엉터리 스테이크라는 것을 알기 때문에 주인공이 느낀 애틋함에 공감한다. 아버지를 잃어버린 아이의 이야기가 애틋함을 자아내는 것도 실제로는 아버지가 아이를 버렸으며, 아이는 애처롭게 거짓말하고 있다는 것을 알기에 성립하는 정서이다.

거짓말을 통해 애틋한 감정이 더욱 정직하게 표현된다는 것이 김애란 소설 특유의 발상법이다. 아이들은 자신이 버려진 이유에 대해 모른 체 하고 있지만, 어설픈 거짓말을 통해 애틋함이 강화된다. 오래전 집을 나간 아버지가 지금도 형광색 반바지를 입은 채 세계 각지를 부지런히 뛰어다니고 있다고 거짓 상상을 하면 할수록 그와는 정반대의 실제가 펼쳐져 있음이 강하게 환기되는 구도이다. 소설 속 인물이나 화자가 천연덕스럽게 농담을 늘어놓지만, 그 농담은 애처로운 눈물의 중압을 떨쳐내기 위한 눈물겨운 발버둥이라는 점에서 농담은 애잔하게 다가온다. 눈물의 중압은 웃음의 가벼움과 대조되어 무게가 한층 가중되고, 웃음은 눈물의 무거움으로 인해 더욱 애처롭게 된다.

> 어머니가 내게 물려준 가장 큰 유산은 자신을 연민하지 않는 법이었다. 어머니는 내게 미안해하지도, 나를 가여워하지도 않았다. 그래서 나는 어머니가 고마웠다. 나는 알고 있었다. 내게 '괜찮냐'고 물어보는 사람들이 정말로 물어오는 것은 자신의 안부라는 것을. 어머니와 나는 구원도 이해도 아니나 입석표처럼 당당한 관계였다.(〈달려라, 아비〉, 16면)

〈달려라, 아비〉에서 가족에 관한 이야기는 결국 자기 자신에 관한 이야기다. 집을 나간 아버지와 억척스러운 어머니에 관한 이야기는 자궁 속 태아였을 때부터 시작된 '나'의 이야기다. '나'는 아버지가 자신을 버렸다는 사실을 부인하면서 '아버지는 달리기를 하러 집을 나갔다'고 믿고 있지만 실제는 그렇지 않다는 것을 누구보다 잘 안다. 그렇지만 '아버지는 계속 뛰고 계신다.'라고 믿어야만 자기 연민의 깊은 수 렁에 빠져들지 않을 수 있다. 어머니는 나에게 미안해하거나 나를 가 여워하는 대신 재치 있는 농담을 건네곤 했다. 비록 농담은 그 이면에 엄존하고 있는 초라한 현실을 강하게 환기시키지만 강고한 현실의 중 압을 견뎌내는 유일한 방편이기 때문이다. 거짓 믿음과 농담으로 단련 된 '나'는 어머니에게 아버지의 죽음에 관해 거짓말을 함으로써 '진정 한 위로'를 건네고, 여전히 상상 속에서 달리기를 하고 있는 아버지에 게 선글라스를 씌워드림으로써 '진정한 애도'를 건넨다. 소설은 현실 의 중압을 극복하는 가능성을 거짓과 정직이 서로 얽히며 펼쳐지는 역 설의 장(場) 속에서 건져 올리고 있는 것이다.

2. 거짓으로 가득 찬 현실

어린아이의 거짓말은 항상 애처로움을 등에 업고 있다. 그런 거짓 말은 현실의 중압을 버티기 위한 최소한의 방편이다. 그러나 김애란 의 소설에는 또 다른 거짓말이 있다. 후자의 거짓말은 섬뜩하고 냉혹 한 현실 논리의 일부를 구성하고 있으며, 거짓말을 하던 아이들이 성 장하여 서울에 올라와 살게 될 때 그들의 삶과 생활을 짓누른다. 어린 아이의 거짓말이 아이다운 순수함 혹은 순진함 탓에 쉽사리 탄로가 나 고 비교적 정직한 감정의 표현으로 이어졌던 것에 반해, 현실 논리를 구성하는 거짓말은 그 자체로 거대한 체계를 이루어 급기야 인간의 삶 을 좌우하는 강력한 힘을 발휘한다는 차이가 있다. 이와 같은 부정적인 의미의 거짓말은 대체로 '도시'를 키워드로 한 작품에서 반복적으로 등장한다는 점 또한 특징적이다.

> 지하철은 나른한 오후의 아랫배를 머리로 들이받으며 내천(川)자가 들어간 도시의 이름 속으로 달려가고 있었다. 지하철역 사람들은 오래전에도, 더 오래전에도 그곳에 서 있던 모습과 똑같은 모습을 하고 있었다. 그것은 처음엔 무척 생경한 것이었는데, 모두가 똑같은 거짓말을 하고 있으므로 아무도 속고 있지 않다고 생각하는 듯한, 그런 느낌이었다. (〈영원한 화자〉, 118면)

김애란의 소설에서 지하철은 조금은 각별한 의미를 지닌 듯하다. 작가의 두 번째 소설집 ≪침이 고인다≫에서는 '지하철 노선도'를 가리켜 '도시의 별자리' 혹은 '서울의 손금'이라 부르고(〈자오선이 지나갈 때〉, 117면), 첫사랑인 대학 선배의 자취방에 이르는 골목길에서 "지금도 내 발밑에서 수십 대의 지하철들이 유영하고 있겠구나"(〈네모난 자리들〉, 227면)라고 잠시 상념에 빠지기도 한다. 또한 시골에서 갓 상경한 어수룩한 촌뜨기들이 말로만 듣던 63빌딩을 보고 감탄사를 내뱉는 일도 한강을 건너는 지하철 안에서 이루어진다. 이런 점에서 위의 인용 내용 역시 어느 평범한 오후 지하철역의 풍경을 그려낸 것쯤으로 대수롭지 않게 넘겨버릴 수도 있다. 그러나 여기에는 거짓에 익숙해져 거짓을 진실로 착각하고 있는 상태를 문득 깨닫게 된 인물이 느끼는 어색한 감정이 강조되어 있다는 점에서 주의가 요구된다.

'모두가 똑같은 거짓말을 하고 있으므로 아무도 속고 있지 않다고 생각하는 듯한, 그런 느낌'을 무엇이라 부를 수 있을까. 〈영원한 화자〉에 등장하는 화자는 갓 상경한 어수룩한 촌뜨기가 아니라 어느덧 서울살이에 익숙해진 인물이며, 지하철 역시 이제 익숙해진 서울 생활의 일부이다. 그러므로 화자가 느낀 감정은 처음 보는 낯선 것을 마주할 때 느끼는 '기괴함'과는 거리가 멀다. 오히려 친숙하게 여겨오던 서울의 지하철이 갑자기 자신의 앞에 어색함의 대상으로 다가올 때 느끼게 되는 '섬뜩함(unheimlich)'의 감정 상태라 할 만하다. 소설 속 화자는 지하철역에 있는 모든 사람이 똑같은 거짓말을 하고 있으며, 그래서 아무도 속고 있지 않다고 '착각'하는 것을 유일하게 알아차린 인물이다. 일상에서 무의식적으로 되풀이되던 서울 생활 자체가 거대한 거짓말의 일종이며, 모두 그 거짓말 속에서 너무도 평온하게 지내고 있다는 사실의 깨달음이 섬뜩함의 근원이다.

〈노크하지 않는 집〉이 이와 같은 섬뜩함을 전면적으로 다룬 소설이다. 주인공 여자가 살고 있는 집에는 다섯 개의 방이 있고, 그 집에는 1번 방에 살고 있는 자신을 포함하여 다섯 명의 여자가 각자의 방에 산다. 취사 설비는 별도로 없고, 공용 화장실에서 세면대, 변기, 세탁기를 함께 쓰는 '잠만 자는 방'이다. 다섯 여자는 한집에서 살지만, 약속이라도 한 듯 서로의 방문 여닫는 소리에 따라 움직이며, 서로 얼굴을 한 번도 마주치지 않은 채 생활한다. 간혹 속옷이나 구두 따위가 없어지는 일이 벌어지기도 하는 평범하다면 평범하다고 할 수 있는 도시의 공동 주거 형태다. 그러던 어느 날 주인공은 며칠 전 잃어버렸던 구두가 자신의 방 한가운데 놓여 있는 것을 발견한다. 의심이 생긴 주인공은 열쇠공을 불러 문을 열어 다른 사람들의 방에 들어가 보게 되고, 나중에는 자신의 방 열쇠 하나로 다섯 개의 모든 방문이 열린다는 사실도 알게 된다. 무엇보다 열어본 모든 방들이 자신의 방과 똑같다는 사실에 경악하고 만다. "나는 기어이 목격하고야 만다. 내 방과 가구에서부터 옷, 장신구, 책, 그리고 방바닥에 난 담배빵 자국까지 하나의 오차도 없이 징그럽게 똑같은 네 여자의 방을."(〈노크하지 않는 집〉, 242면)

다른 방에 여자들이 차례로 들어오는 소리가 들리고 주인공은 극심한 공포에 휩싸인다. 〈노크하지 않는 집〉의 주인공이 느낀 공포란 자신이 수많은 '똑같은 거짓말' 중의 하나에 불과했음을 뒤늦게 깨달았을 때 느끼는 섬뜩함의 다른 표현이다. 고유하고 그래서 유의미하다고 자부했던 자신의 취향이나 선택이 결국에는 획일화된 동일성의 현실 논리에 포섭된 결과에 불과하다는 사실을 알게 되었을 때 느끼는 당혹감이다. '모두가 똑같은 거짓말을 하고 있으므로 아무도 속고 있지 않다고 생각하는 듯한, 그런 느낌' 속에서 '평온하게' 살아가려면 절대 타인의 방문을 열어보지 말아야 한다. 이미 방문은 열었다 하더라도 다른 여자들의 얼굴을 마주치면 안 된다. 징그러운 동일성으로서의 '모두 똑같은 거짓말' 속에서 숨죽인 채 '나'가 아닌 익명의 '1번 방 여자'로 살아가야 한다는 사실의 깨달음이 공포의 원천이다.

이보다는 밝고 가벼운 분위기로 이루어진 〈나는 편의점에 간다〉에서도 현실은 온통 거짓말로 가득 채워져 있다. '나는 소비한다. 고로 존재한다.' 또는 '나는 물건이 필요하다. 고로 편의점에 간다.'라는 소비 시대의 코기토는 '모두가 똑같이 하는 거짓말'이다. 실상은 '나는 편의점에 간다. (고로) 이상하게도 내겐 반드시 무언가 필요해진다.'이다. '나'를 포함하여 편의점을 이용하는 수많은 서울시민은 자유로운 선택에 따라 소비생활을 영위하는 주체적인 소비자라 자부하지만 실제로는 획일적으로 규격화된 취향과 생활 습관에 종속되어 끌려가는 수동적 존재에 불과하다. 그럼에도 '나'는 섬뜩함보다는 안심을 느끼기 위해 거대한 거짓말의 공간 속으로 자진해서 걸어 들어간다. "내가 편의점에 갈 때마다 어떤 안심이 드는 건, 편의점에 감으로써 물건이 아니라 일상을 구매하게 된다는 생각 때문인지도 모르겠다. 비닐봉지를 흔들며 귀가할 때 나는 궁핍한 자취생도, 적적한 독거녀도 아닌 평범한 소비자이자 서울시민이 된다."(〈나는 편의점에 간다〉, 41면) 이러한 안심의 이면에는 항상 섬뜩함이 도사리고 있다는 것은 물론이다.

블루월드에서 하는 일의 대부분은 수조 바깥에서 이뤄졌다. 기계 부속들을 점검하거나, 물고기들의 식성에 맞게 밥을 만드는 일, 사육 일지를 쓰고, 당직을 서는 일 등이 그것이다. 나는 잘 안배된 시간, 그리고 씨스템에 따라 움직였다. 처음 이 일을 시작하게 만든 것이 우연과 의미였다면, 그 다음부터 나를 움직이게 만드는 것은 일련의 규칙들과 의무였다. 나는 나의 밥벌이에 대한 자긍심이 있었다. 정당한 노동. 그리고 그 정당하다는 느낌 때문에 갖게 되는 삶의 기준과 편견. 그것은 나에게 어른이라는 느낌을 주었다.(〈사랑의 인사〉, 153-154면)

어린 시절 공원에서 아버지를 잃어버리고 현재 어른이 되어 수족관에 근무하는 〈사랑의 인사〉의 주인공 '나'도 현실의 거대한 거짓말 속에 매몰된 인물이다. 모두가 똑같은 거짓말을 하는 현실 논리 속에서 그는 자신의 생활이 '정당'하다고 느낀다. '나'는 규칙과 의무로 이루어진 시스템 속에서 세상의 기준과 편견을 수용하면서 차츰 어른이 되어 갔다. 그러나 '나'는 우연히 수족관 유리벽 너머로 아버지와 닮은 사람을 발견하고서 끝내 울음을 터트린다. "그러니까 아버지는 나를 만나러 온 것이다. 내게 인사를 하러, 다만 한 번의 인사, 사랑의 인사를 하러 온 것이다. 어쩌면 아버지는 저 미소를 연습하느라 이토록 늦게 도착한 것이 아니었을까?"(〈사랑의 인사〉, 159면) 이러한 '상상'은 아버지가 달리기를 하러 집을 나갔다고 믿는 아이의 거짓말만큼이나 비합리적이지만 결국 시스템에 길들여진 평온한 상태를 흔들어 십수 년 동안 애써 참아온 울음을 터뜨리게 만든다. 모두가 똑같은 거짓말을 하는 현실의 잘 짜인 시스템 속에서 안주하는 생활을 뒤흔들고 균열을 내어 결국 울음을 터지게 하는 것이 본래적인 '상상'이 내포한 하나의 가능성일 터이다.

3. 다시 포스트잇을 붙이며

김애란 소설에 등장하는 인물에게서는 세계를 향한 치열한 투쟁 의지를 찾아보기 힘들다. 그들은 혁명가나 투사가 아니라 그저 그렇고 그런 범인凡人일 따름이다. 소시민다운 선량함이 지나친 나머지 조금은 무기력하고 무능력해 보이는 인물이 대다수를 차지한다. 간혹 〈달려라, 아비〉나 〈칼자국〉에 등장하는 어머니들처럼 억척스러운 모습을 보이는 인물이 없는 것은 아니지만 그런 억척 어멈 역시 기본적으로는 선량한 인간의 유형에서 크게 벗어나지 않는다. '잘해야 비길 수밖에 없다'라고 생각하는 범인들에게서 세계와의 정면 대결을 기대하는 것은 애초부터 무리였는지도 모른다.

하지만 그들이 선량하다고 해서, 그리고 약간은 무기력한 모습을 보인다고 해서 그들에게 각자의 삶이 절실하지 않은 것은 아니다. 시골에서 올라온 소설가 지망생은 포스트잇에 "그리하여 절실함은 내게 언제나 이상한 수치(羞恥)를 주었다."(〈종이 물고기〉, 211면)라고 적었다. 수치심이란 다른 사람으로부터 거부되거나 조롱당할 것이 예상될 때 유발되는 정서다. 부모로부터 버림받은 아이가 자신을 버린 부모에게서 느끼게 되는 복잡한 감정들 속에 수치심이 한자리를 차지한다. 면접을 보러 간 학원 강사가 자기 몸값을 스스로 불러보라는 원장 앞에서 수치심을 느끼는 것처럼 자신의 이상에서 점점 멀어져가는 현실 때문에 불안해하는 소설 속 모든 도시생활자는 수치심을 느낀다. 그들이 어른, 아이 할 것 없이 수치심에 시달리는 것은 그만큼 각자의 삶이 절실하기 때문이다. 문제는 삶의 절실함을 위한 돌파구가 존재하느냐이다.

우선 타인과의 소통에 한 가닥 기대를 걸어볼 수 있다. 소설 속에는 소통 부재의 상황이 반복적으로 펼쳐진다. 다섯 여자는 같은 집에 살지만 한 번도 얼굴을 마주치지 않으며(〈노크하지 않는 집〉), 편의점 아르바이트생이 단골손님인 '나'를 알아봐 주었으면 하고(〈나는 편의점에 간다〉), 아버지를 발견한 잠수부가 유리 벽을 주먹으로 힘껏 치지만(〈사랑의 인사〉) 소통은 쉽사리 이루어지지 않는다. 오히려 지하철에서 누군가가 자신을 쳐다보는 것을 몹시 불편해하고(〈영원한 화자〉), 애써 잠을 청하는 딸과 밤새 텔레비전을 시청하는 아버지 사이에 무거운 침묵이 흐르는 것(〈그녀가 잠 못 드는 이유가 있다〉)처럼 소통의 회피나 좌절에서 오는 삭막함이 소설을 감싸고 있다.

그렇지만 작가가 소통의 가능성을 전면적으로 부정하는 것은 아니다. 소통이 상상과 결합할 때 상당한 수준의 도약이 이루어지기 때문이다. 〈스카이 콩콩〉에서 아이가 스카이 콩콩을 타고 뛰어오른 순간 공교롭게도 가로등은 점멸하고, 아이는 가로등이 자신에게 슬쩍 윙크를 보낸 것이라 믿는다. 의인화된 가로등은 어머니가 없는 아이에게 어머니를 대체하는 따스함으로 각인되고, 그 순간 아이는 무한한 위로를 받는다. 아이는 가로등의 따스한 불빛 아래에서 살아가고 있는 많은 사람, 형이나, 아버지, 혹은 자기 자신 같은 사람들을 이해하는 방법을 서서히 배워간다. 나아가 아이는 가로등이 보내오는 윙크 속에서 시간과 공간을 확장하여 선사시대로 거슬러 올라가 전 지구적인 차원으로 도약한다.

지구보다 더 큰 둘레를 그리며 돌고 있는 가로등의 운동을 상상했다. 지구의 원주와 가로등의 손끝이 그려내는 원의 너비. 그리고 그 두 원의 너비 차가 만드는 사이 안에서 살아가고 있는 많은 사람들… 그러면 곧 날개를 접고 가로등 갓등 위에 내려앉는 익룡(翼龍)의 모습이 보였고, 커다란 성기를 내놓은 채 가로등 아래 오줌을 싸고 있는 크로마뇽인이 보였다. 가로등 위로 기어올라가 손가락에 침을 묻혀 하루살이 떼를 찍어먹는 원숭이와, 가로등 기둥을 붙잡고 훌쩍이는 마오리족 패잔병도 모두 우리집 앞에 나타났다 재빨리 사라졌다. 나는 골목 안으로 꼬리를 감추는 마다가스카르 손가락원숭이를 보며, 골목이란 참 사라지기 좋은 장소라 생각하곤 했다.(〈스카이 콩콩〉, 61-62면)

장편 ≪두근두근 내 인생≫에서도 소통이 무한한 가능성을 내포한 것이라는 사실은 쉽게 확인된다. 조로증(早老症)에 걸린 주인공 한아름과 불치병에 걸린 이서하가 주고받는 이메일은 소년과 소녀의 이성적인 이끌림을 넘어 타인에 대한 진정한 이해에 도달하는 길의 가능성을 긍정한다. 설령 이서하의 편지가 가짜로 판명되더라도 진정으로 누군가와 감정을 교류하는 처음이자 마지막인 소통의 경험만큼은 죽음을 앞둔 주인공에게 소중한 희망으로 다가올 수 있었다. 삶과 죽음, 젊음과 늙음, 아이와 부모, 남자와 여자라는 이항 대립의 쌍들은 소통의 경험을 거치고 나서야 서로 이해하고 화해할 수 있었다. 이렇게 본다면 ≪달려라, 아비≫에서 소통의 시도가 번번이 좌절되고 마는 상황은 역으로 소통의 가치와 가능성을 부각시키기 위한 의미를 지닌다고 볼 수 있다.

전면적이지는 않지만 멈추지 않고 시도되는 '위로'에서도 한 가지 가능성을 발견할 수 있지 않을까. 자신이 처한 안타까운 상황에도 아랑곳하지 않고 재치 있는 농담을 계속하는 인물이 있다. 그런 상황에서 농담한다는 것은 자신들을 초라하게 만드는 수치의 감정과는 정반대의 위치에 놓인 '뻔뻔스러움'의 외관을 의도적으로 걸칠 때 가능하다. "나는 내가 얼굴 주름을 구길수록 어머니가 자주 웃는다는 것을 깨달았다. 그때 나는, 사랑이란 어쩌면 함께 웃는 것이 아니라 한쪽이 우스워지는 것일지도 모른다는 생각을 했다."(〈달려라, 아비〉, 9면) 상대방을 웃기기 위해 스스로 우스꽝스러워지는 뻔뻔함은 소설 속 인물이 사랑을 표현하는 방식이며, 거짓을 강요당하는 현실과 대결하는 소박하지만, 의미 있는 용기의 한 방식이다.

> ―그렇다면 그나 나는 왜 이런 낭비를 하고 있는 것일까? 그리고 당신은 왜 이 낭비를 아직도 견디고 있는 것일까? 그는 별로 침도 없는 입을 열며 우리에게 처음으로 말을 했다. 그것은 어쩌면 희망 때문일 것이라고. 그는 오랫동안 입을 다물고 있었기 때문에 그의 희망에선 입 냄새가 났다. 하지만 그것은 자연스러운 일이었다.(〈종이 물고기〉, 214면)

인물들은 무언가를 간절히 소망하지만, 그것이 실현될 가능성은 없어 보인다. '모두가 똑같은 거짓말'을 하는 현실 논리의 관점에서 본다면 그들의 간절한 소망은 헛된 '낭비'에 불과하다. 달리기하러 나갔거나 공원에서 실종된 아버지가 다시 집으로 돌아오고, 오래전 죽은 어머니가 살아날 리 없다. 그럼에도 불구하고 그들은 아버지가 여전히 전 세계를 달리고 있다고 '믿고' 다시 만날 것을 소망한다. 그들이 그렇게 믿는 것은 "먼 곳에서 수백 년 전 출발해 이제 막 내 고막 안에 도착하는 휘파람소리"(〈사랑의 인사〉, 145면)나 "나에게 오기 위해 북태평양에서 수천 킬로미터를 날아온 바람"(〈누가 해변에서 함부로 불꽃놀이를 하는가〉, 191면)이 들려주는 '위로'에서 힘을 얻을 수 있기 때문이다. 희망을 전해주는 위로는 그들에게 도달하기 위해 수백 년의 시간과 수천 킬로미터의 거리를 달려와 이제는 지치고, 오랜 침묵 끝에 입 냄새마저 풍기고 있지만, 설령 그것이 완벽한 낭비에 불과할지라도 누구도 그들의 희망을 부정할 권리는 없다.

〈종이 물고기〉의 주인공이 소설의 결말에서 보여주는 행동은 간절한 희망의 의미에 관한 제법 긴 여운을 선사한다. 그는 무너진 벽의 잔해 속에서 유일하게 남은 포스트잇 한 장을 건져 올린다. 그 포스트잇에는 이런 문장이 적혀 있다. '그것은 어쩌면 희망 때문일 것이라고.' 그는 그것을 담벼락에 다시 붙이지만, 접착 면에 묻은 시멘트 가루 탓에 포스트잇은 자꾸 떨어지기를 반복한다. 그는 이제 포스트잇이 다시 떨어지지 않게 하려고 그 포스트잇을 자기 엄지손가락으로 지그시 누르고 있고, 포스트잇은 바람에 파르르 흔들린다. 바람에 흔들리는 종잇조각은 수면 위로 나온 물고기의 가쁜 호흡을 연상하게도 하지만 계속해서 '팔딱팔딱' 뛰는 역동성을 간직하고 있다. 반복된 실패 속에서도 다시 희망을 붙잡아야 한다는 것, 똥고개에서 태어나 비루하게 살아온 삶일지라도 자신만의 이야기는 계속 있어야 한다는 것을 그의 고독한 침묵이 웅변한다.

아이는 상상의 힘으로 도약하여 부정적 현실을 벗어난다. 도시생활자들은 수치를 느끼기도 하지만 희망의 끈을 놓지 않는다. 그들에게서 발전적 성장이라든가 비판적 극복은 찾기 힘들다. 장편 ≪두근두근 내 인생≫ 역시 부모와 자식, 늙음과 젊음, 남자와 여자 같은 다수의 이항대립이 순환하는 구도를 보여 발전, 성장, 극복의 키워드는 찾기 힘들다. 이에 근대장편소설을 성인 남성의 이야기가 되어야 한다고 여기는 관점에서는 불만이 생길지도 모르겠다. 그럼에도 불구하고 소설 속 인물들은 각자의 '절실함'에 충실한 인물인 것만은 분명하다. 김애란의 소설은 절실함을 담고 있기에 그 속에서 펼쳐지는 상상적 도약은 현실 도피와는 다르고, 현재를 견디는 일은 정면 대결이 아닐지라도 희망을 포기하지 않는 용기가 내재되어 있다. "모든 별자리에 깃든 이야기처럼"(〈자오선을 지나갈 때〉, 117면) 세상의 모든 이들에게는 저마다의 절실한 이야기가 하나쯤은 있듯 말이다.

비현실로 현실을 말하기

─ 박민규의 ≪카스테라≫

1. '어쨌거나'의 레토릭

해질 무렵 고즈넉한 숲속에서 느닷없이 헐크 호건의 습격을 당하는 〈헤드락〉의 주인공은 자신의 심경을 다음과 같이 표현한다. "그는, 굳이 말하자면, 정말이지 / 헐크 호건이었다. / 뭐랄까, 문제가 있는 건 아닌데 매우 이상한 기분이었다. 갑자기 좌뇌와 우뇌를 잇는 운하, 같은 것이 열리지 않아 아프리카 대륙, 정도를 돌아야 하는 배들처럼 뇌세포들이 어수선해진 느낌이었다."(248면) '왜?'라는 질문을 던질 새도 없이 헤드락을 당하는 '나'의 모습은 '무규칙 이종 소설'이라는 타이틀을 내걸고 덤벼오는 박민규의 작품을 읽어나가는 독자의 모습과 절묘하게 겹친다. 서술은 농담, 다변, 공상을 거듭하다가 어느새 비현실적인 내용 전개로 비약하며, 또 다른 곳에서는 태도를 돌변하여 '루저'의 눈물을 훔치기도 한다. 갈피를 잡을 수 없는 서술의 전개 과정에는 예측하기 어려운 상상력이 도처에서 튀어나오고 있어 더더욱 독자는 당혹감을 느낄 수밖에 없다. 그렇기에 박민규의 작품을 읽는 독자는 "문제가 있는 건 아닌데 매우 이상한 기분"이라든가 "어수선해진 느낌"을 가지지 않을 수 없다.

소설집 ≪카스테라≫에 수록된 여러 작품 속 인물들은 헐크 호건뿐만 아니라 대왕오징어, UFO의 습격을 받기도 하고, 오리배나 고무동력기를 타고 전 세계를 여행하거나 대기권 밖으로 '외출'하기도 하며, 너구리나 기린으로 변신하기도 한다. 주목할 점은 이러한 황당한 내용 전개에는 하나같이 '왜?'라는 물음이 생략되어 있다는 것이다. 작품 속 인물들은 그러한 비현실적인 내용 전개에 대해서 너무도 당연하다는 듯이 행동한다. 원래부터 그랬었기 때문에 너무 당연하게 받아들이거나, 아니면 독자만 모를 뿐 인물들 사이에서는 너무나 상식적인 내용이라 새삼 거론할 필요가 없다는 듯한 태도를 보인다. 간혹 '왜?'라는 질문이 제기되기도 하는데, 이럴 때도 서술자는 단호하게 제기되는 의문을 묵살해버린 채 자신의 황당한 이야기만을 계속 늘어놓을 뿐이다. 이를 테면, 점차 외모가 너구리를 닮아가는 손 팀장의 변화를 두고, 하루 종일 움직이지 않고 오락만 하면서 계속 무언가를 집어 먹었기 때문에 살이 찌고, 오락을 너무 많이 해서 기미가 생겼을 수 있다는 논리적인 설명이 서술의 표면에 떠오를 때 쯤, 서술자는 "어쨌거나 말이다."(〈고마워, 과연 너구리야〉, 45면)라는 말로 그러한 설명의 시도를 차단한 채, 아무 일도 없었다는 듯 자신의 이야기를 계속한다.

비현실적인 소재를 활용하여 황당한 내용 전개로 이어지는 한 편의 소설을 구상할 때 이미 처음부터 인과성의 법칙이 훼손되도록 예정되어 있었다. 그런데 다음과 같은 대목을 보면 어쩔 수 없이 인과성을 포기한 것이 아니라 처음부터 의도적으로 인과성의 법칙을 무시하려고 했었음을 알 수 있다. 간혹 의심이 많거나 지나치게(?) 합리적인 일부 독자는 "어쨌거나 말이다."라는 서술자의 얼렁뚱땅한 수법에 넘어가지 않고 계속 설명을 요구한다. 이런 상황에서 서술자는 아예 독자를 직접적으로 겨냥해서 "말도 안 된다, 라고 여길지도 모르지만, 어쩔 수 없는 사실이다."(〈카스테라〉, 15면)라면서 비현실적인 내용을 그저 받아들이라고 강요하거나, "별 뜻이 아니라, 그야말로 그렇다는 얘기다."(〈헤드락〉, 245면)라며 자신의 황당한 발언에 대해 변명을 늘어놓는다. 비교적 비현실적인 내용이 적은 편에 속하는 〈갑을고시원 체류기〉에서도 "부디 〈달팽이관 속엔 달팽이가 없다〉라는 식의 힐난은 삼가주기 바란다. 장담컨대, 세상의 일은 아무도 알 수 없다."(274면)라고 말하고 나설 정도로 서술자는 논리적인 설명을 무시하며 동시에 비현실 그 자체를 독자가 수용하기를 요구한다.

'개연성 너무 신경 쓰지 말 것!' 또한, '논리적인 설명을 요구하지 말 것!' 이것은 ≪카스테라≫를 읽는 독자가 지켜야 하는 룰이며, 이를 거부하는 독자 즉, 말도 안 되는 헛소리라 생각한 독자는 책장을 덮어버리고 말 것이다. 그런데 서술자는 이러한 룰을 설정함으로써 비현실적인 내용을 마음껏 펼쳐놓을 준비를 하는 것이나 다름없다. 책장을 덮을 독자는 이미 덮었을 테고, 남아 있는 독자는 얼마든지 서술자의 황당한 이야기에 귀를 기울일 것이다. 이제 서술자는 상상력을 마음껏 펼칠 수 있는 자유로운 이야기꾼이 된다. 서술은 단어나 구, 절을 병렬적으로나 대비적으로 배치하는데, 장황하고 다변적으로 늘어놓는 방식을 취한다는 점 등은 다분히 작품이 구술성에 기반하고 있음을 보여준다. 이야기꾼의 이야기를 듣는 독자는 할머니의 말에 이의를 제기하지 않는 손주들처럼 비현실적인 장면의 펼쳐짐을 거침없이 향유할 마음의 준비가 된 것이다.

2. 이종(異種) 간의 격차

≪카스테라≫에는 '황당한 비유'가 빈번히 등장한다. 더운 여름날 아르바이트를 하며 반복되는 생활에 지루함을 느낀 상고생인 주인공은 자신을 "지구까지 오던 태양광선"에 비유한다. '태양이 마치 인간처럼 지루함을 느낄 리도 없고, 게다가 '상고생' 주제인 네가 태양일 리는 더더욱 없잖아.'와 같은 독자의 불평에는 아랑곳하지 않은 채 특유의 "어쨌거나"라는 논법으로 '나'는 태양에 연결된다. 처음부터 "어쨌거나"라는 이야기꾼의 일방적인 규칙을 받아들이기로 한 독자로서는 황당하고 어처구니없을지 몰라도 일단 받아들일 수밖에 없다. 이러한 상황에서 이야기꾼의 입담은 평범하고 사소한 일상의 면면들을 자유로운 연상 작용을 통해 전 세계적 규모, 인류문명사의 진화과정, 심지어 우주 창조의 비밀에까지 끌어들일 수 있는 여지를 확보하게 된다. 지하철은 공상과학소설의 거대 생물체로 둔갑하고, 푸시맨에 밀려 구겨지는 탑승객은 전 인류의 고통을 몸소 체현하는 자들이 된다. 상상

력을 자유롭게 풀어놓는 '황당한 비유'의 방식에 따라 지구는 '개복치', '냉장고'에 연결될 수 있다.

그런데 이러한 황당한 비유의 사용법에는 일반적인 비유법을 의도적으로 뒤틀어 버리려는 의도가 숨겨져 있다. "초원의 복판에서 갑자기 한 쪽 다리를 못 쓰게 된 타조처럼 - 멍하고, 어두운 표정이었다"(〈그렇습니까? 기린입니다〉, 84면)에서 원관념과 보조관념의 연결 방식이 그것을 잘 보여준다. 초원의 타조가 느끼는 복잡한 심리는 도대체 무엇이란 말인가? 한참 서울 한복판 지하철 푸시맨 이야기를 하다가 초원으로 공간을 이동하고, 더욱이 강아지나 고양이 같은 익숙한 동물이 아니라 타조라는 낯선 동물의 생태를 이야기하는 것 자체가 의식적인 낯설게 하기의 효과를 노리고 있다. 또한 직유법에서 보조관념은 원관념의 속성을 잘 부각시킬 만한 것으로 택하는 것이 일반적이다. 복잡하고 난해한 원관념에 대한 이해나 파악을 위해서 보조관념은 될 수 있으면 쉽고 명쾌한 것을 택하는 것이 '평범한 직유'라는 것이다. 그러나 ≪카스테라≫는 오히려 보조관념을 헷갈리고 모호한 것으로 택함으로써 직유의 효율적인 기능을 의도적으로 뒤틀어 버리고 있다. 정리하자면 ≪카스테라≫의 비유가 지닌 '황당함'의 속성은 원관념과 보조관념의 거리가 매우 멀다는 점과 의도적으로 더 낯설고 모호한 보조관념을 채택한다는 점과 관련이 있다.

비유는 원관념과 보조관념의 폭력적인 결합으로 인해 발생하는 에너지를 활용하는 수사학이다. ≪카스테라≫의 황당한 비유가 궁극적으로 노리는 것도 이러한 수사학적 역동성이다. 농담 그 자체이기도 한 황당한 수사학의 장황한 펼쳐짐 속에서 가장 낯설고 이질적인 방식으로 결합하는 두 대상은 현실과 환상이며, 말도 안 되는 즉 개연성이 결여된 이야기 전개의 정점에는 대체로 현실에서 환상으로의 비약이 배치되곤 한다. 이는 ≪카스테라≫에 수록된 대부분 작품에서 전반부는 농담들로 넘쳐나는 서술자의 입담으로 지속되다가 후반부에 이르러 비현실적인 상황이나 사건의 발생으로 이어지는 식의 구성을 보아도 알 수 있다. 이때 전반부는 황당한 비유와 어처구니없는 농담들은 후반부의 비현실적인 내용 전개로 날아오르기 위한 일종의 준비 단계로 설정되며, 현실과 비현실의 어긋남으로 인해 발생하는 에너지가 축적된 결과 자유로운 환상성의 세계가 펼쳐질 수 있게 된다. 인물과 인물 사이에서 발생하는 사건의 갈등으로 서사적 긴장이 점층 되는 일반적인 서사 전개가 아니라 현실과 비현실 사이의 갈등을 쌓아 올리면서 환상의 영역으로 도약하는 서사 전개를 보인다는 말로 바꿀 수 있다.

이때 환상은 현실을 초극하여 새로운 대항적인 세계를 구축하려는 방향으로 나아가지 않으며, 다시 현실로 귀환하는 모습을 보인다. "갑자기 이 세계가—너무 〈그렇고 그렇다〉는 생각이" 들어서 지구 바깥으로 '외출'을 감행한다는 내용을 다룬 〈몰라몰라, 개복치라니〉의 결말부에서는 지구는 둥글지 않을 뿐 아니라 개복치(=몰라몰라)를 닮았다는 황당한 환상이 펼쳐지지만, "이제 핸들을 돌릴 때군. / 어렴풋이, 우리는 그 사실을 알 수 있었다."(121면)라는 작품의 마지막 문장과 함께 현실로의 귀환을 암시한다. 사실 지구가 평평하다든가 개복치를 닮았다든가 하는 허황한 '주장'이나 '이론'을 정말 진지하게 받아들일 독자는 없다. 독자는 그런 주장과 이론이 허황할수록 허탈하게 웃을 뿐이다. 주인공은 이대근 씨가 힘차게 밀어준 고무동력기를 타고 우주선 발사기지로 갔다고 밝히지만, 정작 기지에 있던 사람들은 자신들이 고속버스 '그레이하운드'를 타고 왔다고 주인공의 진술과는 상반되는 진술을 하고 있어, 주인공이 경험하는 환상적인 우주여행 자체가 '거짓'임을 독자에게 드러내고 있다. 이 작품은 그저 개복치를 닮은 지구를 마주하게 되었을 때 너무 당황스러운 나머지 개복치의 학명이기도 한 '몰라몰라'를 연발할 수밖에 없는 황당한 상황 자체를 보여주는 것으로 그친다. 얼핏 소재적인 측면에서는 공상과학소설처럼 보이기도 하지만 과학적 진실과는 무관하게 진행되며, 현실과 대비되는 환상을 보여주고, 서로 이질적인 두 세계 사이에서 발생하는 긴장의 에너지를 서사의 추동력으로 삼고 있을 따름이다.

《카스테라》의 환상은 현실로의 귀환을 전제로 하고 있기에 일종의 보조관념 역할을 맡게 된다. 그러나 그렇다고 해서 환상을 통해 현실을 직접적으로 비판하는 데 그 목적이 있는 것이 아니라 단지 현실과 환상 사이의 거리를 통해서 현실을 다시금 돌아볼 수 있는 계기를 제공한다. 대왕오징어가 출현하여 아수라장이 된 상태에서 작품은 "그 운동장에서의 10미터 줄자처럼, 자꾸만 웃음이 줄줄이 새어나왔다."(〈대왕오징어의 기습〉, 239면)라고 결말을 맺을 뿐 대항이나 비판으로 이어지지 않는다. UFO가 사라지고 나서 남겨진 거대한 크롭 서클이 'ⓦ'였다는 〈코리언 스텐더즈〉의 결말 역시 UFO를 통해 전 지구적 규모의 자본주의화를 '설명'하거나 '비판'하지 않는다. 어디까지나 현실과 환상 사이의 격차를 보여주고, 그런 격차로 인해 발생하는 수사학적 에너지를 독자에게 조금 나누어주는 것이 이야기꾼의 역할일 뿐, 의미의 해석은 순전히 독자의 몫으로 남겨진다. "어쨌거나"라는 입담을 순순히 받아들이기로 약속했던 독자로서는 황당한 비유를 자신 나름대로 받아들여야 했듯이, 현실과 환상의 격차에서 발생하는 에너지도 자신 나름대로의 방식으로 받아들일 수밖에 없다. "누구에게나, 꼴린 대로 생각할 권리가 있다고 나는 생각한다."라는 작가의 말처럼 나머지 몫은 독자에게 있다.

3. '당신'과의 대화

≪카스테라≫의 황당함은 소설집 맨 앞에 배치된 작가의 머리말에서부터 시작된다. "마이클 잭슨에게 / 교황 요한 바오로 2세에게" 다음 한 장을 넘기면 "그리고 당신에게"라는 구절과 마주하게 된다. 문학잡지에 개별적으로 발표했을 때는 없었겠지만, 하나의 소설집으로 묶으면서 작가는 ≪카스테라≫에 묶인 여러 작품이 "당신에게" 향한 것임을 분명히 밝힌다. 당연히 세상의 모든 소설은 독자인 당신에게 바치는 것이다. 그러나 앞서 살펴본 바와 같이 구술성을 적극적으로 활용하고 있으며 더욱이 개연성 대신 이야기꾼의 입심으로 전개되는 박민규의 작품에서 독자의 역할이 더욱 중요할 수밖에 없었던 것을 감안한다면 "당신에게"라는 구절은 ≪카스테라≫를 읽는 데 중요한 지침으로 작용한다는 것을 짐작게 한다.

그런데 문제는 여기서 지칭하는 당신이 과연 누구인가라는 것이다. "누구나 꼴린 대로 생각할 권리"를 강조한다는 것은 마치 당신의 범주를 규정하지 않겠다는 뜻으로도 들린다. 그러나 현실과 환상을 넘나들면서 서사적 에너지를 분출하는 작품의 특성상 개연성이 부족한 황당한 이야기 전개를 수용할 자세를 지닌 사람이 아니면, 아예 책장을 덮어버릴 것이므로 '당신'에 해당하지 않을 것이다. 그렇다고 해서 황당한 내용 전개만을 즐기는 독자를 염두에 둔 것인가 하면 꼭 그렇지만도 않다. 황당한 내용 전개는 환상성의 극대화를 위한 준비 과정이고, 다시 환상성은 그 정점에서 현실로의 귀환을 예비하는 것을 볼 때, 작품은 현실의 문제로 환원되고 만다. 하지만 한편으로는 환상에서 현실로의 귀환을 위한 유턴의 몸짓만을 보여줄 뿐 저항, 투쟁, 타협, 포기 또는 전망의 제시 등 귀환의 결과를 선명하게 제시하지 않는다는 작품의 특성상 "당신에게"가 호명하는 당신의 정체는 다시 흐릿해지고 만다.

따라서 "당신에게"에서의 '당신'을 파악하기 위해서는 작중의 인물과 서술의 방식으로 돌아갈 수밖에 없다. ≪카스테라≫에 수록된 모든 작품은 일인칭 시점으로 설정되며, 주로 회상의 형식으로 이루어져 있다. 또한 사건의 전개가 두드러지지 않는 특징에서도 알 수 있듯이 일인칭 서술자이자 주인공인 '나' 한 사람을 제외하고는 성격화가 충실하게 이루어진 인물이 드물다. 대부분의 작품이 한 사람이 들려주는 농담에 가깝게 여겨지는 것도 모두 이러한 서술의 문제와 관련이 있다. 이야기 전개의 앙상함과 대조적으로 풍성하게 제시되는 것은 일인칭 서술자 '나'의 '경험'과 그로 인해 발생한 '감정'에 대한 서술이다. 여기서 특기할 만한 점은 여러 작품의 인물들이 '경험'한 것은 설정된 인물에 따라 현실적인 것에서부터 비현실적인 것에 이르기까지 천차만별이지만 그들은 이상하리만치 공통된 '감정'을 느낀다는 것이다. 그 감정은 바로 '외로움'이다.

〈카스테라〉의 주인공은 "늘 불쾌할 정도로 외로웠다."(16면)고 고백한다. 〈고마워, 과연 너구리야〉의 주인공은 입사조건을 미끼로 남색가 인사부장에게 당하는 '스테이지23'를 경험한 끝에 "갑자기 혼자란 느낌"(63면)에 이른다. 〈그렇습니까? 기린입니다〉의 주인공은 마음 속에 '나의 산수'가 생겨났을 때 "조요한 소년이 되어버렸"(72면)고, 〈아, 하세요 펠리컨〉의 주인공 역시 "늘 어딘가에서 32킬로미터 떨어진 느낌"(130면)과 같은 외로움 속에서 유원지 관리인 생활을 한다. 〈코리언 스텐더즈〉의 운동권 출신 기하 형의 뒷모습은 "더욱 외롭게 보였다."(194면)라고 서술되고 있으며, "귓속의 달팽이관 같은 고시원의 복도 끝 방에 살았던 인간의 이야기"인 〈갑을고시원 체류기〉에서는 방이 아니라 관과 같은 밀실 속에서 "외로웠다."(20면) 〈몰라 몰라, 개복치라니〉에서는 "저 외로운 사람들은 어디에서 왔을까요? 저 외로운 사람들은 모두 어디서 살까요?"라는 비틀즈의 노래가 배경음악으로 삽입됨으로써 외로움에 대한 언급을 빠트리지 않고 있다. 심지어 〈야쿠르트 아줌마〉의 변비 환자는 "똥을 못 누니까 그렇게 외로울 수 없어."(167면)라며 웃음을 자아내기도 한다. 이처럼 ≪카스테라≫에 수록된 모든 작품은 한결같이 '외로움'에 대해 말한다.

인간은 결국 혼자라는 사실과, 이 세상은 혼자만 사는 게 아니란 사실을 - 동시에, 뼈저리게 느끼게 되었다. 모순 같은 말이지만 지금도 나는 그렇게 믿고 있다. 즉, 어쩌면 인간은 - 혼자서 세상을 사는 게 아니기 때문에, 혼자인 게 아닐까.(〈갑을고시원 체류기〉, 286면)

각각의 작품에서 외로움이 언급되는 상황은 저마다 다르다. 어떤 이는 '산수'라든가 '스테이지23', '저렴한 심야전기' 같은 표현과 함께 사회에서 극심한 열패감을 맛볼 때 외롭게 된다. ≪카스테라≫의 작품이 '백수'(혹은 루저)의 페이소스를 여실히 표현하고 있다는 평가는 이들이 느끼는 외로움을 지적한 것이다. 이러한 열패감에서 비롯하는 외로움이 단순히 목전의 경제적·사회적 상황의 열악함이 반영된 결과가 아니라는 사실은 현재 평범한 소시민으로 살아가고 있는 〈갑을고시원 체류기〉의 서술자가 여전히 외로움을 느끼고 있다고 밝히고 있는 데서 알 수 있다. 번듯한 중산층 가정의 가장인 〈코리언 스텐더즈〉의 주인공이 기하 형을 보고 외로워 보였다고 느낄 수 있는 것을 보면 이것이 단순히 사회구성계층의 일부로 자리 잡은 소위 '백수'의 문제만이 아니며 외로움을 느낄 줄 아는 인간까지를 포함한 문제임을 알게 된다.

한편 소설집에 수록된 작품에서 유일하게 외로움을 느끼지 않는 인물이 있는데, 〈헤드락〉의 주인공이 그러하다. 엄밀히 말하면 외로움을 느끼다가 외로움을 느끼지 않게 된 인물이라고 부를 수 있는데, 자신이 헤드락을 당했을 때 외로움을 느꼈었고, 타인에게 헤드락을 걸

수 있는 힘을 기르게 된 이후에는 외로움을 느끼지 않는다. 외로움을 느끼지 않을 뿐 아니라 "은근히, 헤드락의 쾌감 같은 것을 깨쳐나가기 시작했"(263면)고 나중에는 "습격의 쾌감을 강렬하게 느"끼고 나서는 "좋은 기분이었다."(266면)고 털어놓는다. 다른 작품보다 훨씬 더 알레고리의 주제가 선명하게 부각되는 이 작품에서 '헤드락'은 전 지구적 차원에서 벌어지는 자본주의화이며, 미국에서 '헤드락'을 당하던 한국인 유학생은 '헤드락'을 배워 제3세계 개발도상국 출신을 상대로 '헤드락'을 한다. 작가의 장편 ≪지구영웅전설≫이나 ≪삼미슈퍼스타즈의 마지막 팬클럽≫ 역시 결국에는 헤드락의 문제에 관한 것이었다.

여기에 이르면 '당신에게'의 당신이 지칭하는 대상이 비교적 선명해진다. '헤드락'을 몸소 '느끼고 있는 존재', 온 세상이 헤드락 당하고 있음을 어렴풋하게라도 '느끼는 존재', 즉 외로움을 느끼거나 느낄 수 있는 존재이다. 타인에게 헤드락을 걸면서 '좋은 기분'을 느끼는 존재는 당연히 제외된다. '헤드락'에 반격을 가하는 기술인 '백드롭'이라는 것이 존재한다는 것을 슬쩍 흘리기도 하지만(〈헤드락〉, 260면) 작품의 관심은 여전히 백드롭 기술의 타당성에 관한 '주장'보다는 '헤드락을 당할 때의 느낌' 곧 '외로움'을 생생하게 전달하는 데 주력하고 있다. 그것도 현실은 이러하다는 식의 논리 정연한 '설명'의 방식이 아니라, 헤드락 당한 자의 '외로움'을 현실과 비현실 사이의 긴장을 통해 포착하는 방식으로 말이다. 때로는 '주장'과 '설명'의 부재가 한계인 것처럼 지적되기도 하지만, 여전히 헤드락은 위세를 떨치고 있으며 게다가 더

욱 극심해지고 있다는 점에서 ≪카스테라≫의 방식 또한 나름의 의의
가 있음은 분명하다.

마카브르의 상상력

– 편혜영, ≪아오이가든≫

1. 검시관의 시선

"웰컴 투 하드고어 원더 랜드!" 편혜영의 소설집 ≪아오이가든≫을 향한 평론가 이광호의 발언은 적절하다. 그가 지적한 것처럼 ≪아오이가든≫은 괴담과 엽기적 장면들 속에 숨 쉬는 강렬한 매혹과 인간 문명을 악몽으로 돌리는 불길한 전복적 상상력으로 충만하기 때문이다. 소설에서는 대개 시체들이 전면에 등장하고, 시체가 부패하면서 풍기는 악취가 코끝을 자극하며, 정체를 알 수 없는 괴이한 소리가 배경음악처럼 낮게 깔린다. 소설 속 인물들은 습하고 어두운 어딘가에서 절단된 시체에 도드라져 있는 시반을 관찰하고, 불처럼 뜨거운 피가 묻은 내장을 꺼내 주무르며, 악취가 진동하는 생선 눈알과 쥐똥을 목구멍으로 삼킨다. 시체, 피, 부패, 냄새들이 어우러져 만들어내는 하드고어적인 분위기는 새로운 소설 미학의 차원에서 낯선 충격이 분명하다.

공포의 대가 스티븐 킹은 '공포증의 압점'을 배치하는 방식에 따라 공포의 단계를 ①'우웩(gross-out)' 단계와 ②'전율' 단계로 구분한다. 우웩 단계란 말 그대로 구토를 유발할 만큼 끔찍하고 더러운 장면을 독자와 관객에게 직접 들이미는 것. 이것은 직접적인 자극의 노골적인 배치라는 점에서 포르노그래피를 닮아있고 바로 그러한 이유로 공포 장르에서 널리 활용된다. 이와 달리 전율 단계는 불안하고 암울한 감각을 누적시켜 감으로써 공포를 경험하게 하는 것이다. 전자가 괴성을 지르게 만드는 것이라면 후자는 침묵 속에서 감지되는 공포다. 스티븐 킹은 직접적이고 노골적인 자극의 제시보다는 고차적인 의식 또는 무의식과의 결합을 통해 구현되는 전율이 진정한 공포에 해당한다고 말한다.(스티븐 킹, ≪죽음의 무도≫)

≪아오이가든≫의 소설을 뒤덮고 있는 시체, 피, 부패, 냄새는 어떠한 '우웩'도 유발하지 않는다. 인물들은 덤덤하게 시체와 조우하며, 태연하게 내장을 꺼내 손으로 주무를 뿐 아무도 괴성을 지르지 않는다. 실종된 아내로 추정되는 시체를 관찰하는 남편은 첫 번째 신원확인에서 몰려오는 역겨움에 먹었던 것을 게워내기도 하지만, 두 번째 신원확인부터는 줄곧 평정을 유지한 채 훼손된 신체의 부분들을 면밀히 관찰한다. 시체를 둘러싼 구경꾼들도 별반 다르지 않다. 그들은 '저런 개죽음이 다 있대, 쯧쯧', 혀를 차며 침을 뱉을 뿐 급격한 감정의 동요를 경험하지 않는다. 썩어 문드러져 악취를 풍기는 시체를 대하는 그들의 무표정한 얼굴과 무심한 반응이 오히려 이채로운 분위기를 발하고 있다. 인간의 후각이 지속적으로 강한 자극에 노출되면 금세 마비되어 버리는 것처럼 그들의 감각은 이제 마비되어 버린 것인가. 소설에는

온갖 구역질 날 법한 소재들이 펼쳐지지만, 그것들은 너무도 평온하게 제시되고 있어서, 일체 '공포의 압점'으로 기능하지 못하는 형편이다.

소설은 전율도 유발하지 않는다. 전율이란 '다음은 당신 차례!'라는 무언의 예고를 들은 자가 가지는 감정 상태다. 주변 사람들이 하나둘씩 피를 흘리며 쓰러져간 끝에 누적되는 공포감은 서사의 진행 단계를 차근차근 밟아 나가야 얻을 수 있는 극적 효과다. 비극의 숭고를 공포의 전율로 대체한 전형적인 카타르시스 구성법에 해당한다. 편혜영은 아리스토텔레스의 충고를 의식적으로 배반한다. 시체는 소설의 도입부에 이미 나와 버린다(〈저수지〉, 〈문득〉, 〈시체들〉). 그 결과 감정의 점층적인 고조는 이루어지지 못한다. 게다가 연쇄 살인 따위도 없다. 처음 떠오른 한 구의 시체가 서사를 계속 이끌고 나간다. '공포중의 압점'은 서사를 따라 변화하거나 누적되지 않은 채, 시종일관 역겨운 시취를 풍길 뿐이다.

썩어가는 시체 앞에서 공포를 느끼지 않으면서 무덤덤하게 손상된 시체를 관찰하고, 배를 열어 내장을 꺼내 보는 자는 검시관이다. 검시관의 메스는 그야말로 단도직입. 소설의 도입부에서 등장한 시체는 하드보일드 문체와 해부학적 지식을 통해 차분히 관찰된다. "시퍼렇고 까맣게 썩어 있었다. 대퇴골이 다 드러난 살 끝에 풀어진 실밥이 너덜거렸다. 너덜거리는 살과 달리 뼈는 조형물처럼 단단해 보였다. 까맣게 썩어 있는 살 사이에서 대퇴골이 형광등처럼 빛났다. 무릎 관절을 보호해주는 슬개골도 여전히 단단해 보였으며, 대퇴골과 이어지는 정강이뼈도 하얗게 반짝이고 있었다."(〈시체들〉, 222면) 처음 실습 나온

의대생이나 심약한 독자라면 구토가 유발되기도 하겠지만, 검시관은 그런 것에 아랑곳하지 않고 차분히 시신의 곳곳에 남겨진 사인의 흔적을 찾는다. 검시관의 관심은 시체, 피, 부패, 냄새가 아니라 그것들의 조합이 가리키는 사망 원인이다. 검시관의 시선을 빌린 작가의 관심도 크게 다르지 않을 터, ≪아오이가든≫의 궁극적 관심은 시체, 피, 부패, 냄새가 아니라 그것들이 어우러져 만들어내는 전체로서의 '죽음'에 다름이 아니다.

2. 죽음의 무도(danse macabre)

아오이가든의 주민들은 죽음에 압도당하고 있다. 빨간 스카프를 두른 소녀가 역병을 옮기고 다닌다는 흉흉한 소문이 떠도는 아오이가든에서 주민들은 자신도 역병에 걸리게 될지 모른다는 두려움에 떨고 있다. 역병을 피하기 위해서는 일찌감치 도시에서 탈출해야 했다. 때는 이미 늦었다. 지금 도시를 빠져나가기 위해 집 밖으로 나섰다가는 도시의 거리를 뒤덮고 있는 죽음의 냄새에 질식되어 버리고 말 것이다. 역병을 피해 미처 도시를 빠져나가지 못한 그들은 모든 창과 문을 걸어 닫은 채 집안에 틀어박혀 역병이 물러나기를 기다릴 수밖에 다른 도리가 없다. 철저한 고립과 무기력의 한복판에서 주민들은 사실상 '마비 상태'에 놓여 있다.

반면 집 밖에는 창궐하는 역병의 징후가 농후하다. 시커먼 개구리들이 비에 섞여 바닥으로 떨어지고, 바닥에 쌓여 있는 쓰레기 더미 속으로 빨려 들어간다. 아스팔트에 떨어진 개구리는 대가리가 깨지고 지나가던 소독차에 깔려 살이 터져 내장이 삐져나온다. 집에서 쫓겨난 동물들은 서로의 모가지를 물어뜯어 죽이고, 살아남은 것들은 차에 치여 죽는다. 쓰레기 더미에는 동물의 배설물과 사체가 뒤섞여 있고 그 속에서는 끊임없는 부패의 과정이 이루어진 끝에 편두통과 구역질을 유발할 만큼의 독한 냄새를 풍긴다. 내장이 터져 피가 꽃을 피우고, 썩은 시체가 풍기는 냄새가 풍기는 상황은 주민으로서는 무한한 불안과 공포로 다가오지만, 죽음의 입장에서는 '활기에 찬 리듬감의 충만함'이다. 집 밖에서 죽음은 춤을 춘다.

아오이가든의 안과 밖에서 벌어지는 '무력함과 활기참의 대조'는 죽은 자와 산 자가 번갈아 등장하여 벌이는 원무인 '죽음의 무도(danse macabre)'를 연상케 한다. 죽음의 무도에서는 활기 넘치는 부패한 미라와 어리둥절한 표정을 짓고 있는 산 자가 한 쌍을 이룬다. 죽은 자는 산 자에게 손을 뻗쳐 그를 끌고 가려 하지만 산 자는 아직 말을 듣지 않는다. 게임을 주도하는 것은 산 자를 끌고 가려는 죽은 자들이며, 산 자는 움직이지 않은 채 죽은 자들만이 활발하게 춤을 춘다(P. 아리에스, 《죽음 앞의 인간》). 죽음의 무도에서 주인공은 죽은 자이며, 산 자는 죽음의 불확실성에 이리저리 이끌려 다니는 엑스트라에 불과하다. 이처럼 활발한 죽음의 리듬 속에서 산 자는 숨죽이며 무기력하게 압도당하는 것이 아오이가든의 상황이다.

산 자의 무기력과 죽은 자의 활기참의 대조, 곧 산 자가 죽은 자에 종속된 상황은 비단 〈아오이가든〉만의 특징은 아니다. 〈시체들〉에서는 시체가 살아 있는 사람을 서서히 잠식한다. 남편은 낚시터에서 자신이 잠시 자리를 비운 사이 아내가 물에 빠져 실종되었다고 진술한 바 있다. 그러나 발견된 시체의 신원확인을 거듭하면서 그는 여러 차례 죽은 아내의 환영을 본다. 수면 아래에 가라앉아 썩어가고 있을 아내의 몸을 상상하고, 가게에서 생선을 다듬으면서 생선 눈알을 빼먹는 아내의 환영을 떠올린다. 결국 그는 자신이 아내를 물에 빠뜨렸을지도 모른다는 의구심에 휩싸이고 만다. "아내의 손에서 꼼지락거리던 구더기를 보고 치밀어 오르던 그의 고통을 감지한 손이 아내를 무심결에 밀어버렸던 것은 아니었을까."(240면) 소설의 결말은 남편이 아내가 물에 빠져 사라진 그 계곡에 똑같이 빠져 죽는 것으로 처리된다. 남편이 물에 빠질 때 계곡에서는 '아내의 흐느낌'이 들려온다. 싸이렌의 유혹(손정수, 〈'아오이가든' 바깥에서 편혜영 소설 읽기〉)이든 물귀신의 원한이든 간에 들려오는 흐느낌은 산 자(남편)가 죽은 자(아내의 시체)에게 완전히 잠식되어 버렸음을 확인시켜준다.

〈저수지〉에서도 죽은 자는 산 자보다 우위에 서 있다. 한 걸음 더 나아가 죽은 자가 서술을 장악함으로써 한 편의 무도를 펼친다. 저수지 옆 방갈로에는 '세 명'의 아이가 돈 벌러 도시로 간 엄마를 기다리며 '살아가고' 있다고 진술된다. 저수지에서 실종된 여학생의 옷이 발견되고 대대적인 경찰 수색이 벌어지면서 아이들의 방갈로는 발견된다. "아이들은 이불 속에 누운 채 꼼짝도 하지 않았다. 그중에는 언제 죽었는지 알 수 없이 오래된 시체 한 구가 있었다. 썩을 대로 썩어버린 시체는 쥐에게 뜯겨 형상을 알아볼 수 없었다. 두 아이는 실신한 채 누워 있었다. 실신한 한 아이는 머리통이 죄다 뜯겨 있었다. 온몸에는 벌레 물린 상처가 그득했다. 그보다 더 큰 아이는 화상 입은 주먹이 시커멓게 썩어 있었다."(33면) 복기해 보면 첫째는 주전자에 데어 화상 입은 손으로 셋째의 머리카락을 쥐어뜯은 적이 있었고, 둘째는 다른 형제와 전혀 대화를 나누지 않은 채 줄곧 저수지에 서식하는 괴물과 돈을 벌겠다며 집을 나간 엄마에 관한 이야기를 독자에게 들려주고 있었다. 죽은 둘째의 썩은 시체를 방 가운데 놓고 첫째와 둘째가 아귀다툼을 벌였던 것에 불과하다는 사실은 결말에 가서야 밝혀진다. 주로 둘째의 관점에서 서술되던 방갈로 형제들의 기이한 이야기가 사실은 죽은 자의 웅얼거림이었음을 뒤늦게 깨달은 독자는 섬뜩함을 느낄 수밖에 없다. 죽은 자가 들려주는 이야기에 귀를 기울이고 있었음을 알게되는 것은 물에 떠오른 시체, 튀어나온 쥐의 내장, 시체를 갉아먹는 구더기보다 더 섬뜩하다. 죽은 자가 서사를 장악하고 있었다는 것, 서사 전체가 하나의 죽음의 무도였다는 것이 섬뜩함의 정체다.

〈문득〉 역시 이미 죽은 여자를 주인공으로 삼고서 죽음의 무도를 벌인다. 집안 가득 풍기던 냄새가 자기 몸이 썩어가는 냄새였다는 사실, 집안에 들끓던 구더기 역시 자신의 시신을 파먹고 있었던 것이라는 사실은 소설의 결말에서 여자가 거울을 들여다보는 순간 밝혀진다. 또다시 복기해 보면 그녀는 동굴에서 어떤 꼬마 아이에게 이런 말을 했었다. "산 사람이 사람인 것처럼 죽은 사람도 사람이야. 자기가 살아 있다거나 죽었다고 느끼는 건 어느 한순간이야. 그냥 평범하게 살아 있거나 죽어 있다가, 어느 날 불현듯 아, 내가 살았구나, 아, 참, 내가 죽었지, 이런 생각이 든다구. 그 순간을 제외한다면 산 사람이나 죽은 사람이나 똑같이 살고 있는 거야."(110면) 이미 죽은 여자와 대화했던 아이도 이미 죽은 상태였을 것이다. 얼굴이 유난히 하얀 아이였고, 갑작스레 나타났다가 사라지는 것으로 보아 유령이 틀림없다. 여자와 아이가 대화를 나눈 동굴 속은 또 어떠한가. 동굴은 옛 왕조의 전쟁 때 오백 명의 주민들이 피신했다가 갇혀 죽은 장소다. 여기에 이르면 이제 죽은 자의 웅얼거림은 동굴 전체를 가득 채운다. 이 소설은 오백 명이 넘는 죽은 자들의 무도다.

소설에서 죽음은 늘 승리를 거둔다. 소설은 공통적으로 죽음이 발생하는 것으로 마무리되고 있다. 〈아오이가든〉의 마지막 장면에서 '나'는 창밖으로 떨어진다. 소설의 도입부에서 비에 섞여 떨어진 개구리들이 그러했듯이 추락하는 '나'는 바닥에 떨어져 머리가 깨지거나 지나가는 소독차에 밟혀 짓이겨질 것이다. 〈맨홀〉의 마지막 장면은 하나의 죽음에 또 다른 죽음을 겹친다. "벽에 박혀 불타고 있는 C는 눈동자가 빠진 하얀 눈으로 내가 흘린 내장들을 무심히 내려다보고 있었다."(89면) C는 눈알이 뽑히고, 내장이 들어낸 채 박제가 되어버린 이미 죽은 자이고, 내장이 흘러내리고 있는 '나' 역시 얼마 지나지 않아 죽게 될 것이다. 이미 죽은 자가 조만간 죽을 자를 쳐다본다는 '중첩된 죽음'이 서사의 도달점이다. 철창 안에서 투견에게 물려 피를 흘리던 〈만국박람회〉의 주인공도 곧 죽을 상태에 놓여 있다. "철창에 누워 있는 내게로 검은빛이 쏟아져 내렸다."(168면) 〈마술 피리〉도 예외는 아니다. 병든 채 등에 업힌 동생 미아 역시 "점점 솜털처럼 가벼워진다."(216면) 죽음의 무도에 관한 서사는 어김없이 주인공인 죽음이 최종적인 승리를 완수하는 것으로 종결되고 있다.

이와 같은 죽음은 작가의 또 다른 소설집에 수록된 〈저녁의 구애〉에서 '어쩌지 못하는 사이 닥치는 일'(51면)로 지칭되는 '갑작스러운 죽음(mors improvisa)' 또는 '예고되지 않은 죽음'이다. 예고된 죽음의 순간은 인생의 결산서가 작성되는 청산의 순간이다. 청산으로서의 죽음은 천국이라는 내세로의 진입을 위한 일종의 관문이기에 공포심을 야기하지 않는다(P. 아리에스, ≪죽음의 역사≫). 설령 지옥으로의 진입이 예상되더라도 죽음이 예고되었을 때는 적어도 체념을 위해 필요한 시간을 확보할 수 있다. 그러나 예고되지 않은 상황에서 발생하는 죽음은 맹목적으로 곧장 앞으로 나아갈 뿐이다. 〈누가 올 아메리칸 걸을 죽였나〉에서 추리소설을 읽으며 이유 없는 살인을 저지르는 세탁소 집 아들은 "'왜'가 없는 세상, 그게 바로 추리소설의 세상이었다."(118면)라며 자신의 살인에 내포된 맹목성을 강조한 바 있다. 저수지 밑바닥에 잠복하는 식인 괴물이나 백신이 없는 신종 역병 역시 죽음의 맹목성을 강조하는 소설적 장치에 불과하다. '왜'라는 질문이 없는 죽음, 이해가 불가능한 죽음이 아오이가든을 가득 채운다. 맹목적인 죽음의 위력이 만연하고 강화될수록 산 자는 더욱 무기력하고 왜소해진다. 그리고 마비 상태에 놓인 산 자와 활기찬 리듬감의 주인인 죽은 자의 대비가 강화될수록 죽음의 무도는 더욱 강렬한 매혹을 발산한다. 편혜영의 소설에서 매혹을 느낀다면 죽음의 무도가 만들어내는 역동성의 광휘를 엿보았다는 뜻일 것이다.

3. 생명 내적인 죽음(mort intravitale)

검시관에게도 시체의 냄새는 감지된다. 검시관은 단지 공포를 덜 느낄 뿐 일반인들보다 훨씬 예민하게 냄새를 감지할 수 있다. 검시관은 시체를 자세히 관찰하기 위해 시체에 바싹 붙어 있기 때문에 시취를 더 잘 맡을 수밖에 없다. 소설의 곳곳에서 구역질을 유발할 것 같은 강렬한 냄새가 산재해 있는 것은 죽음의 징후를 예민하게 관찰하는 검시관의 시선으로 쓰인 소설이기에 당연한 결과이기도 하다.

냄새는 죽음을 암시하는 보조적 역할에 만족하지 않는다. 최종적으로 죽음의 승리로 마무리되는 죽음의 무도가 진행되는 내내 냄새는 산 자를 따라다닌다. 아니, 따라다니는 것이 아니라 반대로 산 자들을 죽음으로 이끌어가고 있다고 보는 것이 더 정확할지도 모르겠다. 동굴 속에서 랜턴을 끈 채 선녀암을 찾아 걸어가는 여자를 떠올려보자. 동굴 안은 너무 어두워서 예민하게 느껴지는 냄새에 주의를 기울여야 한다. "안개가 낀 것 같은 냄새가 느껴지는 곳에 서면 선녀암이다."(〈문득〉, 99면) 어두워 시각적 정보의 도움을 받기 어려울 때는 철저히 후각에 의존해야 한다는 것이 동굴이라는 공간이 인간에게 강제적으로 부과하는 제약이다. 동굴에서 냄새는 맹인을 인도하는 맹인견이 된다. 냄새라는 맹인견을 따라가다 보면 어느새 죽음에 이르게 된다.

냄새가 사람을 이끌고 다니는 것은 동굴 속의 상황만은 아니다. 도심의 지하 세계를 배경으로 하는 〈맨홀〉 역시 어둡기는 마찬가지다.

그곳에서 생존하기 위해서는 개나 쥐처럼 후각을 발달시켜야 한다. 개는 '냄새 분자'를 예민하게 감지하고, 쥐는 시력이 나쁜 대신 후각이 발달했다. 동굴 속이나 맨홀 속에서 냄새에 의존하여 걸어가는 사람은 개가 되고 쥐가 된다. 지상의 세계에 해당하는 아오이가든도 예외는 아니다. 도시에 가스 공급이 중단되었고 석탄을 쓰게 되자 검은 연기가 하늘을 뒤덮었기 때문에 온통 어둡다. 동굴 속에서 선녀암을 찾아가듯 어두운 도시에서 아오이가든을 찾아가는 자는 냄새를 따라가면 된다. "냄새를 풍기는 것들의 한가운데에 아오이가든이 있었다. 최초에 냄새를 풍기기 시작한 것이 거리였는지 아오이가든이었는지는 알 수 없었다."(36면) 독자들은 동굴 속을 걸어가는 여자처럼 냄새의 근원을 찾은 끝에 아오이가든에 도착할 수 있다. 역병의 신호이기도 한 냄새를 따라 도착한 아오이가든에서는 죽음의 무도가 펼쳐진다. 그러므로 냄새는 죽음의 무도를 구성하는 필수 요소라 하겠다.

냄새는 죽음의 지표다. 냄새는 부패가 진행되고 있는 증거이고, 부패는 죽음 곧 생명이 정지될 때 시작되기 때문이다. 그러나 편혜영의 소설에서 이 명제는 변형된다. 부패의 원인은 바로 인간 내부에 있다. 부패가 시작되어 심한 악취를 풍기는 내장을 보라. 부패는 애초부터 인간의 몸속에 있었으며, 그곳에서 부패는 시작 신호를 기다리고 있을 뿐이다. 다만 매끈한 피부로 감추었기에 잠시 망각될 수 있다. 소설에서는 부패가 인간의 내부에 자리하고 있음을 증명이라도 하듯 배를 째고 장기들을 적출하거나 때로는 장기들이 저절로 흘러나오기도 한다. 이것은 구토를 유발하는 하드고어의 악취미가 아니라 한 마디 비명 없는 차분한 가운데 진행되는 해부의 작업이다. 해부의 결과 확인되는 것은 죽음의 지표인 냄새가 생명의 깊숙한 곳에 이미 내재하여 있다는 사실, 죽음의 근원은 생명 내부에 있다는 사실이다.

편혜영의 소설에서 반복적으로 나타나는 눈에 대한 과도한 관심 역시 생명 내부에서 이루어지는 부패의 작용과 관련이 있다. 눈은 피부의 보호 없이 신체 외부로 직접 노출된 예외적 기관이다. 쓸개, 위장, 신장 따위가 부패되는 것을 보려면 해부해보아야 한다. 반면 눈은 그런 과정 없이 직설적으로 부패의 상태를 폭로한다. 또한 눈은 아주 연약하고 부드러운 '단백질 덩어리'이기에 다른 신체 부위보다 빨리 부패할 만한 조건을 갖추고 있다. "C는 자기 몸이 썩고 있다고 생각했다. 맨 처음 눈이 썩기 시작하더니 이제는 입이 썩어간다고 했다. 곧 뱃속의 아이도 썩을지 모른다."(〈맨홀〉, 68면) C의 눈에서는 진물이 나고 고름이 흐른다. 아직 살아 있으면서도 부패는 이미 시작되었고, 눈에서 시작된 부패는 다른 신체기관으로 퍼져 결국 C를 죽음에 이르게 한다. 썩어 가는 눈은 부패가 산 자의 몸에서도 이루어지고 있음을 보여주는 증거다. 여기에 이르면 눈에 대한 관심이 가장 밀도 있게 나타난 '썩은 눈알 빨아먹기 장면'(〈시체들〉) 역시 생명 내부에서 이미 시작된 죽음에 대한 인식의 결과로 해석할 수 있게 된다. "입 안에서 지독한 비린내와 썩은내가 번졌다. 숨을 쉴 때면 내장 깊은 곳에서 비린내가 올라왔다. 그는 어쩌면 자신의 내장이 죽어가면서 풍기는 냄새일지도 모른다고 생각했다. 그는 시간을 들여 썩은 눈알을 천천히 빨아먹었다."(〈시체들〉, 230면) 썩은 눈알은 자신의 내장이 이미 썩어가고 있음을 깨닫게 하는 촉매인 셈이다.

인간의 몸이 실상 부패하기 쉬운 단백질 덩어리에 불과하다는 인식에 이를 때, 인간은 동물과 하나도 다를 것이 없다. 〈마술피리〉에서 실험용 쥐 루루는 단백질 섭취를 극도로 제한당한 채 죽어간다. '나'의 동생 미아 역시 단백질 섭취를 제대로 하지 못해 영양실조에 시달리고 있으며, 루루가 죽었듯 동생 또한 죽는다. 이에 인간은 쥐와 동격이다. "모든 살아 있는 것, 그러니까 신생대 제3기 팔레오세까지 거슬러 올라가면 발견되는 원시 포유류에서 유래된 향성"이며 "그때 인간은 아직 쥐였으니까"(199면) 인간과 쥐는 같을 수밖에 없다. 〈아오이가든〉에서 인간은 개구리와 동격이고, 고양이와 동격이다. 비에 섞여 떨어지는 개구리와 창밖으로 추락하는 '나'가 각각 작품의 시작과 끝에 배치된 것은 인간은 동물과 다를 바 없다는 발상에 기대고 있다. 역병의 공포로 인해 고립된 아오이가든에는 집 안팎을 드나드는 고양이처럼 집을 나갔던 '나'의 누이가 팔 개월 만에 돌아온다. 밤새 긴 혓바닥으로 생식기를 핥아대는 발정 난 암고양이와 아비가 누군지도 모르는 아이를 뱃속에 품고 나타난 누이는 동격이다. 고양이의 자궁을 적출하면서 내장을 만지는 장면과 뱃속에서 개구리가 튀어나오는 누이의 출산 장면은 몽타주 기법처럼 병렬된 것도 누이와 고양이는 같다는 사실을 보여주기 위함이다. 따뜻한 혈관에 둘러싸인 내장은 떼어내자마자 금세 악취를 풍기기 시작할 때 부패의 근원이 생명의 내부에 있다는 것을, 생명 내부에 부패의 근원이 내재한다는 것은 고양이, 개구리, 인간을 가릴 것 없이 동일하다는 것을 재확인시켜주는 것이 손으로 내장 만져

대기와 개구리 출산하기의 역할이다.

암고양이와 누이와 어머니는 '피와 냉과 오줌이 섞인 냄새'를 풍기며, 그 냄새는 역병이 도는 거리에서 풍겨오는 냄새보다 훨씬 지독하다. '피와 냉과 오줌'은 평소 매끈한 피부 아래에 감춰져 있다가 흘러나왔으므로 생명 내부에 부패의 근원이 자리하고 있음을 상기시킨다. 그뿐만 아니라 그 냄새는 여성 성기에서 흘러나온 것이기에 더더욱 더럽고 혐오스러우며 불길하다. 여성 성기에 대한 부정적인 관념은 수면에 떠오른 변사체의 사타구니에 가득한 시커먼 파리떼를 보더라도 쉽게 확인된다. 여성 성기는 눈과 마찬가지로 신체 내부가 외부로 노출된 예외적 기관이라 부패하기 쉬우므로 그곳에서 구더기가 성충으로 자라나게 되었다는 발상은 모성성에 대한 일말의 기대도 완벽하게 무너뜨린다.

여성 성기를 더럽고 혐오스러운 것으로 여기는 발상은 그로테스크한 출산 장면의 묘사로 이어진다. 누이의 찢어진 가랑이에서 개구리들이 튀어나올 때 벽의 갈라진 틈에서는 냄새들이 우르르 쏟아져 나왔으며, 개구리의 눈알에서는 온몸을 물들일 만큼의 피가 솟아난다.(〈아오이가든〉) 괴물이 긴 혓바닥으로 산모의 자궁과 간난 아기의 핏덩이를 핥아주었다.(〈저수지〉) 여기서 엽기적인 분위기를 잠시 누그러뜨리면 "인간은 '더러움'의 상태에서 태어난다."라는 명제를 발견할 수 있다. 태아가 머물러 있던 인간의 뱃속에는 이미 부패가 예정된 내장들이 가득한 곳이며, 생명을 탄생시키는 구멍은 구더기가 기생하기에 적합할 정도의 더럽고 불길하며 심지어 역병의 냄새보다 더 지독한 냄새를 풍기는 곳이다. 인간은 더러움의 상태에서 태어난 존재이기에 부패의 원인이 바로 인간 내부에 있을 것이라는 추정은 강화된다.

특히 어린 시절 동생이 태어나던 때를 회상하는 〈마술피리〉에서 출산은 '뜨거운 핏빛 불구덩이'로 각인되었다. 엄마의 가랑이 사이에서 끝없이 흘러나오는 피는 뜨거운 불과 같다고 느꼈고 엄마가 그 불에 타 죽을까 봐 겁을 낸다. 엄마가 왜 벙어리 울음 같은 신음을 내는지, 왜 그토록 땀, 침, 눈물을 흘리는지 이해할 수 없다. 아무것도 이해할 수 없는 두려움의 절정에서 차라리 엄마가 죽어버렸으면 바라기도 했다는 것이다. 이와 같은 '불가해한 두려움'이란 죽음의 무도에서 산 자들이 느끼는 심리와 일치한다. 즉 소설 속 출산 장면은 전도된 임종 장면이다. 정작 죽음(시체)과 조우할 때는 침정을 유지하던 것이 생명(출산)을 목격할 때는 극도의 불안과 공포에 휩싸인다는 설정은 삶과 죽음의 국면을 의식적으로 뒤집어 표현할 때 가능하다. 삶과 죽음의 거리가 절대 멀지 않다는 것, 생명의 내부에 이미 죽음이 잠재되어 있다는 것이 전도된 임종으로서의 출산이 내포한 의미이다.

4. 메멘토 모리(memento mori)

이곳은 삶과 죽음을 헷갈리게 할 만큼 어둡다. 선녀암에 솟은 선주에 기대 앉아 있노라면 자기가 산 건지 죽은 건지 분간할 수가 없었다. 여기서 썩어간 유해들은 여자에게는 공기처럼 친근했다. 어쩌면 숨을 들이쉬는 동안 잘게 부서진, 공기보다 더 미세해진 유해가 비강 속으로 기어 들어가고 있을지도 몰랐다. 동굴에 드나드는 동안 그들의 뼛가루를 들이켜고, 그들이 남긴 냄새를 흡입했을 것이다.(〈문득〉, 99면)

마카브르는 하나의 경구로 집약된다. "인간이여, 너는 티끌(pulvis)일 뿐이며 곧 티끌로 돌아가리라는 것을 잊지 말지어다." 여기서 티끌이란 편혜영 소설식으로 풀이하자면 인체를 구성하는 '수분, 단백질, 핵산 등'의 유기물이다. 시체는 부패의 과정을 거쳐 티끌과도 같은 작은 알갱이들로 분해된다. 분해된 시체는 공기 중에 부유하면서 산 자의 비강을 경유하여 폐부에 도착한다. 냄새는 콧속 점막을 자극하는 잘게 분해된 유해다. 시체의 냄새를 맡는 일은 식인과 다를 바 없다. 산 자는 살기 위해 호흡을 하고 있지만 정작 부패 과정을 거쳐 분해된 시체의 흡입하는 것에 불과하다는 사실을 깨달을 때, 삶과 죽음은 헷갈리게 되고, 때로는 삶이야말로 죽음보다 더 섬뜩한 것이 된다. 분자 수준의 화학적 지식이 동원되더라도 결국 도달하는 곳은 '우리는 모두 죽는다'라는 전통적인 죽음의 관념이다. 아무리 발버둥을 쳐도 활기에 찬 죽음의 맹목성 앞에서 한 발짝도 벗어날 수 없다는 것을 '죽음의 무도'는 알려주었고, 살아가는 것이 곧 죽어가는 것이라는 절망적 사실을 '생명 내적인 죽음'의 관념이 알려주었다. '삶의 유한성'을 받아들이라는 메멘토 모리가 소설의 참주제다.

편혜영 소설의 메멘토 모리는 내세에 무관심하다. "죽은 것들의 얘기에는 관심이 없었다. 죽어서 떠도는 혼령들 얘기는 더더구나 관심이 없었다."(〈서쪽 숲〉, 171면)고 하는 것이 소설 속 인간의 특징이다. 내세를 상정할 때 메멘토 모리는 불멸하는 영혼의 구원을 위한 중세 신학의 교훈을 내포하지만, 현세적 인간의 삶에만 집중할 때 그것은 인간의 삶이 도달하는 궁극적인 실패에 대한 쓸쓸한 좌절감이라는 파토스만을 남겨놓는다. 죽음을 벗어날 수 없다는 엄숙한 경고는 내세를 외면하는 인간적 삶의 관점에서 시간적으로는 '실패'로, 공간적으로는 '고립'으로 치환되며, 양자를 합칠 때 '탈주의 불가능성'이라는 암울한 메시지로 이어진다.

≪아오이가든≫에 수록된 소설들은 입을 모아 '실패'에 대해 이야기한다. 저수지 옆 방갈로의 아이들은 돈 벌러 간 엄마를 기다리지만 결코 엄마는 돌아오지 않는다. 기다림은 실패로 끝난다. 방갈로 밖에서는 사체를 발견하기 위한 대규모 수색작업이 벌어지지만 결코 시체는 발견되지 않는다. 수색은 실패로 끝난다(〈저수지〉). 남자를 따라 도시를 떠나겠다고 집을 나갔던 누이는 실패하여 결국 팔 개월 만에 집으로 돌아왔고 뱃속에는 사생아로 태어나게 될 아이를 품고 있다. 가출과 사랑도 실패다(〈아오이가든〉). 신원확인을 하여 아내의 죽음을 확정 짓겠다던 남편은 끝내 아내의 죽음을 확인하지 못한다. 확인되는 것은 아무것도 없다(〈시체들〉). 삼촌의 마술은 실패로 끝나 조롱거리가 되었고, '나'는 투견장에서 사나운 개에 물려 피를 흘리며 죽어가고 있다.(〈만국박람회〉)

여기에는 가정적 실패도 한몫한다. 소설에서는 단란한 가정이 하나도 없다. 대개 아버지는 부재하고(〈저수지〉, 〈아오이가든〉, 〈마술피리〉), 간혹 아버지가 있더라도 심한 병에 걸려 송장이나 다름없이 누워 있으며(〈누가 올 아메리칸 걸을 죽였나〉), 정반대로 폭압적인 아버지라 자식은 스스로 가출을 감행하고(〈맨홀〉), 남편은 아내를 구타한다(〈문득,〉). 소설에서는 불구의 몸을 가진 인물도 빈번히 등장하는데, 무언가를 시도조차 하지 못하는 그들은 애초부터 실패한 자로 그려진다(〈아오이가든〉, 〈맨홀〉, 〈누가 올 아메리칸 걸을 죽였나〉, 〈마술피리〉). 흠결이 많은 가정과 불구의 육체는 그들의 삶이 실패로 끝나는 것이 너무도 당연하다는 듯 인간들의 삶 자체를 짓누른다. 아무리 발버둥 처도 결말은 죽음의 승리 곧 삶의 실패다.

실패에 관한 이야기는 ≪사육장 쪽으로≫에 수록된 여러 소설에서도 반복되는 테마다. 차이가 있다면 아오이가든의 세계가 마카브르로 가득 차 있었다면, 사육장의 세계에는 일상적인 삶이 전면에 걸려 있다. 그들은 W시나 병원을 가려 하지만 결코 목적지에 도달하지 못하고(〈소풍〉, 〈사육장 쪽으로〉), 늑대를 쫓는 사냥꾼도 결코 자신의 목적을 이루지 못하며(〈동물원의 탄생〉), 분실물을 되찾아 승진의 기회를 잡으려던 회사원은 타인의 얼굴을 구별하지 못하는 기이한 상태에 빠지고 만다(분실물). 그러나 마카브르의 흔적이 완전히 사라진 것은 아니다. 소설의 결말에서 공통적으로 발견되는 섬뜩한 불확실성은 죽음의 무도 한 복판에서 산 자들이 겪었던 것과 동일하지 않은가. '담장 쌓기'가 실패로 끝나는 순간 일상적 삶의 세계는 습기와 개구리와 쥐에 의해 점령당한다. 실패의 순간에 아오이가든을 가득 채웠던 마카브르(습기, 개구리, 쥐)가 호출되어 활개를 치기 시작하는 형국이다. 이

점에서 마카브르에서 사라진 것이 아니라 일상 속으로 더 깊숙이 침투한 셈이다. 여전히 메멘토 모리를 웅얼거리면서.

> "그는 조금씩 더 깊이 습지로 빨려 들어갔다. 언젠가 한번은 꼭 깊이를 재어보리라 생각하고 있었다. 자신의 몸뚱이로 재보게 될 줄은 몰랐다. 그는 아내를 꽉 부여잡으려다 미끄러졌다. 그 바람에 균형을 잃고 더 깊이 빠져들었다. 그는 고개를 들어 지붕에까지 닿을 듯 자라 있는 잡초 군락을 보았다. 풀숲은 나날이 우거지고 습지는 그 자리에서 계속 썩어갈 것이다. 그와 아내의 너덜너덜해진 살가죽을 먹은 개구리들은 더욱 크고 시끄럽게 울 것이다. 그 개구리를 잡아먹은 들쥐들은 더욱 사납게 사람들을 향해 달려들 것이다. 습지는 그의 몸을 완전히 감싸 안고 점점 집 쪽으로 뻗어나갔다."(〈밤의 공사〉, 120면)

또한 ≪아오이가든≫에 수록된 소설들은 하나같이 '고립'에 대해 이야기한다. 집 밖에는 역병이 돌고 주민들은 집 안에 고립되어 있다(〈아오이가든〉). 아이들이 방치된 저수지 옆 방갈로 문은 자물쇠로 굳게 잠겨 있다(〈저수지〉). 적군을 피해 달아났던 오백여 명의 주민들은 적군이 하나뿐인 동굴 입구를 바위로 막아버리자 그 속에서 죽었다.(〈문득,〉) 마술사는 검은 상자 속에 원숭이를 가두고, 투견장 철창 속에 조카를 던져 개에 물리도록 방치한다(〈만국박람회〉). 단백질 결핍 상태의 실험용 쥐는 아크릴 상자 속에 갇혀 죽어간다(〈마술피리〉). 도시는 공장으로 사방이 빙 둘러싸여 주민들은 갇힌 상태나 다름없고, 도시의 끝에 도착해서 발견한 것은 사람들이 미라 상태로 갇혀 있는 무수한 감방들이다(〈서쪽 숲〉). 이와 같은 고립된 장소는 무덤을 쉽게 떠올린다는 공통점이 있다. 그곳에는 어린아이의 시체와 쥐의 시체가 방치되어 있고, 주민 오백 명이 집단 매장되어 있다. 산 자라 하더라도 그 속에서는 겨우 미약한 숨만 붙어 있으며, 산 자로 보기보다는 박제(〈맨홀〉)나 미라(〈서쪽 숲〉)로 간주하는 것이 더 나을 듯하다. 요컨대 소설 속 인물들이 갇힌 고립의 장소는 '결코 죽음을 벗어날 수 없다'라는 메멘토 모리의 공간화에 해당하며, 소설은 인간적 삶의 알레고리가 된다.

메멘토 모리가 가르쳐주는 인간적 삶은 실패라는 결말이 예정된 채 끝없이 반복되는 헤맴에 불과하다. 소설집 ≪저녁의 구애≫와 장편 ≪서쪽 숲에 갔다≫는 '반복'과 '헤맴'을 서사의 중심으로 삼는다. 매일매일 동일한 시간 동일한 장소에서 동일한 점심을 먹는 〈동일한 점심〉의 주인공이 불쌍하고, 그러한 동일성의 지옥이 끔찍하다는 김형중의 지적(〈동일성의 지옥에서〉)은 '반복'의 핵심을 꿰뚫고 있다. 이러한 지적은 〈토끼의 묘〉나 〈통조림 공장〉에서 전임자가 하던 작업은 물론 사소한 습관까지 어느새 반복해서 따라하게 되어, 인간의 개별성이 무화되어 버리는 현대사회의 어두운 그림자에도 동일하게 적용될 수 있을 것이다. 여기에 한 가지 덧붙이자면 〈동일한 점심〉에서는 반복되는 일상에 지하철 자살 사건이 삽입되어 있음을 주목할 필요가 있다. 동일성의 회로에 갇혀 반복되는 일상에 삽입된 죽음의 왜상(anamorphosis)은 실재계의 한 징후인 동시에 메멘토 모리를 선명하게 암시한다. 메멘토 모리의 흔적은 〈저녁의 구애〉에도 발견된다. 친구의 연락을 받고 장례식장에 조화를 배달하러 간 주인공 "김은 텅 빈

영안실에서 그 사진을 보며 사진은 살아 있다는 걸 실감했다."(55면)라고 밝힌다. 빽빽한 나무숲과 눈앞을 가로막은 가시덤불 속을 불안하게 헤매는 이야기인 〈산책〉에서도 죽음의 주제는 변주된다. 멧돼지 울음과 죽은 개의 시체가 있는 숲속에서 서서히 죽음의 잠에 빠져드는 결말에 이르러 반복되던 일상에 관한 이야기는 마카브르적 분위기를 연출하는 것이다. 〈산책〉의 발상을 따라가다 보면 장편 ≪서쪽 숲에 갔다≫가 모습을 드러낸다. 거대한 숲속에서 영원히 헤매게 되는 것은 '실종'이다. 죽었는지 살았는지 확신할 수 없는 상태인 실종은 삶과 죽음이 뒤섞여 카오스를 이루고 있던 아오이가든의 세계에 그 뿌리를 둔다. 모든 것이 불확실한 숲속에서 아득히 들려오는 부엉이 소리를 따라 걸어가다 보면 삶과 죽음의 경계가 나타날지도 모른다. 그렇다면 마카브르적 상상력은 ≪아오이가든≫ 이후에도 일상의 세계 이면에 잠재하고 있다고 볼 수 있지 않을까.

5. 보이지 않는 것을 보기

지금까지 ≪아오이가든≫을 중심으로 편혜영 식 마카브르를 슬쩍 엿보았다. 미술사에서 마카브르는 인간의 육신이 부패되는 과정을 사실적으로 표현한 것을 가리킨다. 아오이가든의 세계는 표면적으로 구더기가 득실거리고 썩은 냄새가 풍기고 있어 마카브르의 전형적인 상상력을 보여준다. 그런데 마카브르 미술이 보여주고 있는 부패의 과정은 지하에서 일어나는 것이기에 바로 눈앞에서 보이는 것이 아니다.

어디까지나 직접적인 관찰의 결과가 아닌 상상력의 소산으로서의 '부패'라는 말이다.(P. 아리에스, ≪죽음 앞의 인간≫) 보이지 않는 것을 보기 위해서는 각별한 노력이 필요하다. 눈에 안대를 착용하고 카드에 적힌 낱말을 맞추겠다는 〈맨홀〉의 C는 그러한 노력을 실행하는 방식을 보여준다. 눈을 감고 후각을 열어야 한다는 것. 검시관은 시체를 낱낱이 살피되 눈을 감아버리고서 냄새를 맡는다. 검시관은 시각 대신 후각이 발달한 쥐가 되기를 주저하지 않는다. 수만 년 전에 사람은 쥐였으니 그런 시도도 불가능하지만은 않을 것이다. 썩은 눈알과 쥐똥을 삼키고, 시체에 꼬인 구더기와 따뜻한 피가 돌고 있는 내장들을 주물럭거리는 수고도 마다하지 않는다. 아오이가든의 검시관은 눈을 감음으로써 눈에 보이지 않는 것을 보려고 시도한다.

결과는 만족스럽다. 시체들이 춤추고 산 자들은 고립되어 무기력하게 헤매고 있는 모습을 보여주는 데 성공했으니 말이다. 부패의 근원이 인간 생명 내부에 있음을 보여주었으니 말이다. 이제 삶과 죽음은 뒤섞이고, 인간과 동물 또한 구분할 수 없게 되었으니 말이다. 피로 물든 누이의 가랑이에서 나온 개구리는 다리가 가늘고 몸통이 길어 하체가 불구인 '나'를 닮았다. 사산되어 태어난 아기는 C를 닮았고, 나도 닮았고, P도 닮았으며, "자세히 보면 우리 모두를 닮았으면서도 하나도 닮지 않은 듯했다."(87면) 심하게 부패한 시체의 다리는 여대생, 백화점 점원, 육상 선수, 갓 결혼한 새댁의 다리일 수도 있다. 부패의 과정 또는 역병의 발병은 저수지에 떠오른 변사체나 위치를 알 수 없는 아주 먼 곳에서만 일어나는 것이 아니라 바로 당신, 바로 여기에서 일어

나고 있다는 사실을 깨닫게 해주었으니 말이다. 아오이가든에서 죽음
의 공포가 감지된다면 결국 인간적 삶의 유한성에 대한 인식과 결부된
새로운 성찰로 이어지리라.

  아오이가든의 주민과 개구리와 쥐들은 웅얼거리고 있다. 메멘토 모
리! 마카브르의 상상력이 약화되어 일상적 삶이 전면화된 ≪아오이가
든≫ 이후의 작품에서도 메멘토 모리의 흔적은 여전히 남아있다. 일상
에서 문득 마주치게 되는 왜상의 출현은 시체 해부실에서 마주한 시체
보다 더 끔찍할 수 있다. 이후에 펼쳐질 편혜영의 상상력이 어디에 이
르게 될지 예단하는 것은 쉽지 않다. 다만 독자들에게 보이지 않는 것
을 보여주고, 일상에서 미처 발견하지 못하고 지나쳤던 것을 보여주려
는 작업을 계속하게 될 것이라는 짐작은 무리가 아닐 듯하다. 그때 독
자들은 여전히 자신의 눈앞에 펼쳐진 낯선 세계 앞에서 잠시 어리둥
절해할 것이며, 이내 평정을 되찾고서는 자신에게 던져진 질문에 대한
해답을 찾기 위해 영원한 헤맴의 길을 떠나야 할 것이다. 어둡고 습하
고 냄새나는 그곳에서 길을 찾기 위해 한 가닥 기대를 걸 수 있는 실마
리는 오직 '메멘토 모리'지 않을까.

사람의 길, 소설의 길

— 손홍규, ≪봉섭이 가라사대≫

1. 사람이라는 '매혹적인 결말'

〈매혹적인 결말〉에 등장하는 소설가 지망생인 '그'는 끝내 단 한 편의 소설도 써내지 못하지만, 그 대신 제법 그럴싸하게 들리는 소설론을 들려준다. 쉽게 '수긍하기는 어려웠지만 딱히 반박의 필요도 못'하게 만드는 그런 발언들, 예를 들면 오늘날 동시대의 모든 소설은 보르헤스적인 소설과 마르께스적인 소설로 분류될 수 있다는 식의 발언이다. 그러나 '마르께스적'이라는 표현이 〈마르께스주의자의 사전〉과 같은 작품에서는 절대 가볍지만은 않은 의미를 생성하고 있다는 점에서 소설가 지망생이 들려주는 맹랑한 소설론은 무심코 흘러버릴 성질의 것은 아닌 듯싶다. 흘러가는 농담 속에서 손홍규의 의식적인 또는 무의식적인 진담이 섞여 있을지도 모를 테니까.

소설가 지망생이 들려준 소설론에는 '소설은 시작이 아니라 결말이 중요하다'라는 것도 포함된다. 피츠제럴드류의 소설작법이 흡인력 있는 시작을 강조한 것을 두고 소설가 지망생은 첫 부분만 읽고 이 소설을 읽을 것인지 말 것인가를 결정하는 사람은 독자가 아니라 구경꾼에 불과하다고 강조한다. 제대로 된 독자라면 끝까지 읽는 사람이며, 대개 사람이라면 지난 일을 쉽게 잊어버리기 때문에 소설을 읽어갈수록 처음에 읽었던 부분들은 희미해지고, 결국 마지막 장을 다 읽고 났을 때 기억에 남는 건 그 마지막 장뿐이라는 설명이다. 그가 매혹적인 결말을 반복적으로 강조한 데는 다 이런 이유가 있었다.

그런데 한 가지 흥미로운 사실은 손홍규의 소설에서는 대체로 시작의 흡인력보다는 결말에 이르러 발휘되는 뒷심이 읽는 이를 사로잡는다는 점이다. 소재나 설정의 참신함이 돋보이는 작품이 없는 것은 아니지만 결말에 이르러 지금까지의 소설 속 서술자의 서술이 실상은 귀신의 입에서 나온 발화였다는 식으로 사태의 진상을 밝히거나(≪귀신의 시대≫, 2006), 결말에 이르러 그간 지연되었던 개인사가 공개되고 가슴이 뭉클해지도록 읽는 이의 감정을 고양시키는 방식(≪이슬람 정육점≫, 2010)이 더 일반적이다. 소설집 ≪봉섭이 가라사대≫(2008)에 수록된 작품들 역시 소설의 마지막 한두 문장에서 유난히 돋보이는 뒷심을 발휘하고 있다. 마치 그의 소설에 빈번히 등장하는 동물인 황소의 발휘하는 우직한 뒷심처럼.

황소 같은 우직함은 그의 작품이 한결같이 사람을 주제로 한다는 데서 보다 분명히 확인된다. 2001년 등단 이래 세 권의 소설집과 네 권의 장편소설을 발간한 그의 성실성은 창작의 불씨를 지속적으로 유지하려는 작가적 노력의 결과이겠지만, '사람은 아름답다'라는 명제를 중명하려는 휴머니즘의 자세와도 일정 부분 관련이 있다. 그의 소설은 참혹한 흉터로 아로새겨진 역사를 환기하고, 외롭고 쓸쓸하게 돌아누울 사람을 떠올리며, 타인의 고통과 과거의 절망을 망각하지 않으려고 한다. 한편으로는 끝내 한 편의 소설도 못 쓴 소설가 지망생의 맹랑함과 가벼움으로, 또 다른 한편으로는 1980년 5월의 광주를 향한 집요함과 진중함으로 작가 손홍규는 '여전히 사람은 아름답다'는 명제를 소설을 통해 증명하고 있다.

항상 결말에 이르러 사람의 길을 되묻는 우직함은 여타 작가들의 작품 경향과 비교할 때 무척 이채롭고 매혹적이다. 환상으로 비약하지 않고, 왜소한 자아에 유폐되지 않은 채, 상상력과 현실감각을 동시에 발휘함으로써 과연 사람이 걸어가야 할 길이 무엇인가 묻기를 멈추지 않는다. 또한 이러한 우직함은 과거로 시선을 고정시킨 채 탄식만을 반복하는 뒤늦은 만가의 형식과도 거리를 유지한다. 90년대 후일담 문학과는 엄연히 다른 갈래에서 역사를 돌아보고 현재의 비참에 분노하라 촉구한다. 소설가 지망생은 "소설이 가장 신성한 순간에 쓰여 가장 타락한 방식으로 읽히는 거"(〈매혹적인 결말〉, 63면)라 말한다. 신성함의 정점에 항상 사람을 올려놓는 고집, 손홍규 소설의 매혹적인 결말은 결국 사람에 관한 신뢰에서 비롯된다.

2. 노령산맥의 목소리

손홍규의 두 번째 소설집 ≪봉섭이 가라사대≫는 작가적 창작 이력에서 배꼽의 위치에 있다. 그 앞에는 첫 번째 소설집 ≪사람의 신화≫ (2005)와 장편 ≪귀신의 시대≫가 있고, 뒤에는 장편 ≪이슬람 정육점≫과 세 번째 소설집 ≪톰은 톰과 잤다≫(2012)가 있다. ≪봉섭이 가라사대≫에 수록된 작품 중 몇몇은 이전에 발표된 작품들과의 연속성이 발견되고, 또 다른 작품들은 뒤에 이어지는 작품의 실마리를 제공하는 형국이다. 이에 소설집 ≪봉섭이 가라사대≫는 손홍규의 문학적 스타일을 한 번에 조망할 수 있게 하는 분수령의 의의가 있다고 하겠다.

표제작 〈봉섭이 가라사대〉는 작가의 전매특허인 '노령산맥 이야기'에 포함되는 작품이다. 혹여나 독자들이 알아차리지 못할까 염려한 듯 '석산 저수지'라는 지명이 소설 속에 인장처럼 박혀 있는데, 〈이무기 사냥꾼〉의 배경이 되기도 하는 석산 저수지는 '노령산맥의 산그리메가 천망처럼 뒤덮인' 곳으로 부연된다. 첫 번째 소설집 ≪사람의 신화≫에 수록된 작품에서는 유난히 작가의 고향인 전북이 배경으로 설정되는 경우가 많은데, 정읍(혹은 고향)에서 출발하여 고군산도를 거쳐 내장산을 주유했다가 이윽고 장편 ≪귀신의 시대≫에 이르러 '노령산맥'이라는 든든한 지원군을 맞이하게 된다. 노령산맥 자락에서 살아가는 여러 인간 군상을 두루 살피는 형식을 취한 ≪귀신의 시대≫에서는 주인공이 뚜렷하지 않은 대신 '노령산맥' 자체를 느슨하고도 견고한 서사적 연결고리로 삼는다. 이 때문에 노령산맥에서 태어나 자란 봉섭과 그의 부친 응삼에 관한 이야기인 〈봉섭이 가라사대〉를 슬그머니 ≪귀신의 시대≫의 속에 편입시켜도 그다지 어색하지 않은 모양새가 될 것 같다.

이 지랄 맞은 애사와 같은 숱한 사연들이 저 노령산맥의 깊은 그늘
에는 얼마나 많이 매장되어 있을까. 노령산맥의 그늘은 지난날의 이야
기가 채굴도 되기 전에 오늘의 이야기가 다시 매장되어 앞선 이야기를
화석으로 만들어버리는 곳이 아닐까.(≪귀신의 시대≫, 50면)

노령산맥은 단순한 공간적 배경이 아니다. 고향을 앞세우면서 자
전적 소재에 기대어 소설 창작을 시작한 작가는 노령산맥이라는 제법
웅장한 상상력의 금맥을 붙들게 되면서 한층 더 넉넉한 문학적 자세
를 지닐 수 있게 되었다. 결국은 똑같은 지역을 가리키지만 '정읍'에서
'노령산맥'으로의 변화는 자전적 소재로 인한 제한된 상상력의 협소함
을 벗어나 지역적·문화적 정체성, 세대 감각, 역사의식 등 보다 확장
된 상상력으로 몸피를 키우게 된다. 앞선 이야기가 미처 다 채굴되기
도 전에 새로운 이야기가 다시 누적되기를 반복하는 노령산맥은 상상
력에 기갈이 들린 작가에게 무한한 자양분을 제공한다. 이제 작가는
'저 노령산맥의 깊은 그늘' 속으로 걸어 들어가 무수한 이야기를 채굴
하기만 하면 된다. 오직 요구되는 것은 황소와 같은 우직함이다.

〈봉섭이 가라사대〉가 보여주는 정신적인 여유는 결국 노령산맥의
넉넉함에서 비롯한다. 소설은 고향으로 돌아와 회개하는 탕아에 관한
이야기다. 아들 봉섭은 소 키우는 것밖에 다른 것은 모르는 아버지 웅
삼의 세계에서 갑갑증을 느껴 고향을 탈출한 탕아다. 난봉을 부리던
봉섭이 고향으로 돌아온 목적은 불법 도축에 가담해서 돈푼을 만져보
겠다는 것이지만 정작 노령산맥의 온화한 분위기 속에서 봉섭은 소를

죽일 수 없다. 오히려 봉섭은 눈 덮인 축사에서 소를 구해내는 일에 맡게 되고 "무릎까지 푹푹 빠지는 눈길을 젊은 웅삼이 그랬던 것처럼 소를 몰며 걸어갔다."(〈봉섭이 가라사대〉, 136면)

노령산맥은 사람답게 살 수 있는 길이 보장되는 이상향이다. 사람이 소를 닮고 소는 사람을 닮아, 사람과 동물 사이의 구분이 모호해진다는 맹랑한 상상, 아들이 대를 이어 아버지의 인생을 다시 반복해서 걸어가게 되는 운명의 순환 등은 도시적 일상에 함몰된 이의 관점에서는 신비경에 가까운 낯선 장면이지만 노령산맥의 입장에서는 너무도 당연한 진리의 재확인이다. 그곳에서 사는 "그들은 선과 악을 구분하지 않으면서도 악을 행하지 않았고 참과 거짓을 구분하지 않으면서도 거짓을 볼 줄 알았다."(≪귀신의 시대≫ 〈작자의 말〉, 387면) 노령산맥은 고향이라는 본래의 장소를 향한 인간의 향수를 발동시키는 동시에 문명의 피로와 환멸의 감정을 넘어설 오래된 가능성을 내포하고 있다.

문제는 이토록 아름답고, 풍요로운 노령산맥에서 우리들은 추방되었다는 사실이다. 〈봉섭이 가라사대〉가 그려낸 노령산맥의 세계는 현실에서 이루지 못한 바람을 반영한 소원성취로서의 꿈에 해당한다. 사람이 소가 되고 소가 사람이 되는 마술적인 상상력에 힘을 입어 가까스로 도달할 수 있을 따름이다. 오히려 추방된 우리 자신들의 모습은 〈이무기 사냥꾼〉의 주인공 용태에 더 가깝다. 용태는 노령산맥의 그늘에서 추방되어 서울에서 살고 있는 우리들의 자화상이다. 용태의 아버지는 마을에서 소가 사라진 것이 이무기의 짓이라 '믿고' 이무기 사냥에 나섰지만, 이미 노령산맥에서 추방된 용태에게 이무기는 아무런 꿈도 위안도 되지 못한다. 간혹 꿈속에서 용태는 아버지처럼 이무기 사냥을 감행하지만, 꿈에서 깨어난 그는 더 이상 현실에서 이무기가 존재하지 않는다는 사실을 순순히 인정하지 않을 수 없다.

소설집 ≪봉섭이 가라사대≫는 노령산맥의 잔영이 남아있으면서도 계속해서 노령산맥의 안온함에만 머물 수는 없다는 인식을 동시에 지니고 있다. 노령산맥이 제공한 상상력의 풍요로움은 ≪귀신의 시대≫로 충분하다. 작품 세계의 발전을 위해서는 꾸준한 변화가 요구된다. 노령산맥은 상상력의 궁극적인 근원으로 남겨놓은 채 이제는 추방 이후의 삶에 대해서 다루어야 한다. 이와 같은 변화는 문체의 변화에서도 뚜렷이 감지된다. 긴 호흡과 다변, 독자를 향해 직접 말을 걸어오는 서술자의 돌발적인 서술 등 구술성의 영향을 받은 문장들이 〈상식적인 시절〉, 〈매혹적인 결말〉, 〈봉섭이 가라사대〉 등의 작품에서 흔적을 남기고 있지만, 그 외 다른 작품의 문장은 간결하고 명확함을 지향하고 있으며 간혹 냉정하고 이지적으로 보이기도 하는 문체의 변화는 이후의 단편이나 장편에서도 지속된다. 정신적 고향으로서의 노령산맥과 작별을 고하고 현실의 남루함 속으로 다시금 뛰어드는 과감함이 작가적 이력의 배꼽에서 보여준 변화를 위한 노력인 것이다.

3. 사람다움의 조건

〈이무기 사냥꾼〉은 노령산맥에서 추방당한 자의 모습을 외국인노동자의 형상과 겹쳐놓음으로써 구체화하고 있다. 노령산맥의 그늘을 벗어나 서울의 그늘에 편입된 용태의 주변에는 술에 취해 서로 주먹질하는 외국인노동자들이 있다. 그들을 향해 눈살을 찌푸리는 용태를 향해 조선족 장웅은 정색을 하며 말한다. "용태 아우, 쟤들 너무 미워하지 말라우. 외국인이란 것만 빼면, 고향 떠나 밥 빌어먹고 사는 이주노동자인 건 아우나 나나 쟤들이나 한가지 아니갔어."(〈이무기 사냥꾼〉, 88면) 따지고 보면 '이주'라는 용어가 반드시 국경을 넘나듦을 의미하는 것은 아니다. 본래적으로 친밀한 장소인 고향에서 멀어져 낯선 공간으로 이동하는 것 자체를 이주라 부른다면 국적을 불문하고 외국인노동자도, 노령산맥에서 멀어진 용태도 모두 이주노동자에 속한다.

국적과 민족에 상관없이 이주노동자로 묶인 용태와 장웅과 알리는 최악의 노동환경에서 살아가는 것이 무엇을 의미하는지를 적나라하게 보여준다. 그들은 일을 하다 다쳐도 병원비가 아까워 치료를 받지 못한다. 각목에 박혀 있던 못에 발바닥을 찔려도 파상풍 주사를 맞으러 간다면, 그날 일당을 못 받는 것은 물론이고 일당을 고스란히 날리게 되니 참는 수밖에 없다. 의료보험, 산재보험 따위는 소설에서 언급조차 되지 않는다. '마이신 두 알'이 그들이 누릴 수 있는 최대의 사치다. 맹장이 파열되고, 복막염에 걸려 사망하게 되는 장웅이 '남조선은 사람이 사는 곳이 아니다', '짐승도 이보단 낫다'라며 만약 전쟁이 나면 북을 도와 남을 쓸어버리고 싶다고 저주를 퍼붓는 장면에서 도시 하층 노동자의 삶은 남루함을 넘어 처절한 비참함으로 채워진다.

사람으로서 누려야 할 최소한의 권리마저 박탈당한 비참함의 밑바닥에서 그들이 붙잡은 것은 '죽어야 산다'라는 역설적 명제다. 그들은 밀린 임금을 받으러 가서 실랑이를 벌이다가 죽은 척해서 돈을 뜯어내는 수법을 써먹게 된다. 벵골호랑이에게 물려가거나, 파키스탄이나 인도 군인이 쳐들어온 상황에서 아무런 저항도 할 수 없는 무력한 방글라데시인들이 취할 수 있는 유일한 생존법이 바로 '죽은 척하기'였다. 그러나 이러한 생존법에 제법 익숙하다고 해서 그러한 상황에 놓인 사람들의 비참함마저 익숙해지는 것은 아니다. '죽어야 산다'라는 역설이 추상적 관념이 아니라 실제 살아가는 삶 속에서 생생히 펼쳐지고, 그것이 그들의 삶을 짓누르고 있다는 사실만으로도 비참함은 절정에 이른다.

반면 용태의 아버지는 비굴하지 않았다. 꼿꼿이 선 채로 몽둥이를 견뎠고, 세상살이의 원한과 고통, 울분을 온몸으로 막아내고 있었다. 상피 붙은 자식, 빨갱이의 자식 같은 최악의 패륜과 금기, 배척에 둘러싸인 자가 용태 아버지다. 이무기를 사냥하겠다는 의지를 꺾지 않는 아버지의 모습은 용태에게는 그저 실성한 사람처럼 보이겠지만, 비굴함과 비참함의 진짜 바닥을 익히 경험한 알리에게는 불세출의 영웅처럼 비친다. 이무기 사냥꾼은 비록 삶이 남루하더라도 사람까지 남루해지는 것은 아님을 온몸으로 증명하고 있는 영웅의 표상이며, 간혹 노령산맥 자락에서 은밀히 전승되어오던 아기장수나 육손이의 형제임이 분명하다.

한편 〈뱀이 눈을 뜬다〉에서는 상상력을 한껏 발휘한 변신 모티프를 통해 "세상에 버림받았다는 자각"(〈뱀이 눈을 뜬다〉, 161면)을 상징적으로 표현하고 있다. 신체의 일부가 뱀으로 변한 남자와 원숭이로 변한 여자가 있다. 남자는 해고를 통보받은 날 자신의 몸에 깃든 뱀을 처음으로 보았고, 여자는 상고 졸업반 때 취업해서 처음 출근하던 날 혹은 사장에게 강간당한 다음 날 원숭이 꼬리를 발견했다고 회상한다. 구조조정, 계약직, 해고, 고용승계, 재계약 등의 어휘들이 소설 속 문장들을 이리저리 헤집고 다니고, 그런 와중에 뱀 대가리와 원숭이 꼬리는 점점 크기가 커져 머지않아 사람을 완전히 점령할 지경이 된다. 화상을 입어 얼굴 반쪽이 흉하게 일그러진 정신지체아인 은주라는 캐릭터 역시 기이한(uncanny) 소설의 분위기 형성에 일조한다는 것을 빠뜨릴 수 없다. 주인공의 몸을 빠져나가 귀면탈을 뒤집어쓴 은주의 육체를 탐하려는 뱀, 뱀이 빠져나가자 버려진 뱀 허물 신세가 되어 극심한 무기력을 맛보는 주인공의 대비는 최소한의 인간성마저 압살당한 자의 형상을 순간 포착하고 있다.

　'죽은 척하기'와 '변신술'은 공통적으로 사람답게 산다는 것의 조건에 관하여 날 선 질문을 던진다. 죽은 척하며 비굴하게 살아가는 것을 과연 제대로 산다고 볼 수 있을 것인가, 뱀에게 모든 것을 빼앗겨 널브러진 상태를 두고 살아 있다고 말할 수 있을 것인가, 그리고 과연 누가 그들에게서 사람다움을 위한 최소한의 조건을 박탈하는가 등등. 앞서 손홍규의 소설이 뒷심을 발휘한다고 말한 것은 이처럼 누구도 쉽게 정답을 제시하지 못하는 사람다움의 조건에 관한 묵직한 질문이 작품이 끝나고 나서도 지속해 울림을 주기 때문이다. 이러한 울림은 사람다움은 본래 숭고하고 아름답다는 것을 전제로 할 때 성립할 수 있다. 곧 손홍규의 소설은 삶의 남루함과 비참함을 전면에서 그려내면서도 회복의 가능성을 포기하지 않기에 매혹적이다.

4. 흉터로 남은 사람들

손홍규의 소설에서 '광주'는 여전히 현재형이다. 1980년 5월 18일에 폭발한 쎄인트헬렌스 화산에서 뿜어져 나온 화산재는 성층권까지 올라갔다가 아직도 세계를 떠다니고 있다. 그 먼지들은 언젠가 지상에 내려앉을 것이지만, 아직은 지구를 떠돌고 있는 진행형의 상태다. 이에 살아남은 자들은 현재진행형인 그날을 기억하고, 애도하고, 나아가 분노해야 한다. 그것이 사람다움의 조건 중 하나일 터이다.

> 재호는 총탄이 떨어졌음직한 곳을 눈으로 톺아보았다. 그러나 그때의 총성이 이미 사라져버렸듯이 총탄도 사라져버렸다. 증오도 원망도 복수도 사라졌고 고통 받는 사람들만 남았다. 늘 그렇듯이 살아남은 자들이 살아남은 죗값을 치러야 한다.(〈최초의 테러리스트〉, 259면)

그러나 문제는 그날을 다른 무엇보다 즉물적으로 상기할 수 있게 하는 총탄이 흔적도 없이 사라져버렸다는 사실이다. 그뿐만 아니라 증오도, 원망도, 복수도 사라졌다. 대결 의지를 환기하는 감정의 거멀못이 모두 소실되어 버린 셈이다. 오직 남은 것은 살아남은 자들이 감내해야 하는 고통뿐이다. 그날을 기억해야 하는 의무를 짊어진 살아남은 자들은 형체를 알 수 없는 대상과 싸워야 하는 상황에 놓이게 된다. 오직 고통이라는 자신의 감정에만 전적으로 의존해서만 그날을 기억해야 한다. 여기서 손홍규의 여러 작품에서 가장 빈번히 표현된 감정 상태가 외로움이었다는 것을 상기하자. 복잡한 상념은 물론 대결 상대마저 모두 증발해버린 상황에 처한 사람이라면 아마도 극도의 외로움을 느끼지 않을까 싶다.

실상 둘째 아들을 잃고 나서 복수에 몰두하는 박은 스스로를 철저한 외로움 속에서 고립시킨다. 그는 복수하려는 자신의 계획을 다른 누구에게도 알리지 않는다. 그러다 보니 유족회 사람들은 이장 보상금을 받은 박을 배신자 취급했다. 가족들도 박의 마음을 헤아려주지 못한다. 첫째 아들과 셋째 아들은 서로 치고받고 싸우기나 하고, 보상금을 분배하여 자기 몫을 챙기는 데에만 관심이 있다. 복수의 시도는 거듭 실패하고, '단 한 사람도 암살하지 못한 늙은 암살자'는 숨을 거둔다. 세상에서 잊히는 일이야말로 외로운 것일 터이다. 박의 외로운 죽음은 타인의 고통을 이해하는 일이 얼마나 어려운 일인지 새삼 보여준다.

한편 타인의 고통을 공유하는 일이 전혀 불가능하지만은 않은 듯하다. 〈최초의 테러리스트〉에서 재호와 최병장은 작지만 의미 있는 가능성을 보여준다. 두 사람은 광주에서 삼촌을 잃었다는 공통점을 지닌다. 그 사실을 알게 된 최병장이 먼저 재호에게 마음을 열어 보이고, 재호 역시 말년휴가를 나가는 최병장의 전투화를 정성껏 닦아주는 것으로 고마움을 표시한다. 직접 경험하지 못한 두 사람은 그날을 '기억'하지는 못하지만, 아직도 지구 어딘가를 떠돌고 있을 쎄인트헬렌스 화산의 먼지를 떠올리며 그날을 '상상'할 수 있다. 그들은 각자의 삼촌을 상상하고, 나아가 삼촌의 친구들을 상상했기에 서로에게 마음을 열어 보였으리라. 애도의 윤리는 기억만이 아니라 상상으로도 충분히 가능함을 두 사람이 입증하고 있다.

타자를 향한 고통의 공유와 연대의 가능성은 장편소설 ≪이슬람 정육점≫의 주제로 직결된다는 점에서 주목을 요한다. 한국전에 참전했다가 한국에 눌러앉게 된 터키인 하산과 그리스인 야모스는 〈이무기 사냥꾼〉의 방글라데시 출신 이주노동자 알리를 떠올리게 한다. 고향에서 멀어진, 혹은 추방된 이방인들은 서울의 어느 남루한 동네에 정착해서 공동체를 형성한다. 이 공동체에는 안나 아주머니, 말더듬이 친구 유정, 대머리, 맹랑한 녀석 등 아웅다웅하지만 서로를 미워하지 않는 선량한 주민들이 함께한다. 노령산맥 아래 고향 마을을 서울 변두리 동네에 옮겨놓으려는 시도가 아닌가 짐작된다. 국적, 인종, 성별, 연령, 직업이 모두 다른 이들이 모여 이루어내는 이야기는 외로움을 극복하는 힘을 제공한다.

그는 왜 이 낯선 땅을 떠나지 못하고 수십 년을 머물러야 했을까. 왜 고향에 돌아가지 못하고 홀로 늙어 이처럼 쓸쓸히 병든 몸을 견뎌야 하는 걸까. 하산 아저씨의 흉터를 보고 싶었다. 내 것과 닮았다는 그 흉터. 흉터가 닮았다는 말이 운명이 닮았다는 말은 아니겠지만 거기에서 내가 알지 못했던 무언가를 발견할 수 있을 것만 같았다.(≪이슬람 정육점≫, 228면)

≪이슬람 정육점≫은 온몸에 상처투성이인 어느 고아원 소년이 터키 출신 무슬림에게 입양되어 서울판 노령산맥에 편입되면서 벌어지는 이야기다. '흉터는 개인사가 날염된 것'이며, 그것을 관찰하면서 타인이 겪은 슬픔과 고통을 상상하고 이해할 수 있게 하는 일종의 매개체에 해당한다. '나'가 하산의 흉터를 보고 싶어 하는 것도 결국 타인의 고통을 공유하고, 그럼으로써 슬픔을 나누어 치유하려는 선량한 의도에서 비롯한다. 마치 하산이 고아원에서 '나'의 흉터를 보고 그것에 이끌려 입양을 결심했던 것처럼 누군가를 고통에서 구원하려는 숭고하고 순수한 의지는 순전히 흉터에서 우러나온다. 흉터를 통해 타인의 고통을 상상하라, 그러면 외로움은 극복될 것이고, 자신의 상처 또한 치유될 것이다. 너무 달콤하고 부드러운 결말이라 쑥스러운 느낌도 들지만 충분히 매력적인 결말인 것만은 틀림없다.

5. 전복의 상상력

다시 ≪봉섭이 가라사대≫로 돌아가자. 〈최후의 테러리스트〉, 〈최초의 테러리스트〉와 연작 관계를 이루는 〈테러리스트들〉은 고통을 강요하는 불합리한 세상을 향해 테러를 모의한다. 전면전으로 확대할 세력과 힘이 없는 상황에서 테러는 성공하기만 한다면 거대한 적에게 최대한의 피해를 입히는 최상의 전술이 될 수 있다.

그러나 과연 그들의 테러가 성공할 수 있을까 물어보면 지극히 회의적인 답변만 되돌아온다. 지구의 틈새라 불리는 반지하방 생활자인 그들에게 삶은 관자놀이에 총구를 들이대고 있는 암살자와 같다. 그들은 끊임없이 살해의 위협에 시달리면서 암살자가 시키는 대로 하지 않을 수 없다. 세상을 향한 테러를 꿈꾸지만 자기 삶을 주도하지 못한 채 알 수 없는 공포에 시달리는 것이 그들이 처한 상황이다. 이런 점에서 그들은 세상의 최저 밑바닥에 내몰렸던 〈이무기 사냥꾼〉의 이주노동자들의 처지와 별반 다르지 않다.

그들은 서울의 밤하늘을 올려다보며 허청대면서 걷고 있다. 그들의 시야에 먼 항해를 인도하는 별 따위는 들어오지 않을 듯하다. 비관적인 생각으로 가득 채워진 그들의 밤하늘에는 "누군가 쏘아 보냈으나 끝내 찾지 못한 탄환 하나가 유성처럼 그들의 머리 위를 지나고 있다."(〈테러리스트들〉, 304면) 그 탄환은 외롭게 숨을 거둔 늙은 암살자가 쏘아 보낸 것일 수도 있고, 그보다 조금 더 멀리 나아가 장편소설 ≪서울≫(2014)의 정체 모를 총소리를 유발한 탄환일 수도 있다. 세상을 전복하려는 테러리스트의 무기가 될지 무의미하게 휘두르는 불만 표출의 애꿎은 도구가 될지 모호한 상태로 남겨지는 것이 그들 머리 위로 날아가는 탄환이다.

반면 〈상식적인 시절〉은 지극히 자유롭고 도발적이며 불경스러운 상상력에 근거하여 전복을 시도한다. 이 소설은 예수의 행적을 패러디하여 주인공 아영의 행적을 만들어낸다. 나사렛의 목수 요셉(대패라는 별명의 아영 부친), 광야에서의 유혹(아영이 광야로 가출), 신약 성경(아영의 행적을 기록한 봉구 복음), 오병이어의 기적(개떡 다섯 개와 홍어 두 마리), 예수의 얼굴이 새겨진 수의(아영의 얼굴이 새겨진 손수건), 예수의 나이(아영의 나이 33세) 등 예수의 행적과 성경 대목을 패러디하여 소설의 시작과 끝을 가득 채우고 있다. 독실한 기독교인 이 보았다가는 심히 불쾌하게 여길 수 있을 만큼 자유분방하게 감행되는 전복적인 패러디의 정점은 가장 경건하고 성스러운 성현을 가장 천하고 성적으로 문란한 아영으로 위상을 역전시킨 것이다. 정상과 비정상, 고귀함과 상스러움의 자리바꿈을 통해 소설 속에서 아영이 세상에 선포하는 '말씀'은 "상식적으로다가 살자 응? 상식!"(〈상식적인 시절〉, 10면)이다.

이 소설은 '상식적으로 살자'라는 아영의 말이 상당한 파괴력이 발휘할 만큼 이 세상이 비상식적으로 돌아가고 있음을 비판하고 있다. 아영이 행한 기적은 올바른 상식이 통용되는 사회에서라면 당연히 이루어져야 하는 것들이다. 윤간한 가해자들이 멀쩡히 고개를 들고 다니고, 피해자 여성이 희대의 요부로 윤색되어 비난받던 비상식과 몰상식이 겨우 제 자리를 찾게 된 것이다. 억울한 아영이 쏟았던 피눈물을 닦아줄 수 있는 상식적인 세상이야말로 사람이 사람답게 살 수 있는 세상이라는 지극히 당연한 원칙을 천명한다. 마찬가지로 역사로 바로잡고, 노동자의 처우도 바로잡고, 억울하게 고통을 당하는 모든 이들이 고통에서 해방되어야 한다. 이러한 단순 명료한 이상적 세계의 연장선상에는 ≪귀신의 시대≫의 노령산맥과 ≪이슬람 정육점≫의 감정의 공동체가 자리하고 있다.

앞으로 작가가 소설을 통해 그려내는 '사람의 길'이 억눌린 고통이 폭발하여 분노의 탄환을 쏘아올리는 방식이 될지, 유머와 위트, 몽상과 환상으로 현실의 장애물들을 초월하는 방식이 될지는 섣불리 판단할 수 없다. 세 번째 소설집 ≪톰은 톰과 잤다≫에 수록된 작품 경향을 본다면 한층 더 자유롭게 진전된 상상력을 바탕으로 불만족스러운 세상을 향한 냉소와 비판의 탄환을 날리는 방식이 펼쳐질 것 같기도 하다. 이렇게 적어놓고 보니 손홍규는 자신의 작품에서 종종 언급했던 '마르께스적인' 유형에 속하는 것이 아닌가 하는 생각도 든다. 어쨌든 중요한 것은 여전히 손홍규는 사람답게 사는 길에 관한 신뢰를 유지하고 있으며, 그러한 사람의 길에 다가서는 유력한 도구로 소설을 제시하는 기본 방침이 아직 철회되지 않았다는 사실이다. 소설이 아름다움을 포기하지 않는 사람들의 이야기를 다루는 한 모든 결말은 매혹적일 것이다. 손홍규의 소설에서 사람의 길과 소설의 길은 병행하고 있다.

초능력을 가진 소년들

– 김연수, ≪원더보이≫와 김영하, ≪너의 목소리가 들려≫

1. 두 개의 방점

현 문단의 대표주자로 꼽기에 주저함이 없는 두 작가 김연수와 김영하가 최근 발표한 ≪원더보이≫(문학동네, 2012)와 ≪너의 목소리가 들려≫(문학동네, 2012)는 공통적으로 '초능력을 가진 소년'을 주인공으로 등장시킨다. '미성숙'에서 '성숙'으로 이전하는 통과제의를 거치는 성장의 모티프를 구현함으로써 '성숙한 남성의 형식'에 도달하기 위해서든, 추방당한 낙원의 순수함과 그에 대비되는 세계의 속악함을 폭로하고 환멸의 시선을 보냄으로써 '창공에 빛나는 별'에 대한 본원적인 향수를 드러내기 위해서든 서사 양식 일반에서 '소년'이 빈번히 동원된다는 것은 새삼스러운 일이 아니다. 더욱이 두 작가 모두 전작들에서 소년을 여러 차례 등장시킨 사례가 있다는 점에서 '소년으로 설정된 주인공'의 등장은 그다지 새로운 현상은 아니다. 이러한 점에서 '소년'보다 '초능력'에 방점이 찍힌다는 것은 자연스러운 일이다. 이에 두 작가는 왜 초능력을 말하는가? 초능력은 어떻게 서사적으로 활용되는가? 등의 질문이 제기된다.

그러나 초능력을 가진 소년이 주인공으로 채택되었다고 해서 두 작품의 내용이 초자연적인 마술과 비현실적인 기이함으로 채워지고 있지는 않다. 오히려 그와는 반대로 소설은 1980년대의 우리 사회를 회상하거나 오늘날 서울의 번화가 뒷골목을 생생히 재현하려는 의지로 충만하다. 초능력을 가진 소년들은 그들이 가진 비범함 때문에 그것을 이용하려는 자들에 의해서든 아니면 스스로의 선택에 의해서든 평범한 소년의 생활을 이탈한다. 부모의 보호 아래에서 학교와 학원을 오가면서 게임에 몰두하거나 여자 친구의 환심을 사기 위해 마음 졸이는 평균적인 소년들의 일상에서 동떨어진 채, 그들은 세상의 바람을 전신으로 맞아들인다. 그들은 말로 표현되지 않은 타인의 슬픔과 기쁨을 예리하게 감각할 수 있는 초능력을 가지고 있으며, 아직 미성숙 상태인 그들은 초능력을 통해 그들의 동년배들보다 일찍 마주한 세상을 관찰하고 인식한다. 이처럼 소년들은 초능력이라는 노를 저으며 미성숙에서 성숙으로의 여정을 지속한다는 점에서 '초능력'뿐만 아니라 여전히 '소년'에도 방점을 찍지 않을 수 없다. 마찬가지로 두 작가는 왜 새삼스럽게 소년을 말하는가? 소년은 어떻게 서사적으로 활용되는가? 등의 질문이 떠오른다.

2. 고통의 감각에서 타인에 대한 이해로의 성장

≪원더보이≫는 소설의 맨 첫머리에서 '1984년'을 호출하는 것으로 시작한다. 호출된 시간적 지표를 따라 소설의 곳곳에서는 1980년대 중반을 대표하는 갖가지 아이콘들이 진열되고 있다. 팔팔 서울올림픽 마스코트 호돌이가 상모를 돌리며 웃고 있으며, 변대웅(변웅전) 아나운서가 마이크를 들고 쇼프로그램 진행을 하고 있다. 롯데 최동원의 강속구가 관중의 탄성을 자아내고, 허영만 만화의 이강토가 소년들의 영웅으로 추대되었으며, 마이마이 카세트로 청취자들이 보낸 웃긴 사연을 소개하는 라디오 방송을 낄낄거리며 듣다 잠이 든다. 그중에서도 주인공의 뇌리에 가장 강렬하게 각인된 것은 1984년 가을 방한한 이스라엘의 초능력자 유리 겔러가 전국의 시청자가 지켜보는 가운데 숟가락을 구부리고 고장난 시계를 고치는 쇼였다. 교통사고로 아버지가 사망할 당시 조수석에 탑승한 소년은 유리 겔러를 흉내 내어 숟가락 구부리기에 여념이 없었다. 아버지의 죽음, 천애 고아로 세상에 내던진 상황, 그리고 느닷없는 초능력의 획득은 복고의 기표들이 벌이는 향연 속에서 이루어지고 있다.

이때 1984년을 호출하고 그 당시 열다섯 살이었던 소년은 과연 누구인가? 소설 텍스트 내부에서는 일인칭 서술자인 동시에 주인공인 '나'=김정훈이겠지만, 소설 텍스트 외부로 눈을 돌리면 실제 작가 김연수가 얼굴을 들이밀고 있다는 것을 발견할 수 있다. 만 나이가 아닌 우리식 나이로 열다섯 살이라면 소년은 1970년생이다. 공식적인 프로필에서 확인되는 실제 작가의 출생 연도 역시 1970년이다. 동 작가의 소

설집 ≪스무살≫이나 ≪내가 아직 아이였을 때≫에 수록된 몇몇 단편
에서도 작가가 작품 속에 얼굴을 내밀고 있는 경우는 종종 확인할 수
있는 바이다. 이런 점에서 소설 속 '나'는 소설 바깥 실제 작가의 소설
적 분신에 해당한다. 물론 여기에서 소설적 분신이라는 표현은 복고적
아이콘들을 바라보는 감수성의 차원에 한정된다는 단서를 붙일 필요
가 있다. 교통사고로 아버지가 사망하고, 초능력을 가지게 되고, 세상
의 이곳저곳을 돌아다니는 소설 속 주인공의 행적이 실제 작가와 일치
할 수는 없는 일이기 때문이다.

소설적 분신을 내세워 1980년대 중반의 복고적 아이콘들을 호출한
다고 할 때 그 출발은 '회상'의 형식에 기대고 있다. 그러나 이때의 회
상은 과거에 대한 향수를 기반으로 과거를 복원하려는 재생의 의지는
아닌 듯하다. 완벽히 과거의 십 대 소년 시절을 객관적으로 재현하려
는 고고학적 시선이 아니라는 의미이다. 작품 내에서 관찰의 시선과
서술의 목소리를 담당하는 '나'는 다소 어리숙한 아이의 모습으로 그
려진다. 세상 물정을 어느 정도 알고 있는 영악한 애늙은이가 아니라
분신자살의 '분신(焚身)'을 손오공이나 홍길동이 행하는 '분신(分身)'
으로 잘못 받아들이는 어리숙한 아이이다. 현실의 정치사회적 모순에
는 눈을 뜨지 못한 채 유리 겔라의 초능력이나 옛이야기 속 분신술에
감탄하는 어린 소년의 시선으로 세상을 바라볼 때, 객관적인 복원이나
재생은 애초부터 불가능했는지도 모른다.

인생은 갈망의 대상을 향한 끝없는 투쟁의 길이라는 사실을 알려

주는 대자보들이 빼곡하게 붙어 있었다. 그런 내용이 아니었을 것이라고? 뭐, 그럴 수도 있겠지. 사실 나는 거기 적힌 내용을 반도 이해할수 없었다. 그러니 내 기억이라는 건 믿을 바가 못 된다. 하지만 이제1986년 초봄, 거기 대학교 학생회관 복도에 붙어 있던 대자보의 내용을 기억하는 사람은 또 얼마나 될까. 그러니 내가 거기에 이런 내용들이 적혀 있었다고 기억한다 해도 완전히 틀린 것만은 아닐 것이다. 만두를 쟁취하기 위한 범 분식 본부의 결성을 열렬히 지지한다! 김밥을해산하고 돼지고기와 밀가루를 중심으로 만두의회를 소집하자! 가열찬 만두투쟁으로 허기를 타도하자! 왜냐하면 그때 내 머릿속에는 오직만두, 만두뿐이었으니까.(129~130면)

여기서 주의해야 할 것은 '기억'이라는 단어가 사용되고 있다는 점이다. 기억은 과거의 인상과 경험을 현재의 시점에서 다시 떠올리는행위이다. 따라서 이 단어에는 현재와 과거 사이에 존재하는 거리감이 필연적으로 수반된다. 대학교 학생회관 복도를 걸어가면서 벽에 걸린 대자보를 보았을 때, 분신자살과 분신술을 구분하지 못하는 과거의경험자아는 그 내용을 제대로 이해할 수 없었다. 현재의 시점에서 서술하고 있는 서술자아는 그 기억이 믿을 바가 못 된다고 강조하고 있다. 서술자아는 그때의 대자보 내용을 완벽하게 기억하는 사람이 얼마나 될까 반문하면서, 더 나아가 대자보에 '가열찬 만두투쟁'에 관한 내용이 적혀 있었다고 기억한다고 해도 틀린 것만은 아닐 것이라 말하고 있다. 민주투쟁을 만두투쟁으로 의도적으로 비틀어 기억하는 서술은 어린 소년 특유의 어리숙함과 유치함이 발휘되어 유머와 위트를 만들어내는 동시에, 세속에 물들지 않은 순수함이 발휘되어 이념의 근엄함을 뒤틀고 현실의 강고함을 빠져나가는 의미론적 선회의 가능성을 암시하고 있다. 이러한 서술적 효과나 가능성은 어리숙하면서도 순수함을 동시에 가지고 있는 미성년자 특유의 속성과 결부될 때 이루어질 수 있는 것이며, 또한 과거의 존재가 지닌 어리숙함이나 순수함을 현재의 존재가 의식적으로 활용한다는 조건에서 발휘될 수 있는 성질의 것이다.

과거의 기억을 고스란히 복원하려는 의지가 아니라 자유로운 뒤틀기를 수반함으로써 새로운 시공간을 창출하려는 의도는 양자론과 결합한 평행우주론의 세계관으로 이어진다. 빛이 파동인 동시에 입자일 수 있는 것처럼 물질을 이루는 입자들이 파동일 수도 있다. 물질은 고정된 위치에 속해있지만, 파동은 고정된 위치를 갖지 않는다. 모든 입자가 파동이라면 한 입자는 동시에 두 개 이상의 장소에도 존재할 수 있다. 현실에서는 상자를 열었을 때 슈뢰딩거의 고양이가 살아있을 가능성은 50퍼센트이지만 '1천억 개의 별들이 있는 1천억 개의 은하'가 존재하는 무한에 가까운 우주에서는 경우의 수 또한 무한대로 확장되어 "당신이 살아 있는 고양이를 본다면, 그 순간 다른 우주에서 당신은 죽은 고양이를 보고 있다."(122면)는 것도 성립할 수 있지 않을까 하는 상상력. 양자론의 세계에서 1980년대 중반 대학교 대자보에 적힌 선동 문구가 '만두투쟁'이 아니었다고 확신할 수 있는 사람은 아무도 없다. 무한대의 우주에서는 얼마든지 가능할 수도 있다는 상상력에 이르면 죽은 아빠는 여전히 시장에서 과일을 팔고 있고, 엄마 아빠와 일요일에 서울대공원 가서 돌고래쇼를 볼 수도 있다. 결정론적 사고를 벗어나 비결정론적 사고로 진입하는 일은 현대물리학의 과제이기도 하지만 어리숙하면서도 순수한 소년에게는 '초능력'이라는 외피를 걸치고 나타나게 된 상상력, 즉 세계를 조금 다른 관점에서 바라보는 능력으로 제시된다.

소년의 초능력은 타인의 생각과 감정을 말을 통하지 않고도 느낄 수 있는 능력이다. 소년이 만나는 사람들은 겉으로 내뱉는 말과는 다른 속마음을 품고 있고, 소년은 그 속마음을 간파할 수 있다. 제대를 코앞에 둔 말년 병사의 속마음을 읽고, 피디에게 구박받는 신입 아나운서의 속마음을 읽을 때 초능력은 가벼운 웃음을 유발하는 정도에 그친다. 그러나 말끝마다 '대통령 각하님'의 은혜와 조국이 부여한 신성한 사명을 운운하는 권 대령의 권위적 명령의 뒤에는 개인의 출세를 위해 안절부절 못하는 풍자와 조롱을 만들기도 한다. 그러다가 진짜 '대통령 각하님'을 만나러 청와대에 갔을 때 그 자리에 있던 누군가가 '살인마'라고 외치는 소리를 듣게 되었을 때는 5월의 항쟁을 뚜렷하게 상기시키며 어리숙한 소년답지 않은 묵직한 분위기를 연출하기도 한다. 냉전 시대의 풍문으로 떠돌던 '초능력부대'를 연상시키는 권 대령의 고문실에서 소년이 자신의 초능력을 발휘해서 느꼈던 사람들의 생각과 감정은 1980년대의 정치사회적 상황에 대한 강렬한 메시지를 던지기에 충분하다.

그들에게는 저마다 절대로 지울 수 없는 삶의 순간들이 있었기 때문이었다. 불행하게도, 혹은 다행스럽게도 그들은 가장 고통스러운 순간에 가장 행복했던 기억들을 떠올렸다. 이제는 돌아갈 수 없는 기쁨의 순간들을. 자기가 개나 돼지 혹은 곤충이나 벌레가 아니라는 사실을 일깨워주는 일들을. 가슴이 터지도록 누군가를 꽉 껴안아 다른 인간의 심장에 가장 근접했던 순간을, (…) 그들은 죽어가면서 떠올렸다. 그게 사람들이 죽음을 받아들이는 방식이었다. 너무나 평범한 일상들을 자기 인생에서 가장 행복한 시절로 떠올리는 것. 그런 순간에도 나는 그들의 마음을 읽었다.(98면)

사람의 마음을 읽는 초능력은 한국판 초능력 부대를 운영하려는 권대령의 계획과는 달리 소년으로 하여금 삶과 죽음에 대한 진실을 목격하게 한다. 재진 아저씨의 설명에 따르면 그것은 레이먼드 무디 박사가 쓴 임사체험에 관한 보고서에서 언급되는 삶과 죽음의 경계에서 보게 되는 '빛'이다. 그것은 교통사고로 아빠가 죽고 자신은 일주일 동안 의식을 잃었을 때 소년이 보았던 '빛'이며, 매일 밤 의문의 익사체로 발견된 약혼자가 떠나는 꿈속에서 강토 형(희선 씨)가 보게 되는 '빛'이다. 독재정권의 고문을 받으며 죽어가는 사람들이 발견한 그 빛은 너무나 평범한 일상들의 기억이라는 것을 소년은 초능력을 통해 목격하고 있다. 그러한 빛에 도달하는 순간 그들은 개나 돼지 혹은 곤충, 벌레가 아닌 온전한 인간일 수 있다는 진실을 발견하기 위해 초능력이 활용되는 것이다.

독자로 하여금 흐뭇한 미소를 짓게 만들던 복고의 아이콘들은 이제 소년의 초능력과 결합하면서 가슴이 저리는 슬픔의 무게를 선사한다. 복고의 아이콘들을 진열함으로써 독자의 공감을 끌어들인 서사는 과거의 결정론적 복원과 재생을 의식적으로 거부하는 양자론과 이면의 감추어진 진실을 느끼게 하는 초능력을 통해 암울한 시대를 살아갔던 사람들에 대한 공감으로 전환되고 있다. 강토 형은 옆에서 사람이 죽어 나가는데도 누구 하나 괴로워하질 않는 상황을 두고 절망적이라 울분을 터트렸다. 그녀는 권력의 무자비한 폭력에 대해 경외하면서 타인의 고통에 대해서는 애써 눈을 감는 행위는 결국 고통받는 사람들을 더욱 고독하게 만든다고 말한다. 그녀는 국가로부터 강요되는 고통은 타인의 고통을 헤아릴 수 있을 때만 극복 가능하다고 강조한다. "지금과 다른 국가를 원한다면 우리는 타인의 고통을 자기 것처럼 여겨야만 해요."(191면)라는 그녀의 외침을 실현할 가능성은 초능력을 가진 소년에게서 발견할 수 있다. 아버지를 사고로 잃은 채 눈물을 흘리는 상황에서 얻게 된 것이 초능력이었으며, 소년이 느끼는 타인의 마음이 대체로 슬픔과 고통이었다는 것은 강토 형의 외침과 결합하면서 타인의 고통과 세상의 고통에 대한 공감 능력의 확보라는 묵직한 의미를 부여받게 되는 것이다.

《원더보이》는 타인의 고통과 세상의 고통을 공감하기 위해 지극히 우발적이고 예외적인 '초능력'만을 기대하고 있는가 하면 그렇지는 않다. 이것은 임사체험이나 초능력에 관한 풍부한 지식을 지닌 재진 아저씨의 설명에서 하나의 힌트를 찾을 수 있다. 재진 아저씨에 따르면 소년의 초능력은 엄밀히 말해 '초감각'에 해당하는 것으로 감각기관을 통하지 않고 감각하는 것이라고 한다. 후천적으로 시력을 상실한 사람들이 여전히 뭔가를 보게 되는 것, 공동묘지에 가서 뭔가를 보고 듣게 되는 것은 감각기관을 통하지 않고 무엇인가를 느끼는 사례이며,

이러한 능력은 '어떤 경우에는 누구나 가질 수 있는 능력'이기도 하다는 것이다. 임사체험을 한 사람들이 보게 되는 빛이나 권 대령의 고문실에서 죽어간 사람들이 떠올렸던 행복했던 일상에 대한 회상은 감각기관을 초월하여 감각하는 예에 해당한다. 여기에 이르면 소년이 가진 초능력은 더이상 우발적이고 예외적인 것이 아닌 인간이라면 누구나 가지고 있는 능력이며, 결국 모든 사람이 초능력의 가능성을 이미 자신의 내부에 가지고 있다는 결론에 이르게 된다. 자기 자신을 탓하는 강토 형을 향해 재진 아저씨가 "너는 이미 온전해. 우린 완벽하기 때문에 여기 살아 있는 거야. 생명이란 원래 온전한 것이니까."(184면)라고 충고한 것도 초능력은 '누구나 가질 수 있는 능력'이라는 말과 같은 맥락이다.

인간이라면 누구나 초능력이라는 가능성을 가지고 있다는 사실은 재진 아저씨뿐만 아니라 권 대령도 어렴풋이 알고 있는 듯하다. 권 대령은 초능력부대를 탈출했던 소년을 다시 잡아들여 이렇게 말한다. "군이 순수함을 잃어가면서 군의 초능력은 점점 사라지고 있다는 말이다. 그게 다 사랑 때문이다. 그 빌어먹을 놈의 사랑!"(209면) 자신의 출세를 위해 권력의 충실한 하수인이 되고자 노력하는 권 대령은 소년이 순수함의 시대를 벗어나 사랑을 알게 되는 성인으로 성장하면서 초능력을 상실하게 되었다고 안타까워한다. 초능력이 순수함에서 비롯한다고 판단하는 권 대령의 논법을 뒤집으면 인간은 누구나 초능력을 가졌었거나 적어도 가질 수 있었다고 할 수 있다. 인간이라면 누구나 순수했던 어린 시절을 경유했었기 때문이다. 권 대령의 탄식대로 소년은 초능력을 상실하게 되고 대신 세상의 아름다움을 알게 되었다. 또한 그러한 아름다움은 소년 자신이 외롭고 가난한 소년에 불과하다는 현실을 알게 해준다.

그러나 초능력의 상실보다는 사랑의 경험을 통한 진정한 이해의 능력의 확보가 더욱 강조되어야 한다. 소년의 초능력이 타인의 생각과 느낌에 '공감'할 수 있게는 하지만 어리숙하고 순수한 소년은 결코 '이해'에 도달할 수 없었다. 소년은 초능력자였던 때 "다른 사람의 생각을 읽을 수 있다는 것과 그 생각을 이해한다는 것은 다른 문제였다. 열일곱 살의 나로서는 이해할 수 없는 일들이 세상에는 너무나 많았다."(147면)라고 자신의 한계를 절감했었다. 그러던 것이 초능력을 상실한 후에야 비로소 소년은 첫사랑의 상대자인 희선 씨가 겪었던 고통에 대한 이해에 가까이 근접하게 된다. 길거리에서 들려오는 존 레논의 〈이매진〉을 들으면서 소년은 희선 씨가 해석해주는 가사 내용대로 '상상'하게 된다. 소년은 영국 가수의 죽음을 상상하고, 희선 씨 약혼자의 죽음을 상상하며, 세상에 있는 타인들의 고통에 대해 상상한다. 문득 이유를 알 수 없는 눈물을 주루룩 흘리게 되었다고 능청을 부리면서 말하지만, 그 눈물은 타인의 고통을 이해하고 공감한 끝에 흘리는 눈물임에 틀림이 없다. 타인의 마음을 느끼는 초능력보다 더욱 강력한 힘을 내장한 것은 진정으로 타인을 이해하고 상대의 고통을 헤아리는 노력이며, 이것은 사랑을 필요조건으로 한 성장을 통해서 자연스럽게 체득할 수 있는 깨달음이다.

아침 햇살이 들지 않는 문화관 로비는 아직 어둑했다. 유리문 밖에서 두 손으로 눈 주위를 감싸고 안을 들여다보니 한 사람이 서 있는 게 어슴푸레하게 보였다. 희선씨는 벽을 바라보고 있었다. 그러더니 그녀는 주머니에서 뭔가를 꺼내 손에 쥐었다. 그리고 불을 밝혔다. 라이터 불빛이었다. 나는 숨이 멎는 것 같았다. 나는 문을 열고 그녀를 향해 달려갔다. 그녀가 나를 쳐다봤다. 나는 그녀를 안았다. 뜨거울 수가 있을까. 그토록 뜨거울 수가. 어떻게 다른 사람의 몸이 그토록 뜨겁게 느껴질 수가 있을까. 그건 어쩌면 그때 우리가 아직은 젊고 여전히 성장하고 있었기 때문이었을지도.(315면)

'밤하늘이 어두운 이유는 무엇일까?'라는 질문에 대해 소년은 그 비밀이 우주의 성장에 있다고 말한다. 우주는 여전히 팽창하고 있으며, 우리의 밤은 아직 보이지 않는 빛과 멀어지면서 희미해지는 빛으로 가득 차 있기 때문에 어두울 수밖에 없다는 것이다. 따라서 "우리의 밤이 어두운 까닭은 우리의 우주가 아직은 젊고 여전히 성장하고 있기 때문입니다."(314면)라는 결론이 내려진다. 마찬가지로 '아직은 젊고 여전히 성장'하는 소년은 타인의 심장에 가까이 다가감으로써 타인의 고통을 이해하고 세상을 밝게 할 수 있는 하나의 뜨거운 불빛을 예감한다. 초능력을 상실하게 만든 사랑과 그 사랑을 통한 성장은 타인에 대한 진정한 이해와 소통으로 이어지고, 이때 감지된 불빛은 '1987년 여름'(구체적으로는 6월 말이었음이 틀림없다)을 빛나게 한다. 초능력이라는 타인의 고통을 느끼던 소년은 초능력을 상실하고 사랑을 맛본 끝에 타인의 고통을 이해할 수 있게 되었고, 타인에 대한 진정한 소통이 이루어지는 자리에서 현실의 정치사회적 억압과 한계는 초월될 수 있었다.

3. 고통의 감각에서 세상을 향한 분노로의 성장

《너의 목소리가 들려》의 주인공 제이 역시 타인의 마음을 느낄 수 있는 초능력을 지닌 인물로 설정되어 있으며, 그 초능력이 주로 '고통'을 향하고 있다는 설정은 《원더보이》와 크게 다르지 않다. 그러나 그러한 소재상의 유사성에도 불구하고 그것들을 배치하고 운용하는 서사적 전략의 측면에서는 판이한 모습을 보여주고 있다. 전자가 아웃복싱의 서사적 전술을 구사하고 있다면 후자는 인파이터의 전술로 서사의 초반부에서부터 강한 충격을 가하고 있다. 전자에서는 초능력을 획득하였다가 상실하게 되는 4년의 세월을 경유하면서 타인의 고통이 지니는 의미가 온전히 드러나기까지 서술상으로 제법 많은 분량이 필요했지만, 후자에서는 작품의 첫 장면에서부터 고통이 전면화되어 있다. 그것은 제이의 등장과 함께 충격적으로 묘사된 출산의 고통이다.

고통은 숙련된 고문기술자처럼 간혹 그녀를 홀로 남겨두다가 또 제 멋대로 돌아오곤 했다.
휴지통에 기저귀들이 쌓여갔다. 그녀의 몸에서 뜨끈한 체액이 한 없이 빠져나왔다. 일회용 기저귀가 미처 흡수하지 못한 액체가 바닥을 흥건히 적셨다. 그녀는 제 몸에서 흘러나온 양수가 무릎과 발목을 적시고 마침내 머리카락들이 엉켜 있는 배수구로 빠져나가는 것을 힘없이 바라보았다. 진통이 다시 엄습했다. 새된 비명이 터져나왔다.

(…) 진통의 주기가 점점 더 짧아지고 있었다. 그녀가 이 고통이 영원하리라는 공포에 깊이 사로잡혀 모든 것을 포기하려는 순간, 잔혹한 괴물이 수천 개의 날카로운 발톱으로 아랫배를 찢어대는 듯한 통증에 자신을 내주려는 순간, 돌연 뜨거운 기운이 정수리 끝부터 발끝까지 퍼졌다. (14~15면)

제이를 감싸고 있는 고통은 단순한 출산의 고통이 아니다. 그것은 고속터미널 화장실 장애인 부스에서 누구의 도움도 없이 '아직 귓가에 솜털이 보송한 소녀' 혼자서 감당하는 것이기에 충격적이고 때로는 그로테스크한 분위기를 자아낸다. "고속버스터미널은 서울이라는 거대 도시가 꾸는 한 편의 악몽이다."(13면)라는 말처럼 그곳에는 광신도, 남창, 걸인, 사기꾼, 창녀, 가출한 십대, 신흥종교 교주, 호객꾼, 소매치기들이 활보한다. 어린 소녀라는 순수함의 표상이 세상의 온갖 추악함을 뒤집어쓴 채 출산하는 장면은 사회적 알레고리로 해석할 여지가 많다. 세상의 온갖 비루함과 누추함이 카오스 상태를 이루는 그곳의 한복판에서 어린 산모의 가랑이 사이에서는 피와 체액이 뒤범벅되어 계속 흘러나오고, 어린 소녀의 가랑이를 더럽힌 이물질들은 지저분한 하수구 구멍으로 빨려 나간다. 새로운 생명은 축복의 대상이 아니라 이미 저주의 대상이다. 더러운 좌변기 위에 축 늘어진 몸을 겨우 걸친 채 자신의 사타구니에 매달린 '살덩이'를 보며 소녀는 자신의 어두운 과오를 떠올리며, 그 여린 손으로 아이의 숨을 끊으려 결심하는 모습에서 일말의 윤리 의식이나 모성적 본능은 찾아볼 수 없다. 이처럼 제이의 탄생은 그 자체로 세상의 추악함과 고통을 체현하고 있다.

제이는 태어날 때부터 고통의 운명을 부여받았지만, 그가 타인의 고통을 예민하게 감각할 수 있는 초능력을 가지게 되기까지는 몇 단계의 시련을 겪어야만 한다. 첫 번째 단계는 보육원에서의 불화이다. 개장수의 올가미에 걸려 식용으로 팔려 갈 개들을 보면서 제이는 고통받는 영혼과 처음으로 교감하게 되고, 개들을 구출하기 위해 어른들과 충돌하게 된다. 어른을 대표하는 원장에 맞서 제이는 '고통을 외면하는 것', '고통의 울부짖음을 들어주지 않는 것'이야말로 악이며, 세상의 모든 죄악은 거기에서 시작된다고 주장한다. 다시 '고통은 피할 수 없는 것'이라는 훈계를 늘어놓는 원장을 향해 제이는 "피할 수 없지만 노력은 할 수 있죠. 인간이든 동물이든 자기 이익을 위해 불필요한 고통을 줘서는 안 돼요."(73면)라며 반박한다. 이때 생긴 어른의 세계에 대한 불신은 보육원 독방에 감금되었을 때 분노로 전환된다. 그리고 이러한 어른을 향한 분노는 평범한 어른의 세계로의 성장을 포기한 채 길거리의 생활로 나아가도록 이끈다. 이 점에서 ≪너의 목소리가 들려≫는 '성장을 거부한 소년에 관한 성장소설'이 된다.

제이의 분노는 어른이 아닌 가출 소년들을 향해서도 분출되었으며 이것이 두 번째 단계에 해당한다. 겉으로는 평화롭게 보이는 도심의 뒷골목에서는 어린 여자애들이 돌아가며 몸을 팔고, 그 돈으로 살아가는 소년들은 밤마다 난교를 벌인다. 제이가 가출 소년들과 어울렸던 시기에 관한 내용은 죄책감이 없는 아이들이 어른들보다 더 잔혹할 수 있다는 것을 증명이라도 하듯 거침이 없다. 가출 소년의 세계에서는 온갖 욕설과 폭력이 난무하고, 법이나 도덕에 대한 일말의 존중도 찾아볼 수 없다. 약한 자는 노예가 되어 우두머리에게 절대적으로 복종해야 하는 약육강식의 세계는 인간들의 집단이라기보다는 짐승들의 무리에 더 가깝다. 그들은 서로에게 가학적으로 고통을 가하고, 고통을 받는 처지에서 그것이 당연하다는 듯 피학적으로 고통을 감수한다. 제이는 그들을 향해 "그냥, 씨발, 사람이 사람한테 저래서는 안된다는 거야."(116면)라고 외치면서 분노를 표출한다. 원장과 같은 어른이 타인의 고통을 방관하는 존재라면 가출 소년들의 비뚤어진 모습은 타인에게 고통을 강요하는 것이기에 제이로서는 어른의 세계에 보낸 분노 못지않은 강한 분노를 가질 수밖에 없다.

"나는 단지 질문을 하고 있는 것뿐이야. 지난 일 년간 나는 나 자신한테 묻고 또 물었거든. 그게 어느새 버릇이 됐나봐. 내 고통의 이유는 무엇인가? 타인의 고통은 왜 나의 고통이 되는가? 신이 내게 이런 운명을 준 것에는 어떤 의미가 있는가? 고속버스터미널에서 죽었어야 할 내가 지금까지 살아 있다면 그것은 무슨 뜻일까? 이런 질문들을 하는 거야. 나는 새벽에 일어나 밤늦게까지 돌아다녀. 조용한 곳을 찾아 책을 읽고 생각을 해. 그런데도 늘 시간이 부족해."(132면)

타인의 고통을 방관하고 외면하는 어른의 세계도 거부하고 자신들 서로 간에 가학적으로 고통을 강요하는 '그저 그런 양아치'의 세계도 거부한 끝에 제이는 혼자만의 수련과 고행의 길로 접어들 수 있었다. 태어날 때부터 부모에게서 버림을 받고, 또다시 양부모에게 버림을 받은 제이는 철저한 고독과 고립 속에서 스스로 성장하면서 자신을 성찰한다. 겉으로 볼 때는 영락없이 노숙자나 걸인의 행색을 하고 있지만, 거리를 돌아다니며 끊임없이 사색하는 제이는 어느덧 고행의 길을 걸어가는 구도자의 형상을 하고 있다. 강렬한 고통 속에서 태어난 자신의 존재에 관한 질문은 인간의 고통에 관한 질문으로 확장되며, 그러한 질문에 대한 답을 구하는 과정에서 타인의 고통을 느끼는 초능력은 계발되고 발전된다. 어느덧 아침에 출근하는 사람들이 자신의 앞에 지나가면 사람들의 고통이 자신의 영혼을 짓누르고 있음을 예각하게 되고, 사람들이 지고 가는 삶의 무게로 인해 제이의 가슴은 터질 듯한 지경이 되어버림을 깨달을 수 있을 정도이다. 제이는 존재 이유에 대한 반복되는 사색의 끝에 자신이 고통을 감지하기 위한 목적으로 존재하는 일종의 센서라고 확신하게 된다. 자신의 존재에 대한 확신을 얻은 제이는 고독과 고립의 수행을 끝내고 고통으로 가득 찬 소년들의 세계로 돌아가게 된다.

제이는 간단하고 명료한 메시지를 전했다. 너희들은 잘못된 장소에서 잘못된 방식으로 살아가고 있다. 그것은 너희들의 잘못이 아니다. 그러나 나는 너희들로 인해 아프다. 아이들은 제이가 자기들의 고통에 공감하는 존재라고 느꼈고, 그의 기이한 생활 태도에 외경심을 품었다.

이 시기 제이의 움직임을 보면, 마치 오랜 수련을 끝내고 산에서 내려온 무협영화의 주인공을 연상시킨다. 누구든 거침없이 만났고, 몸에 밴 자신감과 기이한 풍모가 또래의 아이들에게 특히 깊은 인상을 남겼다. 드문 일이기는 했지만 가끔 수십 명의 아이들이 제이를 둘러싸고 그의 말을 듣기도 했다. 가출을 했거나 학교를 그만둔 애들이 대부분

이었지만 간혹 멀쩡히 학교를 다니는 애들도 있었다.(141면)

　일인칭 서술자이자 제이의 친구인 동규는 제이를 두고 '무협영화의 주인공'을 연상하였지만, 실상 제이는 종교집단의 지도자나 영웅 설화의 주인공 같은 모습을 보인다고 하는 것이 더 적절하다. 고속버스터미널에서의 특이한 출생, 보육원과 가출 소년 무리에서의 고난, 타인의 고통을 느끼는 능력을 수련, 다시 세속으로 나와 군중을 영도하는 것이 제이의 행적이기 때문이다. 심지어 제이의 양쪽 어깻죽지 부근의 유난히 튀어나온 뼈는 아기장수의 날개를 연상시키고 있다. 폭주족을 전담한 박승태 경위가 "제이는 단순한 반항아가 아닌, 맬컴 엑스형의 정치적·영적 지도자를 꿈꾸는 듯했다"(226면)고 보고하는 것도 같은 맥락이다. 길거리의 아이들은 제이의 말을 귀담아듣고 그를 따라다닌다. '드문 일이기는 했지만'이라는 단서가 달려있기는 하지만 제이의 말을 듣는 아이들의 모습은 마치 성자의 설법을 듣는 신도들의 모습과 무척이나 닮았다. 제이에게 '싯다르타'라는 별명이 붙여진 것도 모두 이런 사정과 관련이 있을 것이다. 작품 후반부에서 경찰에 제이의 폭주 행선지를 밀고하는 동규는 "믿음이 부족한 제자"(164면) 곧 가룻 유다의 분위기를 지니고 있으며, 누군가가 자신의 이야기를 기록할 것이라고 확신한 제이의 예언은 종교의 경전이 성현의 사후 그를 따르던 제자들에 의해 기록된 것이라는 것과 절묘하게 일치한다. 요컨대 ≪너의 목소리가 들려≫는 의식적으로나 무의식적으로 종교적 지도자의 일대기를 차용하고 있으며, 제이의 성장 과정에 관한 소설은 아기장수

설화의 패러디가 된다.

한편 제이가 아이들에게 하는 말은 소박하고 단순하기 그지없다. '너희들은 잘못된 방식으로 살아가고 있다.'라는 말은 가출 소년들이 주위 어른들에게 귀에 못이 박힐 정도로 들었을 법한 훈계와 다를 것이 없다. 그럼에도 아이들은 제이의 말을 귀담아듣는다. 아이들의 마음을 이끈 힘은 '나는 너희들로 인해 아프다'라는 제이의 공감에서 비롯한다. 그들은 자신들에게 공감해줄 부모나 형제, 친구들이 없었기에 가출하게 된 것이 아닐까. 그들이 서로 뭉쳐 다니면서 패거리를 형성하는 것도 세상으로부터 공감받지 못한 자들끼리의 연대를 갈망하기 때문이 아닐까. 제이는 "새벽부터 일어나서 자정까지 일하고, 욕먹고, 천대받고, 무시당하고, 비가 오나 눈이 오나 목숨을 걸고 배달하고, 명절도 휴가도 없이 일하"(163면)는 소년들의 고통을 정확하게 파악하는 존재이다. 더욱이 제이는 그들이 세상으로부터 겪는 고통을 그들이 말로 표현하지 않아도 직접 느낄 수 있는 초능력을 지닌 존재이기에 그들의 닫힌 마음속으로 침투할 수 있다. 타인의 고통을 느끼고 공감해주는 제이의 초능력이야말로 가출 소년들이 진정으로 갈망하던 위로의 손길이었던 것이다. 그리고 그런 위로의 손길을 받고 치유된 소년들은 제이가 이끄는 폭주족 무리를 따르는 신심이 돈독한 신도가 된다. 이제 그들의 대폭주는 경건한 예배가 된다.

제이는 느낄 수 있었다. 원효대교 아래 집결한 저 수백 대의 2기통 내연기관들이 지금 어린 운전자들 못지않게 흥분하고 있다는 것을. 출정을 앞둔 기마대의 말들처럼 거친 숨을 내뿜으며 어서 달려 나가기만을 기다리고 있다는 것을. 무엇보다 제이의 영혼이 저 뜨겁고 충동적인 기계와의 소통을 절실히 바라고 있었다. 저기에 올라타기만 한다면 자신은 누구보다도 더 긴밀하게, 제 몸은 기계로, 기계는 제 몸으로 화할 것 같았다. 불에 탄 스쿠터로 빙의할 때의 기분도 그대로 되살아났다.(153면)

그러나 제이는 성자가 아니다. 초능력을 가지고 있다고 해서 다 성자가 될 수는 없다. 세상이 고통으로 가득 차 있다는 사실을 깨달았다고 해서 다 성자가 될 수도 없다. 제이는 자신의 초능력으로 소년들을 위로함으로써 소년들의 지지를 얻은 후 그들을 규합하여 폭주족 무리를 형성하였지 교회나 교화시설을 설립하지는 않았다. 그에게 폭주는 고통으로 가득 찬 세상 전체에 대해 분노를 효과적으로 표출하는 수단이다. 화가 나 있다는 걸 세상에 알리는 폭주는 '졸라 폭력적으로' 이루어져야 한다. 말은 어른들의 전유물이므로 말로 하면 결국 어른들이 이길 수밖에 없다. 그래서 말의 헤게모니를 장악하지 못한 소년들의 세계에서 폭력은 정당화된다. 제이가 타인의 고통을 느끼고 그들과 공감하려는 범위는 생각보다 협소하며, 어른들은 그 범위에 속하지 않는다. 제이의 의도는 다만 어른들을 '열받게' 하려는 것일 뿐, 어른들의 인정이나 이해받으려는 생각은 추호도 없다. 그렇기에 그 분노가 구체적으로 무엇인지 (어른들의 이해를 구하기 위해) 설명할 필요도 없다. 작품의 곳곳에서 그저 고통으로 가득 찬 세상에 대한 분노, 세상에 널려 있는 합당하지 못한 일체의 고통에 대한 분노라고 다소 막연하게 제시될 뿐 구체적 설명이 없는 것도 이런 이유에서다.

또한 분노의 표출은 영적 체험인 동시에 미적 체험과도 같은 것이다. 오토바이의 영혼을 느끼고 자신의 정신을 오토바이에 스미게 한 상태에서 바라본 세상을 표현하는 것. 오토바이라는 붓으로 도시의 거리에 굵고 힘찬 붓질을 하는 것. '우리들이 화가 나 있다'라고 적어 넣는 것. 이러한 영적이고도 미적인 체험은 깨달음을 얻은 성인이 우매한 중생을 교화하는 시혜를 기반으로 한 수직적 방향성을 지닌 것이 아니라 삼일절과 광복절에 수천, 수만이 함께 벌이는 대폭주에서처럼 '다 같이 그리고 동시에' 이루어지는 수평적 방향성을 지닌 것이다. 제이가 폭주족의 리더임에는 틀림없으나 세상의 고통을 선사한 일체의 것들에 분노를 표하는 폭주의 바탕에는 위계와 권위의 전복에 관한 상상력이 내장되어 있기 때문이다.

4. 타인에 대한 이해와 공감의 길로서의 이야기

≪원더보이≫의 원더보이와 ≪너의 목소리가 들려≫의 제이는 타인의 고통을 느낄 수 있는 초능력을 통해 세상을 바라본다. 그들의 시선에는 고통으로 가득 찬 세상이 펼쳐져 있고, 고통받는 옆 사람을 외면하거나 때로는 자신이 고통을 당하면서도 그 고통에는 둔감한 나머지 다시 옆 사람에게 고통을 가하는 사람들이 포착된다. 그것은 시대가 강요한 고통일 수도 있고, 사회가 강요한 고통일 수도 있다. 각자의 성장기를 거치면서 한 소년은 이해와 공감의 빛을 찾으려 하고 또 다른 소년은 분노를 표출하기 위해 거리를 질주한다. 비슷하면서도 뚜렷

한 차이를 보이는 두 작품은 초능력을 가진 소년에 관한 '이야기'의 형식이라는 공통분모를 통해서 다시 하나로 합쳐지고 있다.

> 그들은 충분히 약했지만, 그들의 믿음과 소망과 사랑이 그들을 억세고 질기게 만들었다. 그 강인함의 원천은 기차에서 그녀가 내게 들려준 이야기 속에서도 찾을 수 있었다. 이 세상에 태어나서 어떤 사람을 우연히 만나고 또 운명처럼 재회하고, 자주 그의 얼굴을 떠올리고 그러다가 그를 사랑하고, 화상을 당한 사람처럼 사랑한 흔적을 지우지 못해 죽을 때까지 한 사람을 기억한다는 그런 이야기 속에서. 계단을 내려가려고 기다리며 나는 검거나 하얀 혹은 잿빛의 머리칼들과 스카프들과 대머리들과 퍼머머리들을 바라봤다. 그들 모두에게도 그런 이야기 하나쯤은 있으리라. 믿음과 소망과 사랑의 이야기가 우리를 계속 살아가게 만든다는 사실을 이제는 나도 알겠다.(176면)

원더보이가 서울역 앞 지하도 입구에 섰을 때, 그의 눈앞에는 범람한 강물처럼 계단을 내려가던 수많은 사람의 모습이 펼쳐진다. 그들의 고민과 소망과 희로애락은 타인의 마음속을 느낄 수 있는 원더보이의 초능력에 의해 포착될 수 있다. 그들을 마음을 읽은 원더보이는 그들이 삶의 물결 속에서 지치거나 포기하지 않은 까닭은 그들이 강해서가 아니라는 것을 '이해'하게 된다. 기차 안에서 희선 씨가 들려준 이야기처럼 서울 천만 명의 사람들 마음속에는 저마다의 '이야기'가 그들을 지치거나 포기하지 않도록 지탱하고 있음을 깨닫는 순간 세상에 범람하는 고통을 극복할 가능성을 예감할 수 있는 것이다. 무엇보다도 숨진 약혼자를 그리워하는 희선 씨의 '이야기'와 한 번도 얼굴을 본 적 없는 엄마를 그리워하는 원더보이의 '이야기'가 그런 힘을 지니고 있으며, 더 나아가 두 사람의 뜨거운 포옹으로 마무리되는 소설 ≪원더보이≫라는 '이야기'가 그런 힘을 지니고 있다.

　나는 두 번 더 만나 제이와 동규 자신에 대한 이야기를 들었다. 마지막으로 동규와 만나던 날, 나는 다시 한번 확인을 했다.
　"지금까지 들은 것, 소설로 써도 되는 거니?"
　"네, 제이 얘기는 누군가 써줘야 돼요."
　"왜?"
　"제이가 언젠가 그랬어요. 누군가 자기 얘기를 기록할 거라고요."(244면)

고통 속에서 태어나 고통 속에서 성장했으며 고통을 향해 분노를 표출했던 제이는 어른들의 이해를 바라지 않았다. 넘쳐나는 고통에 무감각한 어른들에게는 고통이 존재하고 있음을 느끼게 하는 것이 무엇보다 우선적으로 필요했다. 그래서 그는 세상에 존재하는 고통을 감각하는 데 충실하여야 한다는 센서로서의 임무에 집중했고, 고통의 해결보다는 분노를 통해 세상에 고통이 엄연히 존재하고 있음을 드러내고자 했다. 그러나 제이는 자신의 이야기를 누군가가 써주기를 기대하고 또 그러기를 바라고 있다. 자신의 이야기를 누군가가 써준다는 것은 누군가가 읽어준다는 것을 전제로 한다. 제이는 결국 자신의 이야기를 누군가가 읽고 자신을 이해하고 공감해주기를 간절히 바라고 있었던 것인지도 모른다. 제이의 시대와 예상대로 소설 ≪너의 목소리가 들려≫

는 제이에 관한 이야기를 하고 그에 대한 공감과 이해의 실마리를 제공하고 있다.

물론 사실과 허구가 혼재된 소설 형식에 기댈 때 하나의 확정적인 실체를 추구하는 것은 아니다. 동규와 목란은 각기 다른 모습으로 제이를 회상하고 있고, 진샘(Y)이 보내온 메일이 이야기하는 제이와 ≪너의 목소리가 들려≫가 이야기하는 제이의 모습은 조금씩 어긋나 있다. 그러나 에필로그(또는 작가 후기)에서 인용한 스웨덴 시인의 시 구절 "우리들 각자는 만인을 위한 방으로 통하는 반쯤 열린 문"에서의 '그 문'을 열고 들어가는 일, 곧 '이야기'를 통한 이해와 공감은 그 자체로 세상의 고통을 극복할 가능성을 탐색하는 시도 그 자체이기에 소중하다. '이야기'를 통해 고통을 예민하게 감각한 소년들을 이해하고, 고통으로 가득 찬 세상을 확인시켜주었다는 점에서 ≪원더보이≫와 ≪너의 목소리가 들려≫는 하나로 겹쳐지고 있다.

골방과 거리의 상상력

– 김미월 소설과 서울

1. 우리에게 서울은?

우리 소설에서 서울은 단순히 공간적 배경이 아니라 종종 시대적 특성을 내포한 하나의 표상으로 활용되기도 하였다. 1930년대의 산책자들이 그려낸 서울은 모더니티의 표상이었고, 1960년대의 감수성 예민한 아웃사이더에게는 안개와 같은 환멸과 허무의 표상이었으며, 1990년대의 이념적 지표를 상실한 X세대에게는 포스트모던의 표상이었다. 추구하는 바는 각기 다르지만 거대한 지평이 사라지고 어디로 걸어가야 할지 막막해질 때, 높고 멀리 두었던 시선을 철회한 다음 자신의 발밑과 주변으로 시야를 좁힌 결과라는 점에서 공통적으로 내성적인 성향을 띤다.

비교적 가까이, 2000년대 이후 소설에서 서울이 표상하는 바는 무엇인가. IMF 외환위기 이후 해체된 공동체와 희미해진 삶의 안정감은 다시금 우리들의 발밑과 주변으로서의 서울을 주목하도록 했고, 시야는 좁아지고 시선은 낮은 곳으로 향했다. 좁아터진 고시원, 떠밀리고 매달려가는 지하철, 직장 대신 텅 빈 공원, 채팅과 게임에 몰두하는 피시방 등이 서울의 대표적 아이콘으로 다루어진 것을 보더라도 그 방향은 비교적 분명하다. 특히 지적이고 세련된 '댄디'가 사라지고 그 자리를 대체한 '찌질이'들의 등장은 뚜렷한 문학사적 특이점이라고 단언할수 있다.

소설 속에서 서울이 서사적 배경으로서만이 아니라 본격적인 관찰의 대상이 될 때 중요한 것은 지평이 사라진 시대에 맞서는 작가의 응전력이며, 내성을 넘어 다시금 세계로의 도약을 꿈꾸는 상상력이다. 지난 10년간 이어진 서울의 전경화 현상이 의미하는 바가 무엇이며, 어떻게 변화해 왔으며, 또 앞으로 어떻게 전개될 것인지에 관한 관심은 결국 응전력과 상상력을 살펴보는 작업으로 이어진다. 이 점에서 2004년 등단 이후 도시 공간에서 벌어지는 일상에 천착한 김미월의 소설에 주목할 필요가 있다. 지속적으로 이어진 서울에 대한 작가의 관심은 두 권의 단편집과 한 편의 장편소설을 발표할 만큼 양적인 풍성함도 확보하고 있다. 김미월 소설에서 서울이 어떠한 식으로 형상화되고 있는지, 또는 새로운 변화의 지점은 무엇인지를 확인하는 일은 비단 한 작가에 대한 작가론의 차원에 머무는 것이 아니라 2000년대 이후의 문단적 경향을 점검하는 차원에 맞닿아 있는 것이다.

2. 유폐된 공간 '방'과 사회적 알레고리

김미월의 소설에서 그려지는 서울은 마치 퍼즐 조각에 새겨진 그림과 같은 식으로 제시된다. 각각의 조각에는 비루하고 누추한 일상의 더께가 아로새겨져 있고, 서울이라는 거대한 도시의 곳곳에는 그러한 그림이 새겨진 조각들이 산재해 있을 것을 쉽게 알 수 있다. 그런데 퍼즐 조각이긴 하되 누군가가 정성스럽게 맞추어 놓은 상태가 아니라 무질서하게 흩어진 상태로 있다. 조합되지 않은 퍼즐은 전체의 상을 보여줄 수 없지만, 김미월의 소설의 경우는 약간 다르다. 각각의 조각에 새겨진 일상의 무기력함에 관한 형상은 2000년대 서울에서도 똑같이 반복되는 형상(특히 사회경제적인 측면에서)이라는 점에서, 각 부분이 전체를 닮은 프렉탈 구조를 떠올리게 한다. 부분과 전체의 상동성이 전제될 때, 각각의 퍼즐 조각을 유심히 관찰하는 일은 곧 당대 서울의 전체상을 파악하는 작업이 된다. 또한 이러한 작업은 부분을 조합하여 전체를 구성하려는 '총체성'을 건축하려는 의지라기보다는 각각의 부분들에서 전체의 형상을 파악하려는 '개별성'을 확인하려는 의지에 의해 추동된다.

프렉탈 구조를 파악하기 위해 생물학자가 각 부분의 기본단위인 세포(cell)을 들여다보듯, 김미월은 서울의 무수한 '방'들을 들여다본다. 단편집 ≪서울 동굴 가이드≫에는 피시방, 고시원, 하숙방, 신문보급소의 골방 등 여러 가지 형태의 방이 등장한다. 이러한 방은 안방, 거실, 공부방, 주방 등 한 가족의 주거를 위한 집이라는 전체를 구성하는 하위적인 부분으로서의 공간이라기보다는 "부등식 '방〈 집'이 아니라 등식 '방=집'이 성립되는 곳"(≪여덟 번째 방≫, 49면)이며, 또한 그저 벽으로 사방을 둘러놓아 최소한의 사적인 공간을 확보하는 '칸'에 더 가깝다. 그러기에 소설 속 인물들은 대개 가족과 떨어져 혼자 생활하며, 방에 혼자 틀어박혀 자신만의 자족적인 세계를 구축한다. 그러한 공간은 외부 세계와의 철저한 절연을 상정하는 폐쇄적인 속성을 지니고 있다. '세포'를 의미하는 'cell'의 또 다른 번역이 '감방', '독방', '밀실'이듯 김미월의 소설 속 기본 공간인 방은 개인의 유폐된 공간으로서의 의미에 충실하다.

> 따지고 보면 피시방만큼 남의 눈으로부터 자유로운 곳도 드물었다. 이곳에 오는 사람들은 모니터 밖의 세상에는, 칸막이 너머의 인간에게는 관심을 가질 여유도 이유도 없었다. 네트워크 세상에서 그들은 저마다 왕이고 전사며 공주이자 요정이었다. 악의 무리를 응징하고 제국을 건설하고 이웃나라 왕자들의 구혼도 받아주어야 했다. 할 일이 너무 많았으므로 남에게 신경 쓸 겨를이 없었다. 타인에 대한 무관심이 당연한 것으로 간주되는 이 피시방 특유의 생리는 나와 잘 맞았다.(〈너클〉, 12면)

유폐된 공간에서 인물들은 자유로움을 만끽한다. 여기서의 자유로움은 '타인에 대한 무관심'을 전제로 한 것이다. 얇은 칸막이 하나를 두고 자아와 타자는 전혀 다른 세계에 존재한다. 칸막이로 격리된 작은 공간에서 사람들은 차단막을 머리에 쓰고 있는 경주마처럼 저마다 각자의 세계에 몰두하고 있다. 일단 칸막이가 처지면 타인에게 대한 일체의 관심은 금기시된다는 것이 그곳의 불문율이다. 머리가 벗겨진 중년 남성이 십 대 소녀에게 가짜 루비 팔찌를 선물하며 원조교제를 하더라도 관심을 가져서는 안 된다. 각자의 게임 캐릭터를 육성하여 '레벨업'하기에도 바쁜 마당에 칸막이 너머의 인간에게 관심을 가질 여유도, 이유도 없는 것이 당연하다.

비단 피시방만이 아니다. 얇은 베니어합판으로 '칸막이'가 쳐진 고시원에서도 타인에 관한 관심은 금기시되며, 각자 자신의 방에만 신경을 써야 한다. 고시원에서는 옆방에서 섹스를 즐기고 그 신음이 방음 안 된 벽을 타고 넘어오더라도 철저히 무신경하게 대처해야 한다. 어느새 고시원 생활에 적응한 끝에 터득한 생활의 지혜는 "그런 거 일일이 신경 쓰면 이 고시원에서 못 산다."(〈서울 동굴 가이드〉, 66면)는 것이다. 주위에 수많은 추행과 타락과 더러움이 있더라도 눈감은 체, 못 들은 채 관심을 가지지 말아야 그나마 버텨갈 수 있다. 일일이 남의 일에 신경을 쓰면 자기 머리만 아파질 뿐이다. 피시방이든 고시원이든, 혹은 서울이든 저마다 먹고살기 바쁜 마당에 타인에 대한 배려나 관심은 허영이며 사치라는 것이다.

때로는 유폐된 공간에서 만족을 느끼는 부류의 인물도 존재한다. 옥상 시멘트 바닥에 흙을 깔고 전설 속 공중정원을 흉내 내거나, 사이버상의 아바타에게 온갖 정성을 들이는 방식으로 말이다. 그러나 그들의 자유와 만족감이 행복으로 직결되는 것은 아니다. 그들은 그저 "너무 심심해서였거나, 혹은 너무 외로워서"(〈정원에 길을 묻다〉, 254면) 정원을 흉내 냈으며 또는 옆방에 반신불수로 누워 있는 할머니라는 실체와 대면하기 두려워서 골방에 틀어박혀 신시아를 상대로 수음을 하는 것에 불과하다. 직업에 귀천이 어디 있냐며 신문 배달을 직업으로 삼겠다는 기환도 크게 다르지 않다. 새아버지에게 시집간 어머니의 전화를 받으며 번듯한 직업을 가진 새아버지의 아들들과 비교당할 때 '분노의 악순환'을 경험하는 그의 반응이 현재의 유폐된 공간에 만족하지 못한다는 방증이기 때문이다.

칸막이로 격리된 공간 너머에는 늘 어둠이 자리한다. 칸막이로 구획된 방 안에서도 어둡기는 마찬가지이다. 대낮에도 전등을 켜지 않으면 어두컴컴한 곳이 그들의 유폐된 자유 공간이다. 그런데 방 밖으로 눈을 돌리면 절대적인 어둠이 무서운 짐승처럼 웅크리고 있다. 번듯한 직장이나 남들 다 가는 대학에도 다니지 않는 신문보급소 배달원 기환이 아침 배달을 위해 "늘 춥고 을씨년스러운 보급소의 골방"을 나섰을 때 "새벽 세 시의 전장戰場은 가로등도 하나 없이 캄캄"하며, 그러한 어둠은 "무시무시한 괴물의 천 길 아가리 속 같은 어둠"(〈골방〉, 210면)으로 육박해 온다. 백화점 쇼윈도에서 인간 마네킹 아르바이트를 하는 진선미가 일을 마치고 걸어가는 서울 밤의 풍경은 언제나 "고적하고 황량했다."(〈가을 팬터마임〉, 184면) 내일 '진짜 소풍'을 가겠노라 결심한 범우가 바라본 창밖에는 "언제 동이 틀지, 밖은 컴컴하기만 하다."(〈소풍〉, 173면) 방 밖의 어둠은 김미월 소설 속 인물들이 밖으로 나갈 엄두를 내지 못하도록 압박을 가하고, 인물들이 계속 방이라는 유폐된 공간에만 머물도록 만드는 마력을 지니고 있다. 방 바깥에는 가로등이라든가 별빛, 달빛도 없으며 그저 어둠이라는 망망대해만 끝없이 펼쳐져 있다. 희미한 등대의 불빛이라도 비춘다면 그것에 의지해서 고립된 공간을 탈출하여 항해를 시작할 희망이라도 품어보겠지만 상황은 여의치 못하다.

사실 잘할 수 있는 일이 없다는 것보다 더 심각한 그녀의 문제는, 도무지 하고 싶은 일이 없다는 것이었다. 그럼에도 뭔가를 끊임없이 하긴 해야 한다는 데 생의 비극이 있다고 할까. 앞날이 창창한 이십 대 청춘이 세상에 하고 싶은 일이 없다니. 그러나 남들 말마따나 매사에 의욕이 있을 리 없었다. 그녀는 한심하다고 중얼거리면서 또 생각했다. 한심하다는 표현은 그 얼마나 가엾고 딱한, 정말 한심하다는 느낌과 잘 맞아떨어지는 단어인가 하고.(〈가을 팬터마임〉, 182~183면)

끝없이 펼쳐진 어둠을 바라보며, 방 밖으로 나갈 엄두를 내지 못하는 인물들은 공통적으로 꿈이 없는 존재들로 설정되어 있다. 그들 중 자신이 하고 싶은 일을 하면서 살아가는 인물은 하나도 없다. 그렇다고 자신이 하는 일이 특별히 불만족스럽다면서 거부감을 표시하는 인물도 없다. 그저 굶어죽지는 않을 정도가 되는 임금을 주는 일자리에 타성적으로 끌려다니고 있을 뿐이다. 그들은 미래에 대한 계획은 물론 앞으로 더 나아질 것이라는 기대조차 하지 않은 채 살아간다. 한마디로 원하는 바가 없으며, 더 구체적으로는 자신이 무엇을 원하는지도 모르는 상태다. 20대 초반의 주인공들은 그저 시간이 빨리 흘러가기만을 기다릴 뿐, 시간이 흐른 뒤의 미래에 대해서는 철저히 무관심하다. 아니, 너무도 두렵기 때문에 무의식적으로 외면할 따름이다. 그렇다고 그들의 나약한 도전정신을 탓하기에는 바깥의 어둠이 너무 짙고, 갈

길을 전혀 예측할 수 없는 것도 사실이다.

꿈이 없는 주인공들을 변호라도 하듯 작가는 그들이 그토록 무기력한 상태가 되어버린 이유에 대해 공통적인 단서를 남겨놓는다. 주로 과거에 경험했던 가족의 상실에서 연유한 트라우마가 현재의 삶에 영향을 미치고 있는 것으로 설정되어 있다. 무의식의 차원에서 결정적인 영향을 미친 특정한 사건 이전의 공간은 '고향'이다. 원래는 아늑하고 합일적인 낙원인 고향에서 살고 있었으나 본인의 의지와는 무관하게 발생한 사건으로 인해 그들은 고향에서 추방당하였다. 추방당한 어린 천사들이 나이가 들어 스무 살이 되었을 무렵 그들은 타인에 대한 철저한 무관심으로 가득한 서울의 골방에 고립되어 태초의 합일적인 상태를 박탈당했다.

여기서 한 가지 간과할 수 없는 것은 그것이 철저히 본인의 의지와는 무관하게 발생한 과거의 사건이며, 방이라는 격리된 공간에 자아를 유폐하게 한 결정적인 원인으로 제시된다는 점이다. 즉 외부로부터 기인한 거대한 충격으로 인해 현재의 꿈이 없는 스무 살이 형성되었다는 것인데, 이것은 방 바깥의 절대적인 어둠의 이미지와 결합하여 방향의 상실을 고착화시킨다. 유폐된 공간으로서의 방이 당대 서울의 곳곳에서 쉽게 포착되는 익숙한 것들이며, 나아가 그것이 프렉탈 구조로 이루어져 있다는 것을 염두에 둔다면, 인물들의 현재에 결정적인 영향을 미친 사건은 IMF의 충격에서 벗어나지 못한 2000년대 초반의 사회경제학적 환경과 어떤 식으로든 연관이 있다고 볼 수 있다. 골방에서 창밖의 암흑을 바라보면서 꿈과 희망을 상실한 스무 살들은 그저 "누군가 정답을 가르쳐주는 사람이, 길을 안내해주는 사람이 있으면 좋겠다고 나는 생각했다."(〈서울 동굴 가이드〉, 89면)라고 독백할 뿐이다.

3. 골방에서 벗어나 길 위로 나서기

두 번째 단편집인 ≪아무도 펼쳐보지 않는 길≫에 수록된 작품에 등장하는 인물을 살펴볼 때 우선 눈에 띄는 것은 그들의 연령대이다. 트라우마에 시달리며 골방에 유폐되었던 스무 살에서 벗어나 어느덧 서른 살 정도가 되었다. 남들이 부러워하는 '신의 직장'에 다니는 것은 아니지만 어느 정도 직장 생활도 해 보았거나 혹은 직장을 구하기 위해 애를 쓴다. ≪서울 동굴 가이드≫에서 최소한의 생계를 위한 아르바이트를 하거나 아예 직장을 구하는 일에 무관심했던 백수건달들이 이제 사회 초년병이 되거나 그렇게 되기 위해 안간힘을 쓰고 있다. 칸막이 옆자리에 앉은 타인에게는 철저한 무관심이 상책이라는 나름의 처세술을 버리고, 이제 정반대로 타인의 시선을 의식하면서 자기의 몫을 챙기려고 시도하고 있는 셈이다.

또 하나의 변화는 전작들에서 공통적으로 나타났던 트라우마가 사라졌다는 점이다. 전작에서는 트라우마를 발생시킨 결정적 사건으로 인해 '비유적인 의미에서의 고향'에서 추방당하여 골방이라는 유배지에서 무기력하게 버티고 있다는 것이 기본적인 설정이었다면, 이제는 대학 진학을 계기로 시골에서 서울로 올라온 인물이 등장함으로써 '진짜 고향'을 떠난 자들의 이야기가 펼쳐진다. 고향에서 추방당한 자들이 서울의 골방을 꿈과 희망이 상실된 고립의 공간으로 여겼던 것과는 달리, 고향을 자발적으로 떠난 자들은 그들이 처음 서울에 왔을 때 서울을 꿈과 희망이 넘실대는 곳으로 인식했다는 사실도 빠뜨릴 수는 없다. 강원도 산골에서 태어나 서울을 한 번도 가본 적이 없었던 소년 진수는 라디오 57분 교통정보 방송에서 들려오는 '테헤란로'의 부드러운 어감에 매료되었고, '테헤란로에 가보는 것'을 자신의 '네 번째 꿈'으로 삼을 만큼 서울에 대한 동경을 가지고 있었다. 물론 이것은 서른 살이 된 인물의 인식이 아니라 스무 살 시절 처음 서울에 도착할 무렵 가졌던 서울에 대한 동경이다. 대략 10년이라는 시간의 경과는 꿈의 도시로 상상하던 서울에 대한 인식을 뒤바꾸고도 남는다.

> 진수는 더이상 꿈을 꾸지 않았다. 어릴 때 그는 자신이 세상의 중심인 줄 알았다. 꿈꾸는 것은 모두 이루어지리라 믿었다. 하지만 그건 착각이었다. 꿈은 꾸는 동안에만 아름다웠다. 그는 세상의 주변이었다. 서점 베스트셀러 진열대 뒤 구석에 꽂힌, 아무도 펼쳐보지 않는 책이었다. 엄연히 존재하지만 아무도 입어주지 않는 옷이고 아무도 불러주지 않는 노래였다. 그것을 알아버린 순간부터 그는 꿈을 꾸지 않게 되었다. 꿈이 꾸어지지 않았다.(〈아무도 펼쳐보지 않는 책〉, 25면)

스무 살 무렵 테헤란로에 가보는 것이 꿈이었던 진수는 자신이 삼 년째 다니는 출근길이 바로 테헤란로라는 사실을 작품의 결말 부분에 가서야 실토한다. 그러나 그는 "아직 한번도 테헤란로에 가본 적이 없는 듯 느껴"(30면)진다는 사실 또한 덧붙인다. 그가 꿈꾸던 서울이라는 공간은 그 속에서 걸어 다니며 살고 있지만 '여전히 실현되지 않은, 앞으로도 실현될 수 없는 꿈'이라는 묘한 아이러니를 불러일으킨다. 이때 진수가 경험하는 아이러니는 '되고 싶다'와 '될 수 없다' 사이의 팽팽한 줄다리기라기보다는 10년이라는 시간을 경과한 자가 문득 뒤를 돌아보면서 느끼게 되는 자신의 인생에 대한 장탄식이다. 그의 꿈이 이루어질 수 있을 것인가 아니면 그렇지 않을 것인가라는 물음에 대한 답을 요구하는 것이 아니라, 모든 것을 부패하게 하는 시간이 가진 경이로운 힘에 대해 감탄할 뿐이다. 또한 그것은 인생이란 무엇인가에 대한 어렴풋한 깨달음과도 비슷한 것이다. 그리고 이러한 감탄이나 깨달음은 유폐된 골방에서 이루어지는 것이 아니라 적어도 골방을 벗어난 테헤란로라는 '길 위에서' 이루어지고 있다.

≪아무도 펼쳐보지 않는 책≫에 수록된 여러 편의 단편에서는 길을 찾아가는 과정 자체를 사건 전개의 중심축으로 설정되는 경우가 빈번하다. 〈29200분의 1〉에서는 산동네 비탈진 골목길과 남대문시장의 꼬불꼬불한 길을, 〈현기증〉에서는 중학 시절 수학 선생님을 찾아가는 길을, 〈중국어 수업〉에서는 인천에 있는 어학원까지 가는 출근길을, 〈모자 속의 비둘기〉에서는 여자 친구 증조할머니 장례식에 가는 길을, 〈안부를 묻다〉에서는 누군가와 십 년 후에 다시 만나자고 했던 약속을 지키러 나가는 길을 주인공들이 걸어가면서 인생에 대해 나름대로 진지하게 고민해본다.

물론 그들이 인생을 고민한다고 해서 쉽게 정답이 찾아지는 것은 아니다. 길을 걸어갔던 그들은 "인생에 정답이 어딨나? 사주는 사주고,

우린 그저 열심히 살면 되는 거지."(〈현기증〉, 82면)라든가, "다음 열차 서울역. 어쨌거나 지금 그녀의 목적지는 이곳이다. 수는 제대로 온 것이다."(〈중국어 수업〉, 112면)라든가 "마술이 끝나고 사람들은 곧 집으로 돌아간다. 그들은 더이상 비둘기에 놀라고 신기해하고 감탄했던 순간들을 떠올리지 않는다. 다시 일상이 시작되는 것이다."(〈모자 속의 비둘기〉, 136면)라는 결론에 도달할 뿐이다. '그저 열심히 살고', '어쨌거나 이곳에 있으며', '다시 일상은 계속 된다'라는 결론은 원점 회귀에 불과하다. 그러나 길을 걸어가면서 다시 같은 곳으로 되돌아온 그들은 유폐된 공간으로서의 '방'에서 타인에 대한 무관심이라는 불문율에 충실하면서 외부적인 충격의 여파에 휩싸여 방 밖으로 한 발짝도 내딛지 못하던 '스무 살들'과는 분명 다른 모습을 보여준다. '서른 살들'도 꿈을 이루지 못한 것은 마찬가지이지만 적어도 과거에 꿈을 가지고 있었음을 자각하거나 묵묵히 일상을 걸어 나가는 것을 스스로 '선택'하고 있다.

방을 벗어나 길 위에 나선 그들이 단지 자신의 꿈에 대해서만 생각한다면 그 길은 단순히 방의 확장일 뿐이다. 자신의 꿈만이 아니라 타인의 꿈에 대해서도 고민할 때 길은 타인의 방까지 도달하는 진정한 길일 수 있다. 김미월의 소설에서는 길 위를 걸어 다니는 인물들이 타인에게 시선을 던지고 그들을 관찰함으로써 타인의 방에 이르는 길을 모색해보고 있다. 그리고 그러한 모색은 개성적인 인물 설정과 짜임새 있는 구성의 전개를 통해서 이루어진다. 〈중국어 수업〉에서는 중국인 유학생 쓰엉이 연인 멍나를 찾아다니는 에피소드와 지하철에서 중국어를 연습하는 노인에 관한 에피소드가 작품의 결말에 이르러 매끈하게 이어지면서 중국인 불법 체류자와 다문화가정의 문제를 인상 깊게 제시한다. '며느리(시푸)', '밥 먹었느냐?(니 츠판러마)'를 연습하며 외국인 며느리를 포용하려고 노력하던 노인이 강제 출국당하는 며느리의 옛 연인 쓰엉에게 전달해 달라며 건넨 '두툼한 패딩점퍼'는 타인과의 소통을 위한 노력의 가능성을 함축적으로 보여준다.

더욱이 〈프라자 호텔〉에서는 되찾게 된 순수함과 열정을 계속 이어 나가려는 의지를 확인할 수 있다. 시골에서 유학 와서 "아, 서울은 정말 놀라운 곳이구나."를 연발하던 촌놈에게 서울은 그야말로 환상의 공간이었다. 명동에서 돈가스를 먹고 생맥주도 한 잔씩 마시며 빌딩과 상점 쇼윈도, 넘치는 인파를 헤집고 다닐 때, 서울은 신세계였다. 또한 광주민주화운동 진상 규명을 요구하는 시위에 참석할 때, 서울은 정의로움이 가득한 곳이었다. 그러나 하루 수십만 원의 투숙비에도 크게 개의치 않을 만큼의 여유도 생겼고, 더 이상 '겟 유즈드'나 '닉스' 청바지에도 큰 관심을 가지지 않게 된 '진짜 서울사람'이 된 지금, 휴가 기간에 투숙한 프라자 호텔에서 라이터와 커피를 사러 나갔다가 '서울 한복판의 길 위에서' 우연히 마주친 용산참사 시위대를 보면서 과거 촌놈 시절의 순수함과 열정을 상기한다. 현재의 일상에서 잠시 벗어나는 휴가 동안 다시 떠오른 과거의 추억은 휴가의 첫날임을 강조하면서 앞으로도 계속해서 반추될 것임이 예고된다. "내가 바로 그때의 나라는 걸, 우리가 바로 그때의 우리라는 걸, 증명할 수 있을까. (…) 아내가 믿지 않아도 기억하지 못해도 상관없었다. 그런 건 사실 중요하지 않았다. 이제 겨우 휴가의 첫날. 우리에게는 아직 여러 날이 남아 있었으므로."(241면) 길 위에서 본 타인의 고통을 촉매로 시작되어 남은 휴가 동안 하게 될 추억의 여행은 "나도 왕년에 철없던 시절 데모 좀 했지, 하면서 느긋하게 구경만 하게 될까?"(232면)라는 과거의 윤서이자 지금의 아내의 물음에 대해 '그렇게 되지 않도록 노력하자'라는 대답을 짐작하게 한다.

4. 다시 골방에서, 타인과 소통하며

〈프라자 호텔〉은 타인의 시선을 확보할 때 자신이 살아가는 서울을 제대로 볼 수 있다는 사실을 알려준다. 시골에서 상경한 십수 년 전의 '나'는 서울의 이방인이다. 서울 사람들이 별 대수롭지 않게 여기는 온갖 평범한 일상들이 이방인의 시선에는 새롭고 낯설게 느껴지는 것은 당연하다. 그러나 그 이방인은 시간을 지나면서 어느새 '진짜 서울 사람'이 되고 말았다. 그에게 서울은 더 이상 경이와 동경의 대상이 아니라 그저 지루하게 반복되는 일상일 뿐이다. 그런 그가 다시금 서울을 새롭고 낯설게 인식할 수 있었던 것은 시간을 거슬러 올라갔기 때문이었다. 시간을 거슬러 낯선 이방인이었던 자신을 발견하는 순간이 곧 서울을 제대로 볼 수 있으며, 반대로 서울을 관찰하는 것은 변화된 자신을 객관적으로 살펴보는 일이 된다.

"스무살이 되고 나서 처음으로 고국을 찾았어. 친부모를 만나러 온

거지. 그래서 프라자 호텔에 묵어. 서울 한복판에 있으니까 상징적이
잖아. 시청 바로 앞이기도 하고 포인트제로도 가깝고. 아무튼 그래서
부모님을 만나기로 한 전날 밤, 호텔에서 고국의 수도 야경을 내려다
보며 상념에 잠기는 거야." (…) "그런 상황에서 바라보는 서울을 굉
장히 낯설고 새롭겠지. 내가 한 번도 본 적 없는 곳 같을 거야. 이십년
간 부대끼며 살아온 익숙한 고향땅이 아니라 난생처음 보는 어떤 매혹
적인 이방의 땅. 하지만 나를 버린 비정한 도시. 그걸 보고 싶은 거
야."(〈프라자 호텔〉, 234~235면)

이방인이 됨으로써 '자신'을, '자신이 살아가는 서울'을 제대로 볼
수 있다는 발상은 윤서가 자신을 입양아로 상상하고 싶어 하는 이유와
도 연결되어 있다. 단지 공상일 뿐이지만, 그녀는 자기 객관화를 통하
여 스스로를 타자의 위치에서 바라볼 때만 반성적 시선의 확보가 가능
하다는 것을 명확히 알고 있다. 서울에서 태어나 너무도 익숙해져 버
린 공간은 단지 자신이 살아가는 곳일 뿐 아니라 그 속에서 살아왔던
자기의 일상과 인생이 녹아 있다는 것. 그래서 서울을 관찰하고 인식
하는 것은 곧 자기 자신을 되돌아보는 작업이라는 것을 그녀는 알고
있다. '나'가 시간의 경과에 힘입어 스스로를 객관화함으로써 자신과
자신이 살아가는 서울을 제대로 볼 수 있었다면, 윤서는 의식적으로라
도 스스로를 타자화함으로써 너무 익숙해져 보이지 않는 것을 보고자
하는 셈이다. 결국 두 사람은 유폐된 공간 속에서 타인에 대한 무관심
으로 일관하는 내성의 시선을 벗어버리고, 방 바깥으로 나가야 한다는
것을 잘 알고 있는 인물들이다.
　이러한 관찰법은 장편 ≪여덟 번째 방≫의 서사를 지탱하는 기둥으

로 설정되어 있으며, 시골에서 상경하여 이사 다니기를 반복하는 김지영이 시선을 제공하고 있다. 바닷가 마을에서 자라다가 대학 진학을 계기로 상경한 그녀는 김미월의 여러 단편에 등장하는 '촌놈'을 좀 더 풍부하고 자세하게 성격화한 결과이다. 서울의 이방인인 그녀는 여느 촌놈들처럼 서울 번화가와 캠퍼스와 철거촌 시위 현장을 '걸어간다.' 그녀가 스프링 노트에 써놓은 소설은 서른 살이 된 그녀가 스무 살부터 10년간 경험하고 목격했던 서울에 관한 관찰일지이며, 동시에 10년이라는 시간을 보내면서 변화한 한 인물의 변화와 성장에 관한 자서전이다.

처음 서울에 도착했을 때 그녀는 철저한 이방인이었다. "서울에서의 생활은 모든 것이 생경했"으며, "하루에도 몇 차례씩 사방을 두리번거리며 무엇엔가 소스라치곤 했다. 아마 서울내기들 눈에 나는 무엇을 어떻게 해도 왼손만 두 개 있는 사람처럼 서투르고 부자연스러워 보였을 것이다."(63면)라는 말에서도 알 수 있듯, 촌놈으로서의 이방인은 고향에서 추방되어 외로움을 느끼는 자의 감성을 지니고 있으며, 서울 내기들이 자신이 이방인임을 알아차리게 될 것을 늘 의식하고 살아가고 있다는 사실에서 이방인의 흔적을 지우고 그들과 동화되고 싶은 상태임을 알 수 있다.

어느 정도 서울살이에 적응이 되자, 자신이 이방인이라는 사실을 들키지 않으려는 의식적인 노력은 더 이상 필요가 없다. 친구를 만나고, 이성을 사랑하고, 그들과 헤어짐을 경험하면서 자연스레 서울 사람이 되어간다. 그러나 여전히 그녀는 이방인이다. 이따금 이사 다니면서 돈을 주고 방을 구해야 한다는 사실은 그녀의 고향이 시골임을 상기시켜준다. 평소에는 특별한 의식 없이 서울의 일상을 살아가지만, 여덟 번인지 아홉 번인지도 헷갈릴 정도로 반복적으로 이사를 할 때면 자신이 고향에 있는 가족과 떨어져 타지에서 생활하고 있다는 사실, 즉 자신이 여전히 이방인이라는 것을 인정하지 않을 수 없게 된다. "서울은 이상한 곳이었다. 열악하다 못해 해괴한, 사람이 도저히 살 수 없을 것 같은 집들을 지어 놓는다는 게 그랬고, 그런 집에도 결국은 누군가 들어가 산다는 것이 또한 그랬다."(203면) 가끔이긴 하지만 자신은 결국 이방인에 불과하다는 사실을 깨닫게 되면 서울은 여전히 이상한 곳으로 여겨진다.

　　나는 눈을 감고도 훤히 볼 수 있었다. 사거리를 지나면 공원이 나오고 실내 야구장이 나오고 교회가 나온다. 큰 길을 따라 아파트 단지 쪽으로 가다 보면 독일베이커리와 하라주쿠패션과 이태리가구점과 몽마르뜨카페와 북경반점을 지나가게 된다. 그 뒤쪽의 골목이 주택가로 이어지는 지름길이다. 그 사이사이에 숨어 있는 지물포와 편의점과 운동화 빨래방까지 나는 기억하고 있다. 그런데도 내가 더 이상 이 동네에 살지 않는다고 생각하자 아주 오래전에 등졌던 고향을 다시 찾아온 듯한 심정이었다. 바로 어제 이 동네를 떠났는데 하루 만에 아주 긴 세월이 흘러간 것 같았다.
　　어제도 지나갔던 길을, 그제도 들락거렸던 슈퍼마켓을, 편의점과 약국과 카페를 나는 여행지에 막 도착한 이방인처럼 두리번거리며 걸었다. (…)
　　서울에 올라와 스무 살 시절부터 지금까지 내가 거쳐 온 방들. 그러니까 삼촌 댁 문간방에서부터 학교 앞 하숙방과 시장통 골목의 자취

방, 재개발 지구의 옥탑방, 반지하 셋방, 번화가의 원룸과 그 밖의 또 다른 방들이 차례대로 떠올랐다. 그것들이 문득 그리웠다. 내 추억 속의 낡은 방들, 잘 있을까.(224~225면)

이사를 가서 떠났던 옛 방을 찾아가는 길에서 그녀가 보게 된 것은 너무도 익숙하여 마치 고향처럼 느껴지는 자신의 추억들이다. 고향처럼 느껴지는 그곳에서 이방인처럼 두리번거리며 걷고 있는 나의 머릿속에는 익숙함과 낯섦, 안온함과 외로움 등의 양가적 감정들이 동시다발적으로 발생한다. 10년의 세월을 지나면서 그녀에게 서울은 한편으로는 영원한 타향이지만 다른 한편으로는 새로운 고향으로 인식된다. 실상 10년 동안의 서울살이는 마지막으로 월세 10만 원짜리 '잠만 자는 방'에 이르게 되는 몰락과 하강의 과정이었다. 부모님의 해변서점은 손님이 없어 문을 닫게 되었고, 다니던 학교는 두 학기를 남기고 중퇴하게 되었으며, 친구와 연인은 다시 만날 기약 없이 떠나갔다. 서울은 그녀를 어디까지나 이방인으로 취급하였다. 그럼에도 그동안 그녀가 거쳐 왔던 그 방들은 힘겹게 버텨왔던 '서울살이의 흔적=스무 살 이후 그녀의 인생'이 고스란히 묻어 있는 그리움의 대상이고 '그 방들=서울'은 그녀를 품어주는 유일한 안식처이기도 하다.

서울은 이방인에게 낯설고 외로운 대상인 동시에 삶의 흔적이 남아 있는 안온하고 그리움의 대상이라는 양가적인 인식은 과거를 회상하는 시점에서 쓰인 그녀의 소설 쓰기 과정을 통해서 가능할 수 있었다. 〈프라자 호텔〉의 주인공이 십수 년 전을 회상함으로써 자기를 객관화하여 타자의 시선으로 서울을 관찰할 수 있었던 것처럼, 그녀는 과거

10년을 회상함으로써 서울의 이중적인 모습을 바라볼 수 있게 되었다. 또한 그녀는 여러 번 이사하며 방과 방 사이를 오가면서 서울의 길을 걸었다. "바닷가 마을에서 자라다가 서울로 올라온 여자가 이사를 다니는 이야기"(218면)인 그녀의 소설은 길 위에서 자신과 타인의 인생이 펼쳐지는 서울이라는 공간을 관찰했던 ≪아무도 펼쳐보지 않는 책≫의 여러 단편의 확장판이 된다.

한편 김지영이 스프링노트에 남긴 소설을 발견하고 읽어가는 20대 중반의 예비역 복학생 영대는 ≪서울 동굴 가이드≫의 주인공들과 많이 닮아있다. 영대가 월세 든 잠만 자는 방의 구조는 "방이 아니라 상자 속이라고 하는 편이 더 어울릴 법한 공간"(10면)이라서 '서울고시원'(〈서울 동굴 가이드〉)과 다를 바가 없다. 그는 "진정으로 원하는 것이 없었"고 "깊은 꿈은 없고 오로지 얕은 욕망만 있었"(198면)기에 유폐된 공간에서 자신의 꿈이 무엇인지 모른 채 살아가던 과거의 주인공들은 떠올리게 한다. 그런 영대가 김지영의 서울 관찰일지를 읽으며 자신의 꿈과 삶에 대해 생각한다. 영대의 방은 과거 김지영이 살았던 방이고, 그 방에서 서울을 겪었던 그녀의 기록을 엿보는 영대는 타인의 시선을 통해 자신이 살아갈 서울을 알아간다. 과거의 주인공들이 골방에서 컴퓨터 모니터를 들여다보며 시간을 보내던 것과는 달리 영대는 타인의 시선을 통해 방 바깥의 세상을 알아가는 것이다.

영대의 첫 번째 방. 문이 활짝 열려 있으나 불은 켜 있지 않은 그 방은 영대가 앞으로 걸어가야 할 길이요, 부딪쳐야 할 세상처럼 아득하고 컴컴하기만 했다. 휴대폰을 주머니에 집어넣었다. 그는 아직 살아 있었다. 이렇다 할 꿈도 없고 열심히 살았던 적도 없지만 어쨌거나 이 대로 끝은 아니었다. 그는 아직 살아 있었으므로.

　이윽고 주인 사내가 계단을 걸어 내려오는 소리가 들렸다. 영대는 신발장 옆에 놓인 라면 상자에, 그 속에 들어 있을 그녀의 방들에 한 번 더 눈길을 주었다.(239면)

끝까지 해본 것이 아무것도 없었던 영대에게 '김지영이 쓴 소설을 읽는 것'은 처음으로 끝까지 해 보는 일이 된다. 평범한 한 여자의 서울살이 기록을 읽으며 마찬가지로 평범하기 그지없는 자신이 걸어가야 할 길을 더듬어 본다. 과거의 주인공들이 살았던 서울의 무수한 방처럼 영대의 방 역시 아득하고 컴컴하기만 하다. 그러나 예전의 방들은 그보다 더 어둡고 무서운 방 바깥으로부터 도피의 공간이었지만, 영대의 방은 김지영이 '걸어갔던 길'이며 '자신이 걸어가야 할 길'이다. 결국 스프링노트 마지막 권을 다 읽은 영대의 변화된 모습을 보면 유폐의 공간에서 타인의 방에 이르는 길로서의 변화는 자신과 닮은 타인에 대한 이해와 공감에서 비롯한다는 사실이 선명히 부각된다. 그리고 김지영의 소설을 끝까지 완독한 영대는 김미월의 소설을 끝까지 읽은 독자와 겹치는 존재이기도 하다. 이 지점에서 시대의 알레고리이자 트라우마로 가득 찬 유폐의 공간인 서울의 골방은 '걸어가야 할 길'과 '부딪쳐야 할 세상'으로 변화하여 우리의 눈앞에 펼쳐진다. '그 길=서울'에서 무엇이 어떻게 펼쳐질지 여전히 미지수이지만, 골방에서 나와 길위에 나서는 자의 운동 방향만은 선명히 제시되고 있다.

진실 혹은 거짓, 당신의 선택은?

– 김희선, ≪라면의 황제≫

1. 외계인과 라면이 조우할 때

김희선의 소설집 ≪라면의 황제≫는 한 그릇의 '짬뽕'이다. 서로 다른 것을 뒤섞어 만들어내는 짬뽕처럼 소설집에는 얼핏 보아서는 어울릴 것 같지 않은 이질적인 소재들이 혼합되어 있다. 가령 외계인과 라면이 어울린다고 생각해본 적이 있는가? 작가가 직접 일러스트한 책 표지에는 멀리 지구가 보이는 달 표면을 배경으로 여러 명의 외계인과 라면 한 그릇이 놓여 있다. 외계인과 라면이 처음으로 마주하는 역사적인 순간인 듯하다. 도무지 종잡을 수 없는 두 소재의 병치는 소설집에 수록된 아홉 편의 단편 소설의 서사적 지향점을 강하게 예고한다. 어디로 튈지 모르는 미확정적 상상력의 출현이 그것이다.

그런데 짬뽕은 짬뽕이되 '짬뽕 라면'이다. 유명한 중식당에서 나오는 정식 짬뽕이 아니라, 기껏해야 분식집에서 인스턴트 라면에 재료를 조금 더 얹어 끓여주는 짬뽕 라면이다. ≪라면의 황제≫는 SF와 미스터리를 기본양념으로 삼지만 인터넷 게시판에서 흔히 발견되는 B급 정서가 물씬 풍긴다. 표지에 그려진 외계인들은 1947년 로스웰 사건을 통해 알려진 전형적인 외계인의 외양을 하고 있지만, 엄숙한 표정과는 달리 라면 한 그릇 앞에서 일렬종대로 나란히 서 있는 모습이 우스꽝스럽기만 하다. 초록색 외계인과 빨간색 라면 국물의 유치찬란한 보색 대비, 라면 그릇 속에 동동 떠 있는 노란색 계란의 '깨알 같은' 디테일이 신비로움이나 그로테스크마저 풍기는 SF의 관습을 일거에 유머와 위트로 뒤집어버린다.

짬뽕이든 짬뽕 라면이든, 뒤섞인 재료들이 각각의 재료가 내던 것과는 완전히 다른 맛을 내는 것은 물론이다. 이성적이고 논리적인 객관적 사실에 해당하는 '과학적 지식'과 우연, 과장, 근거 없는 추측으로 구성된 '음모론'이 엉키면서 진실과 거짓은 헷갈리기 시작한다. 전 지구적인 차원에서 벌어지는 거대 사건과 지극히 미시적인 일상적인 차원의 사건이 서로를 넘나들면서 펼쳐진다. 자유로운 상상력의 발산은 장르의 관습적 규칙을 넘어, 세계를 바라보는 고정된 인식의 틀을 넘어 도약한다. 이에 ≪라면의 황제≫를 읽을 때는 이질적인 상상력의 조각들이 교차, 충돌, 융합하면서 빚어내는 새로운 조합의 가능성에 주목해야 한다.

2. 미스터리 전문 기자가 추적한 외계인의 존재

〈지상 최대의 쇼〉는 SF소설의 장르적 관습에 대한 의식적 패러디다. 소설 속에서도 명시적으로 언급하고 있는 SF소설의 전범은 허버트 조지 웰스의 ≪우주전쟁≫이다. 웰스의 소설에서는 지구를 침공한 외계 괴물들이 '아무 이유 없이' 인간을 죽이고, 닥치는 대로 건물을 파괴한다. SF소설에서는 인간과 외계인의 대립이 서사의 유일한 갈등 구조이며 전개의 추동력이다. 1938년 미국 뉴저지에서 라디오로 방송되는 웰스의 ≪우주전쟁≫을 듣던 사람들이 울부짖으며 거리로 뛰쳐나왔고, 이에 따라 도시 전체가 대혼란에 빠져들었던 적이 있을 정도로 외계의 존재를 향한 무의식적인 두려움은 오래전부터 광범위하게 유포된 상투적 상상력이다.

소설 속에서는 비행접시가 W시 상공에 출현한다. 아무런 예고도 없이 외계인이 나타난다는 것은 SF의 관습과 다르지 않지만 정작 W시의 시민들이 보이는 반응은 철저히 SF적 관습과 반대다. 시민들은 처음에는 약간 긴장하기도 하지만, 시민들이 긴장한 이유는 외계인의 침공에 대한 걱정 때문이 아니라 그것이 혹시 북한의 공격이 아닐까 하는 의구심 때문이었다. 시민들은 그것이 북한의 위협이 아님을 확인하자 이내 안심하는데, '무시무시한 외계의 괴물'은 자신이 북한의 위협에 밀려 존재감이 없어졌음을 알게 되면 적지 않게 자존심이 상할지도 모르겠다. 또한 SF소설에서는 비행접시가 무시무시한 레이저빔을 쏘아대지만, 어처구니없게도 〈지상 최대의 쇼〉에서는 시도 때도 없이 색종이를 뿌려댄다. 색종이 덕분에 대부분의 시민은 약간의 축제 기분마저 느끼고, 오직 색종이를 치워야 하는 환경미화원인 김판식 씨만 분노와 짜증을 낸다.

외계인에 대한 상투적인 상상력을 역전시키는 바로 그 지점에서 웃음이 유발된다. 갑작스레 W시의 상공에 비행접시를 띄워놓은 다음, 앞으로 벌어질 일에 대해 잔뜩 기대하게 해놓고, 정작 아무것도 벌어지지 않았다면서 독자의 뒤통수를 칠 때 느껴지는 허탈한 웃음 같은 것이다. 기대했던 '우주전쟁'은 벌어지지 않고, 시민들은 평소의 일상으로 돌아가 아무 일도 없었던 듯 평온하게 생활한다. 외계인보다는 당장 복학하면 내야 할 등록금이 걱정이고, 해마다 경쟁률이 높아만 가는 9급 공무원 시험 준비가 더 큰 관심이다. 급기야 외계인은 존재감마저 희미해지고, 결국 비행접시는 허탈감만 남긴 채 사라진다.

또한 서술과 목격담이 교차하는 서술 방식도 어이없는 웃음을 유발하는 효과적 장치로 사용된다. 이와 같은 서술 방식은 텔레비전 다큐멘터리 프로그램에서 내레이터의 서술과 목격자들의 증언과 인터뷰가 교차적으로 편집되는 것을 의식적으로 모방한 결과다. 모방의 정점은 '기필코 진실을 규명하겠다'라는 식의 다큐멘터리 특유의 진지한 어조까지 따라하는 데 있다. 허술하고 조잡한 다큐멘터리일수록 이 같은 '어설픈 진지함'은 더욱 강렬한 법이다. 목격자들이 어이없는 증언을 늘어놓지만, 서술자는 정색을 한 채 진지한 어조를 유지한다. 이러한 서술자의 능청스러움 덕분에 이 소설은 '외계인의 지구 침공'이라는 상투적 상상력을 '지상 최대의 쇼'라는 소설의 제목이 가리키는 것처럼 한갓 우스꽝스러운 구경거리로 탈바꿈시킬 수 있었다.

외계인의 출현에 관한 또 다른 기록인 〈경이로운 도시〉에서도 전통적인 SF의 관습은 의도적으로 무시되고 역전된다. 이 소설에서도 외계인은 무서운 괴물이 아니라 허약하기 그지없는 우주 난민으로 등장한다. 인간은 불쌍한 외계의 난민을 무시하고, 박대하며, 학대한다. 2009년 개봉했던 영화 ≪디스트릭트9≫에처럼 외계인들은 격리·수용되고, 그들을 관리하고 통제하는 인류는 숨겨져 있던 비정함을 여지없이 드러낸다. 인류와 외계인 간의 양극화된 선악의 대립 구도를 역전시킬 때, 상투적이고 관습적인 상상력에서는 도저히 맛볼 수 없었던 참신한 상상력의 즐거움이 생성된다.

장르적 관습의 의식적인 역전은 SF 특유의 장르적 자족성을 붕괴시킨다. 주지하다시피 SF는 판타지 장르 일반이 그러하듯 현실 도피적이다. 현실에서 벗어난 지점에서 가상의 세계를 구축하고 그 안에서만 유희를 즐긴다. SF의 즐거움은 잠시 현실의 문제와 고통을 망각한 채 상상 속에서 이루어지는 대리 충족에 초점을 맞춘다. 반면 〈경이로운 도시〉는 SF적인 발상에서 출발하지만, 목적지는 현실이다. 외계 난민을 대하는 인간의 태도는 명백히 외국인혐오증(Xenophobia)을 연상하게 한다. 인간이 외계인을 사냥하여 식용으로 섭취한다는 설정은 노동자에 대한 자본가의 착취를 비유적으로 재연한 것이 분명하다. 또한 외계에서 온 식품(?)이 사람들에게 특별한 거부감 없이 수용되고 소비되기까지의 과정은 GMO의 확산에 대한 그럴듯한 비유이기도 하다. 그 결과 우스꽝스러워 보이고 자유분방하게만 보이던 상상력은 날카롭게 현실의 모순을 겨냥하고, SF의 장르적 자족성을 극복하게 한다.

그렇다고 해서 이 소설이 과학적 지식을 활용하여 상상의 세계를 그려보는 SF의 기능을 전면 부정한다는 말은 아니다. 이 소설은 상당한 과학적 지식을 바탕으로 해야 쓸 수 있는 작품이다. 외계인을 식품으로 가공하는 방법을 생각해낸 후안 곤잘레스와 GMO의 창시자라 부를 수 있는 노먼 볼로그를 연결시킨 것이 대표적인 사례이다. 어린 소년이던 후안 곤잘레스가 노먼 볼로그에게 노벨평화상 수상 소식을 전달한 인물이었으며, 그때 노먼 볼로그가 후안에게 "새로운 식량을 개발하여 평화로운 지구를 만드는 일에 앞장서달란 말이다, 알겠니?"라는 의미심장한 말을 남겼다는 것이다. 과학사에 한 획을 그은 인물에 대한 지식을 허구적으로 창조해낸 가상의 인물과 만나게 함으로써 상상력은 본격적으로 펼쳐진다. 전문적인 과학사적 지식과 황당하기 그지없는 상상이 뒤섞이는 순간이다.

아니, 작가는 과학적 지식을 통해서 상상력의 범위를 확장한다. 대학에서 이과 계열을 전공하여 약사 직업을 가진 작가의 독특한 면모와 연결된다. 약국을 공간적 배경으로 한 〈개들의 사생활〉에서는 실제 작가의 직업적 경험을 뚜렷이 떠올릴 만큼 의학적 지식이 동원되고 있으며, 〈2098 스페이스 오디세이〉에서도 상식적인 수준을 훌쩍 뛰어넘은 분자생물학 관련 지식이 활용되고 있다. 이 소설집에는 수록되지 않은 〈그리고 계속되는 밤〉에서도 인공 생체기관에 대한 상상력을 소설의 테마로 삼는다. 유전공학이나 진화론, 의학, 약학 등 주로 생명과학 계통의 지식을 즐겨 사용되는데, 작가는 이러한 과학적 지식을 디딤돌로 삼아 상상력을 자유롭게 펼친다. 얼핏 과학적 지식과 환상에 가까운 상상이 어울리지 않는 듯하지만 제법 그럴듯한 한 그릇의 짬뽕으로 혼합된다.

작가의 과학적 지식은 상상력을 원거리까지 도달하도록 만든다. 〈2098 스페이스 오디세이〉의 유전공학은 생명의 본질에 대한 성찰이라는 거대한 주제에 연결되는 통로다. 유전공학이 발달하여 노화로 이끄는 '소멸유전자'를 제거하는 길이 열렸고, 이에 따라 영생의 길이 열린다. 유전자를 소멸시키지 않는 법, 즉 불로장생법이 개발되자 유전자의 재생산이라는 종족 번식과 새 생명의 탄생에 대한 노력이 정지되고 결국 지구는 회색의 암흑 속에서 영원토록 늙어가는 부작용을 생긴다. 생명의 탄생과 소멸, 종족의 번식의 근본적인 원리와 의의가 무엇인지에 대해 적지 않은 암시를 주는 상상력의 발휘이다. 황당무계함의 외관을 하고 있지만 상당한 수준의 과학적 지식과 재조합되면서 상상력은 깊고 멀리 뻗어나갈 수 있는 것이다.

3. 어느 향토사학자가 기록한 라면의 역사

소설집 《라면의 황제》에서는 사소한 일상에 대한 미시사적 관심을 통한 또 다른 유형의 상상력을 발견할 수 있다. 과학적 지식을 통한 상상력이 우리를 계급, 인종 나아가 생명의 본질 같은 거시적인 분야에 관한 관심과 반성으로 이끌었다면, 라면이나 페르시아 양탄자, 국민교육헌장 같은 일상생활에 밀착된 상상력은 너무나 익숙하여 미처 자각하지 못했던 지점을 건드린다. 그래서 전자의 상상력을 원심적이라고 부를 수 있다면, 후자의 상상력은 구심적인 속성을 지닌다.

〈라면의 황제〉는 시종일관 패러디의 유쾌함 위에 올라탄다. 27년간

라면만 먹은 김기수 씨는 2005년 〈세상에 저런 일도〉라는 프로그램에 출연했다. KBS의 〈세상의 이런 일이〉를 약간 변형시킨 제목임을 알아차리는 순간 실소가 터져 나온다. 김기수 씨는 자신의 라면 인생을 담아 ≪내 영혼의 라면 한 그릇≫를 출간했다고 한다. 1990년대 시인 류시화가 번역해서 베스트셀러가 되었던 ≪내 영혼의 닭고기 수프≫를 기억한다면 또 다시 웃음이 터질 것이다. 빌 클린턴을 미국 대통령으로 만들어준 유명한 선거 구호 'It's the economy, stupid.(바보야, 문제는 경제야.)'는 '바보야, 문제는 라면이 아니야.'로 변형된다. 간혹 라면의 영웅에 관한 이야기를 듣다 보면 라면이 발명된 날 자신이 태어났다고 착각한 채 라면을 자신의 숙명으로 받아들인다는 '웃기면서도 슬픈' 내용도 있지만, 금세 패러디의 유쾌함으로 모든 것을 가볍게 들어 올린다.

그러나 이렇게 유머가 반복되는 가운데 날카로운 문제 제기가 번뜩인다. 라면이 사라진 시점에서 라면 소멸의 역사를 추적한 사학자는 다음과 같이 덧붙인다. 미래의 시점에서 이루어지는 역사적 조명, 즉 오늘날 우리 시대에 대한 진단이다.

> 여하튼 중요한 것은, 그즈음부터 인류가 무엇을 믿어야 하는가 혹은 무엇을 생각해야 하는가 대신 무엇을 먹어야 하는가에 탐닉하기 시작했다는 사실이다. 사람들은, 만약 누군가가 세상에서 가장 깨끗하고 건강한 음식을 먹는다면 그의 영혼 역시 세상에서 가장 고결할 것임을, 그리고 그의 지능이나 그의 미래, 그 밖의 모든 것 역시 완전무결할 것임을 믿어 의심치 않았다.(〈라면의 황제〉, 82면)

무엇을 믿어야 하는가, 무엇을 생각해야 하는가를 끊임없이 스스로에게 물어보는 반성적 시선을 통해 인간은 진보의 길을 걸을 수 있다. 그런데 오늘날 사람들은 엉뚱하게도 무엇을 먹어야 하는가라는 부차적인 문제에 집착하게 되었다. 무엇을 먹어야 하는가가 불필요하다는 것이 아니라, 중요한 질문과 부차적인 질문 간의 관계가 전도되어버렸다는 사실이 문제다. 나쁜 음식의 대명사인 '라면만 없어진다면 세상의 모든 문제도 다 사라질 거라는 희망 섞인 믿음'(100면)이 위험한 것은 정작 산적해 있는 문제 앞에서 눈을 감게 하고, 대신 거짓의 미봉책만 수행하게 만들기 때문이다.

〈라면의 황제〉는 새로운 시선으로 주변을 돌아보라고 독자들에게 권유한다. 무엇이 중요한지, 무엇을 놓치고 있는지 다시 돌아보라고 촉구한다. 이를테면 국민교육헌장을 달달 외우는 것은 너무도 당연하게 생각했던 것에 대해서(〈교육의 탄생〉), 왜 대형마트가 이처럼 우후죽순으로 생기고 조그만 동네 슈퍼는 점점 사라지는지에 대해서(〈이제는 우리가 헤어져야 할 시간〉), 그 많던 울긋불긋한 양탄자가 모두 어디로 사라졌는가에 대해서(〈페르시아 양탄자 흥망사〉), 그리고 우리 주변의 외국인 이주노동자들과 세계 곳곳에서 고통받는 수많은 지구인에 대해서(〈어느 멋진 날〉).

새로운 시선을 돌아보면 무언가 새로운 것이 보일 수도 있다. 〈페르시아 양탄자 흥망사〉는 흔하디흔한 양탄자를 매개로 1970년대 후반부터 2000년대 초반까지의 정치·경제적 상황을 회고한다. 옛날 신문

242

을 뒤적여서 강남 한복판의 길에 '테헤란'이라는 도시 이름이 붙게 된 연유를 찾아내고, 그때 서울시장이 선물 받은 페르시아 양탄자의 행방은 어떻게 되었을까 상상한다. 12.12사태, 5공 정권의 출범, 87년 체제의 성립, IMF 외환위기 등 역사적 사건의 한복판에 문제의 페르시아 양탄자가 있다. 양탄자와 역사적 사건이 절묘하게 엮이는 과정도 흥미롭고, 그 주변에서 새록새록 돋아나는 7080세대의 복고적 추억들 또한 흥미롭다.

그러나 무엇보다도 시선을 끄는 것은 양탄자에 묻은 오염을 지우는 세탁소 주인의 입장이다. 세탁소 주인은 12·12사태의 의미를 전혀 이해할 수 없었지만, 비싼 카펫이 함부로 '짓밟히는 것'이 속상했다. 1987년 6월 이후 '다시 돌아온 카펫'에 묻은 얼룩을 지우기 위해 정성껏 솜씨를 발휘할 때도 그가 역사적 변화의 맥락을 모르기는 마찬가지다. 그러나 역사의 흐름에 무관심하고, 굳이 알고 싶어 하지도 않았던 그였지만, '카펫의 얼룩'을 안타까워하고, 그것을 지우기 위해 세탁 솜씨를 발휘함으로써 이미 그 속에 참여하고 있었던 셈이다. 얼룩을 지우기 위해 양탄자를 세탁하는 그의 모습에서 역사를 바로 세우는 길이 과연 무엇인지 가늠하게 한다.

새로운 관점에서의 해석은 '민족중흥의 역사적 사명'에 대한 새로운 인식으로 이어진다. 국민교육헌장이 지배자가 원하는 대로 순순히 따르게 만들기 위해 인간을 세뇌하는 원리가 적용되어 있다는 발상은 한편으로는 허황된 음모론이지만, 국가 동원체제의 기본적인 발상을 예리하게 포착한다는 점에서는 설득력이 있다. '민족적 자존심', '국위 선

양'의 가치를 의심하고 딴죽을 거는 일은 그동안 당연하다고 생각해왔던 것을 새롭게 바라보려 시도할 때 비로소 가능하다. 그러기 위해서는 작고 세밀하게 들여다보려는 구심적 상상력이 요구된다. 이처럼 상상력은 현실과 시대의 의의를 다시 발견하게끔 하는 일을 수행하고 있다.

4. 당신의 트루시니스

따지고 보면 음모론도 나름대로 설득력이 있다. 음모론도 논증 과정을 거친 추측을 통해 사물이나 현상을 이해하려고 시도한다. 예를 들어 〈지상 최대의 쇼〉에서 하늘에 떠 있는 비행접시에서 왜 척 베리의 〈Johnny B. Goode〉가 들려오느냐는 의문을 설명하는 방식에 있어서 당국의 공식 설명과 음모론자들의 주장은 둘 다 그럴듯하게 들린다. 둘 다 증거와 논리적 사실관계에 근거하여 펼쳐내는 논증의 방식이기 때문에 어디까지나 추정이고 추측이며, 가능성의 문제다.

비행접시에서 들려오는 척 베리의 노래는 1977년 태양계 바깥을 탐사하기 위해 쏘아올린 우주선 보이저2호에 실은 레코드판에 녹음한 것이다. 그 노래는 지구인이 우주에 보내는 메시지의 일종에 해당하는데, '아마도' 외계인들이 보이저2호와 그 속에 있던 레코드판을 발견했고, '아마도' 그 의미를 알아차린 그들이 '아마도' 지구인들에게 메시지를 보내기 위해 그 노래를 틀고 있다는 것이 당국의 설명이다. 어디까지나 '아마도'라는 부사로 연결되는 추측이다.

음모론자들은 그 노래가 외계 생명체를 가장한 W시 행정 관료들의 소행이라 주장한다. 매일 아침 여섯시에 경쾌하게 들려오는 노랫소리는 시민들을 흥겹고 활기차게 만드는 역할을 하는데, 그 노래는 '활기찬 도시, 발전하는 경제'라는 W시의 슬로건에 딱 들어맞는다는 것이다. 사람들에게 영향을 끼치기 위해 도시 전체에 음악을 틀어놓는다는 발상이 얼마나 황당하냐고? 1970년부터 시작된 범국민적 사회 개발 운동인 '새마을운동'은 10년 넘게 아침마다 전국에 홍겨운 노래를 틀어대곤 했었다. 매우 그럴듯한 음모론이다. 전국 수십만 학생들이 아침마다 달달 외우던 '국민교육헌장' 역시 건강한 신체와 정신을 갖추고 국민정신과 반공주의에 투철한 사람으로 자라도록 영향을 끼치기 위한 목표 아래 개발되었다는 것(〈교육의 탄생〉)을 누가 부정할 수 있겠는가. 음모론도 그럴듯하게 들린다.

사실 여부와는 관계없이 자신이 믿고 싶은 것을 진실로 인식하려는 성향을 일컬어 트루시니스(truthiness)라고 한다. 언젠가부터 우리 주위에는 수많은 정보들이 넘쳐나 홍수를 이루고 있다. 워낙 거대한 정보의 바다에 노출된 탓에 모든 것을 다 따져볼 여력이 없다. 대신 일단은 자신에게 유리하고, 진실이라 의지하고 싶은 정보들만 선별적으로 수용하게 되어 기존에 갖고 있던 관념을 더욱 강화하게 되는데, 이것이 트루시니스다. 이때 편향된 정보는 나름대로 논리적이고 체계적인 정보일 수 있고, 과학적 지식일 수도 있다. 문제는 그러한 정보들을 어떻게 조합하고, 의미화하는가에 달려있다.

〈개들의 사생활〉에 등장하는 주인공은 일반인들보다 훨씬 풍부한 과학적 지식을 갖고 있다. 바리움(Valium)이라는 전문 의약품이나 프리온(prion) 단백질에 대한 상세한 설명을 듣다 보면 마치 대학 교양 강좌를 듣고 있는 듯한 느낌이 들게 된다. 주인공이 설명한 대로 프리온은 광우병이나 크로이펠트-야코프병을 일으키는 원인으로 추정하는 것이 과학계의 상식이다. 프리온은 소나 원숭이, 심지어 인간에게도 전염되지만 유독 개에게는 전염되지 않는다는 것도 잘 알려진 과학적 지식이다. 그러나 개들이 인간을 조종하는 텔레파시를 보내고, 그 신호를 수용하는 역할을 하는 것이 프리온이며, 간혹 텔레파시 수용기관의 기능에 오류가 생기면 광우병이나 크로이펠트-야코프병 같은 식의 결과로 이어진다는 추측은 어디까지나 억측에 불과하다. 개와 프리온의 상관관계에 대한 주인공의 믿음은 믿고 싶은 것만 믿는 트루시니스의 극단적인 사례에 해당하며, 읽는 이로 하여금 과학적 지식과 음모론의 경계에 대해 잠시 생각하게끔 한다.

결국 믿음의 문제다. 세상을 어떤 구도로 바라보느냐에 따라 의미 해석의 결과가 크게 달라진다는 프레이밍 이론(Frame theory)은 소설집 ≪라면의 황제≫에 수록된 여러 단편 소설에 깊이 관여한다. 그중에서도 외계인을 잡아먹는 지구인의 이야기를 다룬 〈경이로운 도시〉는 프레임의 전환과 중요성을 더욱 생생히 보여준다. 지구인이 외계인을 식량화하기 위해서는 '외계에서 온 사람'이라는 관념을 '외계에서 온 물건'으로 바꾸는 프레임의 전환이 필요하다. 외계인들은 비록 움직이고 말하기도 하지만 세포 체계는 지구상의 식물과 유사하며, 신진대사 역시 풀이나 나무처럼 엽록체를 통해 이루어진다는 '과학적 지식'을 동원하여 그들을 '식물'로 분류한다. 인간은 동물에 속하고, 외계인은 식물에 속하므로, 외계인은 더 이상 외계에서 온 인간이 아니다. 그러니 인격적으로 대우할 필요가 없으며, 심지어 잡아먹어도 된다. 인간과 외형은 비슷하지만 '밭에서 나는 고기'에 불과하다. 관념의 틀을 약간 바꾸면 외계인을 잡아먹는 것도 너무나 자연스러운 일이 된다.

〈라면의 황제〉에서 라면 동호회 사람들은 박 모 노인이 아닌 김기수 씨를 자신들의 영웅으로 추대했다. 누가 더 오랫동안 라면을 먹었는가가 중요한 것이 아니라 '라면이 곧 운명인 자 특유의 느낌'(103면)이 중요하다. 객관적 사실의 일치 여부가 중요한 것이 아니라 이미지의 형성과 의미의 부여가 더 중요함을 동호회 사람들은 순순히 인정한다. 본래 이데올로기나 신념은 의미화가 중요한 법. 〈이제는 우리가 헤어져야 할 시간〉에서 숭고한 반전사상을 고취시키기 위해 기자 톰 존스는 한국의 김홍석 씨를 쟁기를 들고 탱크에 맞선 영웅으로 우상화한다. 김홍석 씨가 자살한 것이 대형 마트로 인한 골목상권 파괴에 대한 항의의 표시였다는 사실은 묵살한 채, 자신의 믿음을 강화하기 위해 폭력적인 방식을 취한 셈이다. 이에 소설은 인간은 진실을 믿는 것이 아니라 자신이 믿고 싶은 것을 믿는다는 사실을 폭로한다.

≪라면의 황제≫에 수록된 여러 소설은 한결같이 어정쩡한 결말로 끝난다. 도대체 뭐가 진짜냐고 궁금해하는 독자를 향해 "뭐가 사실이냐고요? 글쎄요, 나도 그저 알고 싶을 따름입니다."(〈2098 스페이스 오디세이〉, 136면)라고 답한다. 이미 우리는 객관적 사실보다는 믿

고 싶은 것이 관념을 구축하는 세계를 살아가고 있다. 페르시아 양탄자의 진품 판정을 의뢰한 취재팀에게 아부 알리 하산은 진위를 대답하는 대신 이런 질문을 던진다. "확실한 것은 아무것도 없습니다. (…) 그런데 만약 이것이 진품과 정말로 똑같이 생긴 모조품이라면, 저는 그 정성을 봐서라도 이게 진품과 같은 반열에 오를 가치가 충분하다고 보는데, 당신들의 생각은 어떤지요?"(〈페르시아 양탄자 흥망사〉, 37면.) '진실 혹은 거짓, 당신의 선택은?'이라는 애매모호한 결말 앞에서, 진위 판정이 아니라 무엇을 믿어야 하고, 무엇을 생각해야 하는지 고민하고 반성함으로써 '진정성'을 추구할 때만 트루시니스의 벽을 넘어설 수 있다는 것이다.

5. 인간을 상상하며

팔레스타인 가자 지구 알부르즈 난민촌에 거주하는 소년 할레드는 공책에다 무언가 열심히 적고 있다. 그것은 자신이 상상하는 것을 적어놓은 것이다. 이를 유심히 지켜본 중년의 의사 아부엘은 소년이 상상으로 써 놓은 그 이야기가 바로 '소설'이라는 것임을 일러준다. "모든 소설은, 세계에 대한 상상이야. 네가 쓴 그 이야기처럼 말이다."(〈어느 멋진 날〉, 226면)

그런데 소년이 공책에 적어놓은 상상의 내용은 허무맹랑하기만 하다. 한 번도 가본 적 없고, 앞으로도 평생 갈 일이 생길 것 같지 않은 '서울'이라는 낯선 도시에 대해 상상한 것을 써놓았기 때문이다. 궁금

중이 든 아부엘은 왜 하필 아무 상관도 없는 곳에 관한 이야기를 쓰고 있느냐고 묻는다. 그러자 할레드는 다음과 같이 대답한다.

> 왜냐하면… 어차피 모든 이야기는 상상이니까요. 어쩌면 내가 지금 서 있는 이 땅이, 가장 깊숙한 밑바닥에선 바로 그 도시와 연결되어 있는 걸지도 모르고요. 아니, 생각해보니 난 그곳에서 기시감을 느꼈던 것 같아요. 그런데 아부엘, 거기서도 누구 한 사람쯤은 이곳에 기시감을 느끼고 있지 않을까요? 그리고 나처럼 이렇게, 한 번도 가보지 않은 장소에 대하여 이야기를 만들어내고 있지 않을까요?(〈어느 멋진 날〉, 242면)

지구는 둥그니까, 계속해서 땅을 파고 들어가면 언젠가 지구 반대편에 도달하게 될지도 모른다는 상상이다. 이런 상상 속에서는 가자 지구 난민촌의 땅바닥을 계속 파다보면 한 번도 가본 적 없는 서울이라는 낯선 도시에 도달하게 된다. 이와 같은 소년의 상상은 이 소설집에는 수록되지 않은 단편 〈지상에서 영원으로〉의 중심 테마가 된다. 지구의 중심은 텅 비어 있고, 한참 땅을 파고 들어가다 보면 지구의 다른 곳으로 통하게 된다는 '지구공동설'이라는 황당한 이론이다. 소년은 스스로 황당하다 싶었는지, 기시감을 느낀 것이라면서 자기 생각을 수정하기도 한다.

지구공동설이 되었든 기시감이 되었듯, 결과는 똑같다. 얼핏 황당해 보이는 상상의 조각들을 조합하고 발전시켜보면, 지구 반대편에 살고 있는 사람들의 얼굴을 그려볼 수 있고, 그들을 이해할 가능성이 열린다. 소년은 누군가 그곳 '서울'에서도 이곳 '팔레스타인'을 상상하고 있을지 모른다고 말한다. 소설 속에서는 음모론 전문 잡지사의 기자가 기시감을 느끼며 팔레스타인 난민촌을 상상하고 있고, 소설 밖에서는 작가 김희선이 지구공동설 운운하며 소설을 쓰고 있고, 또한 우리는 그러한 소설을 통해서 '그곳'을 상상한다.

우리는 팔레스타인 소년의 말대로 소설을 통해 다양한 '그곳'과 그곳에 거주하고 있는 '인간'을 상상한다. 이때 지구촌 곳곳에서 벌어지는 비극에 관심을 촉구하는 상상은 타인의 고통을 이해하는 중요한 통로가 될 수 있다. 팔레스타인의 동물원에 폭탄이 떨어지고, 동생이 피를 흘리며 죽어가는 것을 눈앞에서 목격한 아부엘의 고통을 상상하자! 때로는 외계인이라는 가장 황당무계한 상상의 소재를 통해 현실의 사회경제적 모순과 문제점을 상기할 수도 있고, 늙지 않는 비법을 터득한 미래의 의학 기술을 상상하면서 생명의 의미에 대해 성찰할 수도 있다. 페르시아풍 양탄자의 흥망성쇠와 국민교육헌장의 탄생 비화를 상상하면서 우리 자신의 제대로 들여다볼 수도 있다. 우리는 상상을 통해서 현실을 제대로 볼 수 있다.

"이런 극한의 추위도 라면 한 그릇이면 거뜬히 이겨낼 수 있다."((라면의 황제), 102면) 이것은 온갖 탄압에도 굴하지 않는 라면 동호회의 모토다. 갖가지 상상의 재료들로 끓여낸 한 그릇의 짬뽕 라면인 소설집 ≪라면의 황제≫를 한 문장으로 정리하는 것이기도 하다. 상상은 현실의 온갖 어려움을 해결할 가능성을 인간에게 열어주며, 상당한 과학적 지식에서 출발한 상상은 물론이거니와 허황한 음모론에서도 가능성은 무한히 펼쳐질 수 있음을 암시한다. 이것은 소설집에 수록된 모든 작품이 강조하는 바이기도 하다. 항상 현실과 연결되고, 현실과 대결을 벌일 때 상상은 비로소 가치 있는 것이라고, 그리고 그러한 상상력의 짬뽕 라면인 소설 역시 제법 가치 있는 것이라고 말이다.

3부

독서가 당신을 자유롭게 하리라

- 김경욱, ≪위험한 독서≫

〈천년여왕〉에는 소설을 쓰기 위해 밤낮으로 고심하는 한 남자가 등장한다. 그는 소설가로 등단하기 위해 직장도 그만두고, 도시를 떠나 인적이 드문 산골 깊숙한 곳에 마련한 자신의 집필실에서 '창작의 고통'을 겪는다. 머지않아 자신에게 쏟아지게 될 문단의 찬사를 미리 예감할 때 그 '고통'은 '즐거움'에 가깝다. 그러나 그의 아내는 남자가 고심해서 쓴 소설의 구상이나 내용이 어디선가 본 듯하다고 지적하는데, 실제로 아내가 알려준 책을 찾아 읽어보면 어김없이 아내의 지적대로 동일한 발상이 이미 그 책에 실려 있어 그는 적지 않은 좌절감을 맛본다. 아내의 지적과 남자의 좌절이 반복될 즈음 창작의 '고통'은 그야말로 부질없는 '괴로움'일 따름이다. 남자는 오지도 가지도 못하는 자신의 처지에 대해 다음과 같이 말한다.

"독창적인 세계를 구축하기 위한 길에는 두 가지가 있다. 한 권의 책도 읽지 않든가 모든 책을 다 읽든가."(〈천 년 여왕〉)

이 작품을 메타소설로 본다면 남자가 경험하는 '창작의 고통'은 작가 김경욱이 맛보았을 법한 즐거움과 괴로움을 소설적으로 형상화한 것이라 읽을 수 있다. 물론 작가는 〈위험한 독서〉에서 소설 속 인물과 실제 작가를 동일시하는 어리석은 독서 습관을 경계하였으니, 이러한 생각은 허황된 짐작에 불과하다. 그럼에도 불구하고 사람을 '읽어내야 하는 책'으로 규정하는 작가의 독특한 발언을 상기한다면 소설을 쓰기 위해 안간힘을 쓰는 남자에게서 작가의 초상을 읽어내는 독법이 무용하지는 않을 듯하다. 20년을 넘기고 있는 작가로서의 문학적 여정이야말로 즐거움과 괴로움의 연속이었을 것이며, 그것은 자기 세계를 구축하기 위한 '수만 번의 아침저녁'(〈작가의 말〉)이었을 테니까.

1993년 20대 초반의 나이로 등단한 신인 소설가 시절 그는 '한 권의 책도 읽지 않은' 작가였다. '날 것' 그대로의 참신함이라는 무기는 한 권의 책 읽지 않았기에 가능한 것이었다. 동년배들의 생활, 문화적 취향, 세대적 감수성을 글로 옮기는 것이 신인 소설가의 임무였다. 1990년대는 민주화의 열기가 일단락되고 난 직후 압구정동 X세대의 등장, 서태지로 대표된 대중문화의 세례, 포스트모더니즘의 전면적인 확산 등으로 압축되는 시기였다. 영화, 재즈, 카페, 우울과 권태 등 1990년대의 주요 키워드는 신인 소설가의 문학적 자산으로 고스란히 흡수되었다. 이때 독창적 세계의 구축은 자기 자신을 그대로 드러내기만 해도 가능한 것이었고, 등단 이후 2000년대 초반까지 그의 작품은 대개 이러한 면모를 지니고 있다.

한편 2000년대 중반 이후 작가 김경욱은 '모든 책을 다 읽고' 창작하려는 작가다. 이런 변화를 단적으로 보여주는 예는 역사소설 창작의 시도다. 그는 장편소설 ≪천 년의 왕국≫(2007)에서 17세기 조선을 배경으로 중세 조선의 풍속, 네덜란드에서 온 이방인 '벨테브레'라는 인물의 행적과 그의 내면을 그려내고 있다. 과거를 재구성하고 상상력을 발휘하기 위해서 작가는 반드시 타인이 작성한 자료들을 섭렵해야 했다. 타인이 이미 구축한 세계를 받아들여 자신의 것으로 소화한 다음에야 자신의 상상력이 발휘될 여지가 확보될 수 있기 때문이다.

소설집의 표제작 〈위험한 독서〉는 '모든 책을 다 읽고' 쓰려는 작가의 욕망을 여실히 보여준다. '독서치료사'라는 독특한 직업을 가진 주인공이 등장하는 작품답게 소설 속에서는 여러 작가의 책이 언급된다. 니체, 루소의 철학서, 헤밍웨이, 알베르 카뮈, 미시마 유키오, 블라디미르 나보코프, 루이스 캐럴, J.D. 샐린저, 밀란 쿤데라, 다자이 오사무, 밀란 쿤데라 등의 세계문학을 대표하는 작가의 작품은 물론 대실 해밋의 ≪몰타의 매≫ 같은 탐정소설까지, 일일이 거명하기도 숨가쁜 책들의 향연이 펼쳐진다. 이처럼 화려하게 나열되는 목록은 서술자와 실제 작가의 관계, 카타르시스, '고난의 구조', 희생양 모티프 등 문학 이론과 연관된 서술과 결합되어 흥미로운 지적 유희의 세계로 독자를 이끌고 있다.

그러나 〈위험한 독서〉에서 감탄을 자아내는 것은 독서에 탐닉한 주인공의 화려한 지적 편력의 내역만이 아니다. 자신의 문학적 소양을 과시하면서 치료 대상인 '당신'을 내려다보던 주인공의 태도는 서사가 진행되면서 균열이 생기고, 급기야 결말에서는 몰락의 길을 걷게 된다. 지적 우월과 환자를 대하는 권위가 이성에 대한 이끌림으로 말미암아 역전되는 순간, 영혼을 구원한다는 고상한 독서의 효과가 텔레비전 연속극 시청과 인터넷 홈페이지 꾸미기가 선사하는 단순하고 노골적인 흥미 앞에서 초라해지는 반전의 묘미가 창출된다. 반전이란 서사의 진행 과정을 거쳐서 발생하는 것, 화려하게 나열된 독서 목록과 문학 이론은 서사의 전개를 거침으로써 갈수록 위축되는 독서의 의미에 관한 냉소적인 통찰로 완성된다. 더 이상 '날 것' 그대로를 보여주는 방식이 아니라 재료를 수집하여, 조립하고, 세공하는 과정을 거치는 방식인 것이다.

이러한 방식은 메타소설적인 면모를 지닌 〈위험한 독서〉와 〈천년여왕〉에만 한정되지 않고, 《위험한 독서》에 수록된 여타 작품에 공통적으로 적용된다. 테러에 대한 불안감을 유머러스 하게 풀어내는 〈맥도날드 사수 대작전〉, 고독이라는 개별적인 심리마저 홈쇼핑 상품처럼 대여한다는 〈고독을 빌려드립니다〉, 대리 임신이라는 수상적은 거래에 관한 〈달팽이를 삼킨 사나이〉 등에서는 우리 주변에서 쉽게 보이는 일상적인 사물, 현상, 장소 등을 다루면서 그것들을 조립하여 서사와 결부시킴으로써 오늘날의 사회에 대한 통찰로 나아가고 있다. 글자와 숫자에 관해 천재적 재능을 지녔던 아이가 성장하는 이야기를 다룬 〈게임의 규칙〉, 결코 낭만적이지만은 않았던 연애의 실상을 폭로하는 〈공중관람차를 타는 여자〉, 대학입시에 실패한 재수생 시절을 이야기하는 〈황홀한 사춘기〉 등은 야구, 퀴즈쇼, 영화, 연애편지, 입시학원 같은 일상적 소재를 활용하면서 시간적 흐름에 따른 인물의 변화를 서사 속에 끌어들임으로써 냉소와 위트를 선사한다.

작가 김경욱은 〈작가의 말〉에서 글쓰기에 관한 자신의 욕망을 모든 책을 다 읽고 싶은 욕망과 결부시킨다. "언제부턴가 모든 게 책으로 보여." "읽어야 할 게 너무 많아." "독서는 위험해. 자신을 돌아보게 하니까." 쓰는 것은 읽는 것이고, 타인이라는 책을 읽는 것은 자기 자신을 읽는 것이라는 모순어법이다. 그러나 작가는 자신의 작품(책)을 통해 그것이 모순이 아님을 증명하였다. 〈위험한 독서〉와 〈천 년의 여왕〉은 '당신'과 '아내'에 관한 이야기면서 결국 '나'의 이야기로 귀결되었기 때문이다. 이에 《위험한 독서》에 수록된 모든 이야기는 작가가 창조한 타인의 이야기면서 동시에 허구화 작업을 거쳐 텍스트로 만들어진 작가 자신의 이야기다.

모든 책을 다 읽고 싶어 하는 작가는 독자를 향해 독서라는 게임에 참여하도록 제안한다. 너무 익숙하여 무심코 지나쳤던 타인과 세상이라는 텍스트를 읽는 게임이다. "이번에는 당신이 읽을 차례야. 나를 읽어봐." 이 제안은 꽤나 매력적이다. 롤랑 바르트의 말대로, 게임의 규칙은 독자인 내가 정할 수 있고, 그 규칙 속에서 나는 텍스트의 즐거움을 마음껏 향유하기만 하면 되는 것이기에 나에게 절대적으로 유리하다. 작가에 따르면 독서는 자신을 가차 없이 돌아보게 하기에 위험하다지만 그렇기에 당신을 자유롭게 할 수 있으니, 설령 판돈을 다 잃는다고 하여도 다른 무언가를 얻을 수 있다. 타인과 세상을 관찰하고 이해하면서, 자기 자신에 관해 알아가는 즐거움 말이다. 또한 모든 책을 다 읽고 싶어 하는 탐욕스러운 작가의 욕망을 엿보는 즐거움 말이다.

이야기의 리듬과 생의 리듬

– 김애란, ≪두근두근 내 인생≫

    어찌 보면, ≪두근두근 내 인생≫은 진부한 소재를 다루고 있다. 조로증 자체는 희귀하지만 불치병에 걸린 주인공이 죽어간다는 것은 TV 인생극장식의 뻔한 이야기다. 어떤 독자는 이 작품이 그저 그런 눈물의 레시피를 따른다고 불만을 가질 수도 있고, 어떤 독자는 진부한 눈물에 함몰되어 책장 넘기기가 힘들지도 모른다. 그러나 이런 독법은 타인의 슬픔과 불행을 한걸음 물러서서 '구경'하는 것에 불과하다. 작중에 제시된 〈이웃에게 희망을〉이라는 방송프로처럼 타인의 불행을 구경함으로써 '저들에 비해 우리는 행복해'라는 야비한 안도감을 제공하는 것이 이 작품의 본의는 아닐 터이다.

    진부함을 극복하는 힘은 우선 서술에서 찾을 수 있다. 눈물의 상투적 공식을 따르는 듯하다가도 인물들의 엉뚱한 발언과 행동으로 인해 감정의 흐름은 번번이 단절된다. 부모의 슬픔과 병원비 걱정, 자신의 죽음에 대한 예감 등은 식사 중 TV를 보고 웃으며 밥풀을 튀겨대는 아버지의 천진한 모습이나 아흔 먹은 아버지에게 야단맞고 시무룩해하는 예순 넘은 장씨 할아버지의 표정으로 인해 잠시 숨을 돌린다. 유머러스한 반전의 상황에서 주인공은 더도 덜도 말고 '아…'하는 옅은 탄식을 내뱉기를 반복하고, 반복되는 탄식은 눈물의 상투적 공식에 균열을 일으킨다. 비극과 희극의 교차를 통해 나도 세상살이의 괴로움을 잘 알고 있노라며 냉정을 유지하는 독자나 기꺼이 주인공의 슬픔에 공감하겠다고 마음먹은 독자 모두의 예상을 지속적으로 배반하는 것이다.

서술과 감정의 흐름이 단절되면서 일종의 매듭이 형성되고, 반복되는 매듭과 매듭은 이야기의 파동을 형성한다. 파동이란 정적과 파문이라는 대조적인 상태의 연속이며, 파문 아닌 것이 곧 정적이고, 정적 아닌 것이 파문이다. 더욱이 정적을 정적답게 하는 것은 파문과의 대조이며, 파문을 파문답게 하는 것도 정적과의 대비이다. 눈물의 중압은 웃음의 가벼움과 대조되어 무게가 가중되고, 웃음은 눈물의 무거움으로 인해 더욱 애처로울 수 있다. 결국 이 작품의 눈물은 틀에 박힌 눈물공장의 제조물이 아니라 눈물의 원석을 웃음이라는 연마제로 세공한 결과물이다. 한없이 무거울 수 있는 삶의 더께를 깃털처럼 들어 올리면서 그 순간 발생하는 반짝임을 포착하는 능력은 이미 작가의 단편에서 충분히 발휘된 것이지만 이러한 작가적 재능은 이 작품에 이르러 서술의 리듬을 발생시키고 눈물을 정련하는 도구로 활용되고 있어, 보다 진전된 면모를 보인다.

이 작품은 눈물과 웃음 외에도 다양한 이항대립을 배치한다. 어른으로서의 준비가 덜 된 어리고 건강한 부모와 어른보다 더 많은 것을 알아버린 늙고 병든 자식, 늙어도 자식의 얼굴을 가진 장씨 할아버지의 표정과 어려도 부모의 얼굴을 가진 십칠 년 전 사진 속 부모의 표정 등 다소 작위적이라는 인상을 줄 만큼 다양한 대립항들이 등장한다. 이러한 이항 대립의 정점에는 '늙은 소년'이라는 모순 형용을 체현하는 주인공 한아름이 있으며, 작가는 그에게 글쓰기의 임무를 부여함으로써 삶과 죽음이라는 생의 근저에서 발생하는 리듬의 원리를 파악하고자 한다. 자기 부모를 이해하고 싶다는 바람에서 시작되어, 투병 전 짧고 행복했던 시간을 복원하려는 의지로 이어지고, 나중에는 자신의 기원을 탐색하는 생의 갈무리로서의 의미를 지닌 주인공의 '소설 쓰기'는 작품 전체의 의미축을 형성한다.

어른들의 말 주워 담기에서 시작한 주인공의 '소설 쓰기'는 불치병 걸린 소녀 이서하와의 '이메일 쓰기'에서 돌파구를 찾는다. 타인과 비밀을 나눈 내밀한 교감이자 이성에 대한 '두근거림'의 감정을 느끼게 한 그녀와의 '이메일 쓰기'를 통해 주인공은 타인과의 '소통'이 무엇보다 어렵고 소중한 것임을 깨닫게 된다. 타인에 대한 진정한 이해는 '소통'을 통해서만 가능하다는 것을 알게 되었을 때, 자신의 기원이 초록의 여름이 빚어낸 '리듬의 절정'에서 소년과 소녀가 진정으로 '소통'한 결과였노라 선언한 한아름 작 〈두근두근 그 여름〉이 나올 수 있었다.

'서로의 박동을 느낄 만큼 심장을 가까이 포개는' 아버지와의 포옹을 통해 어머니의 자궁 속에서 느꼈던 '리듬'을 다시 경험하는 생의 마지막 순간 부모/자식, 젊음/늙음, 건강/질병, 생의 시작/끝이 오롯하게 포개져 '리듬'이 발생하고, 포기한 심폐소생술과는 무관하게 지속적인 리듬을 타기 시작한다. 죽음 후에도 계속될 것 같은 리듬은 죽음과 이별로 인한 '두려움의 두근거림'이 '소통'이 만들어낸 파동의 동심원에서 울려 나온 '설렘의 두근거림'으로 전환되었기에 온기가 느껴진다. 이서하가 들려준 'Antifreeze'의 '쿵쿵 짝, 쿵쿵 짝'하는 반복된 비트처럼 '두근두근' 뛰는 소통의 리듬은 차가운 죽음 앞에서도 노랫말처럼 '얼어붙지 않을 거야'라는 확신을 주기에 충분하다. 나아가 서술의 리듬을 발생시키고 생의 본원적 리듬을 짚어냄으로써 '저들에 비해 우리는 행복해'라는 진부한 눈물의 차가움을 녹이고 있다는 점에서도 이 작품의 성과는 분명해 보인다.

불가능한 꿈에 관하여

— 손홍규, 〈환멸〉

컴컴한 공대 건물 어느 연구실 창으로 새어 나오는 불빛을 떠올려보라. 그곳에는 설계도면을 그리며 밤을 새우는 건축학도가 하나 있다. 그는 피곤함 따위는 아랑곳하지 않은 채 순전히 자신의 작업에만 몰두한다. 일체의 번다함이 끼어들 여지가 없는 바로, 이 순간 그는 가슴에 품고 있는 꿈에 대해서만 충실하다. 그야말로 순수하고 순결한 생의 의지로 충만한 순간이다. 소설 〈환멸〉의 주인공이 그토록 그리워하고 갈망하던 순간이다.

손홍규의 단편 〈환멸〉은 건설 현장을 배경으로 한때 꿈과 이상을 추구했던 한 인간이 서서히 몰락의 길을 걸어가는 과정을 다룬다. 주인공은 건설 현장을 가득 채운 먼지와 소음을 좋아했고, 그 속에서 땀 흘리는 현장 사람들을 사랑했다. 그러나 '건축을 사랑하는 법'을 가르쳐 준 박 부장이 정리해고를 당해 회사를 나가고, 현장에서는 작업 중이던 인부가 죽어나가는 끔찍한 일도 벌어지면서 주인공은 서서히 열정을 잃어간다. 동시에 이혼 소송이 진행되면서 치유하기 힘든 정신적 상처도 입는다. 잘 나가던 건축업자에서 공사판 오야지로 떨어지고, 다시 별 볼 일 없는 잡부로 추락한다. 건축물에 서서히 균열이 생기다가 어느 순간 건물 전체가 일시에 무너지는 것처럼 주인공의 삶 또한 서서히 금이 가고, 급기야 완전히 무너진다.

이 소설에서는 술이라는 소재가 주인공이 몰락해가는 과정을 좀 더 선명하게 부각시킨다. 소설의 초반부터 주인공이 술을 마시는 내용이 빈번히 나오는데, 이것은 한편으로는 그가 술 때문에 죽게 된다는 소설의 결말을 위한 포석이지만 다른 한편으로는 주인공의 복잡한 내면을 드러내는 장치가 된다. 예를 들어 이혼한 전처와 아들 준희가 있는 베이징으로 가는 비행기 안에서 그가 겪은 심리적 혼란은 술을 매개로 이루어진다. 까닭 모를 불안에 시달린 탓에 불안을 누그러뜨리려 술을 마셨고, 술에 취한 결과 기내 난동 혐의로 추방당함으로써 우려했던 불안은 결국 현실이 된다. 이 같은 악순환의 반복 속에서 예고된 몰락에서 벗어날 수 없다는 생각에 이르면 공포감마저 자아낸다.

점차 몰락의 길을 걸어가는 주인공의 뒷모습이 더욱 쓸쓸하게 느껴지는 것은 비단 그의 거듭된 불행 때문만은 아니다. 무엇보다도 그가 자신의 꿈을 지키기 위해 부단히 노력했음에도 불구하고 균열과 붕괴의 구덩이에서 한 치도 헤어나지 못했다는 인생의 아이러니가 한몫한다. 그는 부조리와 불의를 접할 때마다 순수한 증오를 느꼈으며, 자신이 무엇을 증오하는지 혹은 진정으로 무엇을 증오해야 하는지를 오랜 세월 숙고해왔다. 증오가 있다는 것은 신념과 반대편에 있는 대결의 대상이 엄연히 존재함을 방증한다. 그가 겪는 불행과 고통은 모두 자신의 꿈을 포기하지 않았기 때문에 생긴 일이다. 이에 그는 모순으로 가득 찬 세계와 타협하지 않은 채 대결을 벌인 현대판 영웅이며, 죽음으로 이어지는 예견된 몰락을 애서 피하지 않고 자신의 운명인 양 담담히 받아들인다는 점에서 이 소설은 비극이 된다.

　한낱 주정뱅이 막노동꾼으로 전락한 주인공은 "결국 이 모든 것들이 환멸에 다름 아니라는 걸 어렴풋하게나마 깨달았다." 대개 환멸은 꿈이 깨어졌음을 인정하고 단념할 수밖에 달리 어찌할 도리가 없음을 시인한 끝에 이르는 감정이다. 그러나 그는 여전히 어린 시절 꿈을 품었던 곳인 영등포 골목을 그리워하고, 공사판에 뛰어든 중국인 유학생에게는 '네가 처음으로 꿈을 품었던 네 고향으로' 돌아가라 조언한다. 그는 몰락하여 환멸을 맛보았으면서도 결코 자신의 꿈을 포기하지 않는 것이다. 그가 우리에게 던지는 메시지는 분명하다. '계속해서 꿈을 꾸어야 한다, 그것만이 세계의 모순을 견디고 극복하는 유일한 길이다.' "가슴속에 불가능한 꿈을 가지자!"라고 외쳤던 체 게바라의 목소리가 자꾸만 겹치는 소설이다.

라르고, 어둠에서 빛으로 가는 길

– 조해진, <빛의 호위>

조해진의 소설에는 '라르고(largo)'라는 빠르기말이 어울린다. "폭
넓고도 느릿하게, 극히 풍부하게." 조해진의 소설은 참신한 소재나 발
상에만 의존하는 그런 유형에 속하지 않는다. 또한 자유분방한 유머
와 위트, 날카로운 냉소를 즐겨 사용하는 그런 유형도 아니다. 적확한
단어와 군더더기 없는 문장을 주요 도구로 활용하여, 느릿느릿하지만
결코 끊어짐이 없는 서사를 풀어낸다. 그러한 '느림'들이 모이고 쌓여,
소설의 결말에 이르러서는 상당히 묵직한 감정의 여운을 남기는 데 성
공한다. 이런 점에서 조해진의 소설은 인간의 삶과 일상의 단면을 섬
세하고도 예리한 시선으로 포착하는 단편소설의 미학적 본령을 충실
히 따른다고 볼 수 있다.

<빛의 호위>도 그와 같은 '느림'의 요소들로 가득하다. 이 점은 소
설의 시작 부분에서부터 선명하게 감지되는 바이다. 뉴욕에 막 도착하
여 입국 심사대를 향해 걸어가던 '나'가 잠시 걸음을 멈추는 것으로 소

설은 시작한다. 각자의 행선지를 향해 바삐 걸어가는 사람들로 가득한 뉴욕의 공항은 도시 현대인의 일상을 집약적으로 드러내는 상징적 공간이다. 주인공의 '빠름'의 한복판에서 걸음을 멈추고 돌연 '느림'의 시간을 향하고 있다. '나'가 걸음을 멈춘 것은 하늘에서 내리는 눈 때문이다. 공항의 활주로를 뒤덮은 눈은 소리 없이 천천히 지상으로 내리는 '느림'의 결정체다. '나'는 느리게 내리는 눈의 속도에 맞추어 잠시 걸음을 멈추었고, 그러한 '느림'의 시간 속에서 '나'는 바쁜 일상을 벗어나 과거의 기억 속 아스라한 풍경과 조우하게 된다. 눈을 바라보며 걸음을 멈춘 그곳에서 소설은 느리지만 절대로 포기하지 않는 꾸준함으로 과거의 비밀을 향해 걸어가는 과정이 된다.

이때 '나'의 귓가에서 되살아난 기억 속의 멜로디 역시 한없이 느리기만 하다. 어느 날 문득 아무런 계기 없이 떠오른 노래의 한 구절을 하루 종일 흥얼거려본 적이 있는 사람이라면 충분히 이해할 것이다. 누가 부른 노래인지, 제목이 무엇인지도 모른 채, 흥얼거리게 되는 그런 노래, 다른 사람은 듣지 못하고 오직 자신의 귀에만 들리는 그런 노래. 소설 속 주인공 역시 '느림'의 절정에서, 어렴풋한 멜로디 하나를 떠올리고 있다. 그 멜로디는 "긴 세월을 통과하여" 멀고도 먼 과거의 아득한 기억으로 '나'를 천천히 이끈다. '작고 추운 방', '일요일의 눈 쌓인 운동장', '약품 냄새로 가득한 병실'과 같은 곳으로 이끄는 멜로디를 따라 "폭넓고도 느릿하게, 극히 풍부하게" 이어지는 발걸음이 이 소설의 서사적 리듬을 형성한다.

'느림의 시간' 속에서 시작된 서사적 흐름은 주도면밀하게 계산된 암시와 서사 전개의 능숙한 완급조절, 그리고 잘 짜인 구성으로 여러 가지 복합적인 의미들을 산출한다. 느리고, 차분한, 때로는 경건함마저 자아내는 독특한 소설의 분위기 속에서 한 땀 한 땀 정성을 기울인 장인의 바느질을 연상하게 된다. 작은 단서들이 모여 감탄을 자아내고, 그러한 감탄들이 모여 또다시 인간 존재와 인류 문명에 관한 통찰로 나아갈 실마리를 만드는 여러 개의 과정이 하나로 묶인 것이 이 소설이다.

첫 번째, 이 소설은 수수께끼를 풀이하는 과정이다. 망각의 구렁을 뛰어넘어 과거의 진실과 대면하기 위한 주인공의 노력에 우리 독자들은 기꺼이 동참한다. 그렇다고 해서, 이 소설이 소풍날 보물찾기처럼 이리저리 뛰어다니는 분주하고 유쾌한 이야기라는 말은 아니다. 어디까지나 이 소설을 관통하는 키워드는 '느림'이다. 하나씩 힌트가 주어지고, '나'는 그 힌트를 오랫동안 조용히 응시한다. 그런 힌트들은 대개 "좀더 시간이 흐른 뒤에야 눈 쌓인 운동장에 띄엄띄엄 새겨진 발자국처럼 한 걸음씩 천천히 내게로 왔다." 기억의 저편에서 들리는 멜로디는 본인이 알고자 애쓴다고 해서 알 수 있는 것이 아니라 저절로 조금씩, 그리고 느리게 다가오는 것이다. 그래서 '나'는 "오랫동안 내 마음의 한 부분을 차지하고 있었다는 것을 느리게 깨달았다."라고 말한다. 우리는 그것을 가리켜 '추억'이라고 부른다. 수수께끼의 풀이가 추억의 회상으로 전환되는 과정은 주의 깊게 지켜볼 만한 대목이다.

두 번째, 이 소설은 타인에 대한 진정한 이해에 도달하는 과정을 보여준다. 주변의 소외된 자들에게 말을 건네는 방법을 보여주고, 그것을 계기로 한 줄기 빛이 뿜어져 나오는 순간의 찬란함을 보여준다. 이때 자아와 타자 사이의 교감은 '느림'을 주된 분위기로 삼은 소설답게 느리고도 힘겨운 '주저함'의 과정을 경유하게 된다. 주인공 '나'는 그 누군가에게 다가가 우산을 씌워주고 싶다는 생각을 잠깐 했지만 같은 우산 아래에서 발생할 침묵이 부담스러워 외면하고 만다. '나'는 공감이나 소통을 간섭으로 오인하여 "타인의 내밀한 사연을 섣불리 공유하고 싶지 않았다"라고 고백하기도 한다. 소설 속에서 그려진 '느린' 소통의 과정은 타인과의 진정한 소통이 얼마나 깊고 단단한 진정성을 요구하는지를 우리에게 일깨워준다.

세 번째, 이 소설은 인간에게 요구되는 위대함이 무엇인지 알려주는 과정이다. 느리게 전개되는 소설의 이야기를 따라가다 보면, 우리의 무관심 탓에 세상에서 소외되어 춥고 어두운 방에 유폐된 타인의 모습이 나타난다. 그것은 개인적인 차원일 때도 있고 역사적인 차원일 때도 있다. 어찌되었건 중요한 것은 어두운 방 안에 갇힌 그들을 향해 한 줄기 빛을 건네는 것이다. 그들이 '빛의 호위'를 받아 춥고 어두운 골방에서 탈출할 수 있도록. 자신의 전 재산을 털어 누군가를 위해 희생하는 것만 위대한 것은 아닐 터. 사람을 살리는 일, 곧 '빛의 호위'를 건네는 일은 "아무나 할 수 없는 위대한 일"이지만 동시에 '누구나 할 수 있고, 또 해야만 하는 인간의 의무'라고 이 소설은 조용히 웅변한다.

당신은 눈 위에 난 발자국을 본 적이 있는가? 소설 속 주인공들은 이렇게 말한다. "발자국 안에 빛이 들어 있어. 빛을 가득 실은 작은 조각배 같지 않아?" 실상 우리 주변에는 언제, 어디에나 빛이 있다. 다만 그

빛을 발견하기 위해서는 진실을 회복해야 하고, 타인을 향해 손을 건네야 한다. '주저함'을 넘어서는 용기가 필요하다. 그런 노력을 통해 그 '사소한 빛'은 우리를 호위하는 '위대한 빛'이 될 수 있다. 작가의 느리고도 풍부한 목소리는 결국 타인을 향한 진정한 소통의 가능성에 집중된다. 그것이 이 소설이 말하고 있는 인간의 윤리일 터이다.

적막과 고립의 시간에서 벗어나기

– 김주영, ≪빈집≫

≪빈집≫에는 오동나무 잎사귀에 떨어지는 빗소리와 나뭇가지를 스치고 지나가는 바람소리가 배어있다. 가난의 더께가 앉은 초라한 집과는 대조적으로 앞마당을 차지하고 있는 오동나무는 대갓집 후손이라 허세 부리는 것 외에는 아무것도 내세울 것 없는 아버지의 상징이다. 또한 아버지 대신 남겨진 오동나무를 바라보는 두 모녀에게 오동나무는 곧 아버지의 부재증명이기도 하다. 이러한 오동나무에서 들리는 빗소리, 바람 소리는 집안의 적막과 대상의 결핍을 환기시키는 장치가 된다. 화목한 집이라면 그러한 소리 따위는 온돌방에서 들리는 가족들의 웃음소리에 묻혀 인지되지도 않겠지만, 마루에 걸터앉아 아버지의 귀가를 고대하는 어머니에게는 빈집의 적막으로 인해 오동나무에서 들리는 소리가 가슴에 사무칠 수밖에 없다. 아들을 못 낳는다고 소박당한 아버지의 전처에게 오동나무 소리가 속절없이 흘러간 신혼 시절을 떠올리게 하는 상처와 그리움으로 각인된 것도 같은 이유에

서이다.

아버지의 상징이자 부재의 증명이며, 기다림의 표상인 오동나무는 전작 ≪홍어≫에서 아버지가 없는 집 문설주에 걸려있던 홍어를 연상시킨다. 이때 오동나무나 홍어는 일인칭 화자의 어린 시절을 관통하는 가장 선명한 심상으로 마련되어 있다. 주지하는 바와 같이 부모 중 어느 한쪽이 부재한 가족구성을 중심으로 일인칭 화자의 회상에 의존하는 서술 진행은 ≪고기잡이는 갈대를 꺾지 않는다≫(1988), ≪홍어≫(1998), ≪멸치≫(2002) 등 일련의 자전적 성장소설에서 효과적으로 활용된 바 있다. 부모의 부재와 가난한 생활은 시간의 경과를 거쳐 숙성됨으로써 작가의 문학적 자양분이 되었고 낡은 흑백사진 같은 풍미를 지닐 수 있었다. 유사한 기법적 장치가 사용된≪빈집≫을 접한 독자들이 작가 특유의 서정적 미학과 저변에 흐르는 전통적 가족 윤기의 발견을 기대하는 것도 무리는 아닐 것이다.

그러나 ≪빈집≫이 직조하는 오동나무의 '소리'들은 보듬어주어야 할 온기 어린 추억으로 통합되고 미화되는 것이 아니라, 건조하고 서늘하며 또한 현재의 고통과 상처를 만들어낸 날카로운 사금파리로 파편화되어 있다. 역마살을 타고난 노름꾼을 남편으로 둔 어머니에게 오동나무에서 들리는 빗소리와 바람 소리는 그리움보다는 빈집의 적막을 환기시키는 역할에 더 치중한다. 남편의 따스한 애무를 갈망하는 젊은 여인에게 빈집의 적막은 남편으로부터의 경멸이자 모욕으로 여겨지며, 기다림과 견딤은 임계점을 넘어 분노와 울화로 변하여 가슴에 쌓인다. 노름판에만 몰두하는 남편의 관심과 애정을 이끌어내기 위해,

남편이 남긴 상처와 그로 인한 참을 수 없는 분노를 비워내고 마음을 진정시키기 위한 어머니의 선택은 딸에 대한 가혹한 매질이다. 하지만 발작적인 매질이 끝난 후 걷잡을 수 없는 심적 동요에 시달리기를 반복하는 어머니는 가해자이면서 동시에 피해자다. 또한 아내의 매질이 자신을 향한 분노의 표출임을 잘 알고 있으면서도 딸의 고통을 막아주지 못한 채 자책하는 아버지 역시 가해자이면서 피해자이기도 하다.

서로를 그리워하면서도 상대의 가슴을 후벼 파서 고통과 악령을 끄집어내고 흔들어대는 아버지와 어머니를 둔 '나'는 바깥의 살벌함에서 피신하여 안쪽의 평화에 의지하고 익숙해져간다. 벽장 속 폐쇄된 공간이 선사하는 안온함에 빠져들고, 오동나무에 걸어 둔 하늘그네에 올라 별을 보며 자위행위를 하면서 '나'는 외부로부터 고립된 자신만의 공상에 몰두한다. 오랫동안 빈집에서 지속된 절대적인 고립이 결국에는 타자와 접촉하는 방법마저 망각하게 할 만큼 강한 독성을 지닌 것이라는 사실은 아버지의 사망 후 오동나무가 잘려서 하늘그네가 사라지고, 가출한 어머니가 집을 팔아넘겨 벽장이 사라진 후에나 깨달을 수 있었다. 어머니로부터 부드러운 접촉, 친밀하고 따뜻한 것, 포옹과 위로를 갈망했지만 단 한 번도 충족되지 못한 채 빈집에 유폐되었던 '나'의 불행은 비정상적인 결혼생활로 이어진다. 고통스런 결혼생활 중 몇 년 만에 찾아온 어머니에게 문득 안기고 싶은 충동을 느끼면서도 기어코 안기지 못하는 장면은 오랜 기간 빈집에서의 고립이 어미와 자식 사이의 접촉마저 망각하게 하고 일종의 두려움으로 치환시켜버리는 끔찍한 사실을 극명하게 보여준다.

그러나 ≪빈집≫은 '나'의 불행이 사박한 어머니나 떠돌이 아버지 탓이라는 비난으로 나아가지도 않는다. "좋았든 나빴든 자신의 의지대로 살 수 있었던 사람들이 세상에는 도대체 얼마나 될까"(220면)라는 '나'의 독백이 알려주듯 상처투성이 과거를 담담하게 받아들이고 있다. 누구의 책임도 묻지 않는 '나'의 어조가 차분하고 담담할수록 빈집의 적막은 선연히 드러나고 오동나무에서 들리던 쓸쓸함의 소리는 증폭된다. 그럼에도 담담한 어조는 계속되고 자신의 상처를 하나씩 상기하며 표면으로 부상시키는 일에 집중하고 있다. 전작들에서 전통적인 가족의 정서를 그려내기 위해 동원되었던 회상체의 일인칭 서술은 ≪빈집≫에서 상처와 아픔을 대상화하여 대면케 하는 효과적인 장치로 탈바꿈한 것이다. 더욱이 불행한 과거를 외면하지 않는다는 것은 억압적인 고립에 길들었던 과거에서 벗어날 가능성을 내포하고 있음은 물론이다.

고통의 심연에서 극복의 가능성을 탐색하는 작가의 시도는 이야기의 중첩 구도에서 빛을 발한다. 빈집에서 나온 '나'가 이복언니를 찾아간 이야기가 어린 시절의 회상으로 이루어진 이야기와 반복적으로 교차하고 있다. '나'는 선뜻 자신이 이복동생임을 알리지 못한 채 언니가 운영하는 '바다이바구'라는 횟집 종업원으로 머물면서 언니의 이야기(이바구)를 듣게 된다. '나'의 거식증과 언니의 폭식증이 자매가 공유하는 결핍의 상흔이라는 것, 언니 역시 상처를 털어놓을 진정한 이야기 상대를 갈망했다는 것, 자신을 학대하고 방치했던 어머니 역시 남편의 애정을 갈망했던 상처투성이 여인에 불과했다는 것 등을 알게 된

'나'는 마침내 언니와 서로 기대어 살아가고 싶은 욕망 즉 미래의 나날에 관심을 가지게 된다. 이복언니와의 만남에 관한 이야기와 과거의 상처에 관한 이야기가 교직되면서 '나'는 빈집의 고립과 상처에서 벗어나는 법을 서서히 배우고 있는 셈이다. 그러므로 언니의 자살 앞에서 "이제 사막으로 떠난 수진이 언니처럼 바다 끝에 서 있는 나 어진이 역시 온전히 혼자가 된 것이다"(333면)라고 읊조리는 '나'는 빈집으로 형상화되었던 적막과 고립이라는 과거를 벗어나 세상과 접촉하며 살아가겠다는 실존적 다짐에 이른 것이다.

과거로의 여행

— 권여선, ≪비자나무 숲≫

　권여선의 소설은 기본적으로 회상의 관점 위에 서 있다. 작가의 등단작인 장편 ≪푸르른 틈새≫는 작품 전체가 젊은 시절의 회상으로 이루어져 있었다. 이후 발표된 여러 단편에서도 주인공의 주변에는 헤어진 옛 연인이나 친구가 서성이고 있으며, 때로는 그들에 관한 회상 자체가 소설이 되기도 한다. 현재의 일상에 집중한 소설에서도 인물이 겪는 어려움과 건조한 인간관계의 원인으로 과거의 상처가 지목되는 것을 보더라도 과거를 향한 작가의 관심은 꽤 강고한 듯 보인다. 대개 주인공이 누군가의 전화나 방문을 받고 과거를 회상하는 것으로 시작하는 ≪비자나무 숲≫의 소설에서도 동일한 관점이 유지된다. 서술의 임무는 과거의 기억과 마주하면서 겪게 되는 미묘한 감정을 포착하는 일이며, 소설의 문장은 과거에 대한 후회, 그리움, 애틋함 등을 하나씩 어루만지면서 두툼한 정서의 지층을 형성한다.

　그러나 ≪비자나무 숲≫의 회상이 '시간의 공간화'를 거치도록 설계

되어 있다는 점은 이전 작품의 회상과 뚜렷한 차이를 보인다. 과거의 경험이나 인상이 특정 인물의 의식 속에서 직접 호출되고 재연되는 방식이 아니라, 과거라는 '시간'을 일정한 '장소'로 치환하고 회상의 과정을 인물의 이동 과정과 중첩시키는 방식이다. 이번 소설집에서 유난히 '여행'이 빈번하게 나타나는 것도 이와 무관하지 않다. 어느 날 전화를 받은 주인공은 제주도, 요양소, 회식 장소 등을 향해 여행을 시작한다. 주인공이 가고자 하는 목적지에는 2년 반 전 죽은 애인 정우, 몇 달 전 집을 떠난 심 여사, 14년 전 사건의 가해자 한 교수가 있다. 여행과 회상은 동시에 이루어진다. 아니 때로는 여행을 시작해야 회상이 이루어질 수 있다. 여행의 목적지는 공간화를 거친 과거이며, 그 목적지를 향해 나가가는 여행의 과정이 곧 회상의 과정이다.

회상이 여행으로 치환될 때, 회상의 내용보다는 회상의 과정 자체에 집중한다. 회상의 내용, 즉 과거에 무슨 일이 있었는지는 철저히 '숨기기'로 일관한다. 심 여사는 오 여사가 한밤중에 무슨 짓을 했는지 알고 있다고 협박하지만 '그 짓'의 실체는 속 시원히 폭로되지 않는다. 옛 애인 정우가 왜 죽었는지, 정우의 모친은 무슨 꿈을 꾸었기에 아들의 옛 애인을 제주도로 불렀는지, 단짝 친구 경은이 자신과 멀어지게 된 이유가 무엇인지 구체적인 내용은 하나도 밝혀지지 않는다. 그저 3년 전의 '그 일', 14년 전의 '그 사건' 같은 식으로 불릴 뿐이다. 오직 '드러내기'는 여행의 과정에 관한 서술에만 적용된다. 서술자는 육하원칙에 따라 여행자의 행적을 친절히 말해준다. 여행의 과정에만 주목하라는 무언의 메시지, 그것도 결국 실패로 끝나버리는 여행의 과정에만 주목하라는 메시지다.

표제작 〈끝내 가보지 못한 비자나무 숲〉의 제목이 못 박고 있듯 과거로의 여행은 실패로 끝난다. 제주도 비자림에 가서 정우 어머니의 꿈 이야기를 듣겠다던 여행의 계획은 교통사고로 인해 산산이 부서져 버리고, 서서히 의식을 잃어가는 가운데 주인공의 죽음이 암시된다. 여행하던 주인공은 세 차례의 환각 속에서 죽음을 예감했다. 노파가 되어 늙어 죽는 환각, 비행기 사고로 죽는 환각, 자동차 사고로 죽는 환각. 결말에서 주인공이 흘린 '눈물'은 옛 애인 정우가 속한 과거로의 여행이 죽음의 문턱 앞에서 좌절될 수밖에 없음을 시인할 때 나오는 생리적 반응이리라. '올림머리 신부화장'이 적힌 벽면에서 길모퉁이를 돌아 '녹은 머리 탄 머리 재생'이 적힌 벽면의 공간으로 넘어가 버린 예나의 미용사도 과거를 되돌릴 수 없다는 '시간의 법칙' 앞에 멈춰서기는 마찬가지다. 다시 3년 전의 '올림머리 신부화장'이 적힌 공간으로 되돌아가기 위해 친구가 사라진 전철역 방향으로 달려가지만 한번 길모퉁이를 돈 이상 절대 돌이킬 수 없다는 엄연한 진실을 알아차린 순간 그녀의 달음박질은 중단된다. 과거로 되돌아갈 수 없다는 것은 그녀의 말대로 '그건 살아보지 않아도 알 수 있는 일'이다. 이에 소설은 시간의 방향성을 거스르려는 일체의 시도가 필연적으로 실패하게 됨을 거듭 강조하는 인간 운명에 관한 비관적 알레고리가 된다.

실패로 귀결되는 여행은 자신이 기억하는 과거와 실제의 과거 사이에 가로놓인 간극을 목도하는 계기로 작용한다. 본래 '시간'은 감각을 통해 경험될 수 없는 추상성을 지니지만 '공간화된 시간'은 눈앞에 보일 듯, 만질 수 있을 듯한 구체적 실감을 선사한다. 공간화의 과정을 통과하고 나서야 비로소 기억 속의 과거와 실제의 과거 사이의 차이는 가시화된다. 오 여사는 심 여사와 같이 보낸 시절이 아늑했다고 기억하지만 실제로는 심 여사에게 심한 모멸감을 주었음이 여행의 결말에서 드러난다. 기억이 착각으로 판명된 순간 아늑했다고 믿었던 과거의 '시간'은 그로테스크하고 역겨운 요양소라는 '장소'로 탈바꿈한다. 자신이 기억하는 과거가 실제의 과거와 다르다는 것을 알아차린 지방대 여교수의 상황도 크게 다르지 않다. 한 교수에게 분노했던 대학원생이 14년이 흘러 한 교수와 똑같은 속물이 되어버렸음을 깨달았을 때, '자신이 가려던 곳과 전혀 다른 곳에 와버렸음을 실감'하며 지독한 자기경멸과 수치심을 느끼지 않을 수 없다. 자신의 삶을 지탱하는 인식의 근거가 실제로는 오류투성이임이 폭로되는 자리에서 소설은 인간 존재의 허술함에 관한 뼈저린 비유가 된다.

그렇다면 운명적 실패로 인한 좌절감이나 경멸, 수치심을 동반한 존재론적 공허로 끝나고 마는가. 한 가지 가능성은 〈팔도기획〉에서 스케치 되는 윤 작가의 독특한 캐릭터에서 찾을 수 있다. 적지 않은 나이에 아직 등단도 못 한 채 자서전 대필을 하면서도 소설에 대한 열정과 고집만큼은 꺾지 않는 인물. 출판사를 떠난 그녀가 남긴 원고는 그 바닥에서 닳고 닳은 홍 팀장과 정 작가에게도 '울림과 향기'를 선사한다. 홍 팀장과 정 작가가 그녀의 원고를 인정한 것은 그들도 한때는 문학에 대한 열정과 순수함으로 충만했던 시절이 가진 적이 있기 때문이다. 그들은 윤 작가의 원고를 읽으면서 "진짜는 죄다 도둑맞고, 내가 그토록 애지중지하는 자아의 금고 속에는 엉뚱한 모조품만 잔뜩 쟁여져 있는 느낌"(〈진짜 진짜 좋아해〉)을 맛보았을 것이 분명하다. 윤 작가는 그들의 '과거'이며, 그녀가 보여준 행동과 원고는 그들을 '회상'으로 이끈 셈이다. '진짜'를 향한 갈망은 신출내기 작가인 '나'가 누군가의 원고를 소중하게 받아안는 '미래'를 상상하는 결말에서 재차 강조된다. 줄곧 과거를 향했던 시선이 현재와 미래로 옮겨지고 공허를 건너 진정성의 싹을 심어놓는 그 자리에 회상의 목적지는 새롭게 설정된다.

회상의 관점을 유지하는 ≪비자나무 숲≫에는 '여전히' 작가 특유의 스타일이 잘 드러난다. 회상이야말로 작가의 문학적 출발이었음을 상기한다면 이번 소설집은 복고적이다. 그러나 시간의 공간화 과정을 거친 회상은 새로운 창작적 실험을 감행하고 있어 '여전히'가 아니라 '이번에는'이라는 수식어가 더 잘 어울린다. 실패로 귀결되는 과거로의 여행을 통해 운명 앞의 왜소함과 존재의 근거가 되는 인식의 허술함이 새삼 들추어지고 있으며, '진짜'를 향한 갈망이 한 가지 가능성으로 암시된다. 물론 이러한 가능성은 그야말로 싹을 틔운 상태에 불과하므로 성공 여부는 후속 작품에서나 가늠할 수 있을 것이다. '울림과 향기'가 구체적인 실체를 지니게 될지 아니면 계속 여운으로만 남게 될지 말이다.

눈을 감으면 보이는 것들

─ 강영숙, ≪슬프고 유쾌한 텔레토비 소녀≫

'총천연색의 어두운 회색.' 작가 강영숙은 단편 〈펌프킨 클럽 아이들〉에서 국토의 절반 이상이 목초지여서 폐타이어를 난방 재료로 태우는 어느 나라의 겨울 하늘을 모순어법으로 표현했다. 이것은 눈으로 목격될 수 있는 것이 아니다. 폐타이어 연기 자욱한 그곳에서 시야는 확보할 수 없으니 시각에의 의존은 진작 포기해야 한다. 눈을 감는 대신 숨이 턱 막히는 질식감과 석유계 화학물 특유의 도취적 냄새를 하나씩 따라가야 한다. 선형적인 서사 대신 파편화되고 분산된 서사 전개 속에서 의미는 점점 더 흐릿하고 모호해지지만, 무심한 듯 내던지는 서술의 흐름을 하나씩 따라가다 보면 어느새 현실의 불행과 불안에 관한 강한 암시에 도달하게 된다. 표제에서부터 모순적인 어법을 활용하는 ≪슬프고 유쾌한 텔레토비 소녀≫도 어쩌면 눈을 감고 읽어야 하는 작품인지 모른다. 더욱이 주인공 소녀가 가끔 상상하는 황당무계한 이야기가 곧 2008년 발표한 단편 〈펌프킨 클럽 아이들〉을 명시적으로 지시하고 있기 때문이기도 하다.

눈으로 파악되는 이야기는 30대 후반의 남성 동석이 우연히 가출 여고생 하나를 만나 사랑에 빠져들고 결국 파국을 맞이한다는 롤리타 콤플렉스와 원조교제의 부도덕에 관한 이야기다. 그러나 눈을 감으면 이야기는 색다른 국면을 펼쳐진다. 그의 성격과 생활양식을 제유적으로 드러내는 오피스텔은 보안 시스템이 상시 작동하여 외부와 철저히 차단된 요새이며 주기적으로 하우스키퍼가 스팀청소기로 청소하는 일종의 클린룸이다. 두려움과 매혹의 이중성을 지닌 여자애의 등장으로 인해 반짝거리고 깨끗하기만 하던 그의 오피스텔은 온통 누르스름한 빛깔과 냄새로 순식간에 오염된다. 인물의 외양에 관한 묘사는 생략된 채 여자애는 갈색 톤의 피부 빛깔과 낯선 몸 냄새로 자신의 존재감을 드러낸다. 누르스름한 빛깔과 냄새의 침입에 불쾌감을 느끼고 불안을 예감하면서도 여자애의 몸을 도착적으로 탐닉하는 그의 행동은 자신도 이해할 수 없는 성질의 것이다. 그저 선명한 시야를 포기한 채 자신을 덮쳐오는 모호한 빛깔과 냄새에 이끌려가고 종국의 파멸을 향해 한 걸음씩 나아가는 것이 그의 몰락이다.

그는 눈으로 확인할 수 있고 예측이 가능한 숫자들로 환원된 이익만을 좇아가던 남자였다. 그는 정확히 이윤을 추구해서 좋은 결과를 내고, 일한 만큼의 대가를 정확히 지급하는 장사꾼 기질의 사장이야말로 '공정'하다고 말한 바 있다. 이러한 그의 몰락은 그토록 확고하다고 여기던 자신의 믿음이 실제로는 얼마나 허약한 것인지 확인하게 되는 과정이다. 누군가는 자신의 속물성을 숨김없이 드러내는 그의 솔직함에 반감을 느끼고 그를 비난하려 들지도 모른다. 하지만 서류상의 숫자들로 환원되는 세계에서 그 숫자가 지칭하는 실체의 의미에 대해 무관심한 채 살아가는 것은 자본주의사회에서 한 발짝도 벗어나지 못한 우리 모두의 숙명이지 않는가. 지금까지 자신이 해온 행동이 세상을 위한 선이 아니라 악일 수도 있다는 어느 노 투자자의 말을 뒤늦게야 인정하는 그는 그동안 눈에 보이는 것만 믿다가 전 세계적인 경제 위기 앞에서 초라하게 쪼그라든 우리 모두의 자화상이며, 소설은 이제 만성이 되어버린 우리 사회의 불안을 형상화한 풍속도가 된다.

그는 여자애와 '우연히' 만나기 전, 자신의 고립된 오피스텔에서 타인과의 '거리감'에 만족하고 편안함을 느꼈다. 불과 몇 킬로미터 떨어지지 않은 곳에서 여름 내내 벌어지는 시위 현장은 그저 이리저리 돌리는 텔레비전 채널 속에 스쳐 지나가는 지루한 영상일 뿐이다. 일상의 안정은 현실을 향한 철저한 무관심에서 비롯한다. 최지민의 향수 냄새로 표상되는 타인과의 거리감은 자신의 영역을 침범당하지 않기 위한 수단인 동시에 타인을 향한 무관심에서 유발되는 일말의 죄책감을 억누르기 위한 효과적인 수단이었다. 반면 여자애의 몸 냄새는 거리감의 근원인 향수를 뿌리지 않을 때나 맡을 수 있는 날것 그대로의 체취다. 향수 냄새 대신 몸 냄새를 풍기는 여자애와의 우연한 만남은 그에게 있어 거리감이 상실된 채 타인과 맨살을 맞대는 최초의 경험이며, 그가 그것을 첫사랑이라 부르는 것도 그리 어색하지는 않다. 오피스텔을 오염시키는 누르스름한 빛깔과 냄새에 낯섦과 불쾌감을 느끼면서도 어렴풋이 거리감 없는 상태의 친밀함을 깨닫는 그에게 여자애는 타인과의 진정한 교감을 가르쳐주는 교사이고 맨살을 맞댄 채 안아주는 최초의 여성 곧 엄마다. 건조하고 덤덤한 이 소설의 문장 속에서 간혹 에로티시즘의 흔적을 발견한다면 그것은 오이디푸스적 욕망이 섹스라는 외피를 통해 돌출된 부산물에 지나지 않는다. 오히려 이 소설은 롤리타 콤플렉스와 원조교재 이야기의 역전이며, 한 남자의 첫사랑에 관한 이야기가 된다.

누르스름한 빛깔과 날것의 몸 냄새로 그려지는 여자애는 부단히 말을 한다. 여자애는 작품이 전개되는 내내 텔레토비 인형을 향해 아기 다루듯 말을 하고, 남자에게 유들유들하게 말을 붙인다. 여자애를 유쾌하다고 볼 수 있는 유일한 근거는 이 같은 번다한 수다스러움이다. 그러나 여자애는 자신을 가학적으로 대하는 남자에게 아프다고 말하지 않는다. 어두운 도시의 길거리에서 받은 상처와 아픔도 그에게 말하지 않는다. 그와의 유쾌한 수다 속에서 간혹 자신이 자살을 시도한 적이 있다는 과거의 아픔이 틈입하기도 하지만 여자애는 그것을 성급히 지나가는 농담으로 흘려버린다. 오랜만에 만난 엄마를 보고 우울해질 때도 여자애는 엄마 앞에서 슬픈 얼굴을 하지 않겠다는 자신과의 약속을 떠올리며 아픔을 숨긴다. 여자애의 유쾌한 수다는 슬픈 아픔에 대해 눈을 감기 위한 하나의 방편에 불과한 것이다.

애써 슬픔을 감추기 위해 수다를 떠는 여자애는 일기를 쓰고 '펌프킨 클럽 아이들'에 관한 허무맹랑한 이야기를 상상하고 그것을 글로 남기려 한다. 작가의 전작 《라이팅 클럽》에서 글쓰기를 갈망했던 모녀처럼, 〈펌프킨 클럽 아이들〉에서 글자를 하나씩 배워가는 고아 소녀처럼, 여자애는 상상과 글쓰기에 몰두한다. 그러한 여자애의 상상과 글쓰기가 실제 세계에서의 외로움과 두려움을 빠져나가려는 안간힘에 불과하다는 것은 여자애가 경찰서에서 S의 시신 확인을 강요당할 때, 세계 각국의 펌프킨 아이들이 서로 만나는 상상의 장면을 글로 옮겨야 한다는 강한 욕구를 느끼는 대목에서 분명히 확인된다. 처절한 슬픔과 비루한 처지에 눈을 감아버린 자리에서 여자애의 상상과 글쓰기는 시작되고 있다. 애써 만들어낸 유쾌함의 정도가 강해질수록 여자애의 슬픔 또한 넓게 번져오는 것은 당연하다. 이에 텔레토비 소녀는 슬프고 유쾌하다는 모순어법은 참인 명제가 된다. 현실에 눈을 감은 채, 풍겨오는 냄새와 아스라한 빛깔을 거슬러 올라가는 여자애의 상상과 글쓰기는 우리에게 늘 외면하기만 하던 세상의 외로움과 슬픔을 다시금 직시하라는 메시지를 던지고 있는 것은 아닐까.

소설을 결말로 이끌어가는 여자애의 두 번째 임신은 파멸이자 구원이다. 낙태수술로 끝난 첫 번째 임신과는 달리 또다시 임신한 여자애는 아이를 낳겠다고 '말한다.' 그는 '어떻게 키울 것이냐?'라는 냉정하고 차가운 반문을 한다. 여전히 사람들의 시선을 의식하는 그에게 아이를 낳겠다는 여자애의 말은 두렵기만 하다. '나는 잘못한 게 없다'라면서 두려움에 떨고 있는 그에게 아이를 낳겠다는 여자애의 말은 파멸의 선고다. 그러나 주목할 것은 자신의 외로움과 슬픔, 아픔에 대해 애써 말하지 않던 여자애가 '그저 누군가와 같이 살고 싶고, 가족이 필요하다'라고 드디어 '말하고 있다'라는 사실이다. 자신의 길을 걸어가기 시작한 여자애의 입장에서 아이를 낳겠다고 말하는 것은 스스로 구원의 길을 걸어가겠다는 다짐이다. 그 순간 여자애는 또다시 눈을 감고 상상한다. 아이를 낳고, 아이가 걸어 나오는 상상을, 펌프킨 클럽 아이들이 드디어 만나는 상상을, 깃발을 들고 세계 탐험에 나서는 상상을. 여자애가 자신의 소망대로 아이를 낳아 엄마가 되고 가족을 얻게 되었는지 아니면 텔레토비 인형과 함께 바닷가 모래언덕에 매장되었는지는 중요하지 않다. 다만 구원으로 향한 그 길의 끝에 외로움과 슬픔과 아픔을 안아줄 수 있는 자그마한 위로가 얹혀 있기를 진심으로 바라마지않는다. "아저씨, 우리는 세상의 마지막 인연이다! 그거 꼭 기억해."라는 여자애의 마지막 문자 메시지 같은 위로 말이다.

잔혹함의 묘사와 불편함의 진의

- 안보윤, ≪우선멈춤≫

안보윤의 소설은 읽는 내내 불편함을 유발한다. 그러한 불편함은 일차적으로 잔혹한 소재들에서 기인한다. ≪악어떼가 나왔다≫나 ≪오즈의 닥터≫ 등 작가의 전작에서도 살인, 납치, 감금, 폭행 등 잔혹함이 넘쳐났던 것을 상기한다면 이 작품에서 다루어지는 잔혹함은 그다지 새로운 것도 아니며, 적어도 채용된 잔혹한 소재나 사건을 법적인 처벌의 경중만을 놓고 따질 때 폭력성의 강도가 약해진 일면도 있다. 그러나 독자가 체감하는 불편함의 정도를 기준으로 본다면 이전의 작품과는 비교하기 어려운 수준으로 깊이 천착한 것이 이 작품이다. 여러 인물이 연루된 잔혹한 사건들이 하나의 스토리로 결집되면서 경이로움을 유발하는 구성상의 추진력은 여전하지만, 무엇보다 유머가 사라지고 그 자리를 묘사가 대체하였다는 것, 이에 따라 독자는 잔혹함의 현장에 한 걸음 더 가까이 다가서게 되고, 진저리 칠 만큼의 생생함이 유발된다는 점이 그러하다.

유머러스한 분위기 속에서 제시되는 잔혹함은 세상에 대한 냉소와 풍자를 유발하기는 하지만 문제의 본질에 닻을 내리지는 않는다. 유머라는 것이 어디까지나 사태의 충격에서 한발 물러나서 대상과의 거리가 확보될 때 발생하는 서술적 효과이기 때문에, 가려움을 긁고 국지적인 부분을 찌를 수는 있지만 다른 한편으로는 독자에게는 묘한 심리적 안도감을 제공하게 된다. 반면 묘사는 유머가 지닌 중개적인 역할을 소거하고 독자의 눈앞에 잔혹함을 직접적으로 제시한다. 서술상의 중개성이 사라진 채 독자의 눈앞에 생생하게 펼쳐지는 장면묘사는 냉소와 조롱이 동반되었을 때보다 한층 섬뜩하고 진저리 치게 만든다. 태아를 끄집어낼 때 터져 나오는 검붉은 피와 초록의 분비물이 엉켜 있는 모습은 단순한 시각적 충격만을 제공할 뿐만 아니라 흘러나온 점액질의 끈적거림과 사산된 아기의 몸에 남은 피멍의 흔적이 뒤섞이면서 촉각을 동시에 자극하고, 또한 산모의 신음과 아기의 울음은 물론 큐렛이 자궁벽을 긁어낼 때 환청처럼 들리는 희미한 소리까지 중첩되고 있다. 낙태 수술 현장에 대한 설명적 차원의 묘사가 아니라 피와 분비물이 손끝에 닿는 느낌까지 전달하려는 안보윤의 작의야말로 진정으로 독자를 불편하게 만드는 요인임에 분명하다.

그렇다고 끝 간 데까지 나아가는 묘사가 잔혹함 자체에 대한 미학적 탐색으로 이어지지는 않는다. 물론 사디즘이나 매저키즘의 문제도 아니다. 아직 성인이 되기에는 몇 년 남은 해정이나, 성장을 멈춘 채 퇴행의 징후가 완연한 해수가 감당하는 폭력은 관조의 대상이나 탐닉의 대상이 될 수 없다. 미성년자인 그들이 겪는 폭력은 절대적인 고통이자 세상의 비정함이 던져주는 상처의 결정체일 뿐 일체의 다른 의미 부여를 완강히 거부한다. 피투성이가 된 채 널브러져 있는 그들은 자신의 의지와는 무관하게 외부로부터 주어지는 고통에 휩쓸리고 있을 뿐, 자신이 겪는 고통에 대해 어떠한 판단이나 해석도 시도하지 않을뿐더러 그렇게 할 여력도 갖추고 있지 못하다. 애초부터 '성숙한 남성의 세계'에 한 발짝도 다가서지 못하는 주인공을 내세웠다는 점에서 세계에 대한 판단과 해석이 결여된 잔혹함의 묘사는 장편 형식의 미달 흔적이라기보다는 그들의 고통을 극대화하기 위한 창작 의도와 관련된 것인지도 모른다.

문제는 어른들이다. 냉동 고등어에 씌운 콘돔의 이미지로 그려지는 박기영과의 섹스처럼 일말의 동정이나 온기마저 허용하지 않는 차갑고 건조한 문체로 아이들의 고통을 그려내는 데만 집중하는 서술이 '말하지 않음으로써 말하고자 하는 바'가 바로 어른들이다. 전경화된 잔혹함의 후경에는 부모로서의 책임과 의무에 대해 파업과 유기로 일관한 엄마와 아빠가 있고, 감독과 보호의 의무를 다하지 못한 담임교사, 상담사, 경찰관이 있으며, 무차별적인 폭력을 행사하거나 살을 찢어발기는 박기영이나 순임 같은 직접적인 가해자도 있다. 실로 이 작품에 등장하는 모든 어른, 심지어 도우미 아줌마나 이웃 주민들까지도 해정과 해수의 고통에 대해 일정 부분은 책임을 공유하고 있다.

그러나 이 작품이 제기하는 근본적인 윤리 문제는 우리 사회의 성인들 전체로 향하고 있으며, 결과적으로 독자 자신들도 공범에 불과하다는 사실이 표층적 서술의 이면에서 소리 없이 외쳐지고 있다. 이것이 결국 우리가 느꼈던 불편함의 정체가 아닌가. 마치 불법 낙태 수술을 그만두어야 한다고 생각하면서도 '멈추지 않는' 순임의 귓가에 반복적으로 들리는 이명(耳鳴)처럼 작품의 전편에 걸쳐 지속되는 해정과 해수 남매의 고통스러운 신음소리와 사산되고 유기된 아기의 울음소리가 독자의 귀에 불편함을 유발시킨다는 사실 자체가 이를 여실히 보여준다. 진창에 빠져 녹초가 된 가련한 존재들을 위해 '괜찮냐?'라는 질문을 던지지 않았던 우리들, 그러한 무관심을 '멈추지 않고' 계속하는 우리들이야말로 '우선멈춤'을 당장에라도 실행해야 할 존재들이다. 이것이 ≪우선멈춤≫이 잔혹함에 대한 지독스러운 묘사를 거쳐 힘겹게 독자 앞에 제기하는 윤리의 문제이며, 이 점에서 안보윤 소설에서 일종의 지문과도 같은 잔혹함은 이제 참신함을 넘어 진지함이라는 새로운 국면으로 발을 내딛고 있다.

환상의 길, 나와 당신의 길

— 최수철, ≪갓길에서의 짧은 잠≫

최수철의 소설집 ≪갓길에서의 짧은 잠≫은 '기이한 상황'에 처한 사내들의 초상으로 가득하다. 어느 날 느닷없이 통각을 상실해버린 사내도 있고, 죽은 어머니를 잊지 않기 위해 강박적으로 기억술에 몰두하는 사내도 있다. 사내들은 자궁의 언어를 그리워한 나머지 복화술을 단련하다가 결국에는 목소리들의 수렁에 빠져들고, 낮고 희뿌연 하늘 아래 모래폭풍 속에 빠져들며, 고속도로 갓길에서 위태로운 잠의 유혹에 빠져들기도 한다. 그들이 기이하게 뒤틀린 환상의 영역으로 빨려 들어가게 된 것은 말 그대로 '불의의 습격'을 당한 결과이며, 도무지 정체를 파악할 수 없는 미지의 벽 앞에서 그들은 "까닭 모를 설움과 두려움"을 절감한다. 그럼에도 그들은 모호한 환상의 심연에서 희미한 구원의 빛줄기를 찾아 발길을 재촉한다.

그러나 사내들의 설움과 두려움이 기이한 상황 자체에서 연유하는 것이 아니라는 점은 다소의 주의를 요한다. 범속한 일상을 살아가

는 '우리들'에게는 소설 속에 펼쳐진 기이한 상황들이 그 자체만으로
도 그로테스크한 느낌을 자아내기에 충분하지만, 이상하게도 사내들
은 자신이 처한 상황이 왜 발생하게 되었는지 따위에 대해서는 시종
무관심한 태도를 보인다. 그들은 자신과 관련된 갑작스러운 변화에 잠
시 호기심을 보이기도 하지만, 이내 자신들에게 주어진 비현실적인 상
황을 너무도 당연한 것으로 받아들인다. 기이한 상황은 그들에게 적지
않은 인식상의 혼란을 초래하고, 때로는 망상에 이를 정도로 심각한
타격을 주기도 하지만 그들은 한결같이 현실 세계로의 탈출이나 복귀
를 시도하지 않은 채, 환상 속의 질서를 따라 유영하기를 계속한다. 여
기에 이르면 낯설고 신기한 것을 아무렇지도 않게 여기는 그들의 무신
경함 자체가 기이함을 가중시키고 있다고 볼 수 있을 정도다.

　기이한 상황을 너무도 자연스럽게 받아들이는 사내들의 모습을 통
해 지속적으로 환기되는 것은 작품 속에서 구현되는 '현실과 환상의
위상'에 대한 암시이다. 만약 사내들이 자신들의 상황에 대해서 신기
한 눈으로 감탄하기만 한다면, 작품에 제시된 환상적인 소재와 설정
은 현실 세계의 과도한 스트레스로 인한 망상에 불과한 것이 되고, 불
만족스러운 현실에서 잠시 벗어나는 작은 위로와 위안만을 제공할 수
있을 것이다. 문제는 현실적 맥락에서 결락된 망상은 현실과의 대결을
수행하는 원동력이 되기에 부족하다는 점이다. 반면 소설 속 사내들은
기이함이 자아내는 반짝임에는 지극히 무신경한 태도로 일관한 채, 무
엇이 현실이고 무엇이 환상인지 따지지도 않고 눈앞에 펼쳐진 환상의
세계를 향해 걸음을 계속한다. 설령 그 속에서 길을 잃고 헤맬지라도

사내들은 계속해서 "어두컴컴한 사막 속으로 더 깊이 걸어 들어간다." 그들에게는 이미 환상은 현실이고, 현실은 곧 환상이다.

현실과 환상에 대한 경계가 흐릿해지는 지점에서 알레고리와 메타포의 향연이 펼쳐진다. 모호하고 막연한 설움과 두려움의 감정은 이후 제시되는 알레고리와 메타포를 예고하는 전초의 역할을 수행한다. 통각의 상실증은 자신의 고통뿐만 아니라 타인의 고통에도 무관심하게 만들고, 이러한 이타심의 상실은 현실 세계의 세태에 대한 알레고리로 이어진다. 뱃속의 말을 자유롭게 구사하는 복화술사는 타인의 뱃속에 감추어진 위선과 거짓의 속내를 엿들으면서, 그들을 향해 "복화술을 전혀 모르면서도 뛰어난 복화술사의 면모를 보이는 사람"이라고 냉소를 보낸다. 어린 시절 다락방에서 발견한 커다란 가죽 가방 속에 들어 있던 쥐는 이야기꾼의 운명에 대한 메타포이며, 고속도로 갓길에서 쏟아지는 수면 욕구와 그에 이어진 무차별적인 폭력에의 노출은 순간순간 닥쳐올지 모를 죽음에 관한 메타포이다. 각각의 작품에 등장하는 알레고리와 메타포는 평범한 일상성의 관성에 의해 침묵 당한 상상적 타자의 은밀한 욕망이 일종의 위반을 감행하고서 획득된 것이라는 점에서 전복적인 속성을 지니고 있다. 무신경한 사내들의 모습은 곧 기이함의 외관을 볼 것이 아니라 현실의 이면을 포착할 수 있는 환상성에 주목하라는 뚜렷한 메시지인 셈이다.

이때 환상으로의 진입은 종종 길의 메타포로 포착된다. '직선'의 고속도로에서 이탈하여 갓길에 진입하고 곧이어 잠에 빠져드는 행동은 극도의 위태로움을 초래한다. 사내는 그러한 위험을 익히 알고 있으면서도 환상의 수마에서 벗어나지 못한다. 동시에 길은 한 치 앞도 예견할 수 없는 '미로'를 닮았다. 무통증의 피노키오는 어느 순간 "자신이 미로 속에 들어와 있음을 알았다." 광활한 북아이사의 모래벌판 위에서 주변을 맴돌기만 하는 모습은 "미로에 갇혔을 뿐만 아니라 스스로 미로를 만들어내고 있는" 형국이다. 그런데 '직선의 미로'라는 모순 형용은 삶에 관한 실존적 인식을 고스란히 담아낸 메타포이기도 하다. 죽음이라는 종착지에 이르는 직선의 확실성과 삶을 제대로 이해하지 못하면서도 어쨌거나 살아가야 한다는 불확실성이 공존하는 영역이 인간의 삶이라는 사실을 누구도 부인할 수 없기 때문이다. 그렇다면 환상에 대한 메타포인 '직선의 미로'는 고스란히 삶이라는 현실에 대한 메타포가 되고, 이제 환상은 현실이고, 현실이 곧 환상이라는 도식으로 환원된다.

얼핏 공존하기 힘든(不共可能性 incompossibilité) 대상들의 결합에 대한 시도는 소설집 전체를 관통하는 주제다. 현실과 환상, 직선과 미로는 둘인 동시에 하나이듯, 망각의 대가는 온전히 기억의 대가이다. 죽음과도 흡사하다고 했던 망각은 역설적으로 잘 기억하기 위한 수단이며, 그로 인해 불멸의 추억을 선사 받을 수 있다. 그리고 이러한 기억과 망각의 변증법은 유희와의 사랑을 통해 가능할 수 있었다. 피노키오가 무통증을 극복하고 "생살이 돋을 때의 가려움"을 회복할 수 있었던 것도 역시 사랑의 결과이며, 고통은 곧 사랑이다. 또한 자궁의 언어에서 출발한 복화술의 언어가 최면술로 타락하지 않고 심장의 언어를 회복하게 만들기 위해서는 타인의 눈물에 대한 연민과 공감이 필요했다. 마찬가지로 고속도로 갓길이 표상하는 삶의 불확실함과 아슬아슬함 속에도 사랑은 개입한다. 사랑의 열정은 불안정함을 빚어내고, 이러한 불안정함은 폭력과 죽음이 예고될 때 발생하는 불안정함과 동질적이다. 그러기에 사내는 "갓길은 삶과 죽음이 사랑의 이름으로 교차하는 곳이다."라고 선언한다.

삶과 죽음, 현실과 환상, 직선과 미로 같은 이질적인 대상들을 다루는 이야기의 정점에 사랑이 있다는 점은 의미심장하다. 페스트에 걸렸던 그 사내는 장편 ≪페스트≫에서 끝없이 펼쳐진 죽음의 환영을 보면서 아직 보이지 않는 구원의 징표를 찾아 헤매고 있었으며, 매미가 되어버렸던 또 다른 사내는 장편 ≪매미≫에서 불가해한 실존에 대한 이해의 실마리를 찾고자 갈망하였다. 이처럼 작가의 작품 세계를 염두에 둘 때, 이번 소설집에서 모순적인 것들의 교차점에서 끌어올린 사랑이 구원의 징표이자 실마리가 될 수 있지 않을까 하는 추측이 가능하다. 그렇다고 해서 작가가 아포리아를 완전히 해결했다는 의미는 아니다. 오히려 자욱한 모래 먼지 속에서 흐릿하게 보이는 지향점을 가까스로 발견하기는 했지만, 좀 더 분명한 확인을 위해서는 여전히 계속해서 고투를 벌여야 하는 상황에 처해있다고 보는 것이 더 적절할 것이다. 작가가 즐겨 사용하는 호칭법을 통해 '나'인 동시에 '당신'이 되기도 하는 '그 사내들' 곧 '우리들'이 "모두가 함께 써나가는" 그 길 위에서 말이다.

현실은 환상을 낳고, 환상은 현실을 낳는다

- 김이환, <너의 변신>

　　김이환은 오랫동안 소위 '장르문학' 영역에서 꾸준히 입지를 구축해온 작가다. 1996년부터 PC통신에 글을 쓰기 시작한 그는 2000년 대학을 졸업한 후 본격적으로 창작의 길에 들어서게 된다. 2000년대 초반 그는 PC통신 하이텔에 영국의 팝스타 로비 윌리암스에서 따온 '로비'라는 닉네임으로 소설을 연재하면서 장르문학 독자들에게 이름을 알리기 시작했다. 2001년 연재한 〈에비터젠의 유령〉과 2003년 연재한 〈이 세상에서 가장 끔찍한 소설〉 두 작품을 묶어 단행본으로 출간한 《에비터젠의 유령》에서는 SF, 판타지, 컴퓨터게임, 애니메이션, 영화, 신화와 전설, 호러 등 초창기 작가의 다양한 관심사를 엿볼 수 있다.

　　김이환이 창작을 시작한 2000년대 초반은 이영도의 《드래곤 라자》가 인기를 얻으면서 한국 판타지 소설이 전성기를 이루었던 시기다. 《드래곤 라자》는 톨킨의 《반지의 제왕》에서 제시한 환상계의 기본 구도, 종족, 마법 등의 설정에 충실한 작품으로, ≪드래곤 라자≫의 성공 이후 아류작이 쏟아지면서 환상의 세계에서 드래곤이나 마법이 나오는 것이 한국 판타지 소설의 '공식'이 되었다. 더욱이 이러한 공식은 온라인 게임에 채용되면서 판타지 소설에 대한 관습은 고착화된다.

그러나 김이환의 작품은 대개 일상적인 시공간을 배경으로 현실과 환상이 교차하는 국면을 그려낸다. 예를 들어 ≪양말 줍는 소년≫에서는 주인공이 환상의 나라로 들어갈 수 있는 비밀스러운 통로를 발견하는 것으로 시작한다. 주인공 소년은 현실에서 대학 진학이나 여자 친구 때문에 고민하는 평범한 소년이지만, 환상의 나라에 드나들면서 맹활약을 펼치는 인물로 성장한다. ≪오후 다섯 시의 외계인≫에서도 현실과 환상이 공존하는 양상을 보이는데, 겉으로는 아무렇지 않게 보이지만 사실 우리 주변에는 변장한 외계인들이 활보하고 다니고 있으며, 평범한 카페가 외계인을 추적하고 체포하기 위한 특수요원의 은밀한 아지트라고 설정된다. 김이환 소설에서 환상은 지루한 일상과 병행하는 것이다.

현실과 환상이 공존한 결과 김이환의 작품은 종종 현실에 대한 알레고리로 해석될 수도 있다. 2009년 제1회 '멀티 문학상' 수상하면서 작가 김이환을 유명하게 만든 작품인 장편 ≪절망의 구≫는 인간의 실존과 욕망에 관한 통찰을 보여주는 작품이다. 소설의 배경은 오늘날 우리가 살고 있는 서울이다. 정체를 알 수 없는 검은 구(球)가 갑자기 출현하여 인간을 하나씩 집어삼키며 세력을 확장한다. 급기야 전 인류는 구의 갑작스러운 습격으로 인해 멸망 직전의 상태에 이른다. 인간을 흡수하는 구는 좀비영화의 발상에 기댄 것이겠지만, 그것은 죽음의 상징인 동시에 거대 자본의 전면적인 당도에 대한 비유일 수도 있으며, 인간의 욕망을 숨김없이 폭로하게 하는 매력적인 문학적 장치로 해석할 수도 있다.

현실과 환상의 공존은 장르문학과 정통문학 모두에 중요한 시사점을 제공한다. '현실에 대한 반영이 아니라 장르적 속성 자체에 국한한 자기반영적 특징'이라든가, '환상성을 통한 도피적인 성향'이 장르문학을 향한 주된 비판임을 감안할 때, 현실에 대한 반성 내지 통찰의 가능성 보여주는 김이환의 작품은 각별한 의의를 지닌다. 또한 정통적인 문학의 관점에서도 SF와 판타지적인 세계관이 보여주는 참신함, 상상력을 거침없이 밀고나가는 과감함, 독자의 흥미를 지속적으로 이끌어내는 흡인력 등은 참고할 만하다.

이런 맥락에서 〈너의 변신〉은 김이환의 소설이 지닌 '경계적 상상력'의 가능성을 여실히 보여주는 작품이다. 2010년 ≪문학동네≫에 발표된 이 작품은 그보다 몇 해 앞서 환상문학 전문 웹진 거울(http://mirror.pe.kr)에 발표한 〈변신!〉이라는 작품을 고쳐 쓴 것이다. "과연 인간이 신체를 자유롭게 개조할 수 있다면 어떤 일이 벌어질까?"라는 소설의 기본 발상은 인조인간과 로봇을 즐겨 다룬 SF의 전통에 뿌리를 둔다. 〈변신!〉은 미래의 과학자들이 작성한 보고서에서 발췌한 듯한 20여 개의 짤막한 기사들을 나열한 형식으로 이루어진 작품이다. 여기에 '나'와 '너'라는 인물을 등장시키고 사건을 전개함으로써 서사적인 뼈대를 마련하고, '나'와 '너'의 대화나 심리묘사 등으로 서사의 살을 붙인 것이 〈너의 변신〉이다. 〈변신!〉에서는 기발한 상상력이 소설 속에 나열되는 데 급급했다는 인상을 주는 반면, 〈너의 변신〉에서는 한층 문학성을 확보하면서 상상력의 폭과 깊이를 확장시키고 있다.

그 결과 〈너의 변신〉에서는 SF적인 미래 세계를 엿보는 즐거움의 제공하는 동시에 인간의 욕망에 대한 성찰을 동시에 이끌어 내고 있다. 어느 대목에서는 암울한 미래 세계를 다룬 애니메이션이나 영화에 대한 오마주 또는 패러디의 흔적이 엿보이기도 한다. 또 다른 대목에서는 동성애 이론이나 정신분석학적인 이론의 소설적 적용으로 해석될 여지가 발견되기도 한다. 상상과 성찰의 방향은 미래로 고정된 것이 아니라 간혹 고대 그리스나 오늘날 서울로 넘나들면서 역동적인 면모를 보인다. 미래 세계에 관한 흥미롭고, 신기하고, 허무맹랑하기까지 한 상상력의 궤적을 따라 한참을 달리다 보면 질문은 결국 현재의 현실로 돌아온다. "앞으로 어떤 일이 벌어질까?"라는 질문으로 시작했던 소설은 모든 이야기를 마무리하면서 우리 독자에게 이렇게 질문할 것이다. "네가 진정으로 욕망하는 것은 무엇이냐?"

김이환의 소설에서는 현실과 환상이 교차하는 여러 지점에서 '익숙하면서도 예전에는 미처 발견하지 못했던 낯섦'이 독자를 매료시킨다. 자유로운 상상력의 무중력 상태 속에서 한참을 유영하다가 문득 무언가를 발견할 때 맛보는 감탄이라고 할까. 세태를 향한 예민한 지적인 경우도 있고, 인간의 과도한 욕망에 진중한 경고로 연결될 수도 있다. 김이환은 하수구에서 기어 나온 달팽이와 이야기를 한다는 황당한 공상을 다룬 단편 〈커피잔을 들고 재채기〉에서 한참 동안 기발한 상상력으로 가득한 너스레를 떨고 나서 이런 문장으로 소설을 마무리한다. "현실은 이야기를 낳고, 이야기는 현실을 낳고, 둘은 서로를 낳으면서 우리의 삶을 만들었다." 그에게 이야기란 SF와 판타지의 상상력이 충만한 이야기, 곧 환상의 이야기임을 상기하면 이 문장은 이렇게 바꿀 수 있다. "현실은 환상을 낳고, 환상은 현실을 낳는다"라고. 장르문학과 본격문학의 경계를 넘어설 가능성은 여기서 시작될 것이다.

번역가의 시선과 위로의 말 건넴

— 박찬순, ≪무당벌레는 꼭대기에서 난다≫

　작가 박찬순을 소개할 때마다 꼬리표처럼 따라붙는 것은 그녀의 등단 시기에 관한 다소간의 놀라움이다. 1946년생인 그녀가 〈가리봉 양꼬치〉로 조선일보 신춘문예에 당선되어 등단한 때가 2006년이었으니, 60세에 신인 작가로서의 첫걸음을 내딛게 되었다는 사실은 세간의 이목을 끌기에 충분하다. 여기에는 비단 이채로운 작가의 출현을 둘러싼 문단 내부의 감탄뿐만 아니라 다들 은퇴하는 나이에 새로운 인생을 시작하는 것에 대한 일반 대중의 호기심도 한몫을 했다. '21세기다운 경쾌함과 1960년대 세대다운 진지함'이 어우러졌다는 평론가 김병익의 감탄이라든가 '환갑의 나이에 등단한 늦깎이 소설가'라는 신문 인터뷰의 호기심을 부추기는 부제가 그러한 예이다.

　그러나 그녀가 등단한 지 7년이 경과한 지금 그러한 놀라움보다 더 주목해야 하는 것은 이제 그녀가 완연히 자신만의 독특한 작가적 색채를 구축하는 데 이르렀다는 점이다. 그동안 그녀는 두 권의 소설집을 간행할 만큼 꾸준한 창작 활동을 펼침으로써 자신의 등장이 일회적인 해프닝에 그치는 것이 아님을 스스로 증명해 보였다. 첫 번째 소설집 ≪발해풍의 정원≫에는 세계 여러 나라를 배경으로 '자그사니', '흰집 칼새 둥지', '지하 삼림', '홰나무', '크리스털 제조법', '터번 짓기', '버마재비 자세' 등 이색적인 소재들이 넘쳐난다. 어디서 그처럼 다양한 소재를 발굴했는지, 또 그런 소재를 어떻게 근사한 소설로 엮어냈는지 절로 궁금증이 들지 않을 수 없다. 이에 ≪발해풍의 정원≫은 감탄과 호기심의 눈으로 지켜보던 이들을 향해 '60세라는 나이 따위는 신경 쓰지 말 것'이라고 선언이라도 하듯 '신인 작가'로서의 참신한 영감과 특유의 활력을 여지없이 보여준 하나의 지적 모험담이 된다.

여기서 자연스레 그녀가 작가로 등단하기 전 번역가로 활발한 활동을 했다는 이력을 떠올릴 수 있다. 대학에서 영문학을 전공하고, 1980·90년대에 해외 영화와 TV시리즈물을 다수 번역한 베테랑 번역가인 그녀는 자신의 몇몇 작품에서 통·번역가의 고충을 언급하기도 한다. 영국 민스미어의 '뒷부리장다리물떼새'에 관한 내용을 한국의 시청자에게 번역해주는 일을 하는 〈립 싱크〉의 번역가는 '겨우 한마디 번역하고서 진땀이 바짝 솟는다'며 번역의 괴로움을 호소한다. 〈소라 고등 공화국〉의 통역사는 "내 귀에 들려오는 이방의 언어를 나는 겹겹 이 쌓이고 쌓인 내 삶의 둔덕으로 가져와 내가 알고 경험한 모든 질료 와 섞어 비비고 체로 쳐서 비단실로 뽑아내야만 해. (…) 난 그걸 위해 서 뼈가 으드득 내려앉는 숱한 낮과 밤을 보냈어"라고 절규한다.

정확한 번역을 위해 대상에 관한 사전 지식과 정보를 수집하는 일이 필수적임은 소설 속에서도 강조되는 바이다. 단어 하나의 섬세한 뉘앙스를 파악하기 위해서는 그 단어 뒤에 있는 울창한 문화와 의미의 배경을 훑어내지 않을 수 없다. 작품의 곳곳에서 발견되는 박학다식이라든가 서구문학적인 소양은 그녀의 번역 작업 및 전공과도 깊은 관련이 있는 듯하다. 작품 속 다양한 소재들은 단순히 소재적 차원에서의 흥미 유발에만 그치지 않고 작품 주제의 구현이라든가 분위기의 조성에 긴밀히 연결되는데, 이 또한 백과사전식으로 습득한 얄팍한 지식이 아니라 숱한 밤낮을 견디면서 '진땀'을 흘린 끝에 어렵사리 얻은 지식이기 때문이다. 이렇게 보면 그녀의 번역가로서의 활동은 결국 한 명의 소설 작가를 탄생시키기 위한 지난한 인고의 과정이다. 곧 2006년 뒤늦은 그녀의 등단은 우연한 계기로 이루어진 것이 아니라 수십 년간의 지적 수련이 작가의 상상력으로 열매 맺은 결과다.

이에 비해 두 번째 소설집 ≪무당벌레는 꼭대기에서 난다≫에서는 인물의 행동 반경이 좁혀진 느낌이 든다. 대부분 이국적인 장소를 배경으로 삼았던 첫 번째 소설집 수록 작품과는 달리 국내를 배경으로 한 작품의 비중이 증가했으며, 국내가 배경이 아니더라도 작품의 주제는 한국 사회의 여러 문제와 한층 가까워졌다. 한동안 세계 곳곳의 이색적인 소재에 주로 관심을 기울이던 작가는 이제 자신의 주변을 관찰하고 가까운 곳에서 벌어질 법한 사건을 상상하기 시작하고 있다. 설령 멀리 외국에서 관찰한 것이라도 그 시선의 방향은 가까운 한국 사회를 향하고 있다.

무릇 번역가는 타자를 세밀하게 '관찰'해야 하는 임무를 지닌 존재가 아닐까? 주의 깊게 관찰해야 정확한 '이해'에 도달할 수 있다. 타자를 관찰하는 능력은 반드시 국가 간, 언어 간에만 국한되지 않는다. 첫 번째 소설집에 등장하는 인물이 주로 국경에서 타자를 관찰하는 임무를 수행하였다면 ≪무당벌레는 꼭대기에서 난다≫는 관찰 작업을 수행하는 위치를 약간 변경했을 뿐이다. 시선의 주체가 위치한 자리가 바뀌고 그에 따라 시선의 방향이 변화되었지만 성실히 타자의 언어를 해독하고 적합한 어휘로 표현해야 하는 번역가의 임무는 유지된다. 이제 작가는 주변의 '이웃(=타자)'을 관찰한다. 그들의 표정과 행동을 관찰하고, 그들의 꿈과 좌절을 관찰한다. 일상의 반복 속에서 너무나 익숙하게 지나쳤던 그들을 면밀히 관찰하고, 소설이라는 표현 수단으로 번역해내는 것이 작가의 작업이다.

> 어디서나 이웃의 목소리가 들려오는 듯했다. 아무 도움도 되지 않는 내게 찾아와 고민을 털어놓던 젊은이들의 이야기가 새롭게 들려왔다. 시화공간에서 땀 흘리던 가무잡잡한 어느 나라 청년의 목소리도. 생의 가장 빛나는 시기에 혹독한 경쟁에 내몰렸거나 가혹한 삶의 조건에서 신음하는 이들이었다. 쿠바의 카사 델라 뮤지카에서 만난 독일 청년과 단둥의 교자점에서 만두를 먹던 사내의 근심도 우리 젊은이들의 그것과 크게 다르지 않았다. 조금만 떨어져서 바라보면 모두가 자연의 아이들, 등딱지가 영롱한 무당벌레처럼 아름다운 생명의 존재 양식들이었다.(〈작가의 말〉, ≪무당벌레는 꼭대기에서 난다≫)

정확한 이해에 바탕을 둔 번역은 '이웃을 향한 공감'으로 이어진다. 하는 일과 사는 곳은 저마다 다르지만 박찬순 소설 속 인물들은 한결같이 안전장치 없이 빌딩 창문에 위태롭게 매달려 있는 인물이라는 공통점을 지닌다. 미로에 갇혀 제 갈 길을 찾지 못해 헤매고 있고, 기다리던 누군가는 도착하지 않고 있으며, 그곳에서 벗어나려 해도 결코 벗어나지 못하리라는 불길한 예감에 휩싸여 있다. 그들은 그곳에서 외로움, 서러움, 무력감을 견디며 그저 '살아내고' 있다. 소설 속 문장을 따라 읽으며 성실한 번역가의 관찰 작업에 동참하다 보면 어느새 세상살이에 지친 생명의 존재들과 조우하고 있음을, 그 이웃들과 감정을 공유하고 있음을 깨닫게 된다. 이러한 공감은 세밀한 관찰과 정확한 이해의 작업이 궁극적으로 지향하는 바일 터이다.

작가는 세상살이에 지친 이웃들에게 섣불리 희망을 불어넣지는 않는다. 그들을 둘러싼 외로움을 극복할 선명한 해결책을 제시하는 것도 아니다. 소설집에 수록된 모든 작품은 독자가 소설 속 인물들과의 어렴풋한 공감에 도달하는 순간 종결되고 열린 채로 끝이 난다. 하지만 책장을 다 덮으면 몇 개의 선명한 어휘들이 머릿속을 맴돌고 있음을 알아차리게 된다. 지칠 대로 지친 존재의 나뭇가지를 들어 올려주는 삼각형 '유키즈리', 그리스 신화 속 아리안느의 실과 같은 작은 실꾸리, 그에게는 혹은 우리에게는 아직도 필요한 '도끼', 등딱지가 고운 무당벌레 등, 모두 소설 속 인물들이 간절히 바라 마지않던 소박하고도 웅장한 '위로'의 어휘들이다. "존재는 저울에 달지 않고 있는 그대로 바라볼 때 그 자체로 존귀하다."(〈루소와의 산책〉)라는 사무치게 간절하고도 따스하게 그리운 문장이야말로 늦깎이 소설가의 말 건넴인 것이다.

사소한 착각의 공감대

- 윤고은, <요리사의 손톱>

소책자에서 잘못 인쇄된 글자를 가리기 위해 붙여놓은 작은 스티커 조각을 본 적이 있는가? 다시 인쇄하기에는 시간과 비용이 부담스러워 임시방편으로 스티커를 붙여놓은 것 말이다. 그런 스티커에 대한 사람들의 반응은 크게 두 가지다. 하나는 그런 것이 붙어 있는 줄도 모르고 지나치거나 설령 한두 개쯤 눈에 띄어도 대수롭지 않게 여기는 유형이고, 다른 하나는 원래는 무슨 글자였는지 확인하기 위해 스티커를 떼어보는 유형이다. 만약 당신이 한 번이라도 후자의 유형에 속한 적이 있다면, 평범한 일상에서 다채로운 상상력의 물줄기를 끌어올리는 <요리사의 손톱> 속으로 무척 흥미롭게 빠져들 수 있을 것이다. 너무 깊이 빠져든 나머지 행간에 묻어있는 희미한 '얼룩'이 되어버릴지도 모른다.

지역신문의 광고기사를 쓰는 일을 하는 주인공 '정'에게 벌어진 모든 일은 사소한 '착각'에서 비롯하였다. 광고할 가게의 상호인 '착각'해서 기사를 썼고, 지금 100여 곳의 배부처에 배달된 5천 부의 신문을 회수하여 일일이 스티커를 붙이고 있다. 간판의 글자를 잘못 읽는 일 따위는 누구에게라도 일어날 수 있는 작은 실수지만, 04번 버스를 탈 사람이 08번 버스를 잘못 탄 것처럼 '착각'으로 인해 주인공은 순식간에 '일상의 행로'에서 이탈하고 만다. 사소한 착각으로 인해 일상에 균열이 생기고, 파국으로 이어진다. 간혹 소설 속 주인공처럼 거리의 간판을 잘못 읽어 엉뚱한 상상을 해본 적이 있는 독자로서는 남의 일 같지만은 않게 느껴진다. 누구라도 경험해보았음직한 사소하면서도 익숙한 소재를 자못 심각하고도 낯선 상상력으로 비약시키면서 소설 속 인물과 독자 사이의 미묘한 공감대를 형성하게 하는 것이 이 소설의 기본적인 서사 전략인 셈이다.

주변에서 흔히 접할 수 있는 것들, 그러나 바쁜 일상의 업무로 인해 무심코 지나쳐버린 것들에 주목하여 상상력의 나래를 펼치는 것은 비단 이 소설만이 아니다. 윤고은이 발표한 여러 작품에서는 이와 같은 발상법이 빈번하게 목격된다. 길을 가다 가끔 보게 되는 이상한 무늬의 타일 조각이 사실은 사회에 저항하는 세력이 남겨놓은 저항의 표식이라고 상상하는 〈인베이더 그래픽〉(≪문학사상≫, 2009), 침대 밑이나 장롱 구석에서 발견되는 벌레의 사체를 보면서 빈대가 전 지구적인 차원에서 공습하고 있다는 불안감에 떨며 빈대 박멸 작전을 펼치게 된다는 〈달콤한 휴가〉(≪창작과비평≫, 2009), 하늘에 떠 있는 달이 여섯 개가 되고 '무중력증후군'이라는 가상의 신종 유행병이 창궐한다는 장편소설 ≪무중력증후군≫(2008) 등을 보면 작가의 허풍과 위트가 얼마나 풍부한지 금방 알 수 있다. 주인공 '정'의 숨죽인 듯 고요한 일상을 표현하기 위해 담담한 어조로 일관하고 있는 이 소설에서도 헛웃음을 유발하는 농담이 가끔 튀어나오는 것도 같은 맥락이다.

> 정은 횟집의 수족관 앞에 서 있었다. 일행들과 함께였지만 혼자 서 있는 것 같았다. 수족관 속에서 고등어는 빠르게 한 방향으로 회전하고 있었다. 회전하지 않고는 못 견딜 정도의 물살, 그래서 더 신선한 파도처럼 느껴지는 물살이었다. 어쩌면 저 고등어는 스스로 헤엄을 치고 있다고 생각할 수도 있었다. 그 헤엄이 피동적인 것인지 능동적인 것인지 알기 위해서는 두 가지 방법 중 하나를 택하는 수밖에 없었다. 물살을 정지시키거나, 아니면 고등어가 수족관 밖으로 뛰쳐나가는 것. 그러나 밖엔 아스팔트 바닥이 딱딱하게 굳어 있을 뿐이다.

작가 윤고은이 펼쳐놓는 다소 허황하고도 발랄한 상상력의 이면에는 언제나 비루한 현실의 그림자가 중첩되어 있다. '사소한 착각'에서 시작한 소설은 횟집 수족관 속의 고등어 무리를 관찰하면서 '심각한 착각'에 관한 서늘한 경고로 이어지기도 한다. 세찬 물살을 따라 한 방향으로만 빠르게 회전하고 있는 고등어는 스스로 열심히 헤엄을 치고 있다고 '착각'한 채 그저 주위의 물살에 휩쓸려 가고 있을 따름이다. 장자의 '호접몽' 이야기 또는 영화 〈매트릭스〉, 〈트루먼쇼〉가 자연스럽게 떠오른다. 일상의 번잡함 속에서, 자본이 지배하는 현실 논리 속에서 우리는 '거대한 착각' 속에 살고 있는 것은 아닌지 소설은 묻고 있다.

그러나 소설이 주목하는 바는 존재론적 인식 구조나 주체성을 상실한 현대인이라기보다는, 일상에서 이탈하였을 때 맞닥뜨리게 되는 '외로움'이라는 감정 자체다. '일행들과 함께였지만 혼자 서 있는 것 같'은 느낌. 회사 동료들은 내일 또다시 빠른 물살 속에서 스스로 헤엄친다고 착각하며 살아가겠지만, '정'은 딱딱하게 굳어 있는 아스팔트 바닥에 내동댕이쳐진 고등어 신세다. 동료들은 수족관 속의 물살이 너무도 빠르고 거센 나머지, '정'을 이해하거나 동정할 여유 따위는 없다. 어쩌면 그녀는 수족관 속에 있을 때부터 외로웠는지도 모른다. 실직으로 인해 수족관의 안과 밖이 경계 지어진 것을 계기로 자신이 그동안 오래도록 외로웠음을 뒤늦게 깨닫게 된 것에 불과한 것이니까. 결국 사소한 착각에서 출발하여 상상의 도약을 거쳐 도달한 소설 속 인물과 독자의 공감이란 아스팔트 바닥에 던져진 고등어가 맛보는 '외로움'이다.

작가의 다른 단편소설 〈1인용 식탁〉(≪실천문학≫, 2009)에서는 음식점에서 혼자 외롭게 밥 먹는 것을 두려워하는 사람들이 다니는 학원이 나온다. 3개월간 학원에 다니고도 외로움을 극복하는 데 실패한 주인공은 이렇게 말한다. "내가 배우고자 했던 것은 혼자 자유롭게 먹는 방법이었으나, 정작 내가 얻은 것은 수강 기간 동안 내가 혼자 먹는 유일한 사람이 아니라는 위안이었다. 1인으로 구성된 체인점 같은 것."(≪1인용식탁≫, 43면) 외로움은 외로워하는 사람들이 모여 집단을 이룰 때 더 이상 외로움이 아니라는 작고도 적절한 진실이 담긴 발언이다.

〈요리사의 손톱〉에서도 이와 같은 진실은 그대로 적용될 수 있을 듯하다. 사소한 착각에서 시작하여 바닥없는 외로움으로 침잠하는 주인공 '정'의 발걸음을 따라가면서 우리는 그녀의 외로움과 소외를 함께 읽어 나가야 한다. 소설은 당신의 주변에 널려 있는 외로움을 눈여겨보고, 공감하고 그들을 위안함으로써, 결국 자기 자신도 위안받을 수 있지 않겠는가라고 권유한다. 그것이 현실을 바꾸거나 소설 속 인물의 삶을 바꾸어놓을 만한 힘을 지니고 있지 못할지라도 '공감'과 '위안'이야말로 수족관 속에서 살아가고 있는 우리 고등어들이 취해야 할 하나의 의무라고 말한다. 설령 그것마저도 하나의 '착각'이라 하더라도 말이다.

슬픔 저 너머로

― 최은미, <창 너머 겨울>

최은미의 소설에는 슬픔이 가득하다. 작가의 소설집 ≪너무 아름다운 꿈≫에서 삶은 고통스러운 비극의 현장이며, 일상은 슬픔을 견뎌내는 과정으로 그려졌다. 거대한 모래폭풍이 일어나고 짙은 황사 먼지가 몰려와 숨도 제대로 쉬기 어려울 지경, 잠시 눈을 감아보지만 꿈속에서는 죽은 자들이 끊임없이 말을 걸어오는 환영에 시달린다. 그러나 슬픔 속에서도 소설 속 인물들은 바다를 자유로이 유영하는 고래를 꿈꾼다. 삶이라는 고통의 한복판에서 한 발짝도 벗어날 수 없다는 허무와 좌절, 그럼에도 불구하고 삶은 아름다운 것이며 꿈을 꾸는 일을 잠시도 멈출 수는 없다는 희망이 병존하는 세계다. 그것은 너무 아름답기에 슬프고, 슬프기에 비로소 아름다울 수 있다는 모순형용의 세계다.

<창 너머 겨울>에도 슬픔이 가득하다. 주인공 사내는 달콤한 꿈을 꾼다. 똑바로 바라볼 수 없을 만큼 찬란하고 영롱한 햇살 속에서 한 여

자가 나타난다. 그는 순식간에 그녀에게 매료당하고, 잠시 행복감을 맛본다. 그러나 그는 얼마 지나지 않아 꿈에서 깨어난다. 꿈에선 깨어난 그는 그토록 갈망했지만, 결코 그곳에 닿을 수 없다는 사실을 인정하지 않을 수 없다. 너무 아름다운 꿈. 그래서 더욱 슬프고 안타깝게만 다가온다.

한 여자가 유리창 안쪽에 앉아 있는 사진이었다. (…) 여자는 유리창 안쪽에 앉아 이쪽 어딘가를 내다보고 있었다. 습기 자욱한 유리창 표면으로 물방울들이 흘러내렸다. 여자는 좌석에 등을 기댄 채로 생각을 놓은 듯한 시선을 밖으로 풀어 놓고 있었다. 맺힌 물방울들이 여자의 이마와 턱선과 목덜미를 지나 흘러갔다. 여자는 밀폐된 창 안에서 정사를 나눈 뒤 쉬고 있는 것 같기도 했고 바깥에서 벌어지는 사건을 무심히 목격하며 지나치는 사람 같기도 했다.

그는 여자를 몰래 훔쳐본다. 이때 여자를 향한 주인공의 시선은 명백히 절시증을 연상케 한다. 그는 여자를 바라보면서 에로틱한 상상에 빠져든다. 정작 여자는 자신이 관찰 당한다는 사실을 모른 채 창밖을 무심히 쳐다본다. 주인공은 그런 그녀가 자신에게 관심을 가져주기를 바라는지 모르겠다. 아니, 그보다는 그녀가 다른 곳을 바라보고 있기에 그녀를 '마음 놓고' 훔쳐볼 수 있다. 나중에 사진 속 여자를 직장 동료로 대할 때, "나쁜 짓을 하다 들킨 아이처럼 그녀와 눈이 마주치는 것이 편치 않았다."라고 주인공이 말하는 것을 놓고 보더라도 말이다.

한편 유리창은 주인공이 여자를 엿보게 하는 통로의 역할을 하지만,

동시에 두 사람이 속한 공간을 분리시키는 역할도 한다. 유리창에 김이 서리고, 성에가 끼는 것은 유리창 안과 밖이 완전히 분리되어 있고, 각각의 온도차가 크다는 사실을 알려준다. 그런데 금지된 것을 위반하는 것이야말로 에로티시즘의 중심 주제가 아닌가. 욕망의 대상은 그것이 금지된 것이기에 한층 더 유혹적일 수 있다. 사촌 형수를 향한 주인공의 시선에 가족 관계라는 금기가 얽혀 더욱 야릇한 면모를 지니게 되었듯, 그와 그녀의 사이가 유리창으로 가로막혀 있기에 그녀에게 다가가려는 그의 욕망은 증폭된다.

이처럼 그는 그녀에게 다가가려 한다. 그러나 유리창에 낀 성에로 인해 유리창 너머에 있는 사람의 얼굴이 흐릿하게 보이는 것처럼, 그녀는 바로 앞에 있었지만, 언뜻언뜻 가려지곤 한다. 그가 그토록 갈망하는 그녀의 존재는 손에 닿을 수 없는 일종의 환영과 같다는 것이다. 이때 그녀에게 닿기 위해서는 두 사람을 가로막고 있는 유리창을 깨뜨려야 하지만 그는 그런 용기를 내지 못한다. 그는 아름다운 그녀를 욕망하지만, 자신의 욕망을 억제한다. 그저 그녀의 사진을 컴퓨터 바탕화면에 깔아놓은 다음 그녀를 바라보고, 꿈을 꾸고, 잠이 들 뿐이다. 이성에 대한 그리움과 갈망이 어느덧 애잔한 슬픔으로 변화하는 순간이다.

왜 그는 유리벽을 깨트리지 못한 채 슬픔에 침잠하고 말았는가? 소설은 아버지의 자살이라는 가족사적 비극을 근본 원인으로 제시한다. 그의 아버지가 스스로 농약을 마신 이유에 관해서는 설명이 부족하여 아쉬운 감이 있지만, 주인공의 회상을 통해 아버지가 얼마나 극심한 고통 속에서 죽어갔는지, 그로 인한 가족들의 심리적 타격이 얼마나 심했는지는 충분히 전달된다. 문제는 그 슬픔이 지금도 강력한 영향력을 행사한다는 점이다. 워낙 심각한 정신적 고통이었던 터라 남은 식구들은 아직도 그 여파에서 벗어나지 못한다. 무엇보다 아버지로부터 물려받은 '사타구니 가려움증'은 주인공이 벗어나지 못한 슬픔의 크기와 깊이를 상징적으로 나타낸다. 가려움증은 곰팡이의 강한 번식력 탓에 쉽게 박멸되거나 치료될 수 없는 상태, 가려움증에 비유된 슬픔은 현재진행형이다.

'사타구니 가려움증'을 치료하기 위해서는 '햇빛'이 필요하다. '햇빛'으로 습기를 말려 보송보송한 상태로 만들어야 한다. 그녀가 떨잠이라는 전통 장신구를 머리에 꽂아볼 때 그녀의 얼굴에서 피어나던 화사한 웃음 같은 햇빛이 필요하다. 또한 가려움증 치료를 위해서는 '겨울'이 되어야 한다. 그녀가 탄 출근 버스 창밖에 몰아닥친 한파의 차가운 기운이라면 곰팡이의 번식을 현저히 둔화시킬 수 있다. '햇빛'과 '겨울'이 있다면 '탁한 이물질이 섞인, 썩어가는 듯한 검은색'의 사타구니를 아주 깨끗한 상태로 만들 수 있을지 모른다. 결국 그녀를 욕망한다는 것은 자신을 짓누르고 있는 슬픔에서 벗어나려는 발버둥인 셈이다.

슬픔은 쉽게 극복될 수 없다. "곰팡이는 이 세상에서 번식력이 가장 좋은 생물"이라고 의사가 지적했듯, 슬픔 역시 쉽게 치료되지는 않을 것이다. 그는 용기를 내어 그녀를 향해 손을 뻗어보지만, 거듭해서 손이 미끄러지고 그때마다 바닥을 치며 울게 될지 모른다. 그렇지만 이러한 사실이 완전한 절망으로 이어지지는 않는다. 그녀가 그룹웨어에 남긴 글처럼 지구는 소리 없이 돌고 있다. 지구는 도니까, 언젠가 여름이 지나가고 겨울이 올 것이다. 그때쯤이면 슬픔도 곰팡이도 제법 견딜 만한 것이 될지 모른다. 이에 이 소설은 슬픔의 저 너머에 도달하려는 노력과 의지에 관한 이야기가 된다. 삶이란 슬픔의 연속이라는 체념과 절망이 아니라 슬픔을 극복하려는 노력의 과정이라는 강조하는 희망에 관한 이야기가 된다.

역사를 상상하다, 인간을 상상하다

- 김탁환, ≪혁명≫

    근래의 한국소설에서 찾아보기 어려운 웅혼하고도 비장한 울림이다. 이 소설은 '아무도 가보지 못한 길'에 이르고자 하는 이들의 분노와 절망에 관한 탐구다. 그들은 가장 찬란하고도 고통스러운 절정의 순간에서 격렬하게 맞부딪히고, 아스라이 깨어 부서졌다. 치열했던 서사의 울림은 소설이 끝나고 나서도 쉽게 사그라지지 않는 긴 여운을 남긴다. 여전히 지속되는 울림 속에서 소설은 오늘날을 살아가는 우리에게 진정한 혁명의 길이 무엇인지, 인간의 길이 무엇인지 집요하게 되묻고 있다.

    작가가 쓴 그간의 역사소설은 취재와 공부를 통한 역사의 충실한 복원이자 새로운 관점의 제시였다. 말미에 적지 않은 참고문헌이 붙어 있는 이 소설 역시 그러한 성실성의 산물이다. 그러나 이전의 방식이 치밀한 자료의 분석을 거친 논증에 가까웠다면, 이제 작가는 역사 속 인물이 되어 그 인물의 입장에서 역사를 보고 말하려 애쓴다. 공식 역사 기록을 편년체의 짧은 문장으로 축소하고, 대신 내용의 대부분을 인물의 일상과 사색으로 채운다. 사료를 근거로 역사 전개의 고리를 상상하고 주석을 붙이는 방식이 아니라, 역사 속 인간의 내면을 상상함으로써 역사의 과정과 방향 자체를 상상하려는 새로운 시도다.

작가 자신이 정도전이 되려고 애썼다는 것은 소설의 문장을 보면 금방 확인된다. 문체는 사소한 군더더기 하나 없는 간결하고 명료함을 미덕으로 한다. '의(義)'에 부합한다고 여기면 무엇이든 하고, '의'가 아니라 판단하면 무엇도 하지 않는 원칙주의자에 어울리는 말법이다. 철저하게 준비하여 한순간에 세상을 바꾸려는 무서운 신중함을 지닌 자의 말법이기도 하다. 작가는 혁명가의 말법을 상상하여 묘지명, 몽유록, 전傳, 우화, 편지, 일기를 쓰고, 혁명의 적들은 물론 동지들과도 살벌한 논쟁을 벌인다. 정도전이 유배지의 고즈넉한 방에 누워 하루 종일 상상 속에서 온 세상을 주유하는 모습은 역사 속 혁명가의 일상과 내면을 상상하는 작가의 모습과 고스란히 포개진다.

무엇보다 고백체의 활용이야말로 혁명가다운 면모를 드러내기에 적합한 방식이다. 혁명의 와중에서 동지와 적을 구별하는 것은 자신의 목숨을 거는 일과 동격이다. 아니, 그것은 혁명의 성패를 좌우한다. 자신의 속마음을 전부 내보이고 나서야 상대방에게 속마음을 털어놓으라 요구할 수 있고, 혁명의 길에 동참하라고 상대를 설득할 수 있다. 거짓, 숨김은 '책사'의 방식이며, 진중함과 호방함은 물론 질투, 의심, 불안마저도 숨김없이 드러내는 것이 '혁명가'의 방식이다. 소설 전체가 일기의 형식을 취하고 있으며, 여러 통의 편지가 삽입된 것은 정도

전이 되고자 한 작가가 취한 우연이자 필연적인 선택이다.

소설에서 활용된 고백체는 단지 심경 피력이나 심리묘사를 위한 수단이 아니라 한 인간의 가장 깊은 곳에 도달하려는 수단이다. 내면의 복원작업은 자칫 '변명'에 머무를 수 있다. 한 인물에게 가장 잘 어울리는 문체와 형식을 고민한 결과 채택된 고백체는 변명을 뛰어넘어 혁명가의 숨김없는 내면을 상상하고, 나아가 그의 영혼을 상상하는 데까지 나아가고자 한다. 이에 역사소설가는 혁명가의 영혼에 이르고자 한 영매가 되고, 이 소설은 죽은 자의 영혼을 불러오는 '강신술의 글쓰기'가 된다. 여타의 작품에 비해 낯설게 여겨지는 소설적 울림은 우선적으로 역사 속 인간에 관한 집요한 상상력이 빚어내는 강신술적 분위기에서 비롯된다고 하겠다.

혁명가의 고백은 18일간에 제한된 일기다. 인물의 일생을 다루거나 혁명의 과정 전반을 다루지 않고, 이성계가 해주에서 낙마한 시점부터 정몽주가 선죽교에서 절명하기까지로 한정되어 있다. 혁명이 좌절될 수 있는 위기와 혁명가 자신이 목숨을 잃을 뻔한 위기가 중첩되는 시기, 즉 집단의 역사와 개인의 역사가 동시적으로 절정에 달하는 특이한 시기에 관한 고백이다. 이것은 이 소설의 목표가 혁명이라는 특정한 역사적 사실의 설명과 해석에 있지 않고, 혁명가의 내면과 영혼을 상상함으로써 혁명의 길과 인간의 길을 탐구하려는 데 있음을 보여준다.

혁명가의 고백은 우리에게 숭고한 분노와 절망을 경험하라 촉구한다. 혁명은 이론이 아니라 분노와 절망이라는 지극히 인간적인 감정의 '경험'을 통해 촉발되고 단련된다는 것이다. 혁명은 현실에 대한 분노에서 시작한다. 슬퍼하고 아파하고 분노해야 한다. 분노의 끝에서야 비로소 현실을 바꾸겠다는 열망이 생겨난다. 또한 혁명은 절망을 먹고 자라난다. 열망은 냉담함으로 변질되거나 말뿐인 비평에 그칠 공산이 크다. 분노에 뒤이은 실패와 그로 인한 절망, 이 셋을 거듭하는 단련의 경험을 거쳐야 혁명은 제대로 된 싹을 틔울 수 있다. 혁명가들은 현실은 왕을 바꾼다거나 신하 몇 명을 갈아치운다고 해결되는 것이 아니며, 분노와 절망의 경험을 바탕으로 근본 대책을 세워야 한다고 역설한다.

또한 혁명가의 고백은 우리에게 연대의 가능성을 믿으라고 촉구한다. 정도전과 정몽주는 '분노의 학교'와 '절망의 학교'에서의 '경험'을 공유했기 때문에 동지가 되었다. 그들이 이성계와 동지가 된 것도 같이 술을 마시고, 말을 달리고, 눈물 흘리는 경험을 공유했기에 가능했다. 혁명의 삼각형은 서로를 경계하고, 죽비로 내려치면서도, 의지하고, 신뢰함으로써 진정한 변혁을 열망하게 만든다. 반면 새로운 왕조를 세우는 데만 급급한 이방원이나 고려의 왕을 붙들고 있기에만 몰두한 김진양은 혁명의 본질을 파악하지 못한다. 두 사람은 분노와 절망을 절실히 경험하지 못했기에 권력의 이동에만 관심을 가진다. 혁명가들은 현실의 틀을 완전히 뒤바꿀 힘과 법과 철학은 같이 분노하고 절망하는 '연대' 속에서 나온다고 강조한다.

혁명가의 고백은 자신의 인간적 한계마저 숨기지 않고 드러냄으로써 더 큰 울림으로 이어진다. 이방원이 정몽주를 척살하도록 승인함으로써 진정한 혁명의 완성이 멀어지게 만든 장본인은 자기 자신이다. 이에 그는 '인생에는 퇴고가 없다'라는 사실을 무기력하게 시인할 뿐이다. 선죽교에서 애달픈 만가를 부르는 것 외에는 달리 할 수 있는 일이 없다. 조선의 개국으로 혁명의 일차 목표가 달성된 그때, 혁명가는 "혁명은 아직 끝나지 않았다. 천고千古부터 무궁無窮까지, 끝나지 않는 것을 혁명이라고 부르는지도 모른다."(2권 247면)라며 미완의 혁명을 애달파 한다. 혁명가의 마지막 고백은 수백 년이 지난 오늘을 살아가는 우리에게 '계속해서' 분노하고 절망하고, '계속해서' 연대의 가능성을 붙들라고, 그것이 진정한 혁명의 길이자 인간의 길이라고 촉구하는 것이다.

  '역사는 현재의 거울이다.'라는 명제는 다소 식상한 느낌이 드는 것도 사실이지만 그럼에도 불구하고 적확한 참인 명제다. 소설을 읽고 이 글을 쓰는 동안 진도 앞바다에서 여객선이 침몰했고, 현재 구조작업이 진행 중이다. 지금 우리는 분노하고 절망한다. 우리는 계속 슬퍼하고 아파하고 분노함으로써 그 감정을 숭고한 것으로 만들어야 한다. 냉담함으로 변질되거나, 허울뿐인 비평이 되어서는 안 된다. 혁명가의 뼈아픈 선언처럼 혁명은 아직 끝나지 않았다. 혁명은 이제 시작이다. 이것이 역사가 우리에게 전해주는 진짜 울림일 터이다.

반죽의 시간

- 김숨, <국수>

소설가 김숨은 어둠과 상처를 천착하는 작가다. 그 때문에 그녀의 소설에서는 불안과 절망의 흔적이 빈번히 발견된다. 그러나 그렇다고 해서 그녀의 소설 세계가 허무와 자포자기로 함몰되고 마는 것은 아니다. 등단 초기부터 현재까지, 그녀의 작품 곳곳에는 사물의 본질을 꿰뚫어 보려는 진지한 탐색의 시도가 고유한 인장처럼 새겨져 있었고, 작가는 반복되는 불안과 절망 속에서도 애써 추구해야 할 삶의 자세가 무엇인지를 지속적으로 독자에게 묻고 있었다.

김숨은 등단 초기부터 실험적인 미학적 시도로 평단의 주목을 받았다. 1974년 울산에서 태어나 대전에서 성장한 그녀는 1997년 대전일보 신춘문예에 〈느림에 대하여〉가, 1998년 문학동네 신인상에 〈중세의 시간〉이 각각 당선되면서 창작 활동을 시작하였다. 첫 번째 소설집 ≪투견≫(2005)과 두 번째 소설집 ≪침대≫(2007)에 수록된 그녀의 초기 작품들은 잔혹함과 그로테스크로 점철되어 있다. 이들 작품은 현대

사회의 폭력성 탓에 고통당하는 이들의 불안과 절망을 예민하게 포착하여 그것을 소설적으로 형상화하는 데 중점을 둔다. 악몽과 같은 비참한 현실과 그러한 현실 아래에서 질식해가는 인물들의 참담한 내면을 드러내는 것이 소설의 주된 관심사다. 그 결과 초기 작품에서는 서사 전개보다는 이미지의 제시를 전면에 내세우는 서술적 경향이 우세하다.

세 번째 소설집인 ≪간과 쓸개≫(2011)에 수록된 작품들은 이전에 발표된 작품에 비해 한층 현실에 밀착된 모습을 보여준다. 주변에서 한 번쯤 마주쳤을 법한 인물들이 영위하는 일상적인 삶의 현장을 소설 속으로 끌어들인다. 이전 작품에서 다소 몽환적이던 소설의 분위기를 벗어나 현실의 차갑고도 묵직한 무게에 관해 이야기한다. 또한 이전의 작품에서는 막연하고 모호하게만 그려졌던 불안과 절망이 ≪간과 쓸개≫에서는 생과 사의 경계에서 느끼게 되는 두려움으로 구체화하였다. 삶과 죽음 사이에서 발생하는 존재론적 긴장이 소설의 서사적 긴장 속에 녹아들게 된 것이다. 실험성에서 현실성으로의 이 같은 변화는 독자를 보다 깊은 공감으로 이끌고 간다는 점에서 긍정적이라 하겠다.

네 번째 소설집 ≪국수≫(2014)에서도 평범한 일상적 삶 속에 감추어진 어둠과 상처를 예민하게 포착하려는 작가의 탐색적 시선은 여전히 활발하게 유지된다. 특히 여기서는 소설 속 등장인물의 성격화 및 갈등 구도의 중심에 '가족'을 내세우고 있는 것이 흥미롭다. 부부 사이(〈막차〉, 〈명당을 찾아서〉, 〈그 밤의 경숙〉), 시아버지와 며느리 사이

(〈아무도 돌아오지 않는 밤〉), 부자 사이(〈구덩이〉), 자매 사이(〈옥천 가는 날〉) 등 다양한 가족 관계 구도 속에서 원망, 증오, 불안, 혐오, 자기기만 등 다기한 감정 상태를 포착한다. 인물 관계를 가족 구성원 내부로 한정함으로써 서사를 단순화하는 한편 영원한 애증의 대상인 가족 간의 복잡 미묘한 감정을 포착함으로써 인물의 내면적 깊이를 확보하려는 시도로 이해될 수 있다. 그중에서 어머니와 딸 사이를 다룬 표제작 〈국수〉는 전통적인 가부장제 사회에서 여성으로 살아간다는 것의 의미에 대한 진지한 고민과 성찰로 나아가는 작품이다.

〈국수〉는 서사의 외관만을 놓고 본다면 매우 단순한 소설이다. 말기 암 선고를 받은 계모를 위해 의붓딸이 칼국수를 만든다는 것이 서사의 전부다. 그러나 서사의 이면을 들여다보면 한 여인이 살아온 삶의 행적이 파노라마처럼 펼쳐지고, 평생을 그림자처럼 살아온 그녀가 감내해야 했던 심적 부담과 갈등이 생생히 그려진다. 한사코 '어머니'라고 부르기를 거부한 의붓딸의 내밀한 심리와 계모가 끓여주었던 칼국수 한 그릇을 간절히 그리워하는 이율배반적인 심리가 동시에 포착된다. 이처럼 칼국수 한 그릇에 인간의 운명과 오래된 심적 갈등을 응축시켜 담아내고 있기에 한 문장이라도 놓칠세라 집중해서 읽어야 하는 소설이다.

반죽의 시간은 '인고'의 시간이다. 밀가루 반죽 속에 괴로움, 원망, 분노, 질투를 모두 섞어 넣고 지문이 다 닳아질 때까지 '꾹꾹' 누른다. 단단하고 차지게 맺힌 감정의 응어리와 한바탕 씨름을 벌이는 형국이다. 이렇게 한참을 반복하다 보면 뭉치고 맺힌 응어리는 서서히 풀린다. 반죽의 시간이 '당신'에게는 가슴속 응어리를 달래고 푸는 시간이었다. '나'는 자식을 낳지 못해 이혼당하고 재취로 들어온 '당신'이 29년 동안 얼마나 많은 반죽의 시간을 가졌는지 헤아려본다. 그리고 그러한 응어리와 상처를 조심스레 어루만져 본다. 이제 반죽 작업은 진심으로 타인을 이해하고자 하는 노력으로서의 의미를 지니게 된다.

반죽의 시간은 '끈'을 만드는 시간이다. 누군가는 자식이 끈이라고 말한다. 남편과 자신을 이어주는 끈일 뿐 아니라 세상과 이어주는 끈이라는 자랑한다. 바로 그것이 '당신'에게는 어둠과 상처의 근원이다. '당신'이 수많은 반죽의 시간을 반복했던 것은 결국 "자식이란 끈 대신 밀가루로 반죽을 개어 끈들을 만들어냈던 것"과 다를 바 없다. 반죽은 '석녀(石女)'라는 운명에서 벗어나려는 몸부림이며, 실패가 예정된 것이기에 애처롭기만 했다. 하지만 이제 '나'도 끈 만들기 작업에 동참한다. 비단 아이를 갖지 못한다는 공통점 때문만은 아니다. 밀가루 반죽으로 만든 끈은 '나'와 '당신' 사이를 이어줄 것이다. '당신'이 살아온 삶의 어둠과 상처를 이해하고 그것을 자신의 것으로 받아들이는 공감의 과정을 거쳤기에 국숫발은 세상을 연결하는 끈이 될 수 있다.

반죽의 시간에는 온 세상이 고요하다. 어찌나 고요한지, 이 세상에는 반죽을 치대고 있는 '나'와 까무룩 잠든 '당신'만이 유일하게 남은 것 같다. 그러니 반죽의 시간이란 세상의 유일한 생존자인 '나'와 '당신'의 대화가 이루어지는 시간이다. 설령 '당신'이 잠들어 '나'의 이야기를 듣지 못한다고 할지라도, 아니 어쩌면 '당신'이 잠들었다고 생각하기에 '나'는 용기를 내어 '당신'께 말하고 있는지도 모른다. 그렇다면 그것은 대화가 아니라 '고백'이다. 가장 순결하고 경건한 소통의 형식으로서의 고백 말이다. 철없던 소녀 시절, 계모인 '당신'에게 어머니의 빈자리를 내어주지 않겠노라고 다짐했었지만, 언제부턴가 '당신'이 끓여주었던 국수 한 그릇을 그리워하고 있었노라고 털어놓는 '사랑 고백'이다.

김숨은 〈뿌리 이야기〉로 제39회 이상문학상 대상을 수상하였다. 〈뿌리 이야기〉는 타인의 고통에 대한 공감과 상처의 극복 방안으로서의 소통을 강조하였다. 〈국수〉도 동일한 주제 의식하에 있다. 인고의 세월을 보낸 '당신'의 삶을 이해하고 같이 아파하는 공감의 미덕을, 나아가 '당신'을 오랫동안 그리워했노라 고백함으로써 화해의 손길을 내미는 감동적인 장면을 한 그릇의 국수에 오롯이 담아냈다. 작가 김숨은 사람과 사람 사이를 연결하는 운명의 끈을 만들어내려는 간절함이야말로 온갖 불안과 절망 속에서도 끝까지 지켜야 할 삶의 자세라 말하고 있다.